A PRIMEIRA NOITE

SUMA de letras

MARC LEVY

A PRIMEIRA NOITE

Tradução
Jorge Bastos

SUMA
de letras

EDITORA OBJETIVA LTDA.
Rua Cosme Velho, 103
Rio de Janeiro – RJ – CEP: 22241-090
Tel.: (21) 2199-7824 – Fax: (21) 2199-7825
www.objetiva.com.br

Título original
La Première Nuit

Capa
Fernanda Mello

Imagem de capa
© Vladimir Piskunov/Istockphoto

Ilustrações/Fotos de miolo
Alain Brion

Revisão
Tamara Sender
Fatima Fadel
Ana Grillo

Editoração eletrônica
Abreu's System Ltda.

PRISA EDIÇÕES

CIP-BRASIL. CATALOGAÇÃO-NA-FONTE
SINDICATO NACIONAL DOS EDITORES DE LIVROS, RJ

L65p

Levy, Marc
A primeira noite / Marc Levy; tradução de Jorge Bastos. – Rio de Janeiro: Objetiva, 2012.

Tradução de: *La première nuit*
Sequência de: *O primeiro dia*
341p. ISBN 978-85-8105-112-3

1. Ficção francesa. I. Bastos, Jorges. II. Título.

12-5507. CDD: 843
CDU: 821.133.1-3

Para Pauline e para Louis.
E para Rafaël.

"Cada um de nós tem em si um pouco de Robinson,
com um mundo novo a descobrir
e um Sexta-feira a encontrar."
Eléonore Woolfield

"Essa história é verdadeira,
já que a inventei."
Boris Vian

Meu nome é Walter Glencorse e sou administrador da Academia Real de Ciências de Londres. Encontrei Adrian há pouco menos de um ano, quando foi repatriado às pressas à Inglaterra, vindo do Projeto Astronômico de Atacama, no Chile, onde explorava o céu em busca da primeira estrela.

Adrian é um astrofísico de grande talento e ao longo desses meses nos tornamos verdadeiros amigos.

Por só pensar em dar continuidade a seus trabalhos sobre a origem do universo e por eu me encontrar num momento profissional vergonhoso, com meu orçamento em situação desastrosa, convenci Adrian a se apresentar aos jurados de uma fundação científica que promove, em Londres, um concurso com altíssima premiação.

Revisamos por semanas inteiras a apresentação do projeto, e uma bela amizade se criou entre nós — mas eu já disse que somos amigos, não disse?

Não ganhamos o tal concurso e o prêmio foi atribuído a uma jovem arqueóloga, tão entusiasmada quanto determinada. Havia dirigido uma equipe que realizava escavações no Vale do Omo, na Etiópia, e uma tempestade de areia destruiu o seu acampamento, forçando a sua volta à França.

Na noite em que tudo começou, essa moça também se encontrava em Londres, com a esperança de ganhar o prêmio, voltar à África e prosseguir suas buscas sobre a origem da humanidade.

Estranhos são os acasos da vida, e Adrian havia conhecido no passado a jovem arqueóloga, chamada Keira. Tinham vivido um amor de verão e depois não voltaram mais a se ver.

Keira festejava o sucesso, Adrian chorava o fracasso. Passaram juntos a noite e ela se foi pela manhã. Ele ficou com a lembrança reavivada do antigo amor, mas também com um estranho pingente africano abandonado, uma espécie de pedra encontrada na cratera de um vulcão por um menino etíope, Harry, que Keira havia adotado no acampamento, tendo se afeiçoado muito a ele.

Depois da partida de Keira, numa noite de tempestade, Adrian descobriu propriedades assombrosas no pingente. Quando atravessado por uma fonte de luz muito potente, como, por exemplo, a de um raio, ele projetava milhões de pontinhos luminosos.

Adrian não demorou a compreender do que se tratava. Por mais espantoso que pudesse parecer, os tais pontos correspondiam a um mapa das estrelas celestes, mas não qualquer um: era um fragmento do céu, uma representação das estrelas assim como se encontravam acima da Terra há 400 milhões de anos.

Por causa dessa descoberta extraordinária, Adrian foi procurar Keira no Vale do Omo.

Infelizmente, Adrian e Keira não eram os únicos a se interessar pelo estranho objeto. Enquanto estava em Paris visitando a irmã, Keira conheceu um velho professor de etnologia chamado Ivory. Ele mais tarde me procurou e acabou me convencendo, confesso que sem muita dificuldade, a encorajar Adrian a continuar com suas pesquisas.

Em contrapartida, me ofereceu uma pequena soma de dinheiro e prometeu uma generosa doação para a Academia, caso Adrian e Keira fossem bem-sucedidos no trabalho. Aceitei. Mas ignorava que os dois fossem ter em seu pé uma organização secreta que, ao contrário de Ivory, não queria de forma alguma que chegassem ao que buscavam e revelassem novos fragmentos.

Pois Keira e Adrian, com indicações do velho professor, rapidamente descobriram que o objeto encontrado no vulcão extinto não era o único no gênero. Quatro ou cinco outros se encontravam em algum lugar do planeta e eles decidiram encontrá-los.

Essa busca os levou da África à Alemanha, da Alemanha à Inglaterra, da Inglaterra à fronteira do Tibete e depois, num voo clandestino sobre a Birmânia, ao Arquipélago de Andaman, onde Keira desenterrou, na Ilha de Narcondam, uma segunda pedra, comparável à sua.

Assim que os dois fragmentos foram reunidos, um estranho fenômeno aconteceu: eles se atraíram feito dois ímãs, assumiram uma indescritível coloração azul e começaram a refletir mil brilhos. Depois dessa descoberta, Adrian e Keira voltaram à China, ainda mais motivados, apesar dos avisos e ameaças que a tal organização secreta lhes enviava.

Caderno de Adrian

Mar de Beaufort
Baía de Hudson
Baía de Baffin
Groelândia
Oceano Atlântico
Oceano Pacífico
Amazonas
Peru
Nascente do Amazonas
Atacama
Chile

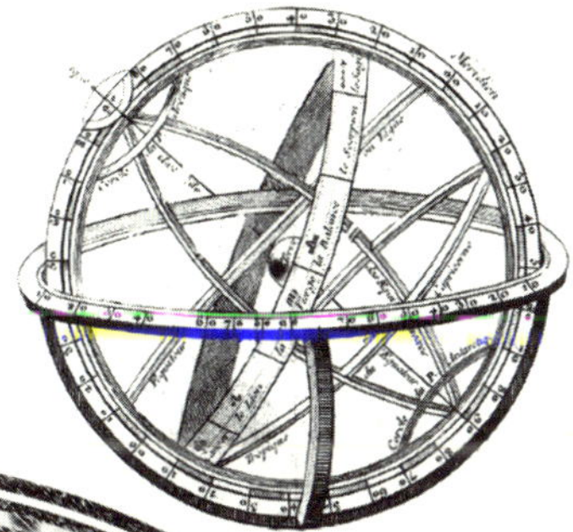

Oceano Glacial Ártico
Estreito de Bering
Mar de Kara
Mar Branco
Rússia
Islândia
Noruega
Ilhas Faroé
Ilha de Yell
Ienissei
Angara
Man-Pupu-Nyor
Siberia
Lago Baikal
Ob
Irkoutsk
Moscou
Londres
Amsterdam
Paris
Mongolia
Pequim
China
Monte Hua Shan
Atenas
Ilha de Hydra
Monastério de Garther
Nil
Birmânia
Ilha Narcondam
Vale do Omo
Etiópia
Lago de Turkana
Oceano Índico

Quarto 307. A primeira vez que dormi aqui, não prestei a menor atenção na vista; estava feliz naquela época e a felicidade deixa as pessoas distraídas. Estou sentado diante da escrivaninha, em frente à janela, Pequim se estende adiante e nunca me senti tão perdido em toda a minha vida. A simples ideia de olhar para a cama é insuportável. Sua ausência entrou em mim como um germe de morte que não para de abrir caminho. Uma dor corroendo meu ventre. Bem que tentei quebrar sua ação, anestesiá-la regando sem parar a refeição da manhã com *baijiu*, mas nem esse álcool de arroz surtiu efeito.

Após dez horas de avião sem fechar os olhos, preciso dormir para poder pegar a estrada. Tudo que peço é um instante de inconsciência, um momento de abandono, sem ver desfilar tudo que vivemos aqui.

Você está aí?

Você fez essa pergunta por trás da porta do banheiro, há poucos meses. Agora ouço apenas os pingos de uma torneira que fecha mal, batendo na louça desgastada de uma pia decrépita.

Empurro a cadeira, visto o sobretudo e saio do hotel. Um táxi me deixa no parque Jingshan. Atravesso o roseiral e pego a ponte de pedras que cruza o laguinho.

Estou feliz de estar aqui.

Eu achava o mesmo. Se tivesse ideia do destino em que nos lançávamos, inconscientes, com sede de descobertas. *Se fosse possível fazer o tempo parar, eu o congelaria nesse exato momento. Se fosse possível voltar atrás, seria para ali que eu voltaria...*

Fui ao lugar onde tinha pensado isso, diante de uma roseira branca, numa alameda do parque de Jingshan. Mas o tempo não havia parado.

Entro na Cidade Proibida pelo portão norte e me encaminho pelas aleias tendo como guia apenas algumas lembranças suas.

Procuro um banco de pedra perto de uma árvore grande, um lugar bem particular onde, há não tanto tempo, um casal de chineses idosos estava sentado. Quem sabe, se os encontrar, consigo me acalmar, pois achava ter visto no sorriso deles a promessa do nosso futuro; mas talvez rissem simplesmente do que nos aguardava.

Acabei encontrando o banco, vazio. Deitei nele. Os galhos de um salgueiro balançam ao vento e essa dança suave me tranquiliza. Com os olhos fechados, o seu rosto surge intacto e pego no sono.

Um policial me acorda, pedindo que eu deixe o parque. Já começa a escurecer, os visitantes têm que se retirar.

De volta ao hotel e ao quarto. As luzes da cidade impedem que o quarto fique às escuras. Arranco a colcha da cama, estendo-a diretamente no piso e me deito. Os faróis dos carros desenham estranhas manchas que se movem no teto. Para que perder tempo? Não vou mesmo conseguir dormir.

Peguei minhas coisas, paguei a conta na recepção e me encaminhei para o carro, no estacionamento do hotel.

O GPS de bordo indica a direção de Xian. Nas proximidades das cidades industriais, a noite se desfaz, só reaparecendo na escuridão dos campos.

Parei em Shijiazhuang para encher o tanque de combustível, sem comprar comida. Você teria me chamado de covarde e provavelmente com razão, mas estou sem fome, então para que provocar o diabo?

Cem quilômetros adiante, lá está o vilarejo no alto de uma colina. Tomo o caminho esburacado, decidido a ver o sol se levantar no vale. Dizem que os lugares conservam a lembrança dos instantes vividos pelos que ali se amaram; pode ser uma fantasia, mas, naquela manhã, eu precisava acreditar nisso.

Percorro as ruas desertas e passo pelo tanque da praça principal, com o bebedouro para animais. A taça que você desenterrou nas ruínas do templo confuciano já desapareceu. Como previu, alguém a encontrou e lhe deu outro destino.

Sento-me numa pedra à beira do penhasco e espero o amanhecer de um dia que será longo. Depois volto à estrada.

A travessia de Linfen continua tão asquerosa quanto na primeira viagem, e uma nuvem espessa de poluição me queima a garganta. Pego no bolso o pedaço de pano com que você havia improvisado para nós uma máscara. Encontrei-o no pacote que foi expedido e chegou às minhas mãos na Grécia. Não resta o menor traço do seu perfume, mas, colocando-o na boca, revejo todos os seus gestos.

Atravessando Linfen, você reclamou:

Esse cheiro é infernal!

... mas você reclamava de tudo. E agora, como eu gostaria de ouvir suas queixas.

Foi passando por aqui que, remexendo sua bolsa, espetou o dedo e descobriu um microfone escondido. Naquela noite, eu devia ter decidido voltar imediatamente; não estávamos preparados para o que nos aguardava, não somos dois aventureiros, mas apenas cientistas se comportando como crianças imprudentes.

A visibilidade continua péssima e preciso afastar esses pensamentos ruins para me concentrar na estrada.

Lembro que, saindo de Linfem, parei à beira da estrada e me limitei a jogar fora o microfone, sem me preocupar com o perigo que representava, vendo naquilo apenas uma intromissão na nossa intimidade. Foi quando confessei o quanto a desejava e me neguei a dizer tudo que gosto em você, por pudor e não por jogo.

Estou perto do lugar em que ocorreu o acidente, onde os assassinos nos empurraram de um barranco, e minhas mãos tremem.

Deixe que ele ultrapasse a gente.

Brota suor na minha testa.

Diminua a velocidade, Adrian, por favor.

Os olhos me incomodam.

Não acredito, estão fazendo de propósito.

Afivelou o cinto?

E você respondeu sim a essa pergunta que, na verdade, era uma ordem. O primeiro choque nos empurrou à frente. Vejo seus dedos apertando a alça da porta, tão forte que os nós dos dedos ficam esbranquiçados. Quantos choques nós recebemos antes, até as rodas baterem na mureta e cairmos no abismo?

Beijei você enquanto afundávamos nas águas do rio Amarelo, mergulhei nos seus olhos, certo de que íamos nos afogar, meu amor, e fiquei com você até o último instante.

As curvas fechadas se sucedem e a cada uma me esforço para controlar meus gestos nervosos, corrigindo a trajetória do carro na estrada. Será que passei da saída com a trilha que leva até o monastério? Desde que peguei o avião para a China, esse lugar ocupa meu pensamento. O monge que nos deu hospedagem é a única pessoa que conheço nessas terras estranhas. Quem, além dele, pode me dar uma informação que alimente a mínima esperança de que você ainda esteja viva? Uma fotografia sua com uma cicatriz na testa não chega a ser uma prova inquestionável, apenas um simples pedaço de papel que retiro do bolso cem vezes por dia. Reconheço, à direita, a entrada do caminho. Freio tarde demais, o carro derrapa e sou obrigado a dar marcha a ré.

As rodas tracionadas do carro se enfiam na lama típica do outono. Choveu a noite toda. Estaciono na orla do bosque e continuo a pé. Se minhas lembranças estão certas, devo atravessar a parte rasa do riacho e subir o caminho de uma segunda colina; do alto verei o telhado do monastério.

Precisei de uma hora de caminhada para chegar. Nessa estação do ano, o riacho está mais cheio e atravessá-lo não foi tão fácil. Pedras grandes arredondadas mal apareciam nas águas agitadas e estavam escorregadias. Se você me visse naquela posição deselegante, tenho certeza de que teria rido de mim.

Essa lembrança me deu coragem para continuar.

A lama grudenta prende meus passos e a sensação que tenho é a de recuar, mais do que avançar. Foi preciso muito esforço para chegar ao topo. Encharcado, enlameado, devo estar parecendo algum andarilho perdido e me pergunto como os três monges que vêm em minha direção vão me receber.

Sem uma palavra, fazem sinal para que os siga. Chegamos ao portão do monastério, e o monge que parecia me vigiar durante todo o caminho, com medo de que eu fugisse, me levou a uma sala pequena, parecida com aquela em que dormimos. Faz sinal para que me sente, enche uma vasilha de barro com água limpa, se ajoelha à minha frente, lava as minhas mãos, pés e rosto. Depois oferece uma calça de linho, uma camisa limpa, e deixa a sala. Não o vi mais naquela tarde.

Um pouco depois, outro monge trouxe alimentos e estendeu uma esteira no chão. Entendi que aquela sala era também meu quarto para pernoitar.

O sol já se põe e, finalmente, quando os últimos raios somem no horizonte, aparece quem vim encontrar.

— Não sei o que o traz aqui, mas quero que vá embora amanhã mesmo, a menos que tenha a intenção de se retirar. Tivemos já muitos transtornos por sua causa.

— Sabem alguma coisa de Keira, a moça que estava comigo? Você voltou a vê-la? — perguntei ansioso.

— Sinto muito pelo que aconteceu com vocês, mas, se alguém o fez acreditar que sua amiga sobreviveu àquele terrível acidente, mentiu. Não digo que sei tudo que ocorre na região, mas eu teria sido informado de algo assim.

— Não foi um acidente! Sua religião proíbe a mentira; volto então a fazer a pergunta: tem certeza de que está morta?

— Erguer o tom da voz nada muda neste lugar, não causa o menor efeito em mim nem em meus discípulos. Como posso ter certeza? O rio não devolveu o corpo, é só o que sei. Com a velocidade e a profundidade das águas, não chega a surpreender. Desculpe insistir em detalhes assim, imagino que são difíceis de ouvir, estou apenas respondendo às suas perguntas.

— O carro foi encontrado?

— Se a pergunta for muito importante, deve ser feita às autoridades, mas não é algo que eu aconselhe.

— Por quê?

— Como disse, tivemos transtornos, mas isso não parece lhe interessar muito.

— Como assim, transtornos?

— Acha que o acidente não teve consequências? A polícia especial investigou. O desaparecimento de uma cidadã estrangeira em território chinês não é algo sem gravidade. E como as autoridades não gostam dos monastérios, tivemos visitas bem desagradáveis. Os monges foram interrogados de forma rude e dissemos que hospedamos vocês, pois não podemos mentir. Então, é compreensível que nossos discípulos não vejam a sua volta com bons olhos.

— Keira está viva, precisa acreditar e me ajudar.

— É o seu coração que fala, entendo a necessidade de se agarrar a essa esperança, mas recusar a realidade vai levá-lo a um sofrimento que consome por dentro. Se sua amiga tivesse sobrevivido, teria reaparecido em algum lugar e saberíamos disso. Tudo se sabe nessas montanhas. Infelizmente, eu acho que o rio a tomou como prisioneira. Lamento sinceramente e me solidarizo com sua tristeza. Vejo agora por que fez a viagem e me sinto confuso, por ter que trazer você de volta à razão. O luto é ainda mais difícil sem ter um corpo para enterrar, sem um túmulo junto ao qual se recolher, mas a alma de sua amiga o acompanha e continuará com você enquanto se sentir querida.

— Ah, por favor, poupe-me dessas bobagens! Não acredito em Deus nem em nada além do que temos.

— É seu pleno direito, mas, para alguém sem essa luz divina, você frequenta o monastério com muita assiduidade.

— Se o seu Deus existisse, nada disso teria acontecido.

— Se tivesse me escutado quando aconselhei a não fazer aquele passeio ao monte Hua Shan, poderia ter evitado esse drama que o abate. Como não veio para um retiro, é inútil ficar mais tempo aqui. Descanse esta noite e vá embora. Não estou expulsando você, não tenho esse poder, mas peço que não abuse de nossa hospitalidade.

— Se ela tiver sobrevivido, onde pode estar?

— Volte para casa!

O monge se retirou.

Passei quase a noite inteira de olhos abertos, procurando uma solução. Aquela fotografia não podia mentir. Nas dez horas de voo entre Atenas e Pequim, não parei de olhá-la e continuei a fazer isso, à luz de uma vela. Essa cicatriz na sua testa é uma prova que considero irrefutável. Sem conseguir dormir, me levantei sem fazer barulho e abri a divisória corrediça em folha de arroz que servia de porta. Uma luzinha fraca me guiou e avancei por um corredor, até uma sala onde seis monges dormiam. Um deles deve ter pressentido minha presença, pois se revirou onde estava deitado e respirou fundo, felizmente sem acordar. Continuei em frente, passei com cuidado por cima dos corpos no chão e cheguei ao pátio do monastério. Estávamos em lua crescente a três quartos e fui me sentar à beira do poço que há no centro.

Um ruído me assustou, mas a mão de alguém se colou a minha boca, para que eu não fizesse barulho. Reconheci o lama, que fez um gesto e eu o segui. Deixamos o monastério e caminhamos até o grande salgueiro. Ele se virou para mim e ficamos frente a frente.

Mostrei a fotografia de Keira.

— Quando vai entender que está nos colocando em perigo e, principalmente, a si mesmo? Precisa ir embora, já provocou muito estrago.

— Quais estragos?

— Não disse que o acidente foi proposital? Por que acha que eu o trouxe para longe do monastério? Não posso mais confiar em ninguém. Quem atacou vocês não deixará de repetir a agressão, se tiver oportunidade. Como não é discreto, tenho medo de que já tenham percebido que você está por aqui; o contrário disso seria um milagre. Espero que o milagre dure o bastante para que volte a Pequim e tome um avião.

— Não irei a lugar algum até encontrar Keira.

— Deveria tê-la protegido antes, agora é tarde. Não sei o que descobriram, sua amiga e você, nem quero saber, mas por favor vá embora!

— Dê alguma indicação, por menor que seja, uma pista a seguir e prometo que parto antes do amanhecer.

O monge me olhou fixamente e se calou. Deu meia-volta e tomou a direção do templo. Fui atrás. Chegando ao pátio, sem dizer uma palavra, me acompanhou ao quarto.

* * *

O sol já está alto, o fuso horário e o cansaço da viagem acabaram se impondo. Já devia ser quase meio-dia quando o monge entrou no cômodo com uma tigela de arroz e um caldo, numa tábua de madeira.

Se me virem servindo o café da manhã na cama, serei acusado de estar querendo transformar esse lugar de orações em pensão — disse, com um sorriso. — Alimente-se antes de retomar a estrada. Pois fará isso ainda hoje, não é?

Concordei com a cabeça. Era inútil insistir, pois nada mais conseguiria ali.

— Boa viagem, então — disse o lama, se retirando.

Erguendo a tigela de caldo, vi embaixo um papel dobrado. Instintivamente eu o escondi na mão e discretamente o enfiei no bolso. Fiz a refeição às pressas e me vesti. Estava impaciente para ler o que o monge havia escrito, mas dois discípulos me esperavam e me levaram até a orla do bosque.

Antes de irem embora, me entregaram um embrulho em papel pardo, amarrado com barbante de cânhamo. Já ao volante, esperei que os monges se afastassem para desdobrar o bilhete e ler.

Caso não siga minhas recomendações, saiba que ouvi dizer que um jovem monge entrou para o monastério de Garther, poucas semanas após o seu acidente. É possível que isso não esteja relacionado à sua busca, mas é muito raro que esse templo receba novos discípulos. Veio aos meus ouvidos que o jovem não parece tão satisfeito com o retiro. Ninguém sabe dizer quem ele é. Se quiser teimar e continuar com essa investigação pouco prudente, tome a direção de Chengdu. Chegando lá, aconselho deixar seu carro. A região para onde vai é muito pobre, e o veículo chamará atenção de uma forma que é melhor evitar. Em Chengdu, vista as roupas que lhe mandei entregar, elas o ajudarão a passar mais despercebido entre os moradores do vale. Pegue um ônibus, na direção do monte Yala. Não sei o que mais aconselhar; para um estrangeiro, é impossível entrar no monastério de Garther, mas, quem sabe, a sorte lhe sorria.

Tome cuidado, você não está sozinho. Antes de qualquer coisa, queime este papel.

Estou a 800 quilômetros de Chengdu, preciso de nove horas para chegar.

A mensagem do monge não abre grandes expectativas, pode perfeitamente ter sido escrita com a finalidade exclusiva de me afastar, mas não o imagino capaz de tanta crueldade. Quantas vezes, no caminho até Chengdu, voltarei a essa pergunta...?

À esquerda, a cadeia de montanhas estende suas sombras assustadoras pelo vale cinzento e empoeirado. A estrada atravessa a planície de leste a oeste. À frente, as chaminés de dois altos-fornos se impõem no meio da paisagem.

Liuzhizhen, mineração a céu aberto, céu escuro sobre lotes de terra, terra de extração mineral, paisagens de tristeza sem fim, vestígios de antigas fábricas desativadas.

Chove, não para de chover e os limpadores de para-brisa mal conseguem afastar a água que corre. A estrada está escorregadia. Ao ultrapassar algum caminhão, os motoristas me olham curiosos. Não deve haver muitos turistas circulando nessa região.

Já percorri 200 quilômetros e ainda tenho seis horas de estrada pela frente. Gostaria de telefonar para Walter, pedir que venha me fazer companhia; a solidão me oprime, não aguento mais. Perdi o egoísmo da juventude nas águas turvas do rio Amarelo. Com uma olhada no retrovisor, vejo que meu rosto mudou. Walter diria ser o cansaço, mas sei que passei por uma etapa, sem possibilidade de volta. Seria bom ter conhecido Keira mais cedo, não ter perdido tanto tempo achando que a felicidade estava no que faço. No que se refere à felicidade, a coisa é bem mais simples: se encontra no outro.

Chegando ao final da planície, ergue-se à frente uma barreira de montanhas. Uma placa indica, em escrita ocidental, faltarem ainda 660 quilômetros para Chengdu. Um túnel, a autoestrada penetra na rocha, passo a não poder mais ouvir o rádio, mas pouco importa, aquelas músicas pop asiáticas são insuportáveis. As pontes atravessando profundos cânions quase se emendam uma na outra por 250 quilômetros. Paro num posto de gasolina em Guangyuan.

O café não estava tão ruim.

Com um pacote de biscoitos no banco ao lado, retomo a estrada.

Toda vez que entro em um vale estreito, descubro minúsculos vilarejos. Já passa das vinte horas quando chego a Mianyang. Nesse centro de ciência e tecnologia, a modernidade impressiona, à beira de um rio, com altos arranha-céus de vidro e aço. Cai a noite, e o cansaço se faz sentir. Deveria parar para dormir e recuperar as forças. Vejo o mapa: depois de Chengdu, chegar ao monastério de Garther de ônibus vai me tomar várias horas. Mesmo com a maior boa vontade do mundo, não vou conseguir chegar esta noite.

Encontrei um hotel. Deixei o carro e andei ao longo do caminho de cimento que margeia o rio. A chuva parou. Alguns restaurantes servem o jantar em varandas úmidas, aquecidas a gás.

A comida é um tanto gordurosa. Longe, um avião decola com um barulho ensurdecedor; passa por cima da cidade e toma a direção sul. Provavelmente o último voo da noite. Para onde vão esses passageiros atrás das janelinhas iluminadas? Londres e Hydra estão tão longe. Sinto-me deprimido. Se Keira estiver viva, por que esse silêncio? Por que não deu sinal algum? O que pode ter acontecido para que tenha desaparecido assim? O monge talvez esteja certo, essa ilusão pode ser loucura minha. A falta de sono exagera as ideias sombrias, e o escuro da noite influencia. Minhas mãos estão úmidas e a mesma umidade se insinua pelo meu corpo todo. Sinto que tremo, não sei se de calor ou de frio; o garçom se aproxima e imagino que esteja perguntando se estou bem. Gostaria de responder, mas não consigo articular a menor palavra. Continuo a passar o guardanapo na nuca, o suor me escorre pelas costas e a voz do garçom parece cada vez mais distante. A luz da varanda fica clara demais e tudo gira ao redor. O vazio.

O escuro se dissipa, pouco a pouco surge uma claridade e ouço vozes: duas, três? Falam numa língua que não compreendo. Algo fresco encosta no meu rosto, preciso abrir os olhos. Vejo uma velha. Ela me alisa o rosto, querendo me fazer entender que o pior já passou. Umedece meus lábios e murmura palavras que imagino serem tranquilizadoras.

Sinto um formigamento, o sangue volta a circular em minhas veias. Tive um mal-estar. O cansaço, uma doença encubada ou algo que eu não deveria ter comido, estou fraco demais para pensar. Deitaram-me num sofá de forro macio, nos fundos do restaurante. Um homem se juntou à velha senhora que me ajuda; era seu marido. Também sorri para mim e tem o rosto ainda mais enrugado que o dela.

Gostaria de dizer alguma coisa, agradecer.

O velho aproxima uma taça da minha boca e me força a beber. O líquido é amargo, mas a medicina chinesa tem virtudes inesperadas, então aceito.

O casal de chineses se parece tanto com o que Keira e eu vimos, um dia, no parque Jingshan, são idênticos, e essa impressão me tranquiliza. Minhas pálpebras se fecham, sinto o sono tomar conta de mim.

Dormir, recuperar energia, é o melhor que tenho a fazer, então espero.

*

Paris

Ivory andava de um lado para o outro da sala. A partida de xadrez não parecia favorável e Vackeers acabava de mover um cavalo, colocando a rainha em situação perigosa. Aproximou-se da janela, afastou a cortina e ficou olhando o bateau-mouche que descia o Sena.

— Quer falar disso? — perguntou Vackeers.

— De quê? — respondeu Ivory.

— Do que o preocupa tanto.

— Pareço preocupado?

— Tudo indica que sim, pela maneira como está jogando, a não ser que só esteja querendo que eu ganhe, mas nesse caso o exagero com que oferece a vitória é quase um insulto. Prefiro que diga o que o incomoda.

— Nada. Dormi pouco na última noite. E pensar que antigamente eu podia passar dois dias acordado. O que fizemos a Deus para merecer esse cruel castigo da velhice?

— Sem querer nos exibir, acho que Deus, no nosso caso específico, foi até camarada.

— Desculpe, é melhor encerrar a noite. De qualquer maneira, com mais quatro jogadas caio em xeque-mate.

— Três! Está ainda mais preocupado do que imaginei, mas não quero forçá-lo a nada. Sou seu amigo, fale quando quiser o que o chateia.

Vackeers se levantou e foi ao hall. Vestiu o casaco impermeável e se virou; Ivory continuava olhando pela janela.

— Volto amanhã para Amsterdã, venha passar uns dias, o ar suave dos canais talvez o ajude a recuperar o sono. Fique lá em casa.

— Achei que preferia que não nos vissem juntos.

— O caso foi encerrado, não temos mais por que manter coisas complicadas. E pare de se culpar, não foi você o responsável. Era de se prever que Sir Ashton ia continuar. Lamento tanto quanto você a maneira como o caso terminou, mas nada podemos fazer.

— Todo mundo sabia que Sir Ashton agiria por conta própria mais cedo ou mais tarde, e essa hipocrisia era bem cômoda. Sabe disso tanto quanto eu.

— Garanto, Ivory, que, se tivesse imaginado os meios expeditivos que seriam usados, teria feito o possível para impedir.

— O quê, por exemplo?

Vackeers olhou fixamente o amigo e baixou os olhos.

— Meu convite para Amsterdã está de pé, venha quando quiser. Uma última coisa: prefiro não registrar a partida desta noite em nossos relatórios. Boa noite, Ivory.

Ivory não respondeu. Vackeers fechou a porta do apartamento, entrou no elevador e apertou o botão do andar térreo. Seus passos ressoaram no piso do hall, ele puxou o pesado portão do pátio interno do prédio e atravessou a rua.

A noite estava agradável, Vackeers andou ao longo do cais d'Orléans e olhou a fachada do edifício de onde saíra; no quinto andar, as luzes da sala de Ivory acabavam de se apagar. Deu de ombros e continuou seu passeio. Ao virar a esquina da rua Le Regrattier, duas piscadas rápidas de farol o guiaram até um Citroën estacionado junto à calçada. Vackeers abriu a porta direita da frente e se sentou. O motorista levou a mão à ignição, mas Vackeers fez sinal para que esperasse.

— Só um pouco, por favor.

Os dois homens permaneceram em silêncio. O que estava ao volante pegou um maço de cigarros no bolso, colocou um na boca e acendeu um fósforo.

— O que tanto o interessa, por que estamos esperando?

— Essa cabine, bem à frente.

— Que história é essa? Não tem cabines à beira do rio.

— Por favor, apague o cigarro.

— O tabaco agora o incomoda?

— Não, mas a brasa na ponta, sim.

Um homem vinha ao longo do rio e se apoiou no parapeito.

— É Ivory? — perguntou o motorista de Vackeers.

— Não, é o papa!

— Está falando sozinho?

— No telefone.

— Com quem?

— Você tenta ser burro de propósito? Se ele sai de casa no meio da noite para dar um telefonema na rua, provavelmente não quer que se saiba com quem está falando.

— Para que então ficar escondido, se não podemos ouvir a conversa?

— Para confirmar uma intuição.

— E podemos ir embora, agora que já confirmou essa intuição?

— Não, o que vai acontecer também me interessa.

— Por que tem ideia do que vai acontecer?

— Como você fala, Lorenzo! Assim que desligar, ele vai jogar o chip do celular no Sena.

— E está querendo mergulhar no rio para pegar?

— Você é realmente burro, meu amigo.

— E se, em vez de me insultar, explicasse o que estamos esperando?

— Já vai descobrir.

*

Londres

A campainha do telefone tocou num pequeno apartamento da Old Brompton Road. Walter se levantou da cama, vestiu um robe e foi para a sala.

— Pronto, pronto — exclamou, se aproximando do console onde se encontrava o aparelho.

Reconheceu imediatamente a voz do interlocutor.

— Nada ainda?

— Nada, cheguei de Atenas no final da tarde. Ele está lá há apenas quatro dias, espero em breve ter boas notícias.

— É o que também espero, mas mesmo assim me preocupo, não consegui pregar os olhos a noite inteira. Eu me sinto inútil e tenho horror disso.

— Para dizer a verdade, também tenho dormido pouco nos últimos tempos.

— Acha que ele ainda corre perigo?

— Disseram o contrário, só que é preciso ter paciência, mas é difícil vê-lo assim. O diagnóstico é cauteloso, foi por pouco.

— Quero saber se foi um golpe armado. Quero muito saber. Quando volta a Atenas?

— Amanhã à noite ou, no máximo, depois de amanhã, se não tiver conseguido terminar tudo que tenho que fazer na Academia.

— Ligue para mim assim que chegar e trate de descansar até lá.

— O senhor também. Até amanhã, espero.

*

Paris

Ivory se livrou do chip do celular e caminhou. Vackeers e o motorista do carro afundaram em seus bancos, por puro reflexo, mas era improvável que pudessem ser vistos àquela distância. A silhueta de Ivory desapareceu na esquina da rua.

— Bom, finalmente podemos ir embora? — perguntou Lorenzo. — Passei a noite mofando aqui e estou morrendo de fome.

— Espere só mais um pouco.

Vackeers ouviu o barulho de um motor de carro sendo ligado. Dois faróis varreram a beira do Sena. O automóvel parou no lugar em que Ivory estivera pouco antes. Um homem desceu e foi até o parapeito. Debruçou-se para observar o rio, deu de ombros e voltou. Os pneus chiaram e o veículo se afastou.

— Como sabia? — perguntou Lorenzo.

— Um mau pressentimento. E agora que vi a placa do carro, é ainda pior.

— O que tinha essa placa?

— Está se esforçando para alegrar minha noite, é isso? Era um carro do corpo diplomático inglês, precisa de mais detalhes?

— Sir Ashton mandou seguir Ivory?

— Acho que já vi e ouvi o bastante por hoje. Faria a gentileza de me deixar no hotel?

— Bom, Vackeers, agora chega, não sou seu chofer. Pediu que esperasse escondido neste carro, dizendo se tratar de uma missão importante, e me congelei por duas horas, enquanto você bebericava um conhaque no conforto e tudo que pude constatar foi seu amigo ter ido, não sei por qual motivo, jogar um chip de telefone no Sena e que um automóvel do serviço consular de Sua Majestade o espiou executando esse gesto, cuja importância eu continuo sem perceber. Então escolha entre ir embora a pé ou explicar o que está acontecendo.

— Considerando a escuridão em que parece mergulhado, querido Roma, vou tentar iluminá-la um pouco! Se Ivory se dá ao trabalho de sair à meia-noite para telefonar fora de casa, é por querer tomar certas precauções. E se os ingleses se escondem debaixo do prédio dele para vigiar, isso quer dizer que o caso que nos preocupou nos últimos meses não está tão concluído quanto quisemos acreditar. Consegue entender até aí?

— Não me imagine mais idiota do que sou — disse Lorenzo, ligando o motor.

O carro partiu ao longo do rio e tomou a ponte Marie.

— Se Ivory está sendo tão prudente, é por estar um passo à frente — continuou Vackeers. — E eu que achei ter ganhado a partida de hoje; realmente, ele sempre me surpreende.

— O que vai fazer?

— Por enquanto, nada. E também não fale com ninguém a respeito da noite de hoje. É muito cedo. Se prevenirmos os outros, cada um vai investigar por conta própria, como já aconteceu, e ninguém mais vai confiar em ninguém. Sei que posso contar com MADRI. E você, ROMA, de que lado vai estar?

— Por enquanto, acho que estou bem à sua esquerda, isso responde à sua pergunta pelo menos em parte, não?

— Precisamos localizar aquele astrofísico com toda a urgência. Posso apostar que não está mais na Grécia.

— Volte e pergunte a seu amigo. Se insistir com bons modos, ele talvez diga alguma coisa.

— Desconfio que não saiba mais do que nós, deve ter perdido a pista. Parecia estar com o espírito longe. Conheço-o há tempo demais para que me engane, está armando alguma coisa. Ainda tem seus contatos na China? Pode contatá-los?

— Tudo depende do que esperamos deles e do que nos dispomos a dar em troca.

— Tente descobrir se nosso Adrian não aterrissou recentemente em Pequim, se alugou um carro e se, por sorte, usou um cartão de crédito para sacar dinheiro, pagar uma conta de hotel ou coisa assim.

Ficaram em silêncio. Paris estava deserta. Lorenzo deixou Vackeers, dez minutos depois, diante do hotel Montalembert.

— Farei o possível com os chineses, mas fica me devendo essa — disse, já parando o carro.

— Primeiro os resultados e depois a conta, querido ROMA. Até logo e obrigado pelo passeio.

Vackeers desceu do Citroën e entrou no hotel. Pediu a chave ao recepcionista, que se virou no balcão e entregou, junto, um envelope.

— Deixaram para o senhor.

— Há quanto tempo? — perguntou Vackeers, surpreso.

— Um motorista de táxi trouxe há poucos minutos.

Intrigado, Vackeers se dirigiu ao elevador. Esperou chegar à suíte do quarto andar para abrir a carta.

Caro amigo,

Infelizmente, acho que não poderei aceitar seu convite cordial para encontrá-lo em Amsterdã. Não por falta de vontade, assim como gostaria também que desculpasse meu comportamento, esta noite, no xadrez, mas como deve imaginar, certos negócios me fazem permanecer em Paris.

Porém, espero vê-lo em breve. Tenho inclusive certeza de que o verei.

Seu amigo de sempre,

Ivory

P.S.: Quanto ao meu pequeno passeio noturno, esperava mais discrição de sua parte. Quem fumava a seu lado, no bonito Citroën preto, ou talvez azul-marinho? Minha vista piora a cada dia...

Vackeers dobrou a carta e não pôde deixar de sorrir. A monotonia dos dias vinha se tornando um peso. Sabia que aquela operação provavelmente seria a última da sua carreira, e a ideia de Ivory ter encontrado como reativar a máquina, de um jeito ou de outro, não o desagradava, pelo contrário. Vackeers se sentou diante da pequena escrivaninha da suíte, pegou o telefone e teclou um número da Espanha. Desculpou-se com Isabel por incomodá-la àquela hora da noite, mas tinha motivos para acreditar que algo havia acontecido e o que tinha a dizer não podia esperar o dia seguinte.

*

Mianyang, China

Acordei às primeiras horas do dia. A velha senhora que me fez companhia a noite toda dormia numa poltrona grande. Afasto a coberta com que me agasalharam e me endireito. Ela abre os olhos, olha ternamente para mim e põe um dedo nos lábios, parecendo me pedir que não faça barulho. Em seguida se levanta e vai buscar um bule de chá num fogareiro de metal. Uma divisória dobrável nos separa do restaurante e, ao redor, os membros da família dormem em colchões no chão. Dois homens de cerca de 30 anos estão deitados perto da única janela. Um deles era o garçom da noite anterior e o outro, seu irmão, trabalhava na cozinha. A irmã menor, que deve ter uns 20 anos, ainda dorme num colchonete perto do aquecedor a carvão, e o marido da minha hospedeira de improviso está deitado em cima de uma mesa, com um travesseiro debaixo da cabeça e o cobertor puxado até os ombros. Veste um pulôver e um casaco de lã grossa. Ocupei o sofá-cama que o casal abre para dormir todas as noites. Diariamente, aquela família afasta algumas mesas do restaurante para transformar a sala dos fundos em dormitório. Era muito constrangedor ter me imposto daquela maneira na intimidade familiar, se é que, no caso, se possa falar de intimidade. Quem, no meu bairro de Londres, cederia o próprio leito a um estranho?

A velha senhora me serve um chá escaldante. Só podemos nos comunicar por gestos.

Pego minha xícara e me dirijo à sala da frente. Ela volta a fechar o biombo atrás de mim.

O passeio está deserto. Vou até a mureta ao longo do rio e olho o fluxo das águas correndo para oeste. A bruma matinal cobre o espelho-d'água, e uma pequena embarcação que parece de junco desliza suavemente. Um dos tripulantes acena para mim e devolvo o cumprimento.

Estou com frio, enfio as mãos nos bolsos e sinto a fotografia de Keira entre os dedos.

Por que, nesse momento exato, me veio a lembrança da nossa noite em Nebra? Lembro-me daquelas horas passadas com você, bem movimentadas, é verdade, mas que tanto nos aproximaram.

Parto daqui a pouco para o monastério de Garther; não sei quanto tempo será preciso nem como vou conseguir entrar, mas isso não importa, é a única pista que tenho para encontrá-la... se ainda estiver viva.

Por que me sinto tão fraco?

Há uma cabine telefônica na calçada, a poucos passos de mim. Tem uma aparência kitsch dos anos 1970. Gostaria de ouvir a voz de Walter. Aceitam-se cartões de crédito. Assim que disco os algarismos, já ouço o sinal de ocupado; não deve ser possível ligar para um país estrangeiro. Depois de mais duas tentativas, acabo desistindo.

Já é hora de agradecer a meus anfitriões, pagar a conta do jantar da véspera e ir embora. Não aceitam que eu pague. Agradeço tanto quanto posso e vou embora.

No final da manhã, chego, enfim, a Chengdu. É uma metrópole poluída, agitada, agressiva. Mesmo assim, entre os arranha-céus e grandes conjuntos imobiliários, sobreviveram casinhas sem reboco nem pintura. Procuro o caminho da estação rodoviária.

Jinli Street é a rua para turistas, com alguma sorte posso encontrar compatriotas que me deem informações.

Parque Nanjiao, com uma bela flora e embarcações de outra época que tranquilamente navegam num lago, à sombra de melancólicos salgueiros.

Identifico um casal jovem que, pelas maneiras, imagino ser americano. Os dois estudantes contam estar em Chengdu por um programa de intercâmbio universitário de formação.

Felizes em ouvir alguém que falasse a língua deles, indicam que a estação fica do outro lado da cidade. A moça tira um bloco da mochila, escreve um bilhete e me entrega, com uma caligrafia chinesa perfeita. Aproveito para pedir que escreva também o nome do monastério de Garther.

O carro estava num estacionamento descoberto. Visto ali mesmo as roupas que o monge tinha dado e enfio numa bolsa um pulôver e mais algumas coisas. Deixo o 4x4 e tomo um táxi.

O motorista lê o papel que mostro e, meia hora depois, desço à frente da Estação Rodoviária de Wuguiqiao. Dirijo-me a um guichê com o precioso bilhete escrito em chinês. O funcionário me cobra vinte yuans pela passagem, indica a plataforma nº 12 e balança a mão, avisando que devo correr para não perder o ônibus.

O veículo não é dos mais novos e, sendo o último a subir, só consigo um lugar no fundo, apertado entre uma mulher gorda e uma gaiola grande de bambu, ocupada por três patos em plena agitação. Os pobrezinhos provavelmente serão laqueados assim que chegarem ao destino, mas como avisá-los do que os espera?

Atravessamos uma ponte que cruza o rio Funan e tomamos uma via expressa, com reclamações altas vindas da caixa de marchas do ônibus.

Paramos em Ya'an para o desembarque de um passageiro. Não sei qual é a duração da viagem, que me parece interminável. Mostro o pedaço de papel caligrafado à minha vizinha e aponto para o meu relógio. Ela indica no mostrador a marca das seis horas. Chegarei, então, quase no final do dia. Onde vou dormir? Não faço a menor ideia.

A estrada serpenteia em direção ao conjunto de montanhas. Se Garther for muito no alto, a noite será glacial, vou precisar encontrar uma hospedagem o mais rápido possível.

Quanto mais a paisagem se torna árida, mais me sinto tomado por dúvidas. O que pode ter levado Keira a vir se perder num lugar tão isolado? Apenas a busca de algum fóssil a levaria aos confins do mundo, não vejo outra explicação.

Vinte quilômetros adiante, o ônibus para diante de uma ponte de madeira, suspensa por dois cabos de aço em péssimo estado. O motorista ordena que todos desçam, deixando o veículo mais leve, para diminuir os riscos. Pela janela, vejo o abismo a ser atravessado e fico grato à sua sabedoria.

Sentado no banco de trás, serei o último a sair. Levanto-me, o ônibus já está praticamente vazio. Com o pé, empurro a haste de bambu que prende a porta da gaiola onde se agitam as aves, abandonadas à própria sorte. A liberdade para elas se encontra no final do corredor, à direita; podem escolher o caminho mais curto, passando por baixo dos bancos, têm essa possibilidade. Os três patos me seguem, felizes da vida. Cada um toma uma decisão, um indo pelo corredor, outro pela fila de bancos da direita e o terceiro preferindo os da esquerda. Espero poder sair antes deles, ou vão me acusar de cumplicidade na fuga! De qualquer maneira, isso é o de menos, a proprietária dos patos já está na ponte, agarrada à lateral de apoio e avançando de olhos semicerrados para lutar contra a vertigem.

Minha própria travessia não fica atrás e é igualmente desajeitada. Do outro lado da ponte, todos os passageiros se sentem obrigados, com gritos e gestos, a incentivar o corajoso motorista, que avança com todo o cuidado pelas tábuas mal presas. Ouvem-se estalos alarmantes, os cabos rangem, o poste que os fixa balança assustadoramente, mas aguenta e, 15 minutos depois, todos retomaram seus respectivos lugares. Exceto eu, que aproveitei a ocasião para me sentar no lugar que ficara vago, logo na segunda fila. O ônibus dá a partida, dois patos não se apresentam à chamada, mas o terceiro, infelizmente, ressurge no meio do corredor, indo como um tonto direto ao encontro das pernas de sua dona.

Atravessamos Dashencun e eu disfarçava o riso, vendo minha ex-colega de assento percorrendo o veículo de quatro, procurando em vão as duas aves desaparecidas. Desceu do ônibus em Duogong, bem mal-humorada; mas tinha por quê.

Shabacun, Tianquan, cidades e cidadezinhas se sucedem na interminável viagem. Seguimos o curso de um rio e o ônibus continua subindo rumo a alturas vertiginosas. Não devo estar completamente refeito, pois sinto calafrios. Embalado pelo ruído constante do motor, consigo cochilar por uns instantes, até ser acordado por um solavanco mais forte.

À esquerda, a geleira de Hailuogu parece encostar nas nuvens. Estamos perto da famosa garganta de Zhedu, ponto culminante do trajeto. Nesses quase 4.300 metros de altitude, eu sinto o coração bater nas têmporas e a enxaqueca voltar. Penso em Atacama. Como estaria meu amigo Erwan? Há tempos não me comunico com ele. Se não fosse aquele mal-estar anterior no Chile, se não tivesse infringido as normas de segurança que me foram dadas, se houvesse escutado Erwan, não estaria aqui e Keira não teria desaparecido nas águas turbulentas do rio Amarelo.

Lembro que em Hydra, para me consolar, minha mãe disse: "Perder uma pessoa que a gente amou é horrível, mas pior ainda seria não tê-la conhecido." Ela se referia a meu pai, mas o sentido é outro se nos sentimos responsáveis pela morte de quem amamos.

O lago de Moguecu espelha em suas águas calmas os cimos cobertos de neve. Voltamos a ganhar velocidade, mergulhando na direção do vale de Xinduqiao. Ao contrário do deserto de Atacama, temos uma vegetação abundante.

Rebanhos de iaques pastam em capinzais. Olmeiros e bétulas brancas se harmonizam na vasta pradaria inserida em plena montanha. Descemos dos 4.000 metros e minha enxaqueca melhorou. O ônibus para. O motorista se vira para mim, é hora de descer. Além da estrada, vejo apenas um caminho de pedras que segue na direção do monte Gongga Shan. O motorista sacode os braços e resmunga algumas palavras. Imagino estar pedindo para que eu continue minhas reflexões do outro lado da porta sanfonada que ele acaba de abrir e pela qual entra um ar gelado.

Com minha sacola no chão e o rosto acusando a temperatura glacial, vejo, com tremores de frio, o ônibus se afastar e desaparecer numa curva mais adiante.

Estou sozinho, numa vasta planície em que o vento sopra colina acima. Paisagens fora do tempo, com a terra tendo adotado a cor da cevada descascada e da areia... mas sem o menor sinal do monastério que procuro. Não vou conseguir passar a noite ao ar livre sem morrer congelado. É preciso andar. Para onde? Não faço ideia, mas não há outra solução senão avançar, para escapar do torpor do frio.

Na esperança absurda de fugir da noite, corro a passadas miúdas, indo de encosta em encosta na direção do sol poente.

Distante, vejo a lona escura de uma tenda de nômades, que me parece vir a calhar.

No meio da imensa planície, uma criança tibetana vem em minha direção. Deve ter três anos, talvez quatro, um pedacinho de gente, com as bochechas coradas como duas maçãs e olhos que brilham. O desconhecido que sou não a assusta, e ninguém parece sequer imaginar que algo minimamente perigoso possa lhe acontecer, ela tem liberdade para ir aonde bem entende. Dá uma grande risada, achando engraçado o meu aspecto diferente, e seu riso enche o vale. Abre bem os braços, corre na minha direção, para a poucos metros e volta rumo à tenda. Um homem sai de lá e vem até mim. Estendo-lhe a mão, ele junta as suas, se inclina e me convida a segui-lo.

Grandes abas de lona escura, sustentadas por paus, formam um capitel. Dentro, a habitação é ampla. Num aquecedor de pedra queimam gravetos de lenha e uma mulher prepara uma espécie de cozido, com o perfume impregnando todo o ambiente. O homem faz sinal para que eu me sente, serve uma bebida alcoólica de arroz para nós dois e bebe comigo.

Faço a refeição com a família nômade. O silêncio só é quebrado pelo riso da menininha de bochechas vermelhas como maçãs. Ela acaba dormindo junto à mãe.

Com a noite caída, o nômade me leva para fora da tenda. Senta-se numa pedra e oferece um cigarro, depois de enrolá-lo entre os dedos. Juntos, olhamos o céu. Havia muito tempo eu não o contemplava assim. Localizo uma das constelações mais belas que o outono oferece, a leste de Andrômeda. Aponto para as estrelas e pronuncio o nome para o meu anfitrião. "Perseu", digo em voz alta. Ele segue o meu olhar, repete "Perseu" e ri com a mesma alegria que a filha, com um brilho nos olhos igual ao que ilumina a abóboda celeste à nossa cabeça.

Dormi na tenda, ao abrigo do frio e do vento. Quando amanhece, estendo o papel com o nome do monastério a meu anfitrião, que não sabe ler e não presta a menor atenção nele, pois o dia começa e muitas são as tarefas que tem pela frente.

Ajudando a colher gravetos, aventurei-me a pronunciar a palavra "Garther", mudando várias vezes a pronúncia, na esperança de encontrar alguma que o fizesse reagir. Nada feito, ele continua sem reagir.

Colhida a lenha, passamos à água. O nômade me entrega um odre vazio, pendura outro no ombro, mostra como fazer o ajuste e tomamos uma trilha na direção sul.

Andamos por pelo menos duas horas. Do alto da colina, noto um rio, atravessando uma vegetação alta. Meu companheiro o alcança bem antes de mim e já se banhava, quando consigo chegar. Tiro minha camisa e entro também na água. A temperatura causa um impacto, o rio devia ter a nascente numa das geleiras que se veem ao longe.

O nômade mantém o odre mergulhado. Imito seus gestos, os dois recipientes incham e tenho toda a dificuldade do mundo para levar o meu até a margem.

De volta à terra firme, ele arranca um punhado de relva e esfrega com força o corpo. Já seco, se veste e se senta para descansar um pouco. "Perseu", diz ele, apontando para o céu. Depois a sua mão indica uma curva descendo o rio, a algumas centenas de metros de nós. Uns vinte homens se banham e cerca de outros quarenta lavram a terra, alguns empurrando uma charrua e traçando fissuras longas, perfeitamente retilíneas. Todos usam roupas que reconheço imediatamente.

— Garther! — diz meu companheiro.

Agradeço e já ia partir na direção dos monges, mas o nômade se levanta e segura meu braço. Sua expressão se endurece. Com um sinal de cabeça, indica que não devo ir. Puxa a manga da minha roupa e mostra o caminho por onde viemos. Percebendo o medo que se estampa no rosto dele, obedeço e tomo a trilha, seguindo seus passos. Do alto da colina, volto-me de novo para o local em que estavam os monges. Os que antes se banhavam no rio já vestiram suas túnicas e retomaram o trabalho, traçando estranhos sulcos, oscilantes como curvas de um gigantesco eletrocardiograma. Desaparecem do meu campo de visão ao descermos a outra vertente da encosta. Assim que puder, escapo do meu hospedeiro e volto àquele vale.

Sou bem-vindo na família de nômades, mas, segundo a tradição, devo fazer por merecer minha comida de cada dia.

A mulher deixou a tenda e me levou até o rebanho de iaques que pastam num campo. Não prestei atenção ao recipiente que ela carregava, cantarolando, até o momento em que se ajoelhou diante de um daqueles estranhos quadrúpedes e começou a ordenhá-lo. Pouco depois, me cede o lugar, achando que a aula já fora suficiente. Ela me deixou ali e, pelo olhar que dirigiu ao balde, entendi que eu não devia voltar ao acampamento enquanto não estivesse cheio.

As coisas não acontecem de maneira tão simples. Por falta de segurança minha ou por má índole daquela maldita vaca asiática, que com toda a certeza não tinha a menor intenção de deixar que o primeiro desconhecido que estivesse de passagem manipulasse suas tetas, toda vez que minha mão tenta começar o trabalho, ela se adianta um passo ou recua... Experimento todo tipo de estratégia, indo da tentativa de sedução à voz de comando, passando por súplica, raiva, irritação, mas nada funciona.

Alguém de apenas quatro anos foi quem me socorreu. Não tenho do que me orgulhar, mas foi assim.

A menininha de bochechas redondas e vermelhas como duas maçãs de repente apareceu no prado; talvez estivesse ali havia algum tempo, se divertindo às minhas custas, e deve ter se controlado o quanto pôde, até trair sua presença com uma risada sonora. Como se tentasse se desculpar por zombar de mim, ela se aproxima, me empurra com o ombro, agarra com um gesto firme uma teta do iaque e ri satisfeita mais uma vez, quando o leite jorra no balde. Não parecia realmente complicado e, quando ela indicou o flanco do iaque, num claro desafio, ajoelhei-me no seu lugar e ela ficou espiando. Aplaudiu com gosto ao me ver, enfim, extrair algumas gotas de leite. Deitou-se então na relva e ficou me vigiando, de braços cruzados. Mesmo que fosse apenas uma criança, sua presença ativava algo tranquilizador em mim. Aquela tarde foi um momento tranquilo e feliz. Um pouco depois, voltamos juntos para o acampamento.

Duas outras tendas tinham sido montadas perto daquela em que dormi na noite anterior, e três famílias se reuniam ao redor de uma grande fogueira.

À medida que vou me aproximando do acampamento, na companhia de minha pequena amiga, os homens vêm em nossa direção. Meu anfitrião fez sinal para que eu continuasse meu caminho. Estava sendo esperado pelas mulheres, enquanto iam reagrupar o gado. Sinto-me meio deslocado, deixado de lado naquela missão bem mais masculina que a ordenha que me fora confiada.

O dia termina, vejo o sol e sei que em no máximo uma hora já vai estar escuro. A ideia mais persistente em minha cabeça é a de escapar por algum tempo dos amigos nômades e ir espiar o que se passa no vale mais abaixo. Queria seguir os monges até o monastério. Mas meu anfitrião chega no exato momento em que meu projeto toma forma. Beija a mulher, ergue a filha e a aperta nos braços, entrando em seguida na tenda. Sai um pouco depois, de roupas trocadas, e me vê mais afastado, olhando para a linha do horizonte. Senta-se ao lado e oferece um dos seus cigarros. Agradeço e recuso. Ele acende um e olha também para o alto da colina, em silêncio. Não sei por que, mas tive vontade de mostrar a sua foto. Provavelmente pela falta terrível que você me faz, e seria um pretexto para vê-la mais uma vez. É o que tenho de melhor para compartilhar.

Puxo-a do bolso e mostro. Ele sorri, devolvendo-a. Expira uma profunda baforada, esmaga o resto do cigarro entre os dedos e vai embora.

Quando a noite cai, dividimos um cozido com as duas outras famílias que se juntaram a nós. A menininha se senta ao meu lado. Nem o pai nem a mãe parecem se incomodar com nossa cumplicidade. Pelo contrário, a mãe alisa os cabelos da criança e me diz o seu nome. Chama-se Rhitar. Soube depois que é o nome que se dá quando o filho anterior morreu, para afastar a má sorte. Será para afastar a tristeza de um drama anterior a seu nascimento que Rhitar ri daquela maneira cristalina? Para lembrar aos pais a alegria que ela trouxe à família? Rhitar acaba dormindo no colo da mãe, e até mesmo no sono, que parece profundo, ela sorri.

Terminada a refeição, os homens vestem amplas calças, as mulheres desmancham as mangas retas das túnicas, deixando-as bater ao vento. Todos se dão as mãos, formando um círculo, com homens de um lado e mulheres de outro. Cantam, as mulheres agitam as mangas e, terminando o canto, os dançarinos dão um grito forte em uníssono. A ciranda parte então no outro sentido e o ritmo se acelera. Correm, saltam, gritam e cantam até cansar. Convidado para aquele balé da alegria, deixo-me levar pela embriaguez do álcool de arroz e de uma ciranda tibetana.

Meu ombro é sacudido, abro os olhos e vejo na penumbra o rosto do meu amigo nômade. Em silêncio, faz sinal para que o siga fora da tenda. A imensa planície está mergulhada na luz acinzentada da noite que chega ao fim. Meu anfitrião carrega minha bagagem pendurada no ombro. Não sei o que está pensando fazer, mas imagino estar me levando para onde nossos caminhos devem se separar. Tomamos a trilha percorrida na véspera. Não trocamos palavra alguma durante o trajeto. Andamos por uma hora e, ao atingirmos o topo da colina mais alta, ele bifurca à direita. Atravessamos um pequeno bosque de olmos e de nogueiras, de que ele parece conhecer cada palmo, cada obstáculo. Ao sairmos, a manhã ainda não começou. Meu guia se deita no chão e ordena que eu faça o mesmo; cobre-me com folhas mortas e um pouco de terra, mostrando como me camuflar. Ficamos os dois em silêncio, de tocaia, mas não tenho a menor ideia do porquê. Imagino que me trouxe para uma caçada e me pergunto de qual animal, pois não temos arma alguma. Talvez tenha vindo desfazer armadilhas.

Estou longe da resposta e precisei esperar uma hora até compreender o que nos levara até ali.

O dia finalmente amanhece. A aurora deixa que se veja, diante de nós, a muralha externa de um gigantesco monastério, quase uma fortaleza.

— Garther — murmura meu cúmplice, pronunciando a palavra pela segunda vez.

Numa noite, eu tinha dado a ele o nome de uma estrela perdida no céu acima da planície; naquela manhã, meu gesto era retribuído com o nome do lugar que eu, mais do que qualquer astro no universo, queria descobrir.

Meu companheiro faz sinal para que eu não me mova de jeito algum, parecendo muito assustado com a possibilidade de sermos descobertos. Pessoalmente, não vejo por que se preocupar tanto, pois o templo se encontra a mais de 100 metros. Mas, agora que meus olhos se acostumam à penumbra, noto em cima das muralhas do monastério vultos de homens de túnica, fazendo a ronda.

Qual perigo os preocupa desse jeito? Algum ataque chinês que possa persegui-los inclusive nesses locais isolados? Em todo caso, não sou um inimigo. Se dependesse de mim, me levantaria agora mesmo e partiria correndo na direção deles. Mas meu guia põe o braço sobre o meu e me segura com firmeza.

Os portões do monastério acabam de abrir, e uma coluna de monges operários toma o caminho dos campos agrícolas a leste. Voltam a fechar assim que eles passam.

O nômade se levanta bruscamente e parte encurvado para o pequeno bosque. Protegido pelos olmos, entrega o meu pacote e entendo que está se despedindo de mim. Pego as suas mãos e aperto nas minhas. O gesto de afeto o faz sorrir; olha-me por um momento, vira as costas e vai embora.

Nunca passei por solidão maior do que naquelas altas planícies quando, descendo do ônibus de Chengdu, andei para escapar da noite, para escapar do frio. Às vezes basta um olhar, uma presença, um gesto para que nasça uma amizade, para além das diferenças que nos paralisam e assustam; basta uma mão estendida para que se imprima a memória de um rosto que o tempo nunca irá apagar. Nos meus últimos instantes de vida, quero rever intacto o rosto desse nômade tibetano e o da sua filhinha de bochechas vermelhas como duas maçãs.

Avançando pela orla do bosque, mantenho boa distância do grupo de monges trabalhadores que se dirige ao fundo do vale. De onde estou, posso espiá-los facilmente e conto uns sessenta monges. Como na véspera, começam se despindo e se banham nas águas claras, antes de iniciar o trabalho.

Passa a manhã. Com o sol ainda alto, sinto calafrios me dominarem, com um suor desagradável escorrendo pelas costas. Tremores sacodem meu corpo inteiro. Reviro minha sacola e encontro um pedaço de carne-seca, presente do amigo nômade. Como a metade e guardo o restante para a noite. Quando os monges forem embora, vou correndo beber no rio, mas até lá preciso aguentar a sede, que só piorou com o sal da carne.

Por que essa viagem aumenta minhas sensações — fome, frio, calor, cansaço extremo? Culpo a altitude por tudo isso e passo o restante da tarde procurando uma maneira de entrar no monastério. As ideias mais loucas me vêm à cabeça, será que estou enlouquecendo?

Às seis horas, os monges interrompem o trabalho e tomam o caminho de volta. Assim que desaparecem atrás de uma colina, saio do meu esconderijo e corro pelo campo. Mergulho no rio e bebo sofregamente.

De volta à margem, procuro onde passar a noite. Dormir no bosque não me tenta de jeito nenhum. Voltar à planície e aos amigos nômades seria confessar o fracasso e, pior ainda, abusar da generosidade deles. Cuidar da minha alimentação por duas noites já deve ter custado muito a eles.

Vejo uma cavidade na encosta da colina. Cavando uma toca para me abrigar na terra e me cobrindo com a sacola, vou poder sobreviver até o dia seguinte. Esperando que o escuro tome conta do céu, dou cabo do que sobrou da carne-seca e fico à espera da primeira estrela, como se fosse uma amiga que ajudaria a afastar os maus pensamentos.

Cai a noite. Atravessado por mais um calafrio, acabo dormindo.

Quanto tempo passa até ser acordado por ruídos? Algo se aproxima de mim. É preciso resistir ao medo; se algum animal selvagem estiver caçando naquelas redondezas, é bobagem lhe servir de presa. É mais provável escapar escondido na minha toca do que correndo em zigue-zague no escuro. Ótima decisão, mas difícil de pôr em prática quando o coração dispara. De qual predador pode se tratar? E que diabos estou fazendo nesse buraco na terra, a milhares de quilômetros da minha casa? Que diabos faço aqui, com os cabelos imundos, dedos congelados, nariz escorrendo, que diabos faço aqui, perdido num lugar estranho, atrás de um fantasma de mulher que me enlouquece e que nada representava na minha vida há apenas seis meses? Quero conversar com Erwan no planalto de Atacama, quero a tranquilidade da minha casa e das ruas de Londres, quero estar em outro lugar e não ser despedaçado por um cretino de um lobo. Não me mexer, não tremer, não respirar mais, fechar os olhos para evitar que a luz viva da lua se reflita neles. Sábios pensamentos, mas impossíveis de serem postos em prática quando o medo nos agarra pela nuca e brutalmente nos sacode. Sinto-me com 12 anos de idade, sem defesa alguma e totalmente inseguro. Vejo uma tocha, então talvez seja apenas um ladrão querendo roubar meus míseros pertences. Sendo assim, por que não me defender?

Preciso sair do buraco, sair da noite e enfrentar o perigo. Não fiz todo esse caminho para ser assaltado por um ladrão ou devorado como presa fácil.

Abro os olhos.

A tocha avança na direção do rio. Quem a segura sabe muito bem por onde anda; os passos seguros não temem tropeço algum, nenhum obstáculo. A tocha é plantada na terra solta de um barranco, e duas sombras aparecem à luz das chamas. Uma um pouco mais fina do que a outra, dois corpos cujas silhuetas parecem as de dois adolescentes. Um deles para, o outro se dirige à beira do rio, tira a túnica e entra na água fria. Uma esperança toma o lugar do medo. Aqueles dois monges talvez tenham transgredido a proibição para vir se banhar, favorecidos pela noite. Quem sabe podem me ajudar a entrar no recinto da fortaleza? Arrasto-me pelo mato, me aproximando do rio, e subitamente minha respiração se interrompe.

Daquele corpo grácil reconheço todas as formas. O traçado das pernas, o arredondado das nádegas, a curva das costas, a barriga, os ombros, a nuca, a posição altiva da cabeça.

Você está à minha frente, tomando banho nua, num rio parecido com aquele em que a vi morrer. Seu corpo na claridade da lua é como uma aparição que eu reconheceria entre outras mil. Você está à minha frente, a poucos metros, mas como me aproximar? Como me apresentar desse jeito sem assustá-la, sem que você grite e dê o sinal de alerta? Está dentro d'água até a cintura, lavando o rosto com as mãos. Vou também até o rio, lavo também o rosto para tirar a terra que se grudara.

O monge que a acompanha está de costas e posso avançar tranquilamente. Ele se mantém a uma boa distância, para não vê-la nua. Com o coração aos pulos e a vista trêmula, aproximo-me. Você se dirige para a margem, na minha direção. Quando nossos olhos se cruzam, você interrompe o passo, inclina a cabeça de lado, observa, passa por mim e continua em frente, como se eu não existisse.

Seu olhar estava ausente. Pior: não havia olhar algum nos seus olhos. Em silêncio você vestiu a túnica, como se palavra alguma pudesse sair de sua garganta, e foi até o monge que a escoltava. Ele pegou a tocha e vocês voltaram a subir a encosta. Eu os segui sem que pudessem perceber minha presença — uma vez somente, pelo barulho de uma pedra nos meus pés, o monge se voltou e depois retomou o caminho. Chegando diante do monastério, andaram junto à muralha, passaram pelo portão principal e vi os seus vultos desaparecerem num fosso. A chama ficou mais fraca e se apagou. Esperei quanto pude, tremendo de frio. Enfim parti para o desnível em que tinham desaparecido, esperando encontrar uma passagem, mas só achei uma portinhola de madeira, solidamente fechada. Fiquei encolhido ali, ganhando tempo para me recuperar e voltei ao meu esconderijo na entrada do bosque, como um bicho.

Mais tarde, durante a noite. Uma impressão de sufoco me tira do torpor em que caí. Sinto os membros semiparalisados. A temperatura desceu brutalmente, e é impossível mover os dedos para desatar o nó que fecha a minha bolsa e tirar algo com que me cobrir. O cansaço dificulta os gestos. Vêm à memória histórias de alpinistas que a montanha adormeceu suavemente para sempre. Estamos a 4.000 metros, que descuido me levou a achar que poderia sobreviver por uma noite toda? Vou morrer num pequeno bosque de nogueiras e olmos, do lado de fora de uma muralha, a poucos metros de você. Dizem que, no momento da morte, um túnel escuro se abre, no fundo do qual brilha uma luz. Não vejo nada assim, meu único fulgor foi o de vê-la se banhando no rio.

Num último sobressalto da consciência, sinto mãos me empunharem e me arrancarem da toca em que me escondo. Estou sendo arrastado, é impossível me endireitar, impossível sequer erguer a cabeça para ver quem está me carregando. Seguram-me pelo braço e avançamos por uma trilha, em que perco os sentidos mais uma vez. A última imagem de que me lembro é a da muralha, com o portão principal se abrindo. Talvez você esteja morta e, enfim, vou encontrá-la.

*

Atenas

— Se você não estivesse preocupado, não teria se arriscado a vir até aqui. E não venha me dizer que me convidou apenas por não querer jantar sozinho. Tenho certeza de que o serviço de quarto do King George é bem melhor do que esse restaurante chinês. Acho inclusive a escolha bem insensível, dadas as circunstâncias.

Ivory olhou Walter com atenção, pegou uma rodela de gengibre *confit* e ofereceu outra ao convidado.

— Do mesmo modo que você, estou começando a achar que tudo isso está demorando um pouco demais. O pior é não poder fazer nada.

— Sabe se Ashton está mesmo por trás de toda essa história? — perguntou Walter.

— Não tenho certeza. Não posso imaginar que tenha chegado a esse ponto. O desaparecimento de Keira já era o suficiente. A menos que tenha sabido da viagem de Adrian, querendo então tomar a dianteira. É um milagre que não tenha conseguido.

— Por muito pouco — resmungou Walter. — Acha que o lama informou Ashton a respeito de Keira? Por que ele faria isso? Se não tivesse a intenção de ajudar Adrian a encontrá-la, por que enviaria as suas coisas?

— Não sabemos com certeza se foi ele quem enviou o embrulho. Algum discípulo pode muito bem ter fotografado nossa arqueóloga tomando banho no rio com a máquina deles mesmos e tê-la guardado depois, sem que ninguém se desse conta.

— Quem faria isso, assumindo tanto risco?

— Um dos monges que a viu no rio e preferiu não trair os princípios a que juraram se submeter.

— Quais princípios?

— Nunca mentir, por exemplo. Ou pode ser que o nosso lama, obrigado ao segredo, tenha feito com que um dos discípulos bancasse o mensageiro.

— Acho que não sigo mais o seu raciocínio.

— Deveria aprender a jogar xadrez, Walter, não basta estar uma jogada à frente para ganhar, mas três ou quatro; antecipar-se é a principal condição. Voltemos ao lama; talvez ele se sinta dividido entre dois preceitos que, em determinada situação, não podem mais ser conciliados. Não mentir e nada fazer que possa prejudicar uma vida. Imaginemos que a sobrevivência de Keira dependa do fato de acreditarem-na morta; é algo que mergulha nosso sábio num grande dilema. Se disser a verdade, põe em risco sua vida e contradiz o que há de mais sagrado em sua crença. Por outro lado, se mentir, fazendo acreditar que está morta, trai outro preceito. Um verdadeiro problema, não é? Chama-se, em xadrez,"empate por afogamento". Meu amigo Vackeers detesta isso.

— O que os seus pais fizeram para gerar um espírito tão conturbado como o seu? — perguntou Walter, pegando outra rodela de gengibre na taça.

— Creio que meus pais não têm muito a ver com isso, até gostaria de dar a eles esse mérito, mas não os conheci. Se não se incomodar, conto minha infância outro dia, já que não estamos falando de mim por enquanto.

— Então acha que nosso monge, diante do dilema, incentivou um dos discípulos a revelar a verdade, enquanto ele mesmo protegia a vida de Keira ficando calado?

— No presente caso, não é o lama que nos interessa; tem plena consciência disso, não é?

A expressão de Walter era das mais confusas. O raciocínio de Ivory lhe fugia completamente.

— Você é terrível, meu amigo — concluiu o velho professor.

— Posso ser terrível, mas fui eu que notei um detalhe da foto colocada em destaque em cima da pilha; eu que a comparei às demais e tirei as conclusões que sabemos.

— Concordo, mas, como acaba de dizer, estava em cima da pilha!

— Faria melhor me calando, como esse seu lama. Não estaríamos aqui, esperando notícias de Adrian e rezando para que ele possa ainda nos dar notícia.

— Mesmo correndo o risco de ser repetitivo, a foto estava em cima da pilha! É difícil acreditar em simples coincidência, com certeza era uma mensagem. Resta saber se Ashton, ao mesmo tempo, também teve conhecimento disso.

— Ou uma mensagem que quisemos ver a qualquer preço! Acho que a veríamos até na borra do café, se lhe déssemos tanta importância. Para levar Adrian a dar continuidade às suas buscas, o senhor é capaz até de ressuscitar Keira...

— Não seja indelicado! Prefere vê-lo desperdiçar o talento que tem mofando naquela ilha, no estado lamentável em que o vimos? — retomou Ivory, também erguendo a voz. — Você me acha cruel a ponto de enviá-lo atrás dela, se realmente não acreditasse que está viva? Por acaso sou um monstro?

— Não foi o que quis dizer — retorquiu Walter, com a mesma veemência.

A breve discussão chamou a atenção das pessoas que jantavam na mesa ao lado. Walter continuou, abaixando o tom da voz.

— Você disse que não é o lama que nos interessa. Então quem é?

— Quem pôs a vida de Adrian em perigo e tem medo de que ele encontre Keira. Aquele que, se for o caso, se dispõe a tudo. Isso não o faz pensar em alguém?

— Não precisa assumir esses ares, não sou seu empregado.

— Refazer o telhado da Academia custa uma verdadeira fortuna, e acho que o benfeitor generoso que equilibra a sua contabilidade de forma milagrosa, evitando que percebam a nulidade da sua gestão, merece alguma consideração, não?

— Tudo bem, entendi a mensagem. Está acusando Sir Ashton!

— Será que sabe da eventual sobrevivência de Keira? É possível. Será que pretende não correr o menor risco? É provável. Confesso que, se tivesse pensado nisso antes, não teria enviado Adrian à linha de frente. Não me preocupo apenas com Keira agora, mas principalmente com ele.

Ivory pagou a conta e se levantou. Walter pegou os casacos de ambos no cabideiro e o encontrou já na calçada.

— Sua capa, esqueceu-se dela.

— Passo amanhã — disse Ivory, acenando para um táxi.

— Acha prudente?

— Já que vim até aqui... Além disso, me sinto responsável, preciso vê-lo. Quando teremos os próximos relatórios de análises?

— Ele vem toda manhã. Os resultados melhoram, o pior parece já ter passado, mas uma recaída é sempre possível.

— Ligue para o meu hotel, quando for o momento, de jeito nenhum a partir de um celular, mas sim de um orelhão.

— Acha mesmo que minha linha está sob escuta?

— Não faço ideia, caro Walter. Boa noite.

Ivory subiu no táxi, Walter resolveu ir a pé. A temperatura em Atenas ainda estava agradável naquele fim de outono, com uma brisa suave percorrendo a cidade. O ar fresco o ajudaria a pôr as ideias em ordem.

Chegando ao hotel, Ivory pediu na recepção que enviassem ao seu quarto o jogo de xadrez que havia no bar; àquela hora da noite era improvável que outro hóspede fosse usá-lo.

Uma hora depois, sentado na saleta da suíte, Ivory deixou de lado a partida que jogava sozinho e foi se deitar. Na cama, com os braços cruzados atrás da nuca, passou em revista todos os contatos que fizera na China ao longo da carreira. A lista era longa, mas o que o contrariava naquele inventário bem particular é que nenhuma das pessoas lembradas continuava viva. O velho homem acendeu de novo a luz e afastou a coberta, com calor. Sentou-se na beirada da cama, enfiou os chinelos e olhou a própria imagem no espelho da porta do armário.

"Ah! Vackeers, por que não posso contar com você numa hora em que preciso tanto? Por não poder contar com ninguém, velho imbecil, por não ser capaz de confiar em alguém! Veja aonde o levou tanta arrogância. Está sozinho e acha que ainda pode conduzir a dança."

Levantou-se e ficou andando de um lado para outro, no quarto.

"Se tiver sido envenenamento, vai pagar caro, Ashton."

Jogou o tabuleiro no chão.

Aquela segunda crise de raiva na mesma noite era preocupante. Ivory olhou as peças espalhadas pelo carpete: o bispo preto e o bispo branco estavam um ao lado do outro. À uma hora da manhã, resolveu infringir uma norma que impunha a si mesmo e pegou o telefone. Digitou um número em Amsterdã. Quando Vackeers atendeu, ouviu do amigo uma pergunta no mínimo estranha. Algum veneno podia provocar sintomas de pneumonia aguda?

Vackeers não sabia dizer, mas prometeu se informar o mais rápido possível. Por elegância ou demonstração de amizade, não pediu explicação alguma a Ivory.

*

Monastério de Garther

Dois homens me dão sustentação enquanto o terceiro esfrega meu peito com força. Sentado numa cadeira, com os pés numa bacia de água morna, recuperei um pouco as forças e quase me sustento de pé. Tiraram minhas roupas úmidas e sujas e me vestiram com uma espécie de sarongue. Meu corpo volta a uma temperatura quase normal, mesmo que eu, de vez em quando, ainda estremeça. Um monge entra no quarto e deixa no chão uma tigela com um caldo e outra com arroz. Levando o líquido à boca, me dou conta do quanto estou fraco. Mal tomo a refeição, deito-me numa esteira e durmo.

Ao amanhecer, outro monge vem falar comigo e pede que eu o acompanhe. Subimos um corredor estreito sob umas arcadas. A cada 10 metros, portas se abrem para salas amplas, onde os discípulos seguem o ensinamento dos mestres. Poderia achar que estou em algum colégio religioso da minha velha Inglaterra. Entramos em outra ala daquele quadrilátero gigantesco, com uma imensa galeria, e, bem no final, me fazem entrar numa sala sem móvel algum.

Fico trancado sozinho durante boa parte da manhã. Uma janela dá para o pátio interno do monastério. Assisto a um estranho espetáculo: um gongo acaba de soar ao meio-dia, uma centena de monges chega em fila, mantendo a mesma distância um do outro, todos se sentam e se recolhem em oração. Não posso deixar de imaginar Keira, escondida numa daquelas túnicas. Se a lembrança do que vivi na noite anterior for mesmo real, ela deve se encontrar escondida em algum lugar desse templo, talvez até nesse pátio, entre os monges tibetanos reunidos em oração. Por que está ali? Tudo que quero é encontrá-la e levá-la para longe.

Um raio de luz atravessa o chão, viro-me e vejo um monge no umbral da porta. Um discípulo passa por ele e vem até onde estou, com a cabeça escondida no capuz. Deixa-o cair e não acredito no que vejo.

Você tem uma comprida cicatriz na testa; ela em nada abala o seu encanto. Gostaria de tomá-la nos braços, mas você recua um passo. Tem os cabelos curtos e o rosto mais pálido do que o normal. Vê-la sem poder abraçá-la é a mais cruel das penitências, sentir você tão perto e não poder tê-la é uma frustração insuportavelmente violenta.

Você me olha, sem permitir que me aproxime, como se o tempo dos carinhos estivesse longe, como se a sua vida tivesse tomado um caminho do qual fui excluído. Caso ainda tivesse alguma dúvida, suas palavras foram ainda mais terríveis do que a distância imposta.

— É preciso que vá embora — você murmura, com uma voz neutra.

— Vim buscá-la.

— Não lhe pedi isso, é preciso que vá e me deixe em paz.

— A arqueologia, os fragmentos... você pode desistir de nós, mas não disso!

— Nada mais é necessário, aquele pingente me trouxe até aqui e encontrei muito mais do que buscava em outros lugares.

— Não acredito no que está dizendo; sua vida não é aqui neste monastério perdido no fim do mundo.

— É só uma questão de perspectiva, o mundo é redondo, você sabe melhor do que ninguém. Quanto à minha vida, quase a perdi por culpa sua. Fomos imprudentes. Não haverá uma segunda chance. Vá embora, Adrian!

— Não enquanto não cumprir a promessa que fiz. Jurei que a levaria de volta ao Vale do Omo.

— Não voltarei para lá! Vá para Londres ou para onde quiser, mas vá embora.

Você recolocou o capuz, abaixou a cabeça e se foi em passos lentos. No último instante, voltou-se para mim, com a expressão fechada.

— Suas coisas foram limpas — diz, olhando a bolsa que o monge deixou. — Pode passar a noite aqui, mas amanhã de manhã vá embora.

— E Harry? Também desistiu dele?

Vi uma lágrima brilhar em sua face e entendi o mudo apelo que me dirigia.

— A porta pequena que dá para o fosso — perguntei —, a que você pega para ir à noite ao rio, onde fica?

— No subsolo, bem debaixo de onde estamos, mas não vá lá, por favor.

— A que horas ela é aberta?

— Às 23 horas — você responde, antes de ir embora.

Passei o restante do dia fechado naquela sala em que a vi para logo em seguida perdê-la. Passei o restante do dia a andar de um lado para outro como um prisioneiro.

À noite, um monge vem me buscar e me conduz ao pátio, pois fui autorizado a andar um pouco ao ar livre, depois da última oração dos discípulos. Já está bastante frio e compreendo que a noite é a verdadeira guardiã daquela prisão. Seria impossível atravessar a planície sem morrer de frio, sei por experiência própria. Mas, qualquer que seja o risco, preciso encontrar uma solução.

Aproveito o passeio concedido para um levantamento do local. O monastério se estende por dois níveis, ou três, se considerar o subsolo a que Keira se referiu. Vinte e cinco janelas dão para o pátio interno. Altas arcadas acompanham os corredores do andar térreo. Em cada ângulo há uma escada-caracol. Conto o número de passos. Para chegar a uma delas a partir da minha cela, preciso de no máximo cinco ou seis minutos, isso com a condição de não encontrar ninguém pelo caminho.

Trato de rapidamente comer meu jantar, me deito na esteira e finjo dormir. Em pouco tempo meu vigia já está roncando. A porta não foi trancada à chave, pois ninguém pensaria deixar esse lugar em plena madrugada.

A galeria está deserta, os monges que perambulam no alto fazendo a ronda não podem me ver, está escuro demais para que enxerguem algo sob as arcadas. Ando junto às paredes.

No meu relógio, são 22h50. Se Keira de fato marcou um encontro, se corretamente interpretei o que disse, tenho dez minutos para descobrir como chegar ao subsolo e encontrar a pequena porta que vi do bosque onde estava escondido ontem.

Finalmente chego à escada, às 22h55. Uma porta firmemente fechada por um gancho de ferro impede a passagem. Preciso erguê-lo sem barulho, pois uns vinte monges dormem na sala ao lado. A porta range, entreabro apenas o necessário e passo.

Sigo apalpando às escuras, desço alguns degraus gastos de pedra escorregadia. Manter o equilíbrio não é tão simples, e não tenho a menor ideia da distância que ainda me separa das profundezas do monastério.

Os ponteiros fosforescentes do meu relógio marcam quase 23 horas. Finalmente sinto a terra batida sob os pés; a poucos metros, uma tocha presa na parede ilumina fracamente a passagem. Um pouco adiante, noto outra e continuo. Ouço de repente ruídos atrás de mim, apenas o tempo de me virar e uma nuvem de morcegos passar ao redor. Várias vezes as asas raspam em mim, enquanto as sombras tremem no fulgor luminoso da tocha. Preciso ir em frente, já são 23h05. Estou atrasado e continuo sem ver a pequena porta. Será que peguei um caminho errado?

Não haverá uma segunda chance, disse Keira; não posso ter me enganado, não neste momento.

Alguém segura meu ombro e me puxa para o lado, numa reentrância. Escondida ali, Keira me abraça e aperta forte.

— Por Deus, como senti sua falta!

Não respondo, pego seu rosto com as duas mãos e nos beijamos. Um beijo demorado, com gosto de terra e poeira, cheiro de sal e de suor. Você encosta a cabeça no meu peito, eu aliso seus cabelos, você chora.

— Você precisa ir embora, Adrian, tem que sair daqui, está nos colocando em perigo. A condição para que você sobreviva é que me considerem morta. Se souberem que está aqui, que nos vimos, vão matá-lo.

— Os monges?

— Não — você consegue dizer, entre soluços. — Os monges são amigos, eles me salvaram do rio Amarelo, cuidaram de mim e me esconderam aqui. Refiro-me aos que tentaram nos matar, Adrian. Não vão desistir. Não sei por qual motivo, mas não vão recuar diante de nada para impedir as buscas que fazíamos. Se souberem que estamos juntos, vão nos achar. O lama que encontramos, aquele que ria de nós por procurarmos a pirâmide branca, foi quem nos ajudou... mas fiz a ele uma promessa.

*

Atenas

Ivory deu um pulo. Batiam à porta. Era um servente do hotel com uma mensagem urgente; alguém havia telefonado à recepção pedindo que lhe entregassem imediatamente. Ivory pegou o envelope, agradeceu e esperou que o rapaz se afastasse, para abrir.

Roma pedia que ligasse para ele o mais rápido possível, de uma linha segura.

Ivory se vestiu às pressas e foi à rua. Comprou um cartão telefônico na banca em frente ao hotel e telefonou de uma cabine próxima.

— Tenho estranhas notícias.

Ivory parou de respirar e ouviu com toda a atenção.

— Meus amigos da China encontraram a pista da sua arqueóloga.

— Viva?

— Viva, mas nem por isso podendo voltar à Europa.

— Como assim?

— Vai ter dificuldade para engolir isso, ela foi presa e encarcerada.

— Que absurdo! Por quê?

Lorenzo, isto é, Roma, completou um quebra-cabeça em que muitas peças ainda faltavam a Ivory. Os monges do monte Hua Shan se encontravam nas margens do rio Amarelo quando o 4x4 de Adrian e Keira despencou da estrada. Três deles mergulharam para tirá-los do turbilhão das águas. Adrian foi o primeiro a conseguirem arrancar do carro, e trabalhadores que passavam de caminhão por lá o levaram com urgência a um hospital. Ivory conhecia o resto, pois tinha ido à China para isso e fizera o necessário para repatriá-lo. Com relação a Keira, as coisas se passaram de modo diferente. Os monges precisaram fazer três tentativas até conseguir soltá-la da carcaça à deriva. Quando chegaram à terra firme, o caminhão já tinha ido embora e ela foi levada para o monastério. Muito rapidamente o monge soube que os mandantes da tentativa de assassinato pertenciam a uma organização local, com ramificações que chegavam a Pequim. Ele escondeu Keira e sofreu violências por parte de indivíduos que foram visitá-lo alguns dias depois. Jurou que, apesar dos esforços dos discípulos que mergulharam tentando salvar os ocidentais, nada podia ser feito pela moça, que havia morrido. Os três monges que prestaram socorro sofreram o mesmo interrogatório, mas nenhum deles falou. Keira passou dez dias em coma, com uma infecção que atrapalhava a recuperação, mas os monges conseguiram salvá-la.

Recuperada e em condições de poder viajar, o monge a enviou para longe do monastério, pois poderiam ainda procurá-la. Disfarçou-a de monge até as coisas se acalmarem.

— E o que aconteceu depois? — perguntou Ivory.

— Você não vai acreditar — respondeu Lorenzo —, pois infelizmente o plano do lama não transcorreu exatamente como previsto.

A conversa durou mais dez minutos. O cartão telefônico de Ivory se esgotou. Ele correu ao hotel, fechou a mala e pediu um táxi. Já a caminho do hospital, ligou do seu celular para Walter para avisar que passaria lá.

Meia hora depois, chegou à portaria do prédio, na colina de Atenas. Tomou o elevador até o terceiro andar e se impacientou procurando o quarto 307. Bateu à porta e entrou. Boquiaberto, Walter ouviu a história que Ivory contou.

— Só isso, querido Walter, já sabe tudo, ou quase.

— Dezoitos meses? É horrível! Não vê como libertá-la?

— Não, não tenho como. Mas veja as coisas pelo lado positivo, agora sabemos que está viva.

— Não sei como Adrian vai receber a notícia, temo que fique ainda mais abalado.

— Se chegar a tomar conhecimento, já me sentiria mais tranquilo — respondeu Ivory, com um suspiro. — Quais são as notícias em relação a ele?

— Infelizmente nenhuma, mas todos estão otimistas, dizem que em mais um dia, ou mesmo algumas horas, já estará consciente.

— Esperamos que seu otimismo se justifique. Vou a Paris, preciso encontrar um meio de tirar Keira dessa situação. Cuide você de Adrian; se puder conversar com ele, não conte nada por enquanto.

— Não posso manter isso em segredo, é impossível, acho que sufocaria.

— Não é o que estou querendo dizer. Só não mencione nossas desconfianças, ainda é cedo; tenho meus motivos. Até breve, Walter, volto a entrar em contato.

*

Garther

— O que você prometeu ao lama?

Você me olha triste e balança os ombros. Quem atentou contra nossas vidas, você me diz, retomaria a perseguição inclusive além das fronteiras, caso descubram que está viva. Se não puderem dar cabo de você, me atacarão. Em troca dos favores que nos prestou, o lama pediu dois anos da sua vida. Dois anos de retiro para refletir e decidir quanto ao que fazer da sua existência. Ele afirmou: "Não haverá uma segunda chance. Dois anos para o balanço de uma vida que quase se perdeu não é mau negócio." Quando a situação se acalmar, o lama saberá como fazê-la atravessar a fronteira.

— Dois anos para salvar nossas vidas, foi só o que pediu e aceitei o trato. Não foi difícil aguentar, sabendo que você estava fora de perigo. Se soubesse quantas vezes procurei imaginar os seus dias enquanto eu estava isolada aqui, revisitei os lugares por onde passamos; se soubesse quantos momentos passei na sua casinha de Londres... Preenchi meu tempo com esses instantes imaginários.

— Prometo que...

— Mais tarde, Adrian. — Você pôs a mão em minha boca. — Vá embora amanhã. Ainda faltam 18 meses. Não se preocupe comigo, a vida aqui não é tão difícil quanto parece, estou ao ar livre, tenho tempo para pensar, muito tempo. Não me olhe como se eu fosse uma santa ou iluminada. E não se ache mais importante do que é, não é por você que faço isso, é por mim.

— Por você? O que ganha com isso?

— Não perco você uma segunda vez. Se eu não tivesse avisado aos monges, você teria morrido na floresta ontem à noite.

— Você que os preveniu?

— Não podia deixá-lo morrer de frio!

— Promessa ou não, pouco importa o lama, vamos embora daqui. Levo-a querendo ou não, mesmo que precise nocauteá-la.

Voltei enfim a ver o seu sorriso. Colocou a mão em meu rosto e fez um carinho.

— Está bem, vamos. De qualquer maneira, já que veio, não vai ser mais a mesma coisa. E vou ter raiva de você, se me deixar aqui.

— Quanto tempo você tem, até que seus carcereiros se deem conta de que não está na cela?

— Não são carcereiros, posso ir aonde bem entender.

— E o monge que a acompanhava no rio, não era para vigiar?

— Apenas me protegia, caso acontecesse algo no caminho. Sou a única mulher no monastério, toda noite vou me lavar no rio. Quer dizer, fiz isso durante o verão e no início do outono, mas ontem foi minha última saída.

Abri a sacola, tirei um pulôver, uma calça e entreguei a você.

— O que está fazendo?

— Vista isso, partimos agora mesmo.

— A experiência de ontem não lhe ensinou? Deve estar zero grau lá fora e menos dez dentro de uma hora. Não há como atravessar a planície à noite.

— E nem como fazer isso durante o dia, sem sermos notados! Uma hora de caminhada, não acha que podemos sobreviver?

— O primeiro vilarejo fica a uma hora... de carro! E não temos um.

— Não estou falando de vilarejo, mas de um acampamento de nômades.

— Se esse seu acampamento é de nômades, podem muito bem ter ido embora.

— Estarão lá e vão nos ajudar.

— Não quero brigar, concordo com o acampamento de nômades! — você disse, enfiando o pulôver e a calça.

— Cadê essa maldita porta para sair daqui? — perguntei.

— Bem à frente... Mas ainda falta!

Lá fora, eu a levei para o bosque, mas você me puxou pelo braço, me levando por uma trilha, na direção do rio.

— É bobagem nos perdermos no meio dessas árvores, temos pouco tempo antes que o frio nos paralise.

Você conhece a região melhor do que eu, então obedeço e deixo que guie. No rio, reconheci o caminho que sobe para a colina. Vamos precisar de dez minutos para chegar lá e mais 45 para atravessar a garganta que desemboca no vale onde se encontra o acampamento. Em 55 minutos o problema vai estar resolvido.

A noite está mais gelada do que imaginei. Tremo de frio e ainda nem se vê o rio. Você não fala, totalmente concentrada no caminho a seguir. Não posso reclamar desse seu silêncio, provavelmente tem razão, guardando as forças, pois sinto as minhas se esgotarem a cada passo.

Quando chegamos à ponta do terreno plano que os monges lavram durante o dia, começo a me preocupar por tê-la levado até ali. Há vários minutos luto contra as cãibras.

— Não vou conseguir — você diz, sem fôlego.

Uma bruma esbranquiçada sai da sua boca a cada palavra. Aperto você contra mim e esfrego as suas costas. Queria beijá-la, mas não sinto os lábios... e você relembra:

— Não temos um minuto a perder, não podemos ficar parados; se não chegarmos rapidamente ao tal acampamento, vamos morrer congelados.

O frio é tanto que meu corpo inteiro treme.

A encosta da colina parece se alongar à medida que subimos. Aguentar, só mais um esforço, dez minutos no máximo e estaremos no alto. Lá de cima, com a noite clara que faz, certamente veremos as tendas distantes. A simples ideia do calor já vai nos dar algum ânimo e força. Ultrapassada a garganta, descer até o vale exigirá 15 minutos, no máximo. Se tivermos chegado ao limite, poderei pedir socorro. Com um mínimo de sorte, os amigos nômades vão ouvir meus gritos na noite.

Você cai no chão três vezes e em todas as três a ajudo a se levantar. Na quarta vez, porém, seu rosto está assustadoramente pálido. Os lábios azulados trazem a imagem de quando se afogava à minha frente, nas águas do rio Amarelo. Ergo-a, passo meu braço por baixo dos seus e carrego-a.

Andando, grito para que se mantenha acordada e não feche os olhos.

— Pare de berrar desse jeito — você geme. — Como se já não bastasse tudo isso. Eu disse que não daria certo, você não quis ouvir.

Cem metros, faltam apenas cem metros para chegar ao alto. Acelero o passo e sinto-a mais leve, recuperou alguma energia.

— O último suspiro — você diz —, a visita da saúde, antes da morte. Rápido com isso, em vez de me olhar com esse ar desesperado. Não acha mais graça no que digo?

Ironiza a situação, com os lábios que mal consegue articular. Você se levanta, me empurra e volta a andar sozinha à frente.

— Está ficando para trás, Adrian, está ficando para trás!

Cinquenta metros! A distância aumenta; por mais que eu force minhas pernas, não consigo mais alcançá-la, vai chegar no alto bem antes de mim.

— Você vem ou não? Vamos, corra!

Trinta metros! O alto não está tão longe, você está quase lá. Preciso chegar antes, quero ser o primeiro a ver o acampamento que vai salvar nossa vida.

— Não vai conseguir nesse ritmo, não vou voltar para buscá-lo, rápido com isso, Adrian, rápido!

Dez metros! Você já está no alto da colina, reta como uma estaca, de mãos na cintura. Vejo-a de costas, contemplando o vale, calada.

Cinco metros! Meus pulmões vão explodir. Quatro metros! Não são mais tremores, são espasmos que me sacodem todo. Sem forças, tropeço e caio. Você não me dá a menor atenção. Preciso me levantar, só dois ou três metros, mas a terra está tão agradável e o céu tão bonito com a lua cheia. Sinto a brisa acariciar meu rosto para me fazer dormir.

Você se debruça por cima de mim. Um terrível acesso de tosse me arrebenta o peito. A noite está clara, tão clara que se enxerga como se fosse dia. Deve ser por causa do frio, que me deslumbra. A claridade é quase insuportável.

— Olhe — você diz, apontando o vale —, como eu disse, seus amigos se foram. Não lhes queira mal, Adrian, amigos ou não, são nômades, não ficam muito tempo no mesmo lugar.

Com dificuldade abro os olhos. No meio da planície, em vez do acampamento que eu espero tanto encontrar, vejo as muralhas do monastério no lugar. Havíamos andado em círculos, voltando ao ponto de partida. No entanto, é impossível, não estamos no mesmo vale, não vejo o bosque.

— Sinto muito — você murmura —, não fique triste. Você prometeu me levar de volta para Adis-Abeba; se pudesse faria isso, não é? Vejo como sofre por não poder, então, entenda. Você entende, não é?

Você beija minha testa. Tem os lábios gelados. Sorri e se afasta. Seus passos parecem tão seguros, como se o frio não fizesse mais efeito algum em você. Avança calmamente na noite, indo na direção do monastério. Não tenho mais forças para impedir, nem para alcançá-la. Estou preso em meu corpo que se nega a qualquer movimento, como se meus braços e pernas estivessem firmemente amarrados. Sem poder fazer nada, como você disse antes de me abandonar. Ao chegar à muralha, os dois imensos portões do monastério se abrem, você se volta pela última vez e entra.

Está longe demais para que eu possa ouvir e, mesmo assim, o som límpido da sua voz chega até mim.

— Seja paciente, Adrian. Talvez voltemos a nos encontrar. Dezoito meses não são tanto para quem ama. Não tenha medo, vai passar, tem essa força própria e alguém está chegando, já está quase aí. Amo você, Adrian, amo você.

Os pesados portões do templo de Garther se fecham, ocultando sua frágil silhueta.

Grito seu nome na noite, uivo como um lobo preso numa armadilha, vendo a morte se aproximar. Debato-me, puxo com toda a força, apesar da câibra. Grito e continuo a gritar, apesar de ouvir no meio da planície deserta uma voz me dizer: "Calma, Adrian." É uma voz familiar, a voz de um amigo. Walter repete mais uma vez essa frase sem sentido algum.

— Que coisa, Adrian, acalme-se. Vai acabar se machucando!

*

Atenas, Centro Hospitalar Universitário, seção de infecções pulmonares

— Que coisa, Adrian, vai acabar se machucando!

Abri os olhos, tentei me erguer, mas estava amarrado. O rosto de Walter, bem em cima de mim, parecia assustadíssimo.

— Está aqui ou passando por outro período de delírio?

— Onde estamos? — murmurei.

— Primeiro, responda a uma pergunta simples: com quem está falando neste momento, quem sou eu?

— Que diabos, Walter, ficou completamente idiota ou o quê?

Walter começou a bater palmas. Eu não entendia por que tanta excitação. Correu para a porta, gritou no corredor que eu estava acordado e isso parecia deixá-lo muito alegre. Ficou lá fora de cabeça baixa e voltou, decepcionado.

— Não sei como consegue viver neste país, parece que a vida para na hora do almoço. Nem uma única enfermeira, parece um pesadelo. Ah, sim, prometi dizer onde estamos! No terceiro andar do hospital de Atenas, seção de infecções pulmonares, quarto 307. Quando puder, precisa olhar a vista, é muito bonita. Da janela podemos ver o mar, é raro ter essa sorte num hospital. Sua mãe e sua encantadora tia Elena viraram mundos e fundos para conseguir um quarto individual. A administração não teve um minuto de folga. Sua encantadora tia e sua mãe são duas santas, pode acreditar nisso.

— Por que estou aqui e por que estou amarrado?

— Entenda que essa decisão foi tomada a contragosto, mas você passou por períodos de delírio bem fortes, a ponto de acharmos mais prudente protegê-lo de si mesmo. Além disso, as enfermeiras não aguentavam mais encontrá-lo no chão em plena noite. Andou com o sono bem agitado, uma coisa incrível! Bom, imagino não poder fazer isso, mas, já que todo mundo está tirando uma sesta, acho que sou a única autoridade competente e vou desamarrá-lo.

— Walter, pode me dizer por que estou num quarto de hospital?

— Não se lembra de nada?

— Se me lembrasse de alguma coisa, não faria a pergunta!

Walter se dirigiu à janela e olhou para fora.

— Tenho dúvidas — disse, pensativo. — Acho melhor que se recupere um pouco e falamos depois, prometo.

Endireitei-me na cama, minha cabeça rodava; Walter correu para que eu não caísse no chão.

— Está vendo o que eu quis dizer? Vamos, deite-se e tenha calma. Sua mãe e sua encantadora tia ficaram superpreocupadas; então, trate de se comportar e de estar acordado quando elas vierem vê-lo no final da tarde. Nada de se cansar à toa. Isso mesmo! É uma ordem! Na falta de médicos, de enfermeiras e de Atenas inteira que tira seu cochilo, sou eu que dou as ordens!

Eu estava com a boca seca, Walter me deu um copo d'água.

— Devagar, amigo, está sendo alimentado pela veia há um bom tempo, não sei se poderia beber. Não banque o difícil, por favor!

— Walter, dou um minuto para que você diga como cheguei aqui ou arranco esses tubos todos!

— Nunca deveria ter desamarrado você!

— Cinquenta segundos!

— Não é correta essa chantagem de sua parte, Adrian, fico extremamente decepcionado!

— Quarenta!

— Assim que tiver visto sua mãe!

— Trinta!

— Então assim que os médicos vierem e confirmarem sua recuperação.

— Vinte!

— Que impaciência insuportável, estou há dias aqui à sua cabeceira, poderia pelo menos falar com educação!

— Dez!

— Adrian! — berrou Walter. — Tire agora mesmo a mão da perfusão! Estou avisando, Adrian, uma gota de sangue nesse lençol branco e não respondo mais pelos meus atos.

— Cinco!

— Bom, você ganhou, vou contar, mas saiba que estou de olho em você.

— Estou esperando, Walter!

— Não se lembra de nada?

— Nada.

— De quando cheguei a Hydra?

— Disso me lembro.

— Do café que tomamos na varanda do bar ao lado da loja da sua encantadora tia?

— Também.

— Da foto de Keira que lhe mostrei?

— É claro que lembro.

— É bom sinal... E depois?

— É meio vago, pegamos o barco de Atenas, nos despedimos no aeroporto, você voltou para Londres e eu fui para a China. Nem sei mais se isso é realidade ou faz parte de um longo pesadelo.

— Posso garantir que é totalmente real, você pegou o avião, mas não foi muito longe. Vamos recomeçar a partir da minha chegada a Hydra. Ah, na verdade, para que perder tempo? Tenho duas notícias a dar!

— Comece pela pior.

— Não tem como! Sem saber da boa, não vai entender nada da outra.

— Já que não tenho escolha, prossiga...

— Keira está viva, não é mais uma hipótese, é uma certeza!

Dei um pulo na cama.

— Muito bem, já sabe o principal, o que acha de fazermos uma pequena pausa, um intervalo, esperando sua mãe ou o médico, ou os dois, quem sabe?

— Walter, pare de enrolar, qual é a má notícia?

— Uma coisa de cada vez. Você perguntou o que está fazendo aqui, então me deixe explicar. Saiba que desviou um 747, o que não é para qualquer um. Deve a vida à presença de espírito de uma aeromoça. Uma hora depois da decolagem, você passou muito mal. É provável que, com o mergulho forçado no rio Amarelo, tenha abrigado alguma bactéria que acabou gerando uma infecção pulmonar muito forte. Mas voltemos ao voo para Pequim. Você parecia dormir tranquilamente, sentado em sua poltrona, mas, quando a aeromoça de que falei trouxe a refeição, ela se assustou com sua palidez e o suor que cobria a testa. Tentou acordá-lo, mas não conseguiu. Estava com a respiração bem fraca e o pulso muito lento. Pela gravidade da situação, o piloto deu meia-volta e você foi transferido para cá, em regime de urgência. Eu soube da notícia chegando a Londres, no dia seguinte, e vim imediatamente.

— Não cheguei à China?

— Não, sinto muito.

— E Keira, onde está?

— Foi salva pelos monges que os hospedaram perto daquela montanha de que esqueci o nome.

— Hua Shan!

— Você que sabe! Cuidaram dela, mas, infelizmente, mal ficou boa, foi interrogada pelas autoridades. Foi presa e, oito dias depois, teve que comparecer ao tribunal, sendo julgada por ter penetrado e circulado em território chinês sem documentos, ou seja, sem autorização governamental.

— É claro que estava sem documentos, ficaram no carro, no fundo do rio!

— É o que acho também. Mas o defensor público encarregado parece não ter se preocupado com esse tipo de detalhe. Keira foi condenada a 18 meses de prisão. Está encarcerada em Garther, um antigo monastério transformado em penitenciária, na província de Sichuan, perto do Tibete.

— Por 18 meses?

— Isso mesmo. Segundo nosso consulado, com o qual entrei em contato, poderia ter sido ainda pior.

— Pior? Dezoito meses, Walter! Não imagina o que é passar 18 meses numa masmorra chinesa?

— Uma masmorra é uma masmorra, mas, no fundo, reconheço que você tem razão.

— Tentam nos matar e é ela que acaba atrás das grades?

— Para as autoridades chinesas, ela é culpada. Vamos recorrer através das embaixadas e pediremos ajuda, faremos o que for possível. Ajudarei no que puder.

— Acha mesmo que nossas embaixadas vão entrar nisso e correr o risco de comprometer interesses econômicos para soltá-la?

Walter voltou à janela.

— Temo que nem tanta gente assim se comova com os problemas de vocês dois. Vai ser preciso ter paciência e rezar para que ela aguente a prisão da melhor maneira. Realmente sinto muito, Adrian, sei o quanto é terrível a situação, mas... o que está fazendo com a perfusão?

— Vou dar o fora daqui. Tenho que ir à prisão de Garther, é preciso que ela saiba que vou lutar pela sua liberdade.

Walter correu e segurou meus dois braços com uma força contra a qual, no estado em que eu estava, não pude lutar.

— Ouça bem, Adrian, você não tinha mais defesa imunitária alguma quando chegou aqui, com a infecção ganhando terreno a cada hora, de maneira assustadora. Delirou por dias seguidos, atravessando períodos de febre que poderiam tê-lo matado. Foi preciso que os médicos o deixassem em coma induzido por um tempo, para proteger seu cérebro. Fiquei ao seu lado, me revezando com sua mãe e sua encantadora tia Elena. Sua mãe envelheceu dez anos em dez dias. Então deixe de criancice e trate de se comportar como adulto!

— Está bem, Walter, entendi a lição, pode me soltar.

— Aviso que, se vir sua mão se aproximar desse cateter, vai receber a minha no queixo!

— Juro, não vou me mover.

— Melhor assim, já ouvi muito delírio seu nos últimos dias.

— Não pode imaginar a esquisitice dos meus sonhos.

— Saiba que, entre controlar os altos e baixos da sua temperatura e as refeições horríveis na cafeteria, tive tempo ainda para ouvir muita besteira sua. A única parte boa nesse inferno foram os docinhos que sua encantadora tia Elena trazia.

— Desculpe, Walter, mas o que significa esse estilo novo com Elena?

— Não sei do que está falando!

— Minha "encantadora" tia?

— Tenho o direito de achar a sua tia encantadora, não? Tem um humor encantador, sua cozinha é encantadora, o riso é encantador, sua conversa é encantadora, não vejo qual seria o problema!

— Ela tem vinte anos a mais que você...

— Ah, parabéns, belo raciocínio, não o imaginava assim! Keira tem dez anos a menos que você, mas nesse sentido a coisa não o incomoda? Preconceituoso é o que é!

— Por acaso está interessado na minha tia, é o que quer dizer? E Miss Jenkins, onde fica nisso tudo?

— Com Miss Jenkins o assunto se resume a nossos respectivos veterinários, há de convir que, do ponto de vista da sensualidade, não é o nirvana.

— E com minha tia, essa questão da sensualidade... Por favor, não responda, prefiro não saber!

— Não coloque palavras na minha boca! Falo um monte de coisas com sua tia e nos divertimos muito. Não vai nos criticar por nos distrairmos um pouco, depois de toda a preocupação que nos causou. Seria o cúmulo, afinal.

— Faça como bem entender. Na verdade, não é da minha conta...

— Que bom ouvir isso.

— Walter, tenho uma promessa a cumprir, não posso ficar esperando; preciso ir à China buscar Keira, tenho que levá-la ao Vale do Omo, de onde eu nunca devia tê-la afastado.

— Trate de se recuperar antes e falamos disso depois. Seus médicos não devem demorar, é melhor que descanse, tenho que fazer umas compras.

— Walter?

— Hein?

— O que eu disse no delírio?

— O nome de Keira 1.763 vezes, isto é, trata-se de um número aproximado, devo ter deixado escapar algumas. Por outro lado, só disse meu nome três vezes, o que é bem chato. No mais, um monte de incoerências. Entre uma convulsão e outra você eventualmente abria os olhos, perdidos no vazio, de forma bem assustadora. Depois voltava a ficar inconsciente.

Uma enfermeira entrou no quarto. Walter ficou visivelmente aliviado.

— Até que enfim acordou — disse ela, trocando minha perfusão.

Enfiou-me um termômetro na boca, prendeu um aparelho de pressão no meu braço e anotou numa folha o que havia constatado.

— Os médicos virão logo mais — acrescentou.

O rosto e a corpulência dela me lembravam vagamente alguém. Depois que saiu do quarto, balançando os quadris, achei ser a passageira de um ônibus seguindo pela estrada de Garther. Um funcionário do serviço de limpeza que trabalhava no corredor passou pela porta e nos abriu um amplo sorriso. Usava um pulôver, um paletó de lã grossa e parecia ser irmão gêmeo do marido da dona de um restaurante que conheci em meus delírios febris.

— Quem veio me visitar?

— Sua mãe, sua tia e eu. Por que a pergunta?

— Por nada. Sonhei com vocês.

— Que horror! Nunca diga isso, é uma ordem!

— Não seja idiota. Você estava na companhia de um velho professor que encontrei em Paris, um conhecido de Keira, não sei mais onde se encontra a fronteira entre o sonho e a realidade.

— Não se preocupe, as coisas voltarão a se encaixar aos poucos, você verá. Quanto ao velho professor, sinto muito, não tenho explicação. E não vou contar a sua tia que, nos sonhos, você a vê como uma velha.

— Deve ser a febre, é claro.

— Provavelmente, mas não creio que isso, para ela, baste... Agora, trate de descansar, já falou demais. Volto no final da tarde. Vou telefonar ao consulado e insistir com relação a Keira. Faço isso todo dia, numa hora precisa.

— Walter?

— O que mais?

— Obrigado.

— Até que enfim!

Walter saiu do quarto e tentei me levantar. As pernas bambearam, mas me apoiando, primeiro no encosto da poltrona perto da cama, depois na mesa de rodinhas e ainda no aquecedor, acabei chegando à janela.

Era realmente uma bela vista. Em plena encosta da colina, o hospital dominava a baía. Distante, podia-se ver o Pireu. Havia tanto tempo conhecia aquele porto, desde a infância, e nunca tinha prestado atenção; a felicidade nos deixa distraídos. Ali, da janela do quarto 307 do Hospital de Atenas, eu o olho de forma diferente.

Lá embaixo, na rua, vejo Walter numa cabine telefônica. Provavelmente está ligando para o consulado.

Por baixo das maneiras desajeitadas que tem, é um sujeito formidável e é uma sorte tê-lo como amigo.

*

Paris, Ilha Saint-Louis

Ivory se levantou e pegou o telefone.

— Quais as novas?

— Uma boa e outra nem tanto.

— Comece então pela segunda.

— É engraçado...

— O quê?

— Essa mania de escolher sempre a pior notícia em primeiro lugar... Vou começar pela boa, sem a qual a outra não faz sentido! A febre caiu pela manhã e ele voltou a si.

— É mesmo ótima notícia, fico feliz. Livro-me de um peso enorme.

— Sobretudo um alívio enorme, não é? Sem Adrian, suas esperanças de continuação das buscas vão pelo ralo...

— Eu realmente me preocupo com ele. Por que teria me arriscado indo vê-lo?

— E não deveria ter vindo. Talvez tenhamos falado perto demais da cama, acho que ele registrou trechos da nossa conversa.

— Ele se lembra? — perguntou Ivory.

— Lembranças vagas demais para que dê importância, e consegui convencê-lo de que estava delirando.

— Foi uma imprudência, é imperdoável de minha parte.

— Quis vê-lo sem ser visto e os médicos haviam garantido que estava inconsciente.

— A medicina ainda é uma ciência aproximativa. Tem certeza de que ele não desconfia de nada?

— Fique tranquilo, outras coisas o preocupam.

— Era essa a má notícia a que se referia?

— Ele parece decidido a ir à China. Como previ, vai ser difícil convencê-lo a esperar 18 meses de braços cruzados. Com certeza prefere passá-los debaixo da janela da cela dela, se for o caso. Enquanto ela estiver presa, não vamos conseguir que ele se interesse por nada além disso. Assim que tiver alta, vai pegar um avião para Pequim.

— Duvido muito que consiga um visto.

— Vai chegar a Garther mesmo que seja necessário atravessar a pé o Reino do Butão.

— Precisa voltar às buscas, não posso esperar 18 meses.

— Foi exatamente o que ele disse, só que se referindo a Keira. Tenho medo que, como ele, o senhor também seja obrigado a esperar.

— Na minha idade, 18 meses têm outro valor, nem sei se conto com tal expectativa de vida.

— Que isso? Está em plena forma. Além do mais, a vida é mortal em cem por cento dos casos — respondeu Walter. — Posso ser atropelado por um ônibus, saindo desta cabine.

— Acalme-o a qualquer preço, faça-o desistir de qualquer coisa nos próximos dias. Não o deixe entrar em contato com o consulado e menos ainda com as autoridades chinesas.

— Por quê?

— O que está em jogo exige diplomacia e não se pode dizer que ele brilhe nessa área.

— Posso saber o que tem em mente?

— No jogo de xadrez isso se chama um roque; falo disso amanhã ou depois. Até lá, Walter, e tome cuidado ao atravessar a rua...

Terminada a conversa, Walter saiu da cabine e foi andar um pouco.

*

Londres, St. James Square

O táxi preto parou diante da elegante fachada vitoriana de uma residência particular. Ivory desceu, pagou ao motorista, retirou sua bagagem e esperou o carro se afastar. Puxou uma correntinha, do lado direito de uma porta decorada de ferro, acionando o toque de um pequeno sino. Ouviram-se passos e um mordomo abriu. Ivory entregou a ele um cartão com o seu nome.

— Por favor, diga ao dono da casa que eu gostaria de falar com ele, trata-se de assunto relativamente urgente.

O mordomo informou que lamentava, mas seu patrão não se encontrava na cidade, sendo impossível qualquer contato.

— Não sei se Sir Ashton se encontra em sua casa de Kent, em seu refúgio de caça ou com uma das suas amantes, e, na verdade, isso não me interessa. O que sei é que se eu for embora sem ter visto o seu patrão, como o chama, ele pode ficar irritado por um bom tempo com o senhor. Sendo assim, sugiro que entre em contato com ele. Vou dar uma volta nesse seu nobre quarteirão e, quando eu voltar a bater à porta, me comunique o endereço onde ele quer me encontrar.

Ivory desceu alguns degraus da entrada até a rua e foi passear, levando sua pequena bagagem. Dez minutos depois, passando pelas grades de uma pracinha, um automóvel de luxo estacionou ao longo da calçada. O motorista desceu e abriu para ele a porta de trás, dizendo ter recebido ordem para levá-lo a um local a duas horas de Londres.

O interior da Inglaterra era de fato tão bonito quanto nas mais antigas lembranças de Ivory, não tão amplo e verdejante quanto os campos da sua terra natal, a Nova Zelândia, mas a paisagem que percorria era bem agradável, devia confessar. Confortavelmente sentado no banco de trás, Ivory aproveitou o trajeto para descansar um pouco. Era apenas meio-dia quando o barulho dos pneus no chão de pedrinhas o tirou do devaneio. O carro subia uma majestosa alameda margeada de eucaliptos perfeitamente podados. Parou diante de um portal, com as colunas invadidas por roseiras trepadeiras. Um criado da casa o conduziu pelo interior da residência, até um pequeno salão onde o esperava o anfitrião.

— Conhaque, bourbon, gim?

— Um copo d'água vai bastar, bom dia, Sir Ashton.

— Há vinte anos que não nos vemos?

— Vinte e cinco, e não me diga que não mudei, vejamos as coisas de frente, os dois envelhecemos.

— Não é esse o assunto que o traz aqui, imagino.

— Pois saiba que sim! Quanto tempo nos dá?

— Você que me diz, foi quem se convidou.

— Refiro-me ao tempo que nos resta nesta Terra. Com a idade que temos, dez anos, no máximo?

— Como vou saber? Na verdade, não gosto de pensar nisso.

— Que magnífica propriedade — retomou Ivory, olhando o parque que se estendia do outro lado dos janelões. — Sua residência de Kent, ao que parece, não fica atrás desta aqui.

— Cumprimentarei os arquitetos pelo elogio. Então é este o objetivo da visita?

— O problema com todas essas propriedades é que não temos como levá-las conosco ao túmulo. Esse acúmulo de riquezas obtidas a preço de tanto esforço, tanto sacrifício, se torna inútil no fim da vida. Mesmo com esse seu belo Jaguar estacionado diante do cemitério, com o interior todo em couro e madeira; cá entre nós, para quê?

— Essas riquezas, meu caro, se transmitem às gerações que nos sucedem, assim como nossos pais as transmitiram a nós.

— Pelo que sei, é de fato uma bela herança.

— Não que a sua companhia seja desagradável, mas tenho uma agenda bem cheia. Nesse caso, que tal dizer logo aonde quer chegar?

— Está vendo, os tempos mudaram, ontem mesmo pensei nisso, lendo um jornal. Grandes financistas estão atrás das grades, mofando até o fim da vida numa cela estreita. Adeus, palácios e propriedades luxuosas, 9 metros quadrados no máximo e isso se estiver na ala VIP! Enquanto isso, os herdeiros gastam o que têm, tentando mudar de nome para lavar a vergonha legada pelos pais. O pior é que ninguém está protegido contra isso, a impunidade se tornou um luxo que custa caro, mesmo para os muito ricos e poderosos. Cabeças rolam, umas depois das outras, é o que está na moda. Mas sabe disso melhor do que eu, os políticos não têm mais ideias e, quando as têm, elas não são bem-recebidas. O que haveria de melhor, então, para disfarçar a falta de verdadeiros projetos de sociedade do que alimentar a vontade de vingança popular? A extrema riqueza de uns é responsável pela pobreza da maioria, hoje em dia todo mundo sabe disso.

— Veio me encher a paciência na minha própria casa para um dedo de prosa revolucionária e expor sua ânsia por justiça social?

— Prosa revolucionária? Está errado nesse ponto, sou dos mais conservadores, mas, no que diz respeito à justiça, considero um elogio.

— Vá ao que interessa, Ivory, está começando a realmente me cansar.

— Tenho algo a propor, algo justo, como disse. Dou a você a chave da cela em que pode acabar os seus dias se eu enviar ao *Daily News* ou ao *Observer* o dossiê que tenho sobre suas atividades, em troca da liberdade de uma jovem arqueóloga. Percebe o que quero dizer?

— Que dossiê? E com que direito vem aqui me ameaçar?

— Tráfico de influência, ganhos ilegais de juros, financiamentos ocultos na Câmara dos Deputados, conflitos de interesses nas suas diversas empresas, abuso de bens sociais, evasão fiscal; é algo fenomenal, meu caro, não tem limites, inclusive encomendar o assassinato de um cientista não lhe causa o menor problema. Que tipo de veneno seu capanga usou para se livrar de Adrian e como o aplicou? Uma bebida, no aeroporto, servida antes de decolar? Ou algum veneno por contato? Uma rápida picada no momento de passar pelo portão de segurança? Pode me contar, fiquei curioso!

— Está sendo ridículo, pobre amigo.

— Embolia pulmonar a bordo de um voo de longa distância indo à China. O título é meio comprido para um romance policial, ainda mais para um crime que está longe de ser perfeito!

— Suas acusações gratuitas e infundadas não causam muito efeito em mim. Dê o fora, antes que eu o mande pôr na rua.

— Nos dias de hoje, a imprensa escrita não tem mais tempo para verificar as informações, o rigor editorial de antigamente se anula diante da necessidade de manchetes de boa vendagem. Não podemos criticar ninguém, a concorrência é dura em época de internet. Um lorde como você, no banco dos réus, é ótima notícia! Não pense que por causa da idade não veria a conclusão dos trabalhos de uma comissão investigatória. O verdadeiro poder não se encontra mais nos tribunais nem nas assembleias, pois os jornais alimentam os processos, fornecem provas, ouvem o testemunho das vítimas; os juízes apenas pronunciam a sentença. Quanto às relações, não se pode mais confiar em ninguém. Nenhuma autoridade correria o risco de se comprometer, e menos ainda por um dos seus membros. Há o medo da gangrena. A justiça se tornou independente, não é o que garante a nobreza das nossas democracias? Tome o exemplo desse financista americano responsável pela maior fraude do século, em dois ou três meses tudo estava liquidado.

— Afinal, que diabos está querendo?

— Não está ouvindo? Acabo de dizer, use seu poder para que a tal arqueóloga seja libertada. Em contrapartida, prometo não contar aos outros tudo que armou contra ela e o amigo, seu velho maluco! Se eu disser que, não satisfeito com uma tentativa de assassinato, ainda fez com que a prendessem, vai ser desligado do Conselho e substituído por alguém mais respeitável.

— Está sendo totalmente ridículo e não sei do que está falando.

— Nesse caso só posso me despedir e ir embora, Sir Ashton. Ainda tenho como abusar de sua generosidade? Se o seu chofer puder me levar pelo menos até uma estação. Não que não goste de caminhar, mas se me acontecer algo no caminho, tendo vindo visitá-lo, isso pode causar péssima impressão.

— O carro está à sua disposição. Peça que o levem onde bem entender, mas saia daqui!

— Muito generoso de sua parte e quero me mostrar à altura. Deixo-o pensar até esta noite, estou hospedado no Dorchester, pode me telefonar. Os documentos que deixei pela manhã com um mensageiro só serão levados aos destinatários amanhã, a menos que eu o chame antes disso, é claro. Acredite que, pelo material que juntei, meu pedido é mais do que razoável.

— Se acha que pode me chantagear de maneira tão grosseira, comete um erro grave.

— Quem falou em chantagem? Não tenho a menor vantagem pessoal nesse pequeno negócio. Belo dia, não é mesmo? Deixo-o aproveitá-lo plenamente.

Ivory pegou sua bagagem e atravessou sozinho o corredor levando à porta de entrada. O motorista fumava um cigarro junto à roseira e correu para o automóvel, abrindo a porta para o passageiro.

— Termine tranquilamente seu cigarro, meu caro — disse Ivory, cumprimentando-o —, tenho todo o tempo do mundo.

Da janela do escritório, Sir Ashton viu Ivory se acomodando no banco de trás do seu Jaguar e fulminou de raiva, observando o carro se afastar pela alameda. Uma porta escondida na biblioteca se abriu e um homem entrou no cômodo.

— Mal consigo respirar, confesso que não esperava por algo assim.

— Esse velho imbecil vindo me ameaçar em minha casa, quem ele imagina que é?

O convidado de Sir Ashton não respondeu.

— O quê? Que cara é essa? Não vai achar que ele também pode fazer isso? — irritou-se Sir Ashton. — Se esse idiota caduco se atrever a me acusar publicamente do que quer que seja, um batalhão de advogados vai arrancar-lhe a pele vivo; não tenho estritamente nada a me censurar. Acredita em mim, espero?

O convidado pegou uma garrafa de cristal com vinho do Porto, serviu-se um bom copo e bebeu de uma só vez.

— Vai dizer alguma coisa ou ficar aí calado? — explodiu Sir Ashton.

— Havendo escolha, prefiro ficar calado, assim pelo menos nossa amizade vai estar abalada por apenas alguns dias, no máximo umas semanas.

— Dê o fora também, Vackeers, vá embora, você e essa sua arrogância.

— Não havia arrogância nenhuma de minha parte. Realmente sinto muito pelo acontecido; no seu lugar, não subestimaria Ivory. Como disse, ele é meio maluco, e isso o torna ainda mais perigoso.

E Vackeers se retirou sem acrescentar mais nada.

*

Londres, Hotel Dorchester, à noite

O telefone tocou. Ivory abriu os olhos para ver as horas no relógio em cima da lareira. A conversa foi rápida. Esperou alguns instantes e fez outra chamada, do telefone celular.

— Queria lhe agradecer. Ele ligou, acabo de desligar, sua ajuda foi valiosa.

— Não fiz grande coisa.

— Pelo contrário, fez sim. O que diria de uma partida de xadrez? Em Amsterdã, na sua casa, quinta-feira que vem, combinado?

Terminada a ligação para Vackeers, Ivory discou outro número. Walter ouviu atentamente as instruções que lhe foram passadas e não deixou de cumprimentá-lo pelo golpe de mestre.

— Não se iluda, Walter, nossas dificuldades não chegaram ao fim. Mesmo que tenhamos Keira de volta, nem por isso podemos imaginá-la fora de perigo. Sir Ashton não vai desistir, precisei ser um tanto violento com ele e em seu próprio território, para agravar as coisas, mas não havia escolha. Acredite em minha experiência, ele vai querer uma revanche assim que puder. Mas que isso fique entre nós, não tem por que preocupar Adrian por enquanto. É melhor que não saiba o que o levou ao hospital.

— E com relação a Keira, como devo falar com ele?

— Invente, crie, diga que foi graças aos seus esforços.

*

Atenas, no dia seguinte

Elena e mamãe passaram a manhã à minha cabeceira. Como todo dia, desde a minha hospitalização, tinham pegado o primeiro ferry partindo de Hydra, às sete horas. Desembarcaram no Pireu às oito e correram para não perder o ônibus, que as deixou, meia hora mais tarde, à frente do hospital. Depois de tomar algo quente às pressas na cafeteria, entraram no meu quarto cheias de guloseimas, flores e votos de rápida recuperação enviados por pessoas do vilarejo. Como a cada dia, iam embora no final da tarde, pegavam o ônibus a tempo para a última embarcação partindo do Pireu, de volta para casa. Desde a minha doença, Elena não abria mais a loja e mamãe passava o pouco tempo de que dispunha em casa, preparando quitutes cheios de amor e esperança que melhoravam o cotidiano das enfermeiras que cuidavam da saúde do seu filho.

Já era meio-dia e acho que toda aquela incessante conversa me cansava ainda mais do que as sequelas da maldita pneumonia.

Mas quando bateram à porta as duas se calaram. Era um fenômeno inédito para mim, tão surpreendente quanto o canto das cigarras se interromper em pleno sol de verão. Entrando, Walter notou meu aspecto um tanto confuso.

— O que houve? — perguntou.

— Nada, rigorosamente nada.

— Não tentem me enganar, estou vendo que estão estranhos.

— De forma alguma, apenas conversávamos: eu, a encantadora tia Elena e minha mãe, quando você chegou, só isso.

— E sobre o que conversavam?

Mamãe tomou imediatamente a palavra.

— Eu dizia que essa doença pode ter sequelas inesperadas.

— É mesmo? O que os médicos disseram?

— Ah, os médicos... Dizem que ele pode ter alta na semana que vem; mas o que a mãe acrescenta é que o filho ficou meio sonso, é este o verdadeiro relatório médico, se quer mesmo saber. Por que não vai tomar um café com minha irmã, Walter, só para eu poder dizer umas coisinhas a Adrian.

— Ótima ideia, mas antes preciso falar com ele, não fique chateada, temos que ter uma conversa de homem para homem.

— Já que as mulheres não são bem-vindas, vamos nós! — disse Elena, puxando minha mãe e me deixando sozinho com Walter.

— Tenho excelentes notícias — disse, se sentando à beira da cama.

— De qualquer jeito, comece pela pior.

— Precisamos de um passaporte em seis dias e não temos como consegui-lo sem Keira!

— Não entendo do que está falando.

— Imagino, mas você pediu para começar pela pior, esse pessimismo sistemático acaba sendo bem irritante. Bom, ouça, pois quando digo que tenho uma boa notícia, não estou brincando. Já falei das relações importantes que tenho na administração da Academia?

Walter explicou que nossa Academia tinha programas de pesquisa e de intercâmbio com algumas grandes universidades chinesas. Eu não sabia disso. Contou também que, de viagem em viagem, alguns laços acabaram se criando, em diferentes níveis da hierarquia diplomática. Confessou enfim ter conseguido, graças às suas boas relações, pôr em funcionamento toda uma discreta engrenagem que vinha trabalhando sem parar... Havia uma estudante chinesa que terminava um doutorado na Academia e cujo pai era juiz, muito bem-visto pelo poder local, como também alguns diplomatas trabalhando no serviço de vistos de Sua Majestade, ao que se acrescentava um cônsul na Turquia, mas que havia passado boa parte da carreira em Pequim e conhecia figurões do alto escalão, enfim, toda essa engrenagem se pusera a funcionar de país em país, de continente em continente, até que um último clique se produziu na província de Sichuan. As autoridades locais passaram a ter boa vontade e se perguntam se não faltaram certa competência linguística e vocabulário ao advogado que havia defendido a jovem ocidental, no momento das entrevistas prévias para o processo. Alguns problemas de interpretação junto à cliente podem explicar sua omissão em dizer ao juiz encarregado do caso que a cidadã estrangeira condenada por falta de documentação tinha, na verdade, um passaporte perfeitamente válido. Sendo de praxe a boa vontade, mas também graças a uma promoção do magistrado, Keira seria agraciada, faltando apenas que se apresentasse rapidamente ao tribunal de Chengdu uma prova documental. Depois disso, bastaria ir buscá-la e sair das fronteiras da República Popular.

— Está falando sério? — perguntei, me levantando num pulo e abraçando Walter.

— Pareço estar brincando? Poderia ter a delicadeza de notar que não prolonguei seu suplício e quase nem respirei, para não perder tempo!

Estava tão feliz que comecei a dançar como um louco, levando Walter numa valsa improvisada. Ainda bailávamos no meio do quarto de hospital quando minha mãe entrou. Olhou-nos e fechou a porta.

Pudemos ouvi-la suspirar no corredor, e tia Elena dizer a ela: "Não, vai começar tudo de novo!"

Os rodopios me deixaram meio tonto e voltei para a cama.

— Quando ela vai ser solta?

— Ah, está esquecendo a outra notícia, a que quis ouvir em primeiro lugar. Vou repetir. O juiz chinês aceita soltar Keira se apresentarmos um passaporte em seis dias. Como esse precioso abre-te sésamo se encontra no fundo de um rio, precisamos de um novo. Sem a presença da principal interessada e em prazo tão curto, isso parece impossível. E agora, compreende melhor o problema?

— Seis dias, é só do que dispomos?

— Como já se perde um dia na viagem até o tribunal de Chengdu, temos apenas cinco para fabricar um passaporte novo. Sem um milagre, não vejo como conseguir.

— Esse passaporte precisa mesmo ser novo?

— Não sei se a infecção pulmonar alcançou também o cérebro, mas peço que observe, está vendo algum quepe de funcionário da alfândega na minha cabeça? Mesmo assim, imagino que sendo um documento dentro do prazo de validade serve, por que a pergunta?

— Porque Keira tem dupla nacionalidade: francesa e inglesa. E estando meu cérebro intacto, mas obrigado por se preocupar, lembro muito bem que entrou na China com o passaporte britânico. Nele é que se carimbou o visto de entrada, pois fui buscá-lo na agência. Estava sempre com ela e, quando encontramos o microfone escondido e reviramos a sacola, tenho certeza de não ter visto o passaporte francês.

— Ótimo e onde estaria? Sem querer bancar o estraga-prazeres, temos realmente pouquíssimo tempo para procurá-lo.

— Não faço ideia...

— O mínimo a se dizer é que estamos mais ou menos no mesmo lugar. Vou dar uns telefonemas e volto. Sua tia e sua mãe estão lá fora esperando, estamos sendo indelicados.

Walter saiu do quarto e logo em seguida mamãe e tia Elena entraram. Mamãe sentou na poltrona e ligou a televisão presa à parede em frente à minha cama, sem falar comigo, o que fez Elena sorrir.

— É ótima pessoa esse Walter, não é? — disse minha tia, se colocando numa beirada da cama.

Lancei-lhe um olhar significativo, pois, com mamãe presente, o momento não era dos mais propícios para esse assunto.

— E bonitão, não acha? — continuou, ignorando meus sinais.

Sem tirar os olhos da telinha, minha mãe respondeu no meu lugar.

— E meio jovem demais, se eu posso dar minha opinião! Mas façam como se eu não estivesse aqui! Depois de uma conversa só de homens, nada mais natural do que outra entre tia e sobrinho; mães não servem para grandes coisas! Assim que terminar esse programa vou bater um papo com as enfermeiras. Talvez possam me dar notícias do meu filho.

— Entende por que se fala de tragédia grega? — brincou Elena, olhando de viés minha mãe, de costas para nós, com os olhos pregados na televisão, da qual havia tirado o som, para nada perder do que dizíamos.

O programa era um documentário sobre tribos nômades dos altos planaltos tibetanos.

— Que droga, é pelo menos o quinto capítulo que passam disso — reclamou mamãe, desligando a tevê. — Que cara é essa?

— Tinha uma menininha nesse documentário?

— Sei lá! Pode ser, por quê?

Preferi não responder. Walter bateu à porta. Elena chamou-o para irem tomar um café, a pretexto de deixar a irmã aproveitar a companhia do filho. Não foi preciso insistir.

— Para eu aproveitar a companhia do meu filho, é só o que falta! — exclamou mamãe, assim que a porta voltou a se fechar. — Devia ter visto, desde que ficou doente e que o seu amigo chegou, está se achando uma jovenzinha. Ridícula.

— Não há idade para o coração, e se com isso ela está feliz...

— Não é o coração que a deixa assim, é o fato de alguém cortejá-la.

— E você? Poderia pensar em refazer a vida, não? Já está de luto há muito tempo. Não é por deixar alguém entrar na sua casa que estaria pondo papai fora dos seus sentimentos.

— Está mesmo dizendo isso? O único homem a habitar minha casa é o seu pai. Mesmo descansando no cemitério, continua bem presente e falo com ele todo dia, ao acordar. E quando estou na cozinha, na varanda cuidando das flores, na rua descendo ao centro do vilarejo e à noite, indo me deitar. Não é por ele não estar de corpo presente que me sinto sozinha. Não é o mesmo que se passa com Elena, que nunca teve a sorte de encontrar alguém como meu marido.

— É um motivo a mais para deixá-la namorar, não acha?

— Nada tenho contra a felicidade da sua tia, só não queria que fosse com um amigo do meu filho. Devo ser meio antiga, mas tenho o direito de ter meus defeitos. Ela que se interessasse pelo amigo de Walter que veio vê-lo.

Endireitei-me na cama. Mamãe aproveitou para imediatamente ajeitar os travesseiros.

— Que amigo?

— Não sei, vi no corredor há uns dias, você ainda não tinha acordado. Nem cheguei a falar com ele, já estava indo embora. Em todo caso, tinha uma bela aparência, muito saudável e bem elegante. Em vez de ter vinte anos a menos do que a sua tia, tinha isso a mais.

— E não tem ideia de quem era?

— Mal passei por ele. Agora trate de descansar e recuperar forças. Vamos mudar de assunto, estou ouvindo os dois pombinhos no corredor, já devem estar entrando.

Elena estava vindo chamar mamãe, pois era hora de irem embora, se não quisessem perder o último barco para Hydra. Walter levou-as até o elevador e voltou ao quarto pouco depois.

— Sua tia me contou duas ou três histórias de quando você era criança, ela é muito engraçada.

— Se você acha...

— Algo o preocupa, Adrian?

— Mamãe disse que o viu há alguns dias com um amigo que veio me visitar, quem era?

— Deve ter se enganado, provavelmente alguém pedindo alguma informação, aliás, agora me lembro, foi exatamente o que aconteceu, um senhor procurando um parente e levei-o à sala das enfermeiras.

— Acho ter uma pista para conseguir o passaporte de Keira.

— Isso já é bem mais interessante, diga.

— A irmã dela, Jeanne, talvez possa ajudar.

— E sabe como podemos falar com essa Jeanne?

— Sei, quer dizer, não sei — disse meio sem graça.

— Sabe ou não sabe?

— Nunca tive coragem de ligar para ela para falar do acidente.

— Não deu notícia de Keira à irmã? Nem um telefonema em três meses?

— Falar por telefone da sua morte era impossível e ir a Paris para isso estava acima das minhas forças.

— Que covarde! É terrível, não vê o quanto deve estar preocupada? E como ela mesma não tomou a iniciativa de procurá-lo?

— Frequentemente Jeanne e Keira passavam muito tempo sem dar notícia uma à outra.

— Pois peço que faça contato com ela o mais rápido possível, ou seja, hoje mesmo!

— Não, preciso vê-la.

— Não seja ridículo, está numa cama de hospital e não temos tempo a perder — disse Walter, me passando o telefone. — Vire-se com seus problemas de consciência e ligue agora mesmo.

Resolver meus problemas de consciência eu até podia tentar. Assim que Walter me deixou sozinho no quarto, encontrei o número do museu do cais Branly. Jeanne estava em reunião e não podia ser incomodada. Voltei a telefonar e na terceira vez a recepcionista me fez notar que era inútil insistir. Imaginei que Jeanne não tinha a menor vontade de falar comigo, vendo-me como cúmplice do silêncio de Keira e com raiva pela falta de notícia. Liguei mais uma vez e expliquei à telefonista que precisava falar urgentemente com Jeanne, sendo uma questão de vida ou morte para a irmã dela.

— Aconteceu alguma coisa com Keira? — perguntou Jeanne com a voz trêmula.

— A nós dois — respondi, com o coração pesado. — Preciso da sua ajuda, Jeanne.

Contei o ocorrido, minimizando o episódio trágico do rio Amarelo, falei do acidente sem perder tempo com as circunstâncias que o haviam provocado. Jurei que Keira estava fora de perigo, mas expliquei que, por questões ridículas de documentação, não podia sair da China. Não mencionei a prisão, pois sentia que cada frase minha era um golpe terrível para Jeanne. Várias vezes ela procurou controlar o choro e várias vezes procurei conter a emoção. Sou realmente péssimo mentindo. Muito rapidamente Jeanne entendeu que a situação era bem mais preocupante do que eu dizia. Fui obrigado a jurar inúmeras vezes que a irmã estava bem. Prometi que a traria sã e salva e expliquei que, para isso, precisava do passaporte dela com toda a urgência. Jeanne ignorava onde pudesse estar, mas deixaria imediatamente o escritório para revirar o apartamento de cima a baixo, se preciso. Ligaria para mim logo mais.

Desligando, fiquei deprimido. Falar com Jeanne me lembrou a falta de Keira, o peso de sua ausência, e reavivou essa tristeza.

Jeanne nunca havia atravessado Paris com tanta rapidez. Avançou três sinais nas avenidas junto ao Sena, por um triz não bateu numa caminhonete, derrapou na ponte Alexandre III, conseguindo na última hora recuperar o controle do carro, sob uma sinfonia de buzinas. Tomou os corredores exclusivos dos ônibus, subiu na calçada num bulevar engarrafado, quase atropelou um ciclista, mas, por milagre, chegou sem grandes danos à sua rua.

No hall do edifício, bateu na janela da zeladora, pedindo encarecidamente que a ajudasse. A senhora Hereira nunca tinha visto Jeanne daquele jeito. O elevador estava parado para entregas no terceiro andar e elas subiram pela escada saltando os degraus. Chegando ao apartamento, Jeanne disse à senhora Hereira que procurasse na sala e na cozinha, enquanto ela faria o mesmo nos quartos. Nada deviam deixar de lado, precisavam abrir todos os armários, esvaziar gavetas e encontrar o passaporte de Keira, onde quer que estivesse.

No final de uma hora, haviam desmontado o apartamento. Ladrão nenhum teria conseguido uma bagunça igual. Os livros das prateleiras se espalhavam pelo chão, as roupas estavam jogadas entre um quarto e outro, as poltronas reviradas, até a cama tinha sido desfeita. Jeanne começava a perder a esperança quando ouviu a senhora Hereira berrar perto da porta de entrada. Correu para lá. A mesa que servia de escrivaninha estava de cabeça para baixo, mas a zeladora sacudia vitoriosamente a caderneta de capa bordô. Jeanne apertou-a nos braços e beijou-lhe as duas bochechas.

Walter já tinha ido para o hotel quando Jeanne telefonou, e eu estava sozinho no quarto. Pudemos conversar por um bom tempo e me arranjei para que falasse de Keira, era uma necessidade minha para compensar a ausência, ouvir algumas lembranças da infância. Jeanne parecia satisfeita fazendo isso, pois creio que ela lhe fazia tanta falta quanto a mim. Prometeu enviar o passaporte por correio expresso. Dei meu endereço no hospital de Atenas e ela enfim perguntou como eu estava.

No dia seguinte, a visita dos médicos demorou mais tempo que o habitual. O chefe do serviço de pneumologia ainda tinha dúvidas quanto ao meu caso. Ninguém conseguia explicar como uma infecção pulmonar tão violenta surgira sem o menor sintoma inicial. Minha saúde estava realmente ótima quando subi a bordo do avião. O médico voltou a dizer que sem a presença de espírito da aeromoça, alertando o comandante de bordo, e se ele não tivesse voltado atrás, eu certamente teria morrido antes de chegar a Pequim. A equipe médica estranhava, pois não se tratava de um vírus e, em toda a sua carreira, ele nunca havia visto nada parecido. O essencial, completou resignado, é que minha reação ao tratamento fora positiva. Chegamos bem perto do pior, mas eu estava fora de perigo. Com mais uns dias de convalescença, eu poderia retomar uma vida normal. Prometeu--me alta em oito dias. Acabava de sair do quarto quando recebi o passaporte de Keira. Abri o envelope com o precioso salvo-conduto e vi um bilhete de Jeanne.

"Traga-a de volta o mais rápido possível, conto com você, ela é a única família que tenho."

Dobrei o papel e abri o passaporte. Keira parecia um pouco mais jovem na foto de identidade. Comecei a me vestir.

Walter entrou no quarto e me flagrou de cueca e camisa. Perguntou que diabos eu estava fazendo.

— Vou buscá-la e não tente ser do contra, não vai conseguir.

Não somente não tentou, como também me ajudou na fuga. Já reclamara o bastante do deserto que o hospital se tornava na hora da sesta em Atenas para não se aproveitar no momento em que isso nos favorecia. Ficou de tocaia no corredor enquanto arrumei minhas coisas e me acompanhou até o elevador, vigiando para que não encontrássemos no caminho ninguém do serviço hospitalar.

Passando à frente do quarto ao lado do meu, encontramos uma menina sozinha, de pé junto à porta. Usava um pijama de joaninhas e deu um adeusinho para Walter.

— Está aí, sua danada — disse ele, se aproximando. — Mamãe ainda não chegou?

Walter se virou para mim e entendi que conhecia bem minha vizinha de quarto.

— Ela o visitou várias vezes — explicou, com piscadas cúmplices para a menina.

Abaixei-me também para cumprimentá-la.

Ela me olhou, cheia de malícia, e deu uma grande risada. Tinha as bochechas vermelhas como maçãs.

Chegamos ao térreo e tudo se passava da melhor maneira. Havíamos encontrado um maqueiro, mas ele nem olhou para nós. Quando as portas do elevador se abriram no hall do hospital, demos de cara com minha mãe e tia

Elena. As coisas mudaram completamente e nossa tentativa de fuga virou um pesadelo. Mamãe começou a gritar, perguntando o que eu fazia de pé. Peguei-a pelo braço e pedi que, por favor, me acompanhasse até lá fora, sem fazer escândalo. Seria mais fácil convencê-la de dançar sirtaki no meio da cafeteria.

— Os médicos permitiram que ele desse um pequeno passeio — disse Walter, querendo tranquilizar minha mãe.

— E para essa voltinha precisa levar a mala de roupas? Não quer conseguir um leito para mim na geriatria também?

Dois funcionários das ambulâncias passavam por perto e rapidamente adivinhei as intenções de mamãe: me mandar de volta ao quarto, à força, se necessário.

Olhei para Walter e isso bastou como comunicação. Enquanto ela berrava, nos lançamos correndo às portas do hall, conseguindo atravessar antes que a segurança reagisse aos gritos de minha mãe, que exigia desesperada que me prendessem.

Preciso admitir que eu não estava em plena forma. Na primeira esquina, senti o peito queimar, tomado por violento acesso de tosse. A respiração vacilava, o coração batia a ponto de explodir e precisei parar para recuperar o fôlego. Walter se virou e viu dois guardas correndo em nossa direção. Teve uma presença de espírito realmente genial. Dirigiu-se aos guardas capengando e disse, furioso, que acabava de ser empurrado por dois sujeitos que haviam tomado uma rua adjacente. Com os vigias seguindo a direção indicada, fez sinal a um táxi e me chamou.

Não deu uma palavra durante todo o percurso e me preocupei com todo aquele silêncio, sem compreender o motivo.

O seu quarto de hotel se tornou nosso quartel-general para os preparativos da minha viagem. A cama era grande o bastante para dois. Walter colocou dois travesseiros como muro para separar nossos territórios. Enquanto eu descansava, ele passou os dias no telefone. De vez em quando dava uma saída, para "arejar a cabeça", explicava. Eram mais ou menos as únicas palavras que às vezes dizia, pois quase não falava comigo.

Não sei por qual milagre, conseguiu que a embaixada da China me liberasse um visto em 48 horas. Agradeci cem vezes. Desde a fuga do hospital, ele não parecia mais o mesmo.

À noite, estávamos jantando no quarto e Walter ligou a televisão, ainda sem querer falar comigo. Peguei o controle remoto e desliguei.

— Por que tem estado assim?

Ele me tomou o controle das mãos e voltou a ligar a tevê.

Levantei, arranquei o fio da parede e me plantei de pé à frente.

— Se fiz alguma coisa que tenha achado errado, vamos resolver isso de uma vez por todas.

Walter me olhou e, sem uma palavra, se trancou no banheiro. Por mais que eu batesse, não abriu a porta. Voltou a aparecer minutos depois, já com um pijama quadriculado e avisando que, se ouvisse o menor sarcasmo com relação a isso, eu iria dormir no corredor. Depois se enfiou entre os lençóis e apagou a luz, sem me desejar boa-noite.

— Walter — chamei no escuro —, o que é que eu fiz, o que está acontecendo?

— O que acontece é que, às vezes, ajudá-lo tem consequências.

Fez-se um novo silêncio e me dei conta de que não lhe havia agradecido devidamente por todo o trabalho que vinha tendo nos últimos tempos. Essa ingratidão provavelmente o incomodava e me desculpei. Walter respondeu não ligar a mínima para minhas desculpas. Mas se eu tivesse como, acrescentou, desculpar nosso comportamento inadmissível no hospital com minha mãe e, principalmente, com minha tia, ficaria grato. Dito isso, se virou para o canto e se calou.

Acendi a luz e me sentei na cama.

— E agora, o que é? — perguntou Walter.

— Está realmente interessado em Elena?

— O que você tem a ver com isso? Pensa só em Keira, se preocupa apenas com sua própria história, é só o que conta. Quando não são suas buscas e aqueles fragmentos idiotas, é a sua saúde. Quando deixa de ser a sua saúde é por se tratar da sua arqueóloga, e toda vez, é o bom Walter que é chamado. Walter para isso, Walter para aquilo, mas se tento me abrir e dizer alguma coisa, me manda às favas. E não venha me dizer que meus problemas o interessam, pois a única vez que tentei falar disso, debochou de mim!

— Juro que não foi essa a minha intenção.

— Pois foi a impressão que deu! Posso dormir agora?

— Não, não enquanto não terminarmos a conversa.

— Qual conversa? — irritou-se Walter. — É só você que está falando.

— Walter, está realmente interessado na minha tia?

— Estou triste por tê-la chateado ajudando você a escapar daquela maneira do hospital. Isso resolve o problema?

Cocei o queixo e fiquei pensando um pouco.

— Se eu conseguir que se desculpe por completo e seja perdoado, vai parar de ter raiva de mim?

— Faça isso e veremos o resultado!

— Faço, de manhã bem cedo.

A expressão de Walter se aliviou, tive até direito a um rápido sorriso e ele se virou para o outro lado, voltando a apagar a luz.

Cinco minutos depois, acendeu de novo e se endireitou bruscamente na cama.

— Por que não faz isso agora?

— Está querendo que eu telefone para Elena a essa hora?

— São apenas dez horas. Consegui um visto para a China em dois dias, pode perfeitamente conseguir, numa noite, que sua tia me perdoe, não pode?

Levantei e liguei para minha mãe. Ouvi reclamações por pelo menos 15 minutos, sem poder dizer uma palavra. Quando não tinha mais o que dizer, perguntei se, quaisquer que fossem as circunstâncias, não teria ido procurar meu pai no fim do mundo, se o soubesse em perigo. Podia ouvi-la pensar. Não precisava vê-la para saber que sorria. Desejou-me boa viagem e pediu que não demorasse. Enquanto estivesse na China, prepararia alguns pratos dignos desse nome para receber Keira quando chegássemos.

Já ia desligar quando me lembrei do motivo do telefonema e pedi que chamasse Elena. Minha tia já tinha se recolhido no quarto de hóspedes, mas insisti com mamãe para que a chamasse.

Elena tinha achado a fuga maravilhosamente romântica. Walter era o melhor dos amigos para ter assumido tanto risco. Fez-me prometer nunca repetir a minha mãe o que ela acabava de dizer.

Fui falar com Walter, que andava de um lado para outro no banheiro.

— E aí? — perguntou, tenso.

— E aí que acho que, enquanto eu estiver no avião para Pequim, nesse fim de semana, você poderia navegar até Hydra. Minha tia o espera para um jantar no porto. Peça ao garçom uma mussaca, é o fraco dela, mas que fique entre nós, não fui eu que te contei.

Já exausto a essa altura, apaguei a luz.

Na sexta-feira da mesma semana, Walter me acompanhou ao aeroporto. O avião decolou na hora certa. Sobrevoando Atenas e vendo o mar Egeu se apagar sob as asas, tive uma estranha sensação de déjà-vu. Dentro de dez horas, estaria na China...

*

Pequim

Depois de passar pelas formalidades alfandegárias, embarquei num voo de conexão para Chengdu.

Um jovem intérprete, a mando das autoridades chinesas, me aguardava no aeroporto. Levou-me pela cidade até o edifício do Tribunal. Passei longas horas sentado num banco desconfortável, até que o juiz encarregado do processo de Keira me recebesse. A cada cochilada minha — fazia vinte horas que eu não dormia — meu acompanhante me dava uma cotovelada, e toda vez acrescentava um suspiro de censura, querendo mostrar que achava inaceitável um comportamento como o meu, naquele lugar. No final da tarde, a porta diante da qual esperávamos finalmente foi aberta. Um homem de forte corpulência saiu da sala, com uma pilha de processos debaixo do braço, sem me dar a menor atenção. Levantei num salto e fui atrás dele, para desespero do meu intérprete, que juntou suas coisas às pressas e correu atrás de mim.

O juiz me olhou dos pés à cabeça, como se eu fosse um animal estranho. Expliquei o motivo da minha visita, pois fora combinado que eu devia apresentar o passaporte de Keira para que anulasse a condenação que lhe fora imposta e assinasse a sua liberação. O intérprete fazia o possível, mas sua voz insegura mostrava o quanto temia a autoridade do personagem a quem eu me dirigia. O juiz se impacientava. Eu não havia marcado hora e ele estava sem tempo. Partia no dia seguinte, transferido a Pequim, e ainda restava muito a fazer.

Parei à frente dele e, com o cansaço dificultando as coisas, perdi um pouco a calma.

— Precisa mesmo ser cruel e indiferente para que o respeitem? Distribuir justiça não é o suficiente? — perguntei.

O intérprete mudou de cor. Começou a gaguejar, preocupantemente pálido, e, de maneira categórica, disse que não traduziria minhas últimas frases. Puxou-me de lado.

— Perdeu o juízo? Não sabe com quem está falando? Se eu traduzir o que acaba de dizer, vamos os dois passar a noite na prisão.

Eu estava pouco ligando para as suas precauções. Empurrei-o e fui de novo atrás do juiz, que havia aproveitado para escapar. Barrei-lhe outra vez o caminho.

— Hoje à noite, quando abrir uma garrafa de champanhe para festejar a promoção, diga à sua mulher que se tornou um personagem tão poderoso, tão importante, que o destino de uma jovem inocente não tem mais como incomodar a sua consciência. Deliciando-se com os salgadinhos, não se esqueça dos seus filhos, fale do senso de honra, de moral, de respeito, do mundo que herdarão, um mundo em que mulheres inocentes podem mofar na prisão porque os juízes têm mais o que fazer do que aplicar a justiça; diga isso, da minha parte, à sua família e terei a impressão de participar um pouco da sua festa, e Keira também!

Dessa vez meu intérprete me puxou à força, implorando que eu me calasse. Enquanto me dava um sermão, o juiz nos olhou e finalmente se dirigiu a mim.

— Estudei em Oxford, falo fluentemente a sua língua. Seu intérprete está certo, sem dúvida lhe falta educação, mas não ousadia.

Olhou o relógio de pulso.

— Me entregue esse passaporte e esperem aqui, vou fazer o que é preciso.

Peguei o passaporte, que ele me arrancou das mãos e voltou a passadas rápidas para a sua sala. Cinco minutos depois, dois policiais surgiram às minhas costas, mal percebi a presença deles e já estava algemado e carregado *manu militari*. Desesperado, o intérprete me seguiu, dizendo que preveniria minha embaixada logo no dia seguinte. Os policiais mandaram que se afastasse e acabei numa caminhonete, dentro da qual fui enfiado sem muitos cuidados. Três horas de estrada esburacada e cheguei ao pátio da prisão de Garther, que nada tinha da grandiosidade do monastério que imaginei nos meus piores pesadelos.

Confiscaram minha sacola, meu relógio, o cinto da calça. Livre das algemas, fui fortemente escoltado até uma cela, onde travei conhecimento com meu colega de detenção. Tinha pelo menos uns 60 anos, totalmente desdentado, sem o menor caquinho no maxilar nem na mandíbula. Bem que eu gostaria de saber por qual crime ele estava ali, mas não parecia estar para conversas. Ele ocupava o leito de cima do beliche e então fiquei com o de baixo, o que não fazia diferença para mim, pelo menos até ver um rato bem gordo passeando pelo corredor. Não sabia o que me esperava, mas Keira e eu estávamos reunidos naquele prédio e isso bastou para me tranquilizar naquele lugar em que a única estrela visível era vermelha, costurada no boné dos guardas.

Uma hora depois, a porta foi aberta e segui meu companheiro de cela, nos juntando a uma longa fila de presos que desciam no mesmo ritmo a escada que levava ao refeitório. Chegamos ao imenso salão, onde a brancura da minha pele causou sensação. Em seus respectivos lugares nas mesas, os colegas de prisão me observavam e me preparei para o pior, mas depois de rirem um pouco de mim voltaram a atenção ao que tinham nos pratos. O caldo, em que boiavam uns grãos de arroz e um pedaço de carne, me encorajou, sem muito sacrifício, a um regime. Aproveitando que todas as cabeças estavam abaixadas, olhei para a grade comprida que nos separava do refeitório onde as mulheres jantavam. Meu coração começou a bater mais forte, Keira devia estar em algum lugar entre aquelas filas de presas que comiam a poucos metros de nós. Como dizer que eu estava ali, sem chamar a atenção dos guardas? Falar era proibido, meu vizinho de mesa havia recebido uma pancada na nuca por ter pedido o sal a outro preso. Imaginei a punição que viria, mas, sem conseguir me controlar, me levantei, gritei "Keira" em pleno refeitório e me sentei rápido.

Cessou todo o barulho dos talheres, todo o barulho de bocas mastigando. Sem se mover, os guardas procuravam na sala. Não haviam localizado quem se atrevera a infringir a regra. O silêncio de chumbo durou alguns instantes e, de repente, ouvi uma voz familiar gritar "Adrian".

Todos os prisioneiros viraram a cabeça na direção das prisioneiras e todas as prisioneiras olharam na direção dos prisioneiros. Até os guardas, homens e mulheres, fizeram o mesmo; os dois lados do salão se observando mutuamente.

Levantei-me, fui até a grade, e você também. De mesa em mesa, caminhamos um para o outro, no mais profundo silêncio.

Os policiais estavam tão surpresos que não se moviam.

Os presos gritaram "Keira" em coro, as presas responderam "Adrian" em uníssono.

Você estava a apenas alguns metros. Tinha uma palidez de uma imagem de papel, chorava, e eu também. Chegamos à grade, tão certos daquele instante esperado que nenhum dos dois se preocupou com o castigo que provavelmente viria. Nossas mãos se juntaram através das grades, os dedos se cruzaram, colei meu rosto no ferro e sua boca encostou na minha. Eu disse "te amo" num refeitório de prisão chinesa e você murmurou a mesma coisa. E você perguntou por que eu estava ali. Eu vinha soltá-la. "Dentro da prisão?", você se espantou. É verdade que, tomado pela emoção, não havia pensado nesse detalhe. E também não tive mais tempo para isso, pois uma pancada por trás da coxa me fez dobrar os joelhos, e uma segunda, na altura dos rins, me jogou no chão. Levaram você à força, berrando o meu nome. Fui carregado, berrando o seu.

*

Hydra

Walter se desculpou com Elena, as circunstâncias eram bem particulares e ele jamais teria deixado o celular ligado se não esperasse, a qualquer momento, informações da China. Elena pediu que, por favor, atendesse. Walter se levantou e se afastou da varanda do restaurante, indo um pouco na direção do porto. Ivory pedia notícias.

— Não, nada ainda. O avião aterrissou em Pequim, pelo menos isso! Se meus cálculos estiverem certos, a essa altura ele já deve ter encontrado o juiz e imagino que esteja a caminho da prisão. Talvez até já estejam juntos. Vamos deixar que eles aproveitem uma intimidade merecida. Podemos imaginar como estão contentes em se encontrar. Prometo telefonar assim que ele entrar em contato comigo.

Walter desligou e voltou à mesa.

— Infelizmente — disse a Elena — era apenas um colega da Academia, precisando de uma informação.

Retomaram a conversa, diante da sobremesa que Elena havia pedido para os dois.

*

Prisão de Garther

Minha ousadia durante a refeição me valeu a simpatia dos detentos. Voltando à minha ala, cercado por dois guardas, fui cumprimentado de maneira amigável pelos colegas, que se dirigiam aos seus respectivos cubículos. Meu companheiro de cela ofereceu um cigarro, o que ali devia ser um presente de grande valor. Acendi, grato, mas fui tomado por um acesso de tosse, lembrança da recente infecção pulmonar, que fez meu novo amigo rir muito.

Um colchão de palha, pouco mais grosso do que um cobertor, cobria a tábua que servia de cama. Deitar me fez sentir um pouco mais a dor das pancadas, mas estava tão cansado que mal me estiquei, caí no sono. Tinha visto Keira, e o seu rosto me acompanhou ao longo daquela noite sórdida.

Na manhã seguinte, fomos acordados por um gongo que ressoou por toda a prisão. Meu colega de cela desceu do beliche. Vestiu as calças e calçou as meias dependuradas no encosto da cama.

Um guarda abriu a porta da cela, meu vizinho pegou sua caneca e saiu para o corredor; o carcereiro fez sinal para que eu ficasse. Entendi que o comportamento da véspera me deixaria afastado da cantina. Foi uma grande tristeza, pois contava as horas para rever Keira no refeitório, mas teria que esperar.

Com o passar da manhã, preocupei-me com a punição que aplicavam a ela. Estava tão pálida... E eu, que sou ateu, me vi de joelhos junto à cama, rezando a Deus como uma criança, para que Keira não tivesse sido trancada em nenhuma solitária.

Ouvi as vozes dos prisioneiros no pátio. Devia ser a hora do passeio. Eu não teria o direito. Fiquei ali, tomado pela preocupação com o que podia ter acontecido com Keira. Subi num banquinho para chegar à altura da janela, com alguma esperança de vê-la. Os presos andavam em fila, caminhando na direção de um campo. Equilibrado na ponta dos pés, escorreguei e fui parar no chão; com o tempo que perdi, quando voltei à janela, o pátio estava vazio.

O sol já estava alto no céu, devia ser meio-dia. Não podiam me deixar morrer de fome só para impor disciplina. Não contava com meu intérprete para nos tirar dali. Pensei em Jeanne; tinha ligado para ela antes de partir de Atenas, prometendo dar notícias hoje. Talvez adivinhasse que algo havia acontecido e avisasse nossas embaixadas, dentro de alguns dias.

Sem ânimo algum, ouvi passadas no corredor. Um guarda entrou na cela e me obrigou a segui-lo. Atravessamos a passarela, descemos a escada metálica e cheguei à sala onde, no dia anterior, tinham confiscado meus pertences. Devolveram tudo, me fizeram assinar um formulário e, sem que eu compreendesse o que estava acontecendo, me empurraram para o pátio. Cinco minutos depois, os portões da penitenciária se fecharam atrás de mim, eu estava livre. Havia um carro parado no estacionamento dos visitantes. A porta se abriu e meu intérprete veio em minha direção.

Agradeci por ter conseguido minha soltura e pedi desculpas por ter duvidado dele.

— Não fiz nada — disse. — Depois que os policiais o levaram, o juiz saiu do escritório dele e pediu que viesse buscá-lo aqui ao meio-dia. Pediu também que lhe dissesse que uma noite de prisão lhe ensinaria um pouco de boas maneiras. Estou apenas traduzindo.

— E Keira? — perguntei.

— Olhe para trás — respondeu calmamente o intérprete.

Vi os portões se abrirem e você aparecer mais uma vez. Carregava sua trouxinha nos ombros, deixou-a no chão e correu para mim.

Nunca irei esquecer aquele momento em que nos abraçamos à frente da prisão de Garther. Apertei-a tão forte que quase a sufoquei, mas você ria e rodopiávamos abraçados, loucos de felicidade. Por mais que o intérprete fingisse tossir, batesse com o pé no chão e suplicasse para que nos comportássemos, nada poderia nos separar.

Entre um beijo e outro, pedi que me desculpasse, me perdoasse por tê-la colocado naquela aventura louca. Você colocou a mão sobre meus lábios para que eu me calasse.

— Você veio, veio me buscar — murmurou.

— Prometi que a levaria de volta a Adis-Abeba, não se lembra?

— Eu é que arranquei essa promessa de você, mas estou muito feliz que a tenha mantido.

— E você, como conseguiu aguentar esse tempo todo?

— Não sei, foi demorado, muito demorado, mas aproveitei para pensar, era só o que tinha a fazer. Não vai me levar de volta à Etiópia tão rápido assim, pois acho que sei onde encontrar o próximo fragmento, e ele não está na África.

Entramos no carro do intérprete. Ele nos levou a Chengdu, onde nós três pegamos o avião.

Em Pequim, você ameaçou não ir embora do país se o intérprete não nos deixasse num hotel onde pudéssemos tomar um banho. Ele olhou o relógio e nos concedeu uma hora a sós.

Quarto 409. Não prestei a menor atenção à vista; como já disse, a felicidade distrai. Sentado diante desta escrivaninha, à janela, Pequim se estende à minha frente e em nada me interessa, nada consigo ver além dessa cama em que você descansa, de vez em quando abre os olhos e se espreguiça. Diz nunca ter percebido como é bom estar em lençóis limpos. Prende o travesseiro nos braços e joga-o em mim. Como a desejo!

O intérprete deve estar furioso, já estamos aqui há bem mais de uma hora. Você se levanta, observo-a caminhar até o banheiro, sou chamado de voyeur e nem tento me desculpar. Vejo as cicatrizes nas suas costas, outras nas pernas. Você se vira e leio em seus olhos que não quer falar disso, não agora. Ouço a água do chuveiro, o barulho me devolve as forças e ajuda a não deixá-la ouvir minha tosse que volta como uma lembrança ruim. Algumas coisas não serão mais como antes; na China, perdi aquela indiferença que me dava tanta segurança. Tenho medo de estar sozinho neste quarto, mesmo que separado de você por poucos minutos e uma simples divisória, mas não procuro mais esconder isso, não tenho medo de me levantar só para estar mais perto de você, nem me envergonha dizer isso.

No aeroporto, cumpri outra promessa; assim que pegamos nossos cartões de embarque, levei-a a uma cabine de telefone e ligamos para Jeanne.

Não sei qual das duas começou, mas, no meio daquele grande terminal, você estava chorando. Ria e chorava.

O tempo corre e é preciso ir. Você diz a Jeanne que a ama e que telefonará assim que chegar a Atenas.

Depois de desligar, caiu de novo em lágrimas e tive muita dificuldade para consolá-la.

O intérprete parecia mais cansado do que nós. Passamos pelo controle de passaportes e só então o vi relaxar. Devia estar tão contente de se ver livre de nós que não parava de se despedir, do outro lado do vidro.

Já estava escuro quando embarcamos. Você encostou a cabeça na janela e dormiu, antes mesmo de o avião decolar.

Os procedimentos para aterrissagem em Atenas haviam começado quando atravessamos uma zona de turbulência. Você agarrou minha mão com força, parecendo assustada com a aterrissagem. Para distraí-la, peguei no bolso o fragmento que descobrimos na Ilha de Narcodam. Inclinei-me junto de você e mostrei.

— Disse ter ideia de onde encontrar outro fragmento?

— Aviões podem mesmo aguentar esse tipo de solavanco?

— Não tem por que se preocupar. E o tal fragmento?

Com a mão que estava livre, pois a outra se agarrava a mim cada vez mais forte, você pegou o seu pingente. Pensamos aproximar os dois, mas um vácuo atmosférico no fim das contas nos tirou a vontade.

— Conto tudo isso assim que estivermos em terra firme — disse você, com a voz fraca.

— Pelo menos uma pista.

— No extremo Norte, em algum lugar entre a baía de Baffin e o mar de Beaufort, são milhares de quilômetros a explorar, vou explicar por quê. Antes, porém, quero conhecer a sua ilha.

*

Hydra

Em Atenas, pegamos um táxi e, duas horas mais tarde, embarcamos no ferry de Hydra. Você se sentou na cabine e eu no convés.

— Não vai me dizer que enjoa num barco...

— Gosto de aproveitar a brisa marinha.

— Está tremendo de frio e mesmo assim quer aproveitar a brisa marinha? Confesse que enjoa, por que não diz a verdade?

— Para um grego, não se sentir à vontade no mar é quase um defeito de caráter, e não vejo o que tem isso de engraçado.

— Sei de alguém que debochou de mim, há nem tanto tempo assim, por estar com medo de avião...

— Não estava debochando — respondi, debruçado no parapeito.

— Seu rosto está entre o verde e o cinza e você está tremendo, vamos lá para dentro, vai acabar ficando realmente doente.

Novo acesso de tosse e concordei em acompanhá-la, sentia perfeitamente que a febre havia voltado, mas não queria pensar nisso, estava feliz por levá-la até minha casa e não queria que coisa alguma pudesse estragar o momento.

Tinha esperado já estar no Pireu para avisar minha mãe e, com o barco encostando em Hydra, comecei a imaginar as reclamações que viriam. Precisei suplicar para que não preparasse uma festa, estávamos exaustos e a única coisa que queríamos era dormir o quanto pudéssemos.

* * *

Mamãe nos recebeu em casa. Foi a primeira vez que a vi intimidada. Achou que nós dois estávamos com uma cara horrível. Preparou um jantar leve, que serviu na varanda. Tia Elena havia preferido ficar no vilarejo, para nos deixar a sós. À mesa, mamãe fez mil perguntas a você, por mais que eu a fuzilasse com os olhos para que deixasse você em paz; não adiantou. Você foi paciente, respondendo com toda a boa vontade. Um novo acesso de tosse deu um fim à noite. Mamãe nos levou até o meu quarto. Os lençóis tinham o cheiro bom da lavanda e dormimos ouvindo as ondas quebrarem contra os penhascos.

De manhã cedo, você se levantou na ponta dos pés. A estadia na prisão fez com que perdesse o hábito de ficar na cama. Vi que deixava o quarto, mas estava me sentindo fraco demais para me levantar. Minha mãe e você conversavam na cozinha, pareciam se entender bem, e logo voltei a dormir.

Mais tarde, soube que Walter havia chegado à ilha no final da manhã.

Elena tinha telefonado na véspera para avisá-lo da nossa chegada e ele pegou o avião imediatamente. Contou-me, mais tarde, que, de tantas idas e vindas entre Londres e Hydra, minhas aventuras haviam abalado fortemente suas economias.

No início da tarde, Walter, Elena, Keira e minha mãe entraram no quarto. Todos pareciam arrasados, me olhando esparramado na cama, queimando de febre. Mamãe aplicou na minha testa uma compressa embebida num chá de folhas de eucalipto. Era um dos seus velhos remédios, que não bastaria para acabar com o mal que parecia avançar. Horas depois, tive a visita de alguém que eu não imaginava rever um dia, mas Walter tinha o hábito de tomar nota de tudo e guardara nas páginas do seu caderninho preto o número de telefone de uma médica, também piloto de avião. A doutora Sophie Schwartz se sentou na minha cama e tomou a minha mão.

— Dessa vez, infelizmente, não é nenhuma encenação, está com uma temperatura cavalar, meu pobre amigo.

Auscultou-me os pulmões e imediatamente diagnosticou uma recaída da infecção pulmonar de que minha mãe havia falado. Preferia me transferir imediatamente a Atenas, mas o tempo não permitiu. Uma tempestade se formara, o mar estava mexido e nem seu pequeno avião podia decolar. De qualquer maneira, eu não tinha condições de viajar.

— Em guerra não se tem escolha — disse ela a Keira —; seremos obrigadas a improvisar com o que temos à mão.

A tempestade durou três dias. Setenta e duas horas, durante as quais o Meltem soprou, varrendo a ilha. O vento forte das Cíclades dobrava as árvores, a casa estalava e o telhado perdeu algumas telhas. Do meu quarto, ouviam-se as ondas estourarem nos penhascos.

Mamãe tinha colocado Keira no quarto de hóspedes, mas, assim que as luzes se apagavam, ela vinha se deitar a meu lado. Nos raros momentos de repouso que ela concedia a si mesma, a doutora assumia o revezamento à minha cabeceira. Enfrentando o medo, Walter subia a colina a lombo de burro para me visitar. Eu o via entrar no quarto, molhado da cabeça aos pés. Sentava-se numa cadeira e dizia o quanto bendizia a tempestade. A pensão com que já estava familiarizado tinha perdido boa parte do telhado e Elena se oferecera para hospedá-lo. Eu me irritava por estar estragando os primeiros momentos de Keira na ilha, mas a presença de todos me fez tomar consciência de que a solidão dos altos planaltos de Atacama ficara, para mim, num passado distante.

No quarto dia, o Meltem se acalmou e levou com ele a minha febre.

*

Amsterdã

Vackeers lia a correspondência. Deram duas batidas leves na porta; como não esperava visita, automaticamente abriu a gaveta da escrivaninha e enfiou a mão. Ivory entrou, com ares sombrios.

— Devia ter avisado que vinha à cidade, teria enviado um carro ao aeroporto.

— Vim de trem, estava com minhas leituras atrasadas.

— Não preparei nada para jantar — retomou Vackeers, fechando discretamente a gaveta.

— Vejo que continua sereno como sempre — comentou Ivory.

— Recebo pouca visita no palácio e menos ainda sem que avisem. Vamos comer alguma coisa e jogamos depois.

— Não vim para uma disputa esportiva, mas para conversar.

— Que tom mais sério! Parece bem preocupado, meu amigo.

— Desculpe ter chegado sem avisar, mas tenho meus motivos e queria discutir algumas coisas.

— Sei de uma mesa discreta, num restaurante perto daqui; vamos até lá e você fala no caminho.

Vackeers vestiu o sobretudo impermeável. Atravessaram o salão principal do Palácio de Dam; passando pelo gigantesco planisfério gravado no piso de mármore, Ivory parou para olhar o mapa-múndi desenhado sob os seus pés.

— A busca será retomada — disse solenemente ao amigo.

— Não vai dizer que está surpreso, aparentemente fez de tudo para isso.

— Espero não ter que me arrepender.

— Por que esse ar sinistro? Não estou reconhecendo você, sempre tão feliz em sacudir a ordem estabelecida. Vai provocar enorme confusão, deveria estar nas nuvens. Aliás, me pergunto o que mais o motiva nessa aventura: descobrir a verdade sobre a origem do mundo ou se vingar de certas pessoas que o feriram no passado.

— De início, provavelmente havia um pouco das duas coisas, mas não estou mais sozinho nisso e as pessoas que envolvi arriscaram suas vidas e ainda as arriscam.

— E isso o assusta? Então envelheceu um bocado nos últimos tempos.

— Não estou assustado, mas tendo que enfrentar um dilema.

— Não que esse luxuoso hall me desagrade, amigo, mas acho que nossas vozes ressoam um pouco demais para uma conversa desse tipo. Vamos sair, é melhor.

Vackeers avançou na direção da extremidade oeste do salão, até uma porta disfarçada numa parede de pedra, e desceu uma escada que levava ao subsolo do Palácio de Dam. Guiou Ivory pelas passarelas de madeira cobrindo o canal subterrâneo. O lugar era úmido e o piso às vezes escorregadio.

— Cuidado por onde anda, não quero que caia nessa água suja e fria. Venha atrás de mim — aconselhou Vackeers, acendendo uma lanterna.

Passaram diante da viga de madeira com um mecanismo que Vackeers acionava para ir à sala de informática. Continuou em linha reta, sem parar.

— Pronto — disse a Ivory —, mais um pouco e chegamos a um pequeno pátio. Não sei se alguém o viu entrar no palácio, mas pode estar certo de que ninguém o verá sair.

— Que estranho labirinto, nunca me acostumaria.

— Poderíamos ter pegado a passagem para a Igreja Nova, mas é ainda mais úmido e ficaríamos com os pés encharcados.

Vackeers empurrou uma porta, subiram alguns degraus e os dois se viram ao ar livre. Um vento gelado os surpreendeu e Ivory ergueu a gola do casacão. Os dois velhos amigos subiram a Hoogstraat a pé, ao longo do canal.

— E então, o que o preocupa? — retomou Vackeers.

— Meus dois protegidos estão juntos outra vez.

— É uma boa notícia, não? Depois do que armamos contra Sir Ashton, deveríamos festejar o acontecimento, em vez de estarmos com essa cara de enterro.

— Duvido que Ashton aceite isso tranquilamente.

— Você exagerou um pouco indo provocá-lo em casa, aconselhei mais discrição.

— Não tínhamos tempo, era preciso que a jovem arqueóloga recuperasse a liberdade o mais rápido possível. Já estava há tempo demais atrás das grades.

— As grades tinham a vantagem de deixá-la fora do alcance de Ashton e, consequentemente, proteger também o seu astrofísico.

— Aquele maluco o atacou também.

— Tem provas?

— Tenho certeza, mandou envenená-lo! Vi uma grande quantidade de beladona nas aleias da propriedade de Ashton. O fruto dessa planta provoca graves complicações pulmonares.

— Muita gente provavelmente tem beladona crescendo no jardim sem, nem por isso, ser envenenador em série.

— Vackeers, nós dois sabemos do que esse sujeito é capaz, talvez tenha agido de modo violento, mas não sem saber o que estava fazendo, achei sinceramente...

— Achou estar na hora de as suas buscas retomarem o ritmo! Ouça, Ivory, entendo suas razões, mas dar prosseguimento ao que quer não deixa de representar perigo. Se seus protegidos voltarem à busca de mais um fragmento, serei obrigado a avisar os outros. Não posso assumir indefinidamente o risco de ser acusado de traição.

— Por enquanto, Adrian teve uma séria recaída, Keira e ele se recuperam na Grécia.

— Vamos esperar que o descanso dure o maior tempo possível.

Ivory e Vackeers tomaram uma ponte que atravessava o canal. Ivory parou e se apoiou no parapeito.

— Gosto deste lugar — suspirou Vackeers —, acho que é o que mais gosto em Amsterdã. Veja como são belas as perspectivas.

— Preciso da sua ajuda, Vackeers, conheço sua fidelidade e nunca vou pedir que traia o grupo, mas, como no passado, alianças mais cedo ou mais tarde se formam. Sir Ashton vai fazer o balanço dos inimigos...

— Você também, e como não tem mais lugar à mesa, quer que eu seja seu porta-voz, para convencer o maior número, não é o que espera de mim?

— Isso e um pouco mais que isso. — Ivory suspirou.

— O que mais? — espantou-se Vackeers.

— Preciso ter acesso a meios de que não disponho mais.

— Que tipo de meios?

— Seu computador, para ter acesso ao servidor.

— Não, não posso concordar, seríamos descobertos imediatamente e isso me comprometeria.

— Não se você aceitar plugar um pequeno objeto atrás da sua torre.

— Que tipo de objeto?

— Um aparelho que permite abrir uma ligação tão discreta quanto impossível de detectar.

— Está subestimando o grupo. Os jovens hackers que trabalham conosco estão entre os melhores, alguns são antigos hackers perigosos.

— Nós jogamos xadrez melhor do que qualquer jovem de hoje, acredite — disse Ivory, entregando uma caixinha a Vackeers, que olhou o objeto com certa repulsa.

— Está querendo me pôr sob escuta?

— Quero apenas usar seu código de acesso, garanto que não corre risco algum.

— Se suspeitarem de mim, serei preso e processado.

— Vackeers, posso ou não posso contar com você?

— Vou pensar sobre o que está pedindo e aviso assim que tiver decidido. Essa sua história me tirou todo o apetite.

— Confesso que também estou sem fome — disse Ivory.

— Tudo isso realmente vale a pena? Que possibilidade eles têm de conseguir, pelo menos procurou calcular? — perguntou Vackeers, desanimado.

— Sozinhos, nenhuma, mas se eu puser à disposição deles as informações que acumulei em trinta anos de pesquisa, não é impossível que descubram os fragmentos que faltam.

— Então você tem alguma ideia de onde se encontram?

— Está vendo, Vackeers, há pouco tempo você duvidava até da existência deles, agora já se preocupa com o lugar onde podem estar.

— Não respondeu à minha pergunta.

— Muito pelo contrário, acho.

— Onde estão?

— O primeiro foi descoberto no centro, o segundo no sul, o terceiro a leste, deixo que adivinhe onde podem estar os dois que faltam. Pense no que pedi, Vackeers, sei que não é pouco e o quanto isso lhe custa, mas, como eu disse, preciso de você.

Ivory se despediu do amigo e se afastou; Vackeers foi atrás dele.

— E nossa partida de xadrez? Acha que vai se safar assim?

— Pode preparar um lanche em casa?

— Devo ter queijo e torradas.

— Com uma boa garrafa de vinho, deve resolver a questão. E se prepare para perder, está me devendo uma revanche!

*

Atenas

Keira e eu estávamos sentados na varanda. Graças aos cuidados da médica, eu me sentia mais forte e, pela primeira vez, havia passado uma noite sem tossir. Meu rosto recuperara cores que quase tranquilizavam minha mãe. A doutora aproveitara o retiro forçado para examinar Keira e receitou chás de plantas e vitaminas complementares, pois os meses de prisão haviam deixado sequelas.

O mar estava calmo, o vento sossegara, o pequeno avião da nossa médica já poderia decolar logo mais.

Estávamos à mesa do café da manhã, que mamãe havia preparado em homenagem sobretudo à doutora, tratada como se fosse uma rainha. Por todo aquele período em que fiquei mal, as duas estiveram juntas por muitas horas, trocando histórias e lembranças, entre a cozinha e a sala de estar. Mamãe estava encantada com as aventuras da médica aviadora que ia de ilha em ilha à cabeceira dos seus doentes. Despedindo-se, a doutora Sophie me fez prometer que prolongaria o repouso por mais alguns dias, antes de pensar em qualquer atividade, conselho que minha mãe a fez repetir duas vezes, caso eu não tivesse ouvido direito. Depois foi levada ao porto, tendo, Keira e eu, enfim alguns momentos de intimidade.

Assim que ficamos a sós, ela veio se sentar a meu lado.

— Hydra é uma ilha encantadora, Adrian, sua mãe uma pessoa maravilhosa, adoro todo mundo aqui, mas...

— Também não aguento mais — interrompi. — Tudo que quero é ir embora com você. Mais tranquila?

— Com certeza!

— Escapamos de uma prisão chinesa, não será tão difícil cair fora daqui.

Keira olhou o mar.

— O que há?

— Sonhei com Harry essa noite.

— Quer voltar para lá?

— Quero vê-lo. Não é a primeira vez que sonho com ele; Harry me visitou com frequência nas noites da prisão de Garther.

— Voltamos ao Vale do Omo, se for o que quer; prometi acompanhá-la.

— Nem sei se ainda guardam meu lugar e, além disso, temos nossas buscas.

— Já nos custaram muito, não quero mais expô-la a riscos.

— Sem querer abusar disso, voltei da China em melhor estado do que você. Mas imagino que a decisão de prosseguir ou não cabe aos dois.

— Sabe o que penso a respeito.

— Cadê o seu fragmento?

Levantei e fui buscá-lo na gaveta da mesinha de cabeceira, onde estava guardado desde que vim para casa. Quando voltei à varanda, Keira tirou o colar do pescoço e colocou o pingente em cima da mesa. Ela aproximou os dois pedaços e, assim que se uniram, o fenômeno que havíamos presenciado na ilha de Narcondam se repetiu.

Os fragmentos assumiram a cor azul-anil e começaram a brilhar com rara intensidade.

— Quer mesmo abandonar? — perguntou Keira, fitando os objetos, cuja cintilação já diminuía. — Se eu voltar ao Vale do Omo sem ter desvendado esse mistério, não poderei mais dar continuidade ao meu trabalho com tranquilidade; vou passar os dias pensando o que esse objeto nos revelaria, caso reuníssemos todos os pedaços. Além do mais, no que diz respeito às promessas, você fez mais uma: me fazer ganhar centenas de milhares de anos nas minhas pesquisas. Se acha que esqueci, está enganado!

— Sei o que prometi, Keira, mas foi antes de ver um padre ser assassinado à nossa frente, antes de não cairmos num barranco por um triz, antes de sermos lançados do alto de um penhasco dentro de um rio, antes da sua estadia numa prisão chinesa e, como se não bastasse, que ideia temos sobre onde procurar o que buscamos?

— Já disse, no extremo Norte. Concordo que falta precisão, mas já é uma pista.

— Por que lá?

— Acho que é o que indica aquele texto escrito em língua ge'ez. Não parei de pensar nisso, mofando em Garther. Temos que voltar a Londres, preciso estudar na biblioteca da Academia, ter acesso a certos livros e também conversar com Max, tenho perguntas que ele talvez possa responder.

— Quer voltar a ver aquele gráfico?

— Não faça essa cara, está sendo ridículo; além disso, eu não disse que quero vê-lo, mas conversar. Ele trabalhou na transcrição do manuscrito, qualquer descoberta que tenha feito trará boas informações. Tem algo que quero verificar.

— Bom, vamos embora. Londres é um bom pretexto para sairmos de Hydra.

— Se for possível, quero passar por Paris.

— Para ver Max?

— Para ver Jeanne! E também para visitar Ivory.

— Achei que o velho professor tinha deixado o museu e partido em viagem.

— Também parti em viagem e, como pode ver, voltei. Você também, não acha?

Keira foi preparar suas coisas e eu tinha que fazer o mesmo, mas o mais complicado seria com minha mãe, para dizer que íamos embora. Walter lamentou muito saber que deixávamos a ilha. Já esgotara todas as férias dos dois próximos anos, mas esperava passar ainda o fim de semana em Hydra. Eu o incentivei a não mudar seus planos, e lhe disse que nos encontraríamos com prazer na semana seguinte na Academia, pois eu estaria por lá. Eu não ia deixar Keira fazer sozinha as pesquisas, principalmente desde que ela disse querer passar antes por Paris. Reservei, então, duas passagens para a França.

*

Amsterdã

Ivory tinha pegado no sono no sofá da sala. Vackeers cobriu-o com um cobertor e foi se deitar no quarto. Passou boa parte da noite na cama, revendo os pensamentos que o impediam de dormir. O velho cúmplice queria sua ajuda, mas fazer isso significava se comprometer. Os próximos meses eram os últimos da sua carreira, e ser pego em pleno delito de traição não o entusiasmava de modo algum. Mal amanheceu, foi preparar o café da manhã. O assobio da chaleira acordou Ivory.

— A noite foi curta, não é? — disse, se sentando à mesa da cozinha.

— É o mínimo que podemos dizer, mas para uma partida tão boa, valeu a pena — respondeu Vackeers.

— Não percebi que peguei no sono, isso nunca me aconteceu antes, desculpe ter me imposto dessa maneira na sua casa.

— Não tem a menor importância, espero que esse velho Chesterfield não lhe tenha arrebentado as costas.

— Acho que sou mais velho do que ele — brincou Ivory.

— Está querendo muito, é um sofá que herdei do meu pai.

Ficou um silêncio. Ivory olhou insistentemente Vackeers, bebeu sua xícara de chá, mastigou uma torrada e se levantou.

— Já abusei demais da sua hospitalidade, vou deixá-lo à sua toalete. Preciso voltar ao hotel.

Vackeers não respondeu e, por sua vez, olhou Ivory se dirigir à porta.

— Obrigado pela excelente noite, amigo — retomou Ivory, vestindo o casacão —, estamos com uma cara horrível, mas reconheço que há muito tempo não jogávamos tão bem.

Abotoou o casaco e pôs as mãos nos bolsos. Vackeers continuava sem nada dizer.

Ivory sacudiu os ombros e abriu a tranca; só então viu um bilhete deixado bem à vista na mesa ao lado da porta. Vackeers o seguia com os olhos. Ivory hesitou, pegou o bilhete e leu uma sequência de algarismos e letras. Vackeers continuava a olhar fixamente para ele, sentado na cadeira da cozinha.

— Obrigado — murmurou Ivory.

— Pelo quê? — resmungou Vackeers. — Não vai querer me agradecer por ter se aproveitado de minha hospitalidade para revirar minhas gavetas e pegar o código de acesso do meu computador.

— Não, é verdade, não me atreveria a tanto.

— Fico mais tranquilo.

Ivory fechou a porta. Tinha tempo apenas para passar no hotel, pegar suas coisas e tomar o trem. Na rua, fez sinal para um táxi.

Vackeers andava de um lado para outro no apartamento, indo da entrada à sala. Deixou a xícara de chá em cima da mesa ao lado da porta e pegou o telefone.

— Amsterdã falando — disse, assim que atenderam. — Previna aos outros, precisamos organizar uma reunião; hoje, às vinte horas, conferência telefônica.

— Por que não faz isso você mesmo, usando a rede de informática, como sempre? — perguntou Cairo.

— Meu computador travou.

Vackeers desligou e foi se vestir.

*

Paris

Keira foi correndo para a casa de Jeanne. Preferi deixá-las sozinhas, aproveitando completamente o momento. Lembrei-me de um antiquário, no bairro do Marais, que vendia os mais belos instrumentos de ótica da capital e que, anualmente, enviava seus catálogos ao meu endereço em Londres. A maioria das peças apresentadas estava bem acima das minhas possibilidades, mas olhar não custa nada e eu tinha três horas à toa.

O velho antiquário estava atrás da sua escrivaninha, limpando um astrolábio deslumbrante, quando entrei na loja. Não me deu a menor atenção, até que eu parasse, como um cão farejando a caça, à frente de uma esfera armilar extraordinária.

— O modelo que está olhando, meu jovem, foi fabricado por Gualterus Arsenius, Gauthier Arsenius, como preferir. Há quem diga que seu irmão Regnerus trabalhou com ele na confecção dessa pequena maravilha — declarou o antiquário, se levantando.

Aproximou-se e abriu a vitrine, me dando acesso ao precioso objeto.

— Trata-se de uma das mais belas obras produzidas pelos ateliês flamengos do século XVI. Muitos fabricantes tiveram o sobrenome Arsenius. Fabricavam apenas astrolábios e esferas armilares. Gauthier era parente do matemático Gemma Frisius, que escreveu um tratado publicado em Antuérpia, em 1553, com a mais antiga apresentação dos princípios da triangulação e um método para determinar as longitudes. O que está vendo é realmente uma peça raríssima, com preço equivalente.

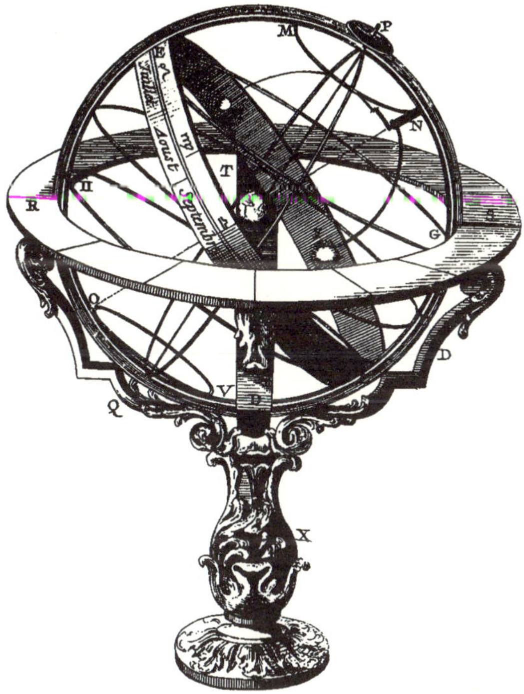

Astrolábio

— Que é?

— Inestimável, se fosse a peça original, é claro — disse o antiquário, colocando o astrolábio na vitrine. — Infelizmente este aqui é apenas uma cópia, provavelmente realizada por volta do fim do século XVIII, por um rico comerciante holandês, querendo impressionar seus convidados. Estava achando o dia um tédio — disse o antiquário, com um suspiro —; aceita uma xícara de café? Há muito tempo não tenho o prazer de conversar com um astrofísico.

— Como sabe minha profissão? — perguntei surpreso.

— Poucos manuseiam esse tipo de instrumento tão à vontade e você não parece um comerciante, então não precisei de tanta perspicácia para adivinhar. Que tipo de objeto veio procurar na minha loja? Tenho peças a preços muito mais razoáveis.

— Provavelmente vou decepcioná-lo, mas só me interesso por antigas máquinas fotográficas.

— Que ideia mais estranha, mas nunca é tarde para começar uma nova coleção; veja, vou mostrar algo que vai lhe interessar muito, tenho certeza.

O velho antiquário se dirigiu a uma biblioteca, de onde retirou um livro volumoso, encadernado em couro. Colocou-o na escrivaninha, ajeitou os óculos e passou as páginas com cuidado sem fim.

— Pronto — disse —, veja só, isso é o desenho de uma esfera armilar notavelmente bem-construída. É obra de Erasmus Habermel, fabricante de instrumentos matemáticos do imperador Rodolfo II.

Debrucei-me sobre a gravura e notei, surpreso, que se parecia com a que Keira e eu descobrimos sob a pata do leão de pedra, no alto do monte Hua Shan. Sentei-me na cadeira que o antiquário ofereceu e estudei com atenção o espantoso desenho.

— Veja a incrível precisão deste trabalho — disse ele, por cima do meu ombro. — O que sempre me fascinou nas esferas armilares — acrescentou — não é o fato de permitirem que se estabeleça a posição dos astros no céu, em determinado momento, e sim o que não mostram, mas que podemos adivinhar.

Desviei o rosto do precioso livro e olhei para ele, esperando o que ia dizer.

— O vazio e seu companheiro, o tempo! — concluiu, satisfeito. — Que estranha noção essa de vazio. O vazio é repleto de coisas que não vemos. Já o tempo que passa e muda tudo, ele modifica o curso das estrelas e acalenta o cosmo num movimento permanente. É o que anima a gigantesca aranha da vida, que passeia na teia do universo. Intrigante dimensão, esse tempo do qual tudo ignoramos, não acha? Simpatizo com esse seu jeito ligeiramente espantado, vendo-lhe o livro pelo preço que paguei.

O comerciante me disse ao ouvido a soma que esperava pelo volume. Keira me fazia falta, comprei o livro.

— Volte a me visitar — disse o antiquário, me acompanhando à porta —, tenho outras maravilhas que posso mostrar, garanto que não perderá o seu tempo. — Despediu-se de maneira jovial.

Fechou a porta a chave depois que saí e o vi, pela vitrine, sumir nos fundos da loja.

Eu estava na rua, com o enorme livro debaixo do braço, sem saber por que o havia comprado. Meu telefone vibrou no bolso. Atendi e ouvi a voz de Keira. Propunha encontrá-la um pouco mais tarde na casa de Jeanne, que adoraria nos receber para passar a noite e nos hospedar. Eu dormiria no sofá da sala e as duas na cama. E como se o programa não bastasse para alegrar o dia, contou ainda que estava indo visitar Max. A gráfica não era longe do apartamento de Jeanne, ia-se em dez minutos. Acrescentou querer muito verificar algo com ele e prometeu telefonar assim que acabasse.

Permaneci indiferente, disse achar ótima a expectativa daquela noite e desligamos.

Na esquina da rue des Lions-Saint-Paul, eu já não sabia o que fazer nem para onde ir.

Quanto já não reclamei de ter que contar os minutos, sem nunca me dar um instante à toa. Naquele fim de tarde, andando pelas margens do Sena, tinha a estranha e desagradável sensação de me encontrar entre dois momentos do dia que recusavam se misturar. Os vadios devem saber como se faz isso. Muitas vezes vi pessoas ociosas, sentadas em bancos, lendo ou devaneando em algum parque ou pracinha, e nunca me perguntei como faziam. Quase enviei uma mensagem a Keira, mas me controlei. Walter certamente teria desaconselhado. Eu queria ir até a graficazinha de Max para encontrá-la. De lá, poderíamos ir juntos para a casa de Jeanne e, no caminho, comprar flores de presente. Era exatamente o que eu queria, mas meus passos me levavam à ilha Saint-Louis. O que eu queria, por mais simples que parecesse, certamente seria mal interpretado. Keira ia me acusar de ciúmes, o que não faz meu gênero, quer dizer...

Sentei-me sob o toldo de um pequeno restaurante na esquina da rue des Deux-Ponts. Abri meu livro e mergulhei na leitura, de olho no relógio. Um táxi parou à minha frente e um homem desceu. Usava uma capa impermeável e carregava uma mala pequena. Afastou-se apressado pela calçada do cais d'Orléans. Eu tinha certeza de já ter visto seu rosto sem, nem por isso, lembrar em qual situação. O vulto desapareceu atrás do portão de entrada de um edifício.

*

Keira se sentou numa quina da escrivaninha.

— A poltrona é mais confortável — disse Max, erguendo os olhos do velho documento que estudava.

— Perdi o hábito do conforto, nos últimos meses.

— Passou realmente três meses na prisão?

— Já contei, Max. Concentre-se no texto e diga o que acha.

— Acho que desde que anda com esse cara que, em princípio, é apenas um colega, sua vida parece de cabeça para baixo. Não entendo nem que continue a falar com ele, depois do que aconteceu. Não se dá conta? Arruinou suas pesquisas, sem falar da verba que tinha conseguido para os trabalhos. Esse tipo de coisa não vem duas vezes. E você parece achar tudo isso normal.

— Max, no que diz respeito às lições de moral, tenho uma irmã profissional no assunto. Garanto que, mesmo se esforçando ao máximo, você não chega aos pés dela. Assim sendo, não perca tempo. O que acha da minha teoria?

— E o que vai fazer, se eu responder? Partir para Creta, fazer sondagens no Mediterrâneo, nadar até a Síria? Tem feito qualquer coisa e agido de qualquer maneira. Quase deixou a pele na China, perdeu completamente a consciência.

— Sim, completamente, mas, como pode ver, minha pele está inteira. Quer dizer, acho que com um bom creme...

— Não seja debochada, por favor.

— Hum, Max querido, gosto muito desse seu tom professoral comigo. Acho que isso era o que mais me atraía quando era sua aluna, mas não sou mais aluna. Pouco sabe a respeito de Adrian ou da viagem que fizemos. Se o pequeno favor que peço custa tanto assim, não há problema algum. Basta me devolver esse papel e vou embora.

— Olhe-me de frente e explique em que esse texto pode ajudar, mesmo que indiretamente, nas pesquisas que faz há tantos anos.

— Diga, Max, você não foi professor de arqueologia? Quantos anos se dedicou para ser pesquisador e em seguida professor, para depois se tornar dono de gráfica? Pode me olhar de frente e explicar qual relação isso tem com o que fez no passado? A vida é cheia de imprevistos, Max. Fui forçada a deixar o Vale do Omo duas vezes, talvez já fosse o momento de começar a me preocupar com o futuro.

— Está apaixonada por esse cara a ponto de dizer besteiras desse tipo?

— Esse cara, como você chama, pode ter um monte de defeitos, é distraído, meio lunático, desajeitado como ninguém, mas tem uma coisa que eu nunca tinha sentido antes. Ele me leva para a frente, Max. Desde que estamos juntos, minha vida pode mesmo estar de cabeça para baixo, mas ele me faz rir, me toca, me provoca e tranquiliza.

— Então é mais grave do que eu imaginava. Você o ama.

— Não me faça dizer o que eu não disse.

— Você disse e, se não percebe, é uma tonta.

Keira se levantou da escrivaninha e foi até a vidraça, de onde se via do alto a gráfica. Observou as rotativas devorando compridos rolos de papel, num ritmo desenfreado. O barulho das máquinas dobrando papel soava forte até no mezanino em que estavam. Todas pararam subitamente e se fez silêncio no ateliê, em fim de horário de trabalho.

— Isso a perturba? — voltou Max. — E a sua bela liberdade?

— Vai estudar esse texto ou não vai, Max? — perguntou ela num murmúrio.

— Já li e reli esse seu texto umas cem vezes desde a última vez que veio aqui. Foi uma maneira de pensar em você, mesmo ausente.

— Max, por favor.

— O quê? Não posso ainda sentir alguma coisa por você? Se for um problema, ele é meu e não seu.

Keira se dirigiu à porta do escritório. Girou a maçaneta e olhou para trás.

— Espere um pouco, sua burra! — irritou-se Max. — Sente-se de novo na quina da escrivaninha, vou dizer o que penso da sua teoria. Acho que me enganei. O aluno superar o professor é uma ideia que não me agrada muito, mas eu que continuasse a dar aulas. É possível que no seu texto a palavra "apogeu" tenha se confundido com "hipogeu", o que muda o sentido, é claro. Hipogeus são aquelas sepulturas anteriores aos túmulos, erguidas pelos egípcios e chineses, mas com uma diferença: são também câmaras funerárias a que se tem acesso por um corredor, só que os hipogeus são construídos sob a terra e não no interior de uma pirâmide ou de qualquer outro edifício. Talvez não esteja dizendo nenhuma novidade, mas tem pelo menos uma coisa que combina bem com essa interpretação. Esse manuscrito em ge'ez provavelmente data do quarto ou quinto milênio anterior à nossa era. O que nos envia à plena proto-história, ao nascimento dos povos asianos.

— Mas os semitas que estão na origem do texto em ge'ez não pertenciam aos povos asianos. Isto é, se minhas lembranças de faculdade ainda se aguentam de pé.

— Prestou mais atenção às aulas do que imaginei! Não, de fato a língua que falavam era afro-asiática, aparentada à dos berberes e dos egípcios. Eles surgiram no deserto da Síria no sexto milênio antes de Cristo, mas certamente estiveram em contato, com uns pegando histórias dos outros. Os que a interessam, nesse aspecto da sua teoria, pertencem a um povo que já mencionei em aula, os pelasgos dos hipogeus. No início do quarto milênio, os pelasgos foram embora da Grécia e se estabeleceram no sul da Itália. Encontram-se traços deles na Sardenha. Continuaram o caminho até a Anatólia, onde tomaram o mar e foram fundar uma nova civilização nas ilhas e litoral do Mediterrâneo. Nada impede que tenham continuado a travessia na direção do Egito, passando por Creta. O que eu estava tentando dizer é que os semitas ou seus antepassados podem muito bem ter relatado nesse texto um acontecimento pertencendo à história dos pelasgos dos hipogeus.

— Acha que um desses pelasgos pode ter subido o Nilo, até o Nilo Azul?

— Até a Etiópia? Não creio. De qualquer forma, uma viagem dessas não poderia ser obra de um só, mas de um grupo. Em duas ou três gerações o périplo pode ter sido levado adiante. De qualquer maneira, fico mais seduzido pela viagem no outro sentido, indo da nascente ao delta. Alguém pode ter levado o seu misterioso objeto aos pelasgos. Precisaria me falar mais a respeito, se quiser mesmo minha ajuda.

Keira começou a andar de um lado para outro da sala.

— É algo que remete a 400 milhões de anos, cinco fragmentos constituíam um único objeto, com propriedades assustadoras.

— Keira, você tem que concordar que isso é ridículo. Nenhum ser vivo era suficientemente evoluído para manipular matéria alguma. Você sabe tanto quanto eu que é impossível! — revoltou-se Max.

— Se Galileu dissesse que um dia enviariam um radiotelescópio aos confins do nosso sistema solar, teria sido queimado vivo antes de terminar a frase. Se Ader dissesse que andariam na Lua, reduziriam o aeroplano dele a palitos de fósforo antes que saísse do chão. Há vinte anos, todo mundo afirmava que Lucy era nosso ancestral mais antigo e se, naquela época, você dissesse que a mãe da humanidade tem 10 milhões de anos, teria sido mandado embora da faculdade!

— Há vinte anos eu era estudante!

— Resumindo, se eu fosse dizer todas as coisas impossíveis que se tornaram realidade, precisaríamos passar várias noites juntos para fazer a lista.

— Só uma já me encheria de felicidade...

— Não seja grosseiro! O que sei é que, 4 ou 5 mil anos antes da nossa época, alguém descobriu esse objeto. Por motivos que não conheço ainda, exceto talvez o medo que suscitaram as suas propriedades, aquele ou aqueles que o encontraram decidiram, já que não podiam destruí-lo, separá-lo em pedaços. E é o que parece nos revelar a primeira linha do manuscrito.

Dissociei a tábua das memórias, confiei aos magistérios das colônias as partes que ela conjuga...

— Sem querer interromper, "tábua das memórias" muito provavelmente se refere a um conhecimento, um saber. Se aceitar o seu jogo, posso dizer que talvez tenham separado esse objeto para que cada um dos fragmentos contenha uma informação, nos confins do mundo.

— É possível, mas não é o que sugere o documento. Para tirar as coisas a limpo, é preciso saber por onde os fragmentos se dispersaram. Possuímos dois, um terceiro foi encontrado, mas há outros. Agora ouça, Max, não parei de pensar nesse texto em ge'ez na prisão e, mais precisamente, numa palavra da segunda parte da frase: "confiei aos magistérios das colônias". O que acha que sejam esses magistérios?

— Eruditos. Provavelmente chefes de tribos. O magistério é um mestre, se preferir desse jeito.

— Você foi meu magistério? — perguntou Keira, num tom irônico.

— De certa forma, é verdade.

— Deixe-me contar minha teoria, caro mestre — retomou Keira. — Um primeiro fragmento apareceu num vulcão, no meio de um lago, na fronteira entre a Etiópia e o Quênia. Encontramos outro, também num vulcão, dessa vez na ilha de Narcondam, no arquipélago de Andaman. Ou seja, um no Sul e outro no Leste. Cada um se encontrava a poucas centenas de quilômetros da nascente ou do estuário de um grande rio. O Nilo e o Nilo Azul para um deles, o Irauádi e o Yang-Tsé para o outro.

— E...? — interrompeu Max.

— Aceitemos que, por razões que ainda não posso explicar, esse objeto foi separado em quatro ou cinco partes, de forma consciente, e cada uma delas depositada num canto do planeta. Uma foi encontrada no Leste, outra no Sul, a terceira, que, na verdade, foi a primeira a ser descoberta, há vinte ou trinta anos...

— Onde se encontra?

— Não sei. Pare de me interromper o tempo todo, Max, é irritante. Posso apostar que os dois objetos restantes se encontram no Norte e no Oeste.

— Sem querer irritá-la, pois sinto que não tem muita paciência comigo, o Norte e o Oeste são bem vastos...

— Bom, se vai agora debochar de mim, é melhor que eu vá embora.

Keira se levantou bruscamente e se dirigiu pela segunda vez à porta do escritório de Max.

— Pare com isso, Keira! Chega de bancar a mandona, isso também irrita um bocado! É um monólogo ou uma conversa? Vai, continue o que estava contando, não interrompo mais.

Keira voltou a se sentar ao lado de Max. Pegou uma folha de papel e desenhou um planisfério, representando em grandes linhas as massas continentais.

— Conhecemos os grandes caminhos tomados no decorrer das migrações iniciais que povoaram o planeta. Partindo da África, uma primeira colônia traçou uma via em direção à Europa, uma segunda foi para a Ásia — continuou Keira, desenhando uma flecha na folha de papel e quebrando-a na vertical para o mar de Andaman. — Alguns continuaram rumo à Índia, atravessaram a Birmânia, a Tailândia, o Camboja, o Vietnã, a Indonésia, as Filipinas, a

Nova Guiné, a Papua, e chegaram à Austrália. Outros — disse, desenhando outra flecha — se dirigiram ao Norte, atravessando a Mongólia e a Rússia, subindo o rio Yanana em direção ao estreito de Bering. Em pleno período glacial, essa terceira colônia contornou a Groenlândia, percorreu as costas geladas e chegou, há 15 ou 20 mil anos, ao litoral entre o Alasca e o mar de Beaufort. Depois desceu ao continente norte-americano até Monte Verde, onde a quarta colônia chegou há 12 ou 15 mil anos.* Talvez tenham sido esses mesmos caminhos que tomaram os que transportaram os fragmentos, há 4 mil anos. Uma tribo de mensageiros partiu para Andaman e terminou o périplo na ilha de Narcondam. Outra tomou a direção da nascente do Nilo, indo até a fronteira entre o Quênia e a Etiópia.

— Conclui daí que dois outros desses "povos mensageiros" rumaram para o Oeste e para o Norte, levando os outros fragmentos?

— O texto diz: *Confiei aos magistérios das colônias as partes que ela conjuga.* Cada grupo de mensageiros, já que essas viagens não podiam se limitar a uma só geração, levou um pedaço semelhante ao meu pingente aos magistérios das primeiras colônias.

— A hipótese se sustenta, o que não significa que esteja certa. Lembre-se do que ensinei na faculdade: não é por parecer lógica que uma teoria se confirma.

— E dizia também que não é por não se encontrar uma coisa que essa coisa não existe!

— O que espera de mim, Keira?

— Que diga o que faria, se estivesse no meu lugar — respondeu ela.

— Nunca vou ter a mulher que você se tornou, mas vejo que sempre vou poder guardar um pouco da aluna. Já é alguma coisa.

Max se levantou e foi a sua vez de se pôr a andar pelo escritório.

— Não aguento essas suas perguntas, Keira, não sei o que faria no seu lugar. Se fosse bom nesse tipo de adivinhação, teria deixado as salas empoeiradas da faculdade para ir exercer a profissão, em vez de ensinar.

— Você tinha medo de cobra, detestava insetos e falta de conforto, mas isso nada tem a ver com a capacidade de raciocínio. Era só burguês demais, Max, isso não chega a ser uma doença.

---

* *Fontes*: Susan Anton, New York University; Alison Brooks, George Washington University; Peter Forster, University of Cambridge; James F. O'Connell, University of Utah; Stephen Oppenheimer, Oxford; Spencer Wells, National Geographic Society; Ofer Bar-Yisef, Harvard University.

— Aparentemente, não é algo que a agrade!

— Pare com isso e responda! O que faria, no meu lugar?

— Falou de um terceiro fragmento, descoberto há trinta anos; eu começaria tentando descobrir onde exatamente foi descoberto. Se tiver sido num vulcão, a poucas dezenas ou centenas de quilômetros de um rio importante, no Oeste ou no Norte, seria uma informação a favor do seu raciocínio. Se, em vez disso, foi descoberto na área mais agrícola da França ou numa plantação inglesa de batatas, vai ter que jogar no lixo a sua hipótese e recomeçar do zero. É o que eu faria, antes de partir para não sei onde. Está procurando uma pedra escondida em algum lugar do planeta, Keira, é maluquice!

— Não acha que é maluquice passar a vida num deserto, procurando ossos de centenas de milhares de anos de idade, sem nada além da intuição? Procurar uma pirâmide enterrada na areia, no meio do deserto, não é também maluquice? Nossa profissão não passa de uma gigantesca loucura utópica, Max, mas para qualquer um de nós é um sonho de descobertas que tentamos transformar em realidade!

— Não precisa se empolgar tanto. Perguntou o que eu faria no seu lugar e respondi. Procure onde esse terceiro fragmento veio à luz e saberá se está no bom caminho.

— E se isso se confirmar?

— Você volta aqui e a gente pensa qual caminho deve tomar para continuar esse seu sonho. Mas preciso dizer algo que talvez ainda a irrite.

— O quê?

— Na minha companhia, você nem vê o tempo passar, e fico feliz com isso, mas são nove e meia da noite e estou morrendo de fome. Janta comigo?

Keira olhou o relógio e deu um pulo.

— Jeanne, Adrian, droga!

Já eram quase dez horas quando Keira bateu à porta do apartamento da irmã.

— Não está querendo jantar? — perguntou Jeanne, abrindo a porta.

— Adrian já chegou? — preocupava-se Keira, olhando por cima do ombro da irmã.

— A menos que ele tenha o dom de se teletransportar, não sei como poderia chegar aqui.

— Eu marquei com ele...

— E disse o código da porta de entrada do prédio?

— Ele não ligou?

[Fonte: National Geographic]

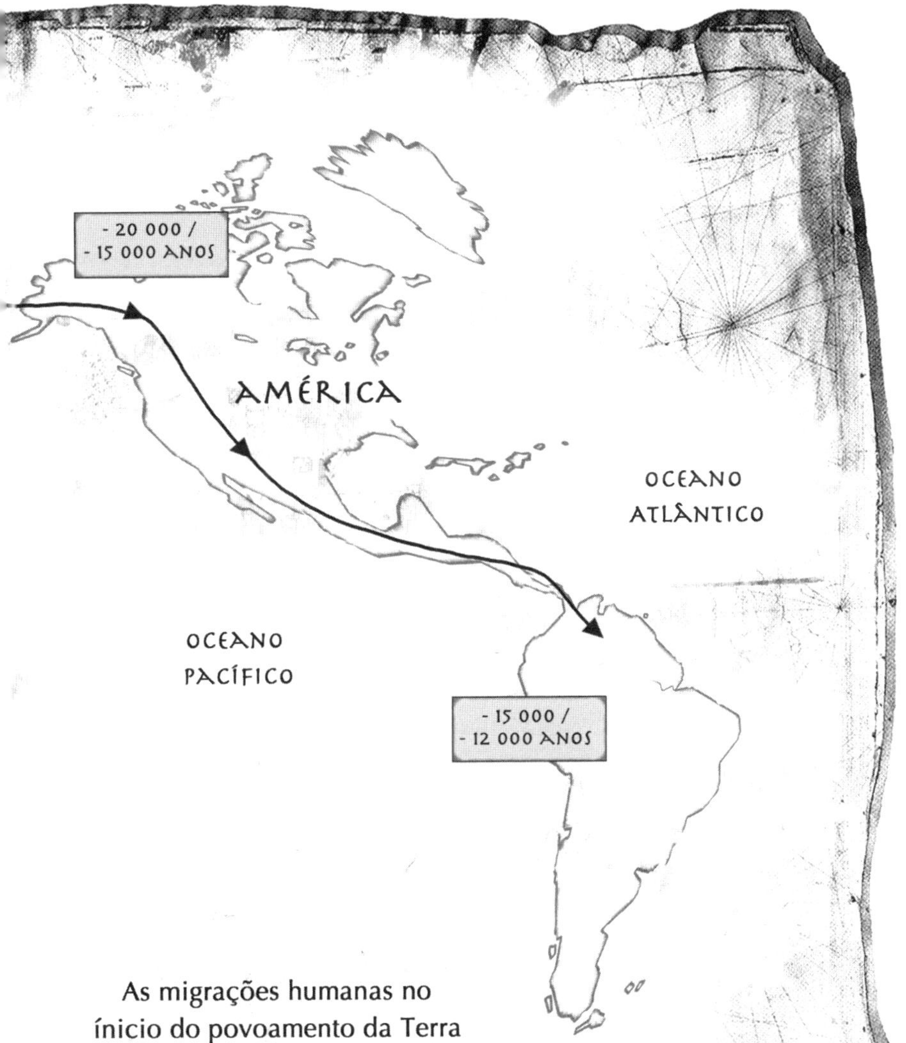

As migrações humanas no
ínicio do povoamento da Terra

— Deu a ele o número de casa?

Keira ficou muda.

— Nesse caso, quem sabe ele deixou um recado no meu escritório, mas saí cedo para preparar o jantar que você pode encontrar... no lixo. Cozinhou demais, espero que não se chateie!

— E onde Adrian pode estar?

— Achei que estivessem juntos e preferiram passar uma noite romântica a dois, sem avisar.

— Não, eu estava com Max...

— Cada vez melhor... E posso saber por quê?

— Por causa das nossas pesquisas, Jeanne, não comece. Como vou encontrá-lo?

— Por que não telefona?

Keira fez isso, mas caiu na minha caixa postal. Afinal, ainda me restava um mínimo de amor-próprio! Deixou uma mensagem longa... "Sinto muito, não vi o tempo passar, não estou querendo me desculpar, mas foi empolgante, tenho coisas muito boas para contar, onde você está? Sei que já são mais de dez horas, mas ligue para mim, ligue, ligue!" Em seguida, uma nova chamada, deixando o número da irmã. E mais uma, realmente preocupada por não ter notícias minhas. E outra, já meio irritada. Um quinto telefonema me acusava de ter um gênio ruim. Um sexto, lá pelas três horas da manhã, e um último, em que desligou sem dizer nada.

Dormi num pequeno hotel da ilha Saint-Louis. Tomei rapidamente o café da manhã, e um táxi me deixou embaixo do prédio de Jeanne. Como continuava sem saber o código para entrar, me sentei para ler o jornal num banco na calçada em frente.

Pouco depois Jeanne saiu do edifício, me viu e veio falar comigo.

— Keira ficou preocupadíssima!

— Então estávamos os dois na mesma situação!

— É verdade, me desculpe — disse Jeanne —, também estou furiosa com ela.

— Não estou furioso — respondi rápido.

— Deveria!

Dito isso, Jeanne se despediu, deu alguns passos e voltou.

— O encontro de ontem com Max era estritamente profissional, mas ela não precisa saber que eu disse isso!

— Teria a gentileza de me dar o código da porta de entrada?

Jeanne o rabiscou num papel e foi para o trabalho.

Continuei no banco, lendo meu jornal até a última página. Depois fui até uma padaria na esquina e comprei alguns pãezinhos.

Keira abriu a porta, com os olhos ainda cheios de sono.

— Onde você estava? — perguntou, esfregando as pálpebras. — Morri de preocupação!

— Croissant? Pãozinho com chocolate? Os dois?

— Adrian...

— Tome um café e se vista, há um trem para Londres ao meio-dia, ainda dá tempo de pegá-lo.

— Antes preciso ver Ivory, é muito importante.

— Na verdade, tem um trem a cada hora; assim sendo, vamos ver Ivory.

Keira fez o café e falou da conversa que tivera com Max. Enquanto explicava sua teoria, pensei na pequena frase do antiquário, a respeito das esferas armilares. Não sei por quê, mas tive vontade de ligar para Erwan, para falar disso com ele. Keira não deixou de notar minha distração e fez sinal para me chamar a atenção.

— Quer que a acompanhe na visita a esse velho professor? — perguntei, voltando ao fio da nossa conversa.

— Pode me dizer onde passou a noite?

— Não, isto é, poderia, mas não vou dizer — respondi, com um amplo sorriso.

— Pois não ligo a mínima.

— Então, não se fala mais nisso... E esse Ivory, é do que falávamos, não é?

— Ele não voltou mais ao museu, mas Jeanne me deu o número da casa dele. Vou telefonar.

E tomou o rumo do quarto da irmã, onde se encontrava o aparelho. Parou e se voltou para mim.

— Onde você dormiu?

Ivory concordou que fôssemos à casa dele. Era um apartamento elegante, na ilha Saint-Louis, quase ao lado do meu hotel. Ao abrir a porta, reconheci ser o sujeito que, na véspera, havia descido de um táxi, enquanto eu esperava na varanda de um bistrô, lendo meu livro. Já na sala, perguntou se queríamos um café ou um chá.

— É um prazer vê-los, em que posso ser útil?

Keira foi direto ao assunto e perguntou se sabia onde havia sido descoberto o fragmento de que ele falara no museu.

— E se antes me dissesse por que isso a interessa?

— Acho que fiz algum progresso na interpretação daquele texto em ge'ez.

— Isso é ótimo, e o que soube?

Keira explicou sua teoria sobre os povos dos hipogeus. No quarto ou quinto milênio antes da nossa era, pessoas haviam descoberto o objeto em sua forma intacta e o haviam dissociado. Segundo o manuscrito, grupos foram constituídos para levar os diferentes pedaços aos quatro cantos do mundo.

— É uma hipótese maravilhosa — exclamou Ivory — e que faz algum sentido. Só que você não tem a menor ideia da motivação para essas viagens, tão perigosas quanto improváveis.

— Tenho uma ideia, sim — respondeu Keira.

Apoiando-se no que havia descoberto com Max, levantou a possibilidade de que cada pedaço era testemunha de um conhecimento, de um saber que devia ser revelado.

— Nesse ponto, deixo de concordar com você, inclusive me inclino pelo contrário — disse Ivory. — O final do texto nos leva absolutamente a achar que se tratava de um segredo a ser guardado. Veja só. *Que restem em segredo as sombras da infinidade.*

E enquanto Ivory discutia com Keira, as "sombras da infinidade" me fizeram lembrar o antiquário do Marais, no dia anterior.

— Não é tanto o que as esferas armilares mostram que é intrigante e sim o que não mostram, mas que podemos imaginar — murmurei.

— Como? — perguntou Ivory, se virando para mim.

— O vazio e o tempo — disse eu.

— Do que está falando? — espantou-se Keira.

— Nada, uma ideia sem relação com a conversa de vocês, mas que me passou pela cabeça.

— E onde acha poder encontrar os pedaços que faltam? — voltou Ivory.

— Os que temos conosco foram descobertos na cratera de um vulcão, a poucas dezenas de quilômetros de um rio importante. Um no Leste, outro no Sul, tenho o pressentimento de que os outros estão escondidos em lugares similares no Oeste e no Norte.

— Têm esses dois fragmentos com vocês? — insistiu Ivory, com os olhos brilhando.

Keira e eu trocamos um olhar de viés, ela sacou o pingente que tinha no pescoço e peguei o que guardava, de maneira preciosa, no bolso interno do paletó. Pusemos os dois em cima da mesinha, Keira juntou-os e eles retomaram aquela cor viva de azul que sempre nos surpreendia. Ali, porém, notei que o cintilar brilhava menos, como se os objetos estivessem perdendo a força.

— É incrível! — exclamou Ivory. — Muito mais do que eu podia imaginar.

— E o que imaginava? — perguntou Keira, intrigada.

— Nada, nada em particular — ele hesitou —, mas admitam que o fenômeno é surpreendente, ainda mais sabendo a idade desse objeto.

— Então pode nos dizer onde foi descoberto o seu?

— Que, infelizmente, não é meu. Foi encontrado há trinta anos, na região peruana dos Andes, só que não na cratera de um vulcão, contrariando a sua teoria.

— Em que ponto?

— Uns 150 quilômetros a nordeste do lago Titicaca.

— Em quais circunstâncias? — perguntei.

— Uma missão coordenada por uma equipe de geólogos holandeses, que se dirigia à nascente do rio Amazonas. Notou-se o objeto pela forma singular que ele tem, numa gruta em que o grupo se protegeu durante uma tempestade. Mas não teria chamado a atenção, se o chefe da missão não houvesse presenciado o mesmo fenômeno que vocês. Naquela noite, o brilho de um raio provocou aquela formidável projeção de pontos luminosos, numa das laterais da sua tenda. O fenômeno o deixou ainda mais impressionado pelo fato de, ao amanhecer, ele perceber que a lona deixava passar luz por milhares de buraquinhos que tinham sido abertos. Como as tempestades eram frequentes na região, nosso explorador pôde refazer a experiência várias vezes, confirmando não poder se tratar de uma simples pedra. Levou com ele o fragmento e procurou analisá-lo mais detalhadamente.

— É possível encontrar esse geólogo?

— Ele morreu poucos meses depois, de uma queda idiota, em outra expedição.

— Onde se encontra esse fragmento descoberto?

— Em algum lugar seguro, mas onde, exatamente, não sei.

— Não se confirma o vulcão, mas, por outro lado, ele estava a Oeste.

— É o mínimo que se pode dizer.

— E a algumas dezenas de quilômetros de um afluente do Amazonas.

— Também — concordou Ivory.

— Duas das três hipóteses se confirmam; nada mal — disse Keira.

— Temo que isso não ajude muito na descoberta dos outros pedaços. Dois vieram à luz por acaso e, com relação ao terceiro, acho que tiveram muita sorte.

— Fiquei pendurada no vazio a 2 mil metros de altitude, sobrevoamos a Birmânia rente ao chão, numa engenhoca que de avião só tinha as asas, por pouco não me afoguei e Adrian quase morreu de pneumonia, sem falar dos três meses de prisão na China. Não sei onde vê tanta sorte nisso!

— Não quis minimizar o talento de ambos, mas deem alguns dias para que eu pense nessa teoria de vocês. Volto às minhas leituras e, se encontrar algo que possa ajudar, aviso.

Keira escreveu meu número de telefone num papel e entregou a Ivory.

— Onde estarão? — ele perguntou, nos levando à porta.

— Em Londres. Também queremos fazer umas pesquisas.

— Nesse caso, aproveitem a Inglaterra. Uma última coisa: você tinha toda a razão ainda há pouco e a sorte não esteve o tempo todo com vocês nessas viagens. Recomendo a maior prudência e, para começar, não mostrem a mais ninguém esse fenômeno a que pude assistir.

Despedimo-nos do velho professor, peguei minha sacola no hotel, sem que Keira fizesse mais qualquer pergunta sobre a noite da véspera, e fui com ela ao museu, para que desse um beijo em Jeanne antes de partirmos.

*

Londres

Eu não havia prestado muita atenção naquele casal no mínimo estranho que esbarrou em mim sem se desculpar, já na plataforma da Gare du Nord, mas notei-o de novo no vagão-lanchonete. À primeira vista, apenas um inglês e a namorada, ambos vestidos de modo esquisito. Quando me aproximei do balcão do bar, o rapaz me olhou de uma forma estranha e depois ele e a amiga tomaram a direção da locomotiva. O trem pararia em Ashford 15 minutos depois e imaginei que fossem buscar suas coisas para desembarcar. O garçom do fast-food — e tendo em vista a fila enorme para chegar até ele, eu não via o que o serviço tinha de *fast* — ficou olhando o casal de cabeça raspada se afastar, com um suspiro.

— O corte de cabelo não faz o monge — disse eu, pedindo um café. — Talvez sejam até simpáticos, se os conhecermos melhor.

— Pode ser, quem sabe? — respondeu, parecendo não concordar muito. — Mas o cara passou a viagem inteira limpando as unhas com um canivete e a moça ficou olhando. Nada que anime muito a conhecê-los melhor.

Paguei o café e voltei para o meu lugar. Entrando no vagão em que Keira tinha ficado cochilando, vi outra vez o tal casal, perto do compartimento de bagagens, onde estavam as nossas. Fui até lá e o rapaz fez um sinal para a moça, que se virou, colocando-se no caminho.

— Está ocupado — ela disse, com um tom arrogante.

— Estou vendo, mas ocupado fazendo o quê?

O rapaz avançou para mim e tirou o canivete do bolso, dizendo que não tinha gostado da maneira como falei com a namorada dele.

Passei bastante tempo em Ladbroke Grove quando era garoto, onde morava meu melhor amigo. Conheci por isso calçadas que "pertenciam" a certos grupos, cruzamentos de ruas que não tínhamos permissão de atravessar, bares em que não se devia jogar totó. Sabia que os dois estavam procurando briga. Assim que eu me mexesse, ela me abraçaria por trás para prender meus braços enquanto o rapaz me daria uns socos. Quando caísse no chão, acabariam comigo com alguns chutes nas costelas. Na Inglaterra da minha infância, não havia apenas jardins e gramados acolhedores e, nesse sentido, as coisas não tinham mudado muito com o tempo. É sempre complicado, para quem tem princípios, deixar os instintos agirem, mas dei uma tremenda bofetada na moça, que foi cair em cima das malas, com a mão no rosto. Surpreso, o rapaz pulou à minha frente, passando o canivete aberto de uma mão para a outra. Estava na hora de deixar de lado o adolescente que restava em mim, ficando apenas o adulto que eu devia ser.

— Dez segundos — eu disse a ele —, em dez segundos arranco essa faca da sua mão e você vai descer nu do trem. Quer que isso aconteça ou prefere guardá-la e não se fala mais nisso?

A essa altura a moça se levantou furiosa, olhando para mim. O rapaz estava cada vez mais nervoso.

— Fura esse otário — gritou. — Corta ele, Tom!

— Tom, controle melhor sua namorada, guarde esse negócio antes que um dos dois se machuque.

— Posso saber o que está acontecendo? — perguntou Keira, chegando por trás de mim.

— Uma briguinha de nada — respondi, fazendo com que recuasse.

— Quer que peça ajuda?

Os dois jovens não contavam com a chegada do reforço; o trem diminuía a velocidade e podia-se ver pela janela o cais da estação de Ashford. Tom se afastou, levando a namorada e ainda apontando a lâmina para nós. Keira e eu continuamos parados, sem tirar os olhos da arma que balançava à nossa frente.

— Cai fora! — disse o rapaz.

Assim que o trem parou, ele e a amiga saíram correndo pelo cais.

Keira nem conseguia falar. Os passageiros querendo descer fizeram com que nos mexêssemos. Retornamos aos nossos lugares e o trem voltou a andar. Keira achava que devíamos avisar a polícia, mas era tarde, os dois delinquentes já estariam longe e o celular ficara na minha sacola. Levantei para ver se continuava lá. Keira me ajudou a verificar nossa bagagem. A dela estava intacta e a minha tinha sido aberta, mas, exceto pela bagunça, parecia não faltar nada. Peguei o telefone e o passaporte e os enfiei no bolso do paletó. Chegando a Londres, já tínhamos esquecido o incidente.

Foi uma alegria enorme estar à frente da porta de casa, ansioso para já estar lá dentro. Procurei as chaves no bolso, onde tinha certeza de ter guardado, saindo de Paris. Felizmente a vizinha me viu da janela e, para não perder o velho costume, ofereceu a passagem do seu quintal.

— A escada está no lugar de sempre, não posso ajudar porque estou passando roupa, mas fecho a porta, quando acabar.

Agradeci e pouco depois estava passando por cima da cerca. Como não tinha mandado consertar a porta dos fundos — aparentemente era melhor nem pensar mais nisso —, bastou uma pequena pancada no trinco para conseguir entrar. Fui abrir para Keira, que esperava na rua.

Passamos o resto da tarde fazendo compras por perto. A bancada de frutas e legumes de um armazém chamou a atenção de Keira, que encheu um cesto com comida suficiente para aguentar um cerco. Só que, naquele dia, nem tivemos tempo para jantar.

Estava ocupado na cozinha, cortando cubos de abobrinha com todo o cuidado, seguindo as ordens de Keira, enquanto ela própria preparava o molho, do qual se negava a dar a receita. O telefone tocou, não meu celular, mas a linha fixa. Keira e eu nos olhamos surpresos. Fui à sala e atendi.

— Quer dizer que é verdade, vocês chegaram!

— Chegamos ainda há pouco, querido Walter.

— Obrigado por ter tido a gentileza de avisar, realmente muito delicado da sua parte.

— Acabamos de descer do trem...

— Precisa concordar que é incrível eu descobrir que chegaram por um mensageiro da Federal Express, e você não é o Tom Hanks, que eu saiba!

— Um mensageiro foi avisar que chegamos? Que coisa estranha...!

— Pois saiba que enviaram à Academia um envelope para você, quer dizer, não para você, para a sua amiga, mas aos seus cuidados. Da próxima vez, diga que dirijam diretamente a mim a correspondência de vocês. Ah, está marcado também: "A ser entregue com toda a urgência." Já que virei o carteiro, quer que vá entregá-lo em casa?

— Espere um pouco, deixe-me falar com Keira.

— Um envelope para mim, enviado aos seus cuidados? Que história é essa?

Isso eu não sabia, mas perguntei se queria que Walter trouxesse, já que se oferecera.

Com a ampla gesticulação de Keira, não foi difícil compreender que era a última coisa que ela queria. De um lado, Walter cantarolava no fone, colado no meu ouvido; do outro, Keira fazia caretas. Entre os dois, eu estava vivendo um dilema. Sendo preciso dizer alguma coisa, pedi que Walter me esperasse na Academia, para não fazê-lo atravessar Londres, e eu iria buscar o documento. Desliguei, satisfeito por ter encontrado uma boa solução, mas descobri que meu entusiasmo não era plenamente compartilhado. Prometi que em uma hora estaria de volta. Vesti a capa de chuva, peguei a cópia da minha chave na gaveta da escrivaninha e desci a ruela até a garagem em que ficava guardado meu carro.

Sentei ao volante, saboreando o maravilhoso cheiro do couro antigo. Saindo, precisei frear bruscamente para não atropelar Keira diante dos faróis acesos, impassível como um poste. Deu a volta e se sentou ao lado.

— Essa carta podia esperar até amanhã, não? — resmungou, batendo a porta com força.

— Está escrito "Urgente" no envelope... com caneta vermelha, Walter fez questão de dizer. Mas posso ir sozinho, não se sinta obrigada...

— A carta é para mim e você está doido para ir ver seu amigo, pé na tábua.

Só mesmo nas noites de segunda-feira o trânsito é tranquilo em Londres. Precisamos de apenas vinte minutos para chegar à Academia. No caminho, começou a chover, uma dessas tempestades fortes que costumam cair na capital. Walter nos esperava diante do portão principal. A parte de baixo das suas calças estava encharcada, o casaco também, e ele estava com sua cara mal-humorada. Debruçou-se à janela e entregou o envelope. Nem pude oferecer uma carona, pois o carro só tinha dois lugares. Mas pelo menos esperamos que conseguisse um táxi. Assim que passou o primeiro, ele me cumprimentou friamente, ignorou Keira e se foi. Ficamos os dois sentados no carro, debaixo de chuva, com o envelope nos joelhos de Keira.

— Não vai abrir?

— É a letra de Max — disse em voz baixa.

— Deve ser um telepata!

— Por quê?

— Deve ter percebido que preparávamos um jantarzinho romântico e esperou o momento exato de seu molho estar perfeito para enviar a carta e estragar o programa.

— Não acho a menor graça...

— Pode ser, mas reconheça que, se tivéssemos sido interrompidos por alguma ex-namorada minha, você não estaria tão bem-humorada.

Keira passou a mão pelo envelope.

— E que ex-namorada é essa?

— Não foi o que eu disse

— Responda o que perguntei!

— Não tem ex-namorada nenhuma!

— Nunca namorou, até nos encontrarmos?

— O que quero dizer é que, na faculdade, eu não dormi com nenhuma das minhas namoradas!

— Muito delicada essa pequena observação.

— Vai abrir esse envelope ou não vai?

— Disse "jantarzinho romântico", foi o que ouvi?

— É possível que tenha dito algo assim.

— Somos um par romântico, então, e você está apaixonado?

— Abra logo esse envelope, Keira!

— Considero isso um sim. Vamos para sua casa e diretamente para o quarto. Prefiro isso e as abobrinhas ficam para depois.

— Considero isso um cumprimento, então! E a carta?

— Fica para amanhã. E Max também.

Aquela primeira noite em Londres trouxe muitas lembranças. Depois do amor, você pegou no sono; a cortina do quarto não estava puxada e, sentado, eu a via e ouvia sua respiração tranquila. Podia perceber nas suas costas cicatrizes que o tempo nunca apagaria. Passei meus dedos. O calor do seu corpo trouxe de volta o desejo, tão forte quanto ao nos deitarmos. Você murmurou algo, tirei minha mão, mas você puxou-a e perguntou, com a voz arrastada de sono, por que tinha parado o carinho. Encostei os lábios na sua pele, mas você já dormia de novo. Aproveitei para dizer que a amava.

— Eu também — você respondeu baixinho.

Mal se podia ouvir a sua voz, mas essas duas palavras bastaram para me juntar a você no sono.

Mortos de cansaço, não vimos a manhã passar e já era quase meio-dia quando abri os olhos. Seu lugar na cama estava vazio, encontrei-a na cozinha. Estava usando uma camisa minha e um par de meias que pegou na minha gaveta. Das declarações feitas à noite, tinha permanecido certo constrangimento, um pudor momentâneo que nos distanciava. Perguntei se tinha lido a carta de Max. Com o olhar, você indicou-a em cima da mesa e o envelope continuava intacto. Não sei por que, mas naquele momento eu quis que nunca a abrisse. Por mim, seria tranquilamente enfiada numa gaveta e esquecida. Não tinha vontade de recomeçar aquela correria louca, sonhava passar mais tempo com você em casa, sem ter por que sair, a não ser para um passeio à beira do Tâmisa, revirar as lojas de antiguidades de Camden, comer *scones* em algum dos cafés de Notting Hill, mas você abriu o envelope e nada disso aconteceu.

Desdobrou o papel e leu, talvez para mostrar que, desde a última noite, não tinha mais o que esconder.

Keira,

Sua vinda à gráfica foi triste para mim. Acho que, desde que nos encontramos nas Tuileries, os sentimentos que achei terem se apagado se reavivaram.

Nunca lhe disse o quanto nossa separação foi difícil para mim, o quanto sofri quando foi embora e por não dar notícia, não estar presente e, talvez mais ainda, por imaginá-la feliz, sem se preocupar com o que fomos. Mas devo reconhecer o que está claro e, apesar de sua presença ser o suficiente para que eu seja feliz, o seu egoísmo e ausência deixam um vazio permanente. Acabei entendendo ser inútil querer tê-la, ninguém conseguirá. Você ama com sinceridade, mas por algum tempo. Uns poucos períodos de felicidade já bastam, mesmo que o tempo das cicatrizes seja longo para quem você abandona.

Prefiro que não nos vejamos mais. Não me dê notícia e não me procure quando vier a Paris. Não é o antigo professor que diz, é o amigo que pede.

Pensei muito na conversa que tivemos. Foi uma aluna insuportável, mas já disse isso. Tem instinto, o que é uma qualidade preciosa nessa profissão. Sou orgulhoso do percurso que fez, sem mérito nenhum meu, pois qualquer professor teria percebido o potencial da arqueóloga que você se tornou. A teoria de que me falou não é impossível, chego a pensar que está perto, quem sabe, de algo cujo sentido ainda nos escapa. Siga a indicação dos pelasgos dos hipogeus e pode ser que isso a leve a algum lugar.

Assim que deixou meu escritório, fui para casa, abri livros fechados há anos, procurei meus cadernos arquivados, consultei minhas anotações. Sabe como sou obsessivo, como tudo está fichado e organizado no meu escritório de casa, onde passamos momentos tão bons. Encontrei, num bloco de notas, referências a alguém cujas pesquisas podem lhe ser úteis. Ele dedicou a vida a estudar as grandes migrações de povos, escreveu vários textos sobre os asianos, apesar de ter publicado muito pouco, limitando-se a dar conferências em salas obscuras, numa das quais estive, há muito tempo. Também tinha ideias inovadoras sobre as viagens empreendidas pelas primeiras civilizações da bacia mediterrânea. Muita gente falava mal dele, mas na nossa área quem não passa por isso? Há sempre tanta inveja entre os colegas. Esse a quem me refiro é um grande erudito e tenho um respeito sem fim por ele. Procure-o, Keira. Soube que se retirou em Yell, uma pequena ilha do arquipélago de Shetland, na ponta norte da Escócia. Parece que vive recluso e não aceita mais comentário algum sobre seus trabalhos. É um homem machucado, mas talvez, com seus encantos, você consiga tirá-lo da toca e fazê-lo falar.

Pode ser que essa famosa descoberta, que você deseja desde sempre e sonha batizar com o seu nome, finalmente esteja ao seu alcance. Tenho toda a confiança em você, que vai chegar lá.

Boa sorte,

Max

Keira dobrou a carta e a colocou de volta no envelope. Levantou, pôs a louça que tinha sido usada na pia e abriu a torneira.

— Quer que eu faça um café para você? — perguntou, de costas para mim.

Não respondi.

— Sinto muito, Adrian.

— Por ele ainda estar apaixonado?

— Não, pelo que disse de mim.

— Reconhece-se na pessoa que ele descreve?

— Não sei, pode ser que não mais, mas tanta sinceridade deve ter um fundo de verdade.

— Ele reclama de você preferir causar sofrimento em quem a ama a sacrificar a própria imagem.

— Também acha que sou egoísta?

— Não fui eu que escrevi a carta. Mas levar adiante a vida, achando que se estivermos bem o outro também vai estar e que tudo é só uma questão de tempo, é fraqueza. Porém, não sou eu quem vai lembrar a uma antropóloga o maravilhoso instinto de sobrevivência do homem.

— Esse cinismo não combina com você.

— Como sou inglês, talvez seja genético. Não prefere que a gente mude de assunto? Vou dar uma caminhada até a agência de viagens, para respirar um pouco. Imagino que queira ir a Yell, não é?

Keira resolveu ir comigo. Partiríamos no dia seguinte. Havia uma escala em Glasgow, para depois aterrissar em Sumburgh, na principal das ilhas Shetland. Um ferry em seguida nos levaria a Yell.

Com as passagens no bolso, fomos dar uma volta na King's Road. Estou acostumado a andar por ali e gosto de tomar a grande avenida de comércio até Sydney Street para passear nas alamedas de Chelsea Farmer's Market. É onde tínhamos marcado de encontrar Walter. A caminhada me abriu o apetite.

Depois de estudar o cardápio meticulosamente e pedir um hambúrguer de dois andares,Walter me disse ao ouvido:

— Estou com um cheque da Academia para você, do montante de seis meses de salário.

— A troco de quê? — perguntei.

— É o lado ruim da notícia. Tendo em vista a sua ausência, passa a ter um posto apenas honorário, não é mais titular.

— Fui despedido?

— Não exatamente, fiz o que pude por você, mas estamos em pleno período de restrições orçamentárias e o Conselho Administrativo foi obrigado a eliminar as despesas inúteis.

— Devo concluir que, para o Conselho, sou uma despesa inútil?

— Adrian, os administradores nem sequer conhecem o seu rosto, você praticamente não pôs os pés na Academia desde que voltou do Chile, precisa concordar.

Walter pareceu ficar ainda mais sombrio.

— Ainda tem mais?

— Vai ter que liberar o escritório; pediram que eu mandasse entregar suas coisas, pois alguém vai ocupar a sala na semana que vem.

— Já tenho um substituto?

— Não exatamente, mas digamos que repassaram a turma que estava prevista para você a um colega com impecável ficha de assiduidade. E ele precisa de um local para preparar as aulas, corrigir os trabalhos dos alunos, conversar com eles... A sala servirá muito bem para isso.

— E posso saber quem é o formidável colega que toma meu lugar mal viro as costas?

— Você não o conhece, está conosco há três anos apenas.

Entendi pela última frase de Walter que a Academia me fazia pagar pelas liberdades que eu vinha tomando. Ele estava sem graça e Keira evitava me olhar. Peguei o cheque, pois o descontaria naquele mesmo dia. Estava furioso e não podia culpar ninguém, além de mim mesmo.

— O shamal faz estragos até na Inglaterra — murmurou Keira.

A alusão semiamarga ao vento que a havia expulsado das escavações etíopes mostrava que as tensões daquela manhã não estavam completamente acalmadas.

— O que vai fazer? — perguntou Walter.

— Bom, já que estou desempregado, podemos viajar.

Keira brigava com um pedaço de carne mais difícil e, se preciso fosse, brigaria com a louça do prato para não participar da conversa.

— Tivemos notícias de Max — eu disse.

— Max?

— Um amigo antigo da minha namorada...

A fatia de rosbife escapou do gume da faca de Keira, voou por uma boa distância e foi aterrissar junto a um garçom.

— Não estava mesmo com fome — disse ela —, tomei o café da manhã meio tarde.

— Foi a carta que entreguei ontem? — quis saber Walter.

Keira se engasgou com a cerveja e tossiu forte.

— Continuem, podem continuar, não se preocupem comigo... — desculpou-se, com o guardanapo na boca.

— Essa mesmo.

— E tem alguma relação com esses projetos de viagem? Vão para longe?

— Para o norte da Escócia, às ilhas Shetland.

— Conheço bem essa região, passava as férias lá quando era menino, meu pai levava toda a família a Whalsay. É uma terra árida, mas magnífica no verão, sem temperaturas altas demais, e meu pai detestava o calor. O inverno é bem pesado e papai adorava isso, mas nunca íamos nessa época do ano. A qual ilha devem ir?

— Yell.

— Também já estive por lá, na ponta norte se encontra a casa mais mal-assombrada do Reino Unido. Windhouse. Está em ruínas, mas, como o nome indica, o vento sopra forte. E por que vão até lá?

— Visitar alguém que Max conhece.

— Ah é? E o que ele faz?

— Aposentado.

— É claro, entendo, parece absolutamente claro. Partem ao norte da Escócia para encontrar um amigo aposentado de um antigo amigo de Keira. Isso deve mesmo fazer sentido. Estou achando vocês bem estranhos; não estariam escondendo alguma coisa?

— Sabia que Adrian tem um gênio dos mais infames, Walter? — perguntou Keira, de repente.

— É, já tinha notado.

— Se sabe disso, não temos mais o que esconder.

Keira pediu as chaves de casa, ela preferia voltar a pé e deixar que terminássemos entre nós aquela conversa tão interessante. Cumprimentou Walter e deixou o restaurante.

— Tiveram uma briga, é isso? O que andou fazendo, Adrian?

— É só o que faltava, por que a culpa seria minha?

— Ela é que deixou a mesa e não você, só por isso. Ou seja, sou todo ouvidos, o que andou fazendo?

— Absolutamente nada, droga, a não ser ouvir firmemente o discurso apaixonado do cara que escreveu a tal carta.

— Leu a carta que era para ela?

— Ela é que leu para mim!

— Bom, é uma demonstração de honestidade, pelo menos. E eu que achei que o tal Max fosse um amigo!

— Um amigo que ficava pelado na cama dela, anos atrás.

— Bom, meu caro, você não era virgem quando a encontrou. Quer que eu repita tudo que me contou? O primeiro casamento, a doutora, a ruiva garçonete do bar...

— Nunca estive com ruiva alguma que trabalhasse num bar!

— Não? Então fui eu. Não importa, não vai dizer que tem ciúmes do passado, seria bem idiota.

— Tudo bem, então não digo!

— Devia, na verdade, agradecer a esse Max, em vez de detestá-lo.

— Realmente, não consigo entender por quê.

— Se não fosse burro a ponto de deixá-la ir embora, não estariam juntos agora.

Olhei para Walter, intrigado; o raciocínio não era tão sem sentido assim.

— Bom, pague uma sobremesa e depois vá pedir desculpas. Como é desajeitado!

A musse de chocolate devia estar ótima, pois Walter implorou que o deixasse pedir outra. Acho que tentava prolongar a hora que passávamos juntos para falar de tia Elena, ou melhor, para que eu falasse dela. Estava pensando em convidá-la a passar uns dias em Londres e queria saber o que eu achava, e se ela aceitaria. Que eu me lembrasse, nunca tinha visto minha tia se aventurar por territórios mais distantes do que Atenas, mas nada mais me surpreendia e, nos últimos tempos, tudo parecia entrar no campo do possível. Sugeri, mesmo assim, que Walter fosse aos poucos. Ele deixou que eu desse mil conselhos e acabou dizendo, meio sem graça, já ter feito o convite e Elena respondera que adoraria visitar Londres. Os dois pretendiam organizar a viagem para o fim daquele mês.

— Então pra que toda essa conversa, se já está tudo certo?

— Queria ver se ficaria chateado. É o único homem da família, é normal que eu peça sua autorização para estar com a sua tia.

— Não me lembro de nenhum pedido assim, pode ser que não tenha ouvido.

— Digamos que fiz uma sondagem. Perguntando o que achava da ideia, se eu percebesse a menor oposição na resposta...

— ... teria desistido da ideia?

— Não — confessou Walter —, mas insistiria com Elena para que o convencesse a não ficar com raiva de mim. Adrian, há poucos meses, mal nos conhecíamos, mas depois disso passei a não querer correr o menor risco de estragar nossa amizade, que é extremamente preciosa para mim.

— Walter — disse eu, olhando-o diretamente.

— O quê? Acha minha relação com a sua tia inconveniente?

— Acho ótimo que minha tia encontre na sua companhia a felicidade há tanto tempo esperada. Tinha toda a razão em Hydra, pois se fosse você a ter vinte anos a mais que ela, ninguém acharia estranho, não vamos mais perder tempo com esses preconceitos hipócritas de burguesia provinciana.

— Não só provinciana, creio que em Londres também não se vê algo assim com bons olhos.

— Também não precisam se beijar furiosamente debaixo da janela do Conselho Administrativo da Academia... Mas até que gosto da ideia, para dizer a verdade...

— Então tenho seu consentimento?

— Não precisava dele.

— De certa maneira, sim, sua tia gostaria muito que fosse você a falar com a sua mãe sobre esse projeto de viagem... isto é, ela fez questão de insistir: se concordar.

Meu telefone vibrou no bolso, com o número de casa aparecendo na tela. Keira já devia estar impaciente; não tinha nada que ter ido embora.

— Não vai atender? — perguntou Walter, preocupado.

— Não, do que falávamos?

— Do favorzinho que sua tia e eu esperamos de você.

— Querem que eu informe minha mãe das loucuras de adolescente da irmã? Já é difícil falar das minhas, mas vou tentar, devo isso a vocês.

Walter pegou minhas duas mãos, apertando-as com todo o vigor.

— Obrigado, muito obrigado — ficou dizendo, enquanto me sacudia como se eu fosse um pé de fruta.

O telefone vibrou de novo, deixei-o em cima da mesa, onde já estava, e me virei para a garçonete, pedindo um café.

*

Paris

Um pequeno abajur iluminava a escrivaninha de Ivory. O professor atualizava suas anotações. O telefone tocou. Ele tirou os óculos e atendeu.

— É só para informar que enviei seu envelope à destinatária.

— Ela já leu?

— Já, hoje de manhã.

— E como reagiram?

— Ainda é cedo para dizer...

Ivory agradeceu a Walter. Fez outra chamada e esperou que atendessem.

— Sua carta chegou ao destino, estou ligando para agradecer. Colocou tudo que indiquei?

— Copiei exatamente as suas palavras, apenas tomei a liberdade de acrescentar algumas linhas pessoais.

— Eu tinha pedido que não mudasse nada!

— Nesse caso, por que não a enviou, por que não disse pessoalmente? Por que precisa de mim como intermediário? Não entendo direito o seu jogo.

— Gostaria muito que fosse realmente um jogo. Ela o ouve muito mais do que a mim, mais do que a qualquer pessoa, Max, e não ache que eu esteja só querendo agradar. Foi professor dela e não eu. Ligarei dentro de alguns dias para confirmar as informações que conseguirão em Yell, deixando-a ainda mais convencida. Não dizem que duas opiniões valem mais do que uma?

— Não quando as duas opiniões vêm da mesma pessoa.

— Mas só nós sabemos disso, não é? Caso não esteja se sentindo tranquilo, saiba que tudo que faço é por me preocupar com a segurança deles. Avise assim que ela entrar em contato com você. Tenho certeza de que fará isso. Como combinado, mantenha-se por enquanto incomunicável. Amanhã dou um novo número onde me achar. Boa noite, Max.

*

Londres

Partimos bem cedo. Keira cambaleava de sono. Dormiu no táxi e precisei acordá-la chegando a Heathrow.

— Cada vez gosto menos de aviões — disse, com o jato se preparando para decolar.

— É meio chato para uma exploradora. Acha que pode chegar ao extremo Norte a pé?

— Existem barcos...

— No inverno?

— Quero dormir.

Tínhamos três horas de espera na escala de Glasgow. Quis levar Keira para visitar a cidade, mas o tempo realmente não ajudava. Ela se preocupava com a decolagem naquelas condições meteorológicas, cada vez mais desfavoráveis. O céu estava quase escuro, com pesadas nuvens escondendo o horizonte. De vez em quando uma voz anunciava novos atrasos, pedindo que os passageiros tivessem paciência. Uma tempestade impressionante inundou a pista, e a maioria dos voos foi cancelada, mas o nosso estava entre os poucos a ainda se manterem no quadro dos que partiam.

— Quais as chances de esse velho professor aceitar nos receber? — perguntei, com o bar já fechando.

— Quais as chances de chegarmos sãos e salvos às ilhas Shetland? — perguntou Keira.

— Não nos farão correr riscos inúteis.

— Sua confiança no ser humano me encanta.

A tempestade se afastou. Aproveitando a rápida calmaria, uma aeromoça pediu que nos dirigíssemos o mais rápido possível ao portão de embarque. Keira tomou a passarela sem muita vontade.

— Olhe — disse eu, apontando pela janelinha —, deu uma clareada por ali e certamente é por onde vamos passar para evitar as nuvens mais pesadas.

— E esse clarão vai seguir a gente até onde aterrissarmos?

O lado bom das turbulências que nos sacudiram durante os 55 minutos do voo foi que Keira não largou meu braço.

Chegamos ao arquipélago de Shetland no meio da tarde, debaixo de chuva forte. A agência havia aconselhado alugar um carro no aeroporto mesmo. Percorremos 97 quilômetros de estrada por planícies em que pastavam rebanhos de carneiros, que viviam soltos, havendo o hábito de cada proprietário tingir de uma cor a lã dos seus animais para diferenciá-los. Isso empresta àqueles campos tonalidades bem bonitas, contrastando com o cinzento do céu. Em Toft, embarcamos no ferry que partia rumo a Ulsta, um vilarejo na costa oriental de Yell. Por todo o restante da ilha praticamente só se encontravam aldeias.

Eu havia preparado a viagem, e um quarto nos aguardava num hotel de pernoite em Burravoe, provavelmente o único da ilha.

O hotel em questão era numa fazenda com um quarto à disposição dos raros visitantes que se perdiam por ali.

Yell é uma dessas ilhas que ficam nos confins do mundo, uma faixa de terra de 35 quilômetros de comprimento e apenas 12 de largura. Novecentos e cinquenta e sete pessoas vivem ali; a contagem é precisa, pois cada nascimento ou morte afeta sensivelmente a demografia. Lontras, focas cinza e gaivotas árticas têm ampla maioria.

O casal de criadores de carneiros que nos recebeu parecia encantador, com o único porém de ser quase impossível para mim entender tudo que diziam, pelo forte sotaque. Servia-se o jantar às seis e às sete horas. Keira e eu nos vimos em nosso quarto, com a iluminação de duas velas apenas. O vento soprava por rajadas, as persianas batiam, as hélices de um cata-vento enferrujado gemiam na noite e a chuva batia no vidro da nossa janela. Keira se agarrou a mim, mas sem a menor possibilidade de sexo naquela noite.

Lamentei menos termos dormido tão cedo, pois o despertador foi extremamente matinal. Balidos de carneiros, roncos de porcos, piados de aves de todo tipo, só faltando naquele quadro o mugido de alguma vaca, mas os ovos, o bacon e o leite de ovelha que foram servidos no café da manhã tinham um gosto que nunca mais encontrei. A fazendeira perguntou o que fazíamos na ilha.

— Viemos visitar um antropólogo que mora aqui desde que se aposentou: Yann Thornsten, a senhora o conhece? — perguntou Keira.

A mulher arrumou os ombros e saiu da cozinha. Keira e eu nos olhamos, surpresos.

— Não perguntou ontem quais as nossas chances de esse tal sujeito nos receber? Acabo de consultar as previsões e estão em baixa — cochichei.

Terminado o café da manhã, fui até o estábulo, atrás do marido da nossa fazendeira. Quando perguntei sobre Yann Thornsten, o homem fez uma careta.

— Ele mandou vocês virem?

— Não exatamente.

— Então vão ser recebidos com tiros de espingarda. O holandês não é uma pessoa boa, não conhece bom-dia nem até logo. Uma vez por semana vai ao vilarejo fazer compras e não fala com ninguém. Há dois anos, a família que mora na fazenda ao lado teve um problema. A mulher teve o filho em plena madrugada e as coisas não foram bem. Precisaram procurar o médico, e o carro do marido não quis pegar. O sujeito atravessou o campo para pedir ajuda, um quilômetro debaixo de chuva, e foi recebido a tiros pelo holandês. O bebê morreu. Estou dizendo, não é boa pessoa. Só o padre e o carpinteiro vão acompanhá-lo ao cemitério, quando morrer.

— Por que o carpinteiro? — perguntei.

— É o dono do caixão e também do cavalo que o carrega.

Contei a Keira essa conversa que tive e resolvemos dar um passeio pelo litoral, pensando numa estratégia de abordagem.

— Vou sozinha — disse Keira.

— Nada disso, está fora de cogitação!

— Ele não vai atirar numa mulher sozinha, não vai se sentir ameaçado. Em todas as ilhas correm histórias assim de vizinhos ruins. Provavelmente o cara não é esse monstro que estão dizendo. Conheço muita gente que daria tiro em qualquer um que se aproximasse da sua casa no meio da noite.

— Pois conhece gente bem esquisita!

— Então me deixe de carro na frente da casa e vou a pé até lá.

— De jeito nenhum!

— Pode deixar que ele não vai atirar. Tenho mais medo do voo de volta do que de encontrar esse sujeito.

* * *

A troca de opiniões durou todo o trajeto. Andamos ao longo dos penhascos, descobrindo pequenas enseadas desérticas. Keira se encantou com uma lontra. O bicho era pouco arisco e parecia inclusive gostar da nossa presença, nos seguindo a poucos metros de distância. A brincadeira durou mais de uma hora; o vento estava gelado, mas não chovia e o terreno não era difícil. No caminho, encontramos um homem que voltava da pesca. Paramos para perguntar sobre a nossa direção. Seu sotaque era pior ainda que o dos nossos fazendeiros.

— Para onde vão? — grunhiu por trás da barba.

— Burravoe.

— Fica a uma hora de caminhada, na direção contrária — informou, se afastando.

Keira me deixou parado e foi atrás do homem.

— É uma região muito bonita — continuou, já a seu lado.

— Pode ser.

— Imagino que o inverno deve ser rude — insistiu.

— Ainda vai dizer um monte de idiotice desse tipo? Tenho que preparar minha comida.

— Senhor Thornsten?

— Não conheço ninguém com esse nome — respondeu, apertando o passo.

— Não acredito, não tem tanta gente na ilha...

— Acredite no que quiser e me deixe em paz. Pediu que eu indicasse uma direção e está indo ao contrário dela. Dê meia-volta e vai estar no seu caminho.

— Sou arqueóloga. Viemos de longe para encontrá-lo.

— Arqueóloga ou não, não estou interessado, já disse que não conheço esse seu Thornsten.

— Peço apenas que me conceda umas poucas horas. Li seus trabalhos sobre as grandes migrações do paleolítico e preciso da sua ajuda.

O homem parou e olhou diretamente Keira.

— Tem toda a aparência de alguém que cria casos e não é o que estou procurando.

— E o senhor tem toda a aparência de um sujeito amargo e detestável.

— Concordo plenamente — respondeu o homem, com um sorriso. — E é um bom motivo para não nos conhecermos. Em que língua devo dizer que me deixe em paz?

— Experimente o holandês! Imagino que poucas pessoas na região têm um sotaque pior que o seu.

O homem virou as costas e foi embora. Ela não desistiu e logo estava de novo ao lado dele.

— Pode ser teimoso como um asno, não me importo, vou segui-lo até a sua casa, se precisar. Vai fazer o que quando chegar, me expulsar a tiros?

— Os fazendeiros de Burravoe contaram isso? Não dê ouvidos a todas as idiotices que contam na ilha. As pessoas não têm muito o que fazer aqui, não sabem mais o que inventar.

— A única coisa que me interessa é o que tem a me dizer, só isso.

Pela primeira vez, o homem pareceu se interessar por mim. Ignorou Keira por um momento e deu um passo na minha direção.

— É normal ela ser chata assim ou é só comigo?

Não é como eu via a coisa, mas me limitei a um sorriso, confirmando que Keira tinha uma natureza bastante determinada.

— E você faz o que da vida, além de segui-la?

— Sou astrofísico.

A expressão do sujeito mudou bruscamente, os olhos extremamente azuis se arregalaram.

— Gosto muito das estrelas — disse, quase num sopro —, elas me guiaram, em outra época...

Thornsten olhou para a ponta dos sapatos e chutou uma pedra, que voou longe.

— Imagino que também goste, já que tem essa profissão... — continuou.

— Imagino que sim — respondi.

— Venham então comigo, moro no final do caminho. Tomem alguma coisa para relaxar, falamos um pouco do céu e depois vocês me deixam em paz, combinado?

Trocamos um aperto de mão que valia como um acordo.

Um tapete bem gasto em cima do piso de madeira, uma poltrona antiga à frente da lareira, ao longo de uma parede duas estantes quase caindo com o peso dos livros e da poeira acumulada, num canto uma cama de ferro coberta com um patchwork bem usado, com mesinha de cabeceira e luminária, é o que havia no cômodo principal da modesta moradia. O anfitrião nos pôs em volta da mesa da cozinha e ofereceu café preto, tão amargo quanto escuro. Acendeu um cigarro enrolado em papel de milho e nos olhou fixamente.

— Vieram exatamente em busca de quê? — perguntou, soprando o fósforo.

— De informações sobre as primeiras migrações humanas transitando pelo extremo Norte e chegando à América.

— Esses fluxos migratórios são controversos, o povoamento do continente americano é bem mais complexo do que parece. Mas tudo isso se encontra em livros, não precisavam vir até aqui.

— Acha possível — voltou Keira — que um grupo possa ter deixado a Bacia Mediterrânea e chegado ao estreito de Bering e ao mar de Beaufort, passando pelo polo?

— É um tremendo passeio — debochou Thornsten. — Na sua opinião, fizeram isso de avião?

— Não precisa assumir esse tom, peço apenas que responda à pergunta.

— E em que época isso aconteceu?

— Entre 4 e 5 mil anos antes da nossa era.

— Nunca ouvi falar de nada assim. E por que nesse momento, em particular?

— Porque é o que me interessa.

— O gelo tinha maior extensão do que atualmente, o oceano era menor. Deslocando-se no ritmo das estações propícias, sim, seria possível. Mas, agora, cartas na mesa. Disse ter lido minhas pesquisas, não sei como conseguiu a façanha, pois publiquei muito pouco e você é jovem demais para ter assistido a qualquer das poucas conferências que dei sobre o assunto. Se realmente estudou meus textos, fez uma pergunta conhecendo a resposta antes de vir, pois são precisamente as teorias que defendi. Serviram para me excluir da Sociedade de Arqueologia. Então permita que eu faça duas perguntas. O que, realmente, vieram procurar comigo e para quê?

Keira engoliu o café de uma só vez.

— O.k., cartas na mesa. Nunca li nada do senhor e ignorava a existência dos seus trabalhos até a semana passada. Um amigo professor me aconselhou vir vê-lo, achando que poderia me informar a respeito dessas grandes migrações que não geram unanimidade entre nossos colegas. Mas sempre busquei onde outros desistiram. Atualmente, procuro uma passagem pela qual grupos humanos possam ter atravessado o extremo Norte no quarto ou quinto milênio.

— E por que fariam essa viagem? — perguntou Thornsten. — O que os levaria a arriscar a vida? É a questão inicial, moça, para quem se interessa por migrações. O homem só se desloca por necessidade: fome, sede, perseguição; é o instinto de sobrevivência que o leva a sair do lugar. Pegue seu próprio exemplo: deixou seu aconchego doméstico e veio a esse casebre decrépito por precisar de alguma coisa, não?

Keira olhou para mim, procurando nos meus olhos a resposta à pergunta que eu podia adivinhar. Devíamos ou não confiar naquele homem, correr o risco de mostrar a ele nossos fragmentos, reuni-los mais uma vez para que comprovasse o fenômeno? Eu havia notado que, toda vez que fazíamos isso, a intensidade diminuía. Preferia economizar a energia e fazer de maneira que o menor número possível de pessoas soubesse o que tentávamos descobrir. Fiz um rápido sinal com a cabeça que ela entendeu e se virou para Thornsten.

— Então? — ele insistiu.

— Para levar uma mensagem — respondeu Keira.

— Que tipo de mensagem?

— Uma informação importante.

— Para quem?

— Os magistérios das civilizações estabelecidas em cada um dos grandes continentes.

— E como adivinharam que outras civilizações existiam em distâncias parecidas?

— Não podiam ter certeza, mas explorador algum sabe, no momento em que parte, o que vai encontrar. No entanto, esses que imagino passaram por povos diferentes dos seus, a ponto de achar existirem outros, vivendo em terras distantes. Tenho já a prova de três viagens desse tipo, feitas na mesma época e abrangendo distâncias consideráveis. Uma na direção sul, outra tendo partido para leste, até a China, e uma terceira para oeste. Falta apenas o norte, para confirmar minha teoria.

— Você realmente tem provas de que essas viagens aconteceram? — perguntou Thornsten, desconfiado.

A voz dele havia mudado. Aproximou sua cadeira e colocou a mão em cima da mesa, arranhando a madeira com as unhas.

— Não mentiria para você — afirmou Keira.

— Você quis dizer que não mentiria duas vezes seguidas.

— Naquela hora eu queria deixar você mais calmo; disseram que a aproximação seria difícil.

— Vivo recluso, mas não sou um bicho!

Thornsten cravou fixamente a vista em Keira. Seus olhos eram cercados de rugas, e a sua maneira de encarar as pessoas tornava difícil sustentar o olhar. Ele se levantou e nos deixou sozinhos por um momento.

— Falaremos mais tarde das suas estrelas, não esqueci nosso acordo — gritou da sala.

Voltou com um tubo comprido, de onde tirou um mapa, que abriu em cima da mesa. Prendeu com as xícaras de café e um cinzeiro os ângulos que queriam enrolar o papel mais uma vez.

— Aqui está — disse, apontando no grande planisfério o norte da Rússia. — Se essa viagem realmente tiver acontecido, várias vias se ofereciam aos seus mensageiros. Uma delas subindo pela Mongólia e pela Rússia para chegar ao estreito de Bering, como sugeriu. Naquela época, os povos sumérios já fabricavam embarcações resistentes o suficiente para poder atravessar o caminho dos icebergs e chegar ao mar de Beaufort, mesmo que nada prove que tenham feito isso alguma vez. Outro caminho possível seria passar pela Noruega, ilhas Féroe, Islândia e depois atravessar ou margear a costa da Groenlândia, a baía de Baffin e chegar ao mar de Beaufort. À condição, entretanto, de terem conseguido sobreviver às temperaturas polares, terem se alimentado da pesca no caminho, sem serem devorados pelos ursos, mas tudo é possível.

— Possível ou plausível? — insistiu Keira.

— Defendi a tese de que tais viagens tinham sido empreendidas por homens de origem caucasiana mais de 20 mil anos antes da nossa era. Sustentei também que a civilização dos sumérios não havia surgido nas margens do Eufrates e do Tigre apenas por terem aprendido a armazenar trigo, e ninguém acreditou.

— Por que está falando dos sumérios? — perguntou Keira.

— Porque essa civilização foi uma das primeiras, se não a primeira, a elaborar uma escrita, uma das primeiras a adotar uma ferramenta possibilitando às pessoas anotarem a linguagem. Com a escrita, os sumérios inventaram a arquitetura e construíram barcos dignos desse nome. Procura provas de uma grande viagem ocorrida há milênios e espera descobrir isso como se, por encantamento, o Pequeno Polegar tivesse deixado marcas com pedrinhas? É de uma ingenuidade que chega a afligir. O que quer que realmente procure, se isso existiu, será nos textos que vai poder descobrir alguma pista. Quer que eu conte um pouco mais ou tem a intenção de me interromper para nada?

Tomei a mão de Keira e apertei, como forma de suplicar que o deixasse continuar o que dizia.

— Há quem defenda a ideia de que os sumérios se fixaram no Eufrates e no Tigre por haver trigo silvestre em abundância ali e eles tinham aprendido a estocar esse cereal. Com isso puderam conservar as colheitas que os sustentavam nos períodos frios e inférteis, sem precisar mais viver como nômades para conseguir a comida de cada dia. É o que eu estava explicando, o sedentarismo marca a passagem do homem do estado de sobrevivência ao de vida. Assim que ele se instala em um lugar fixo, começa a melhorar seu cotidiano e somente aí começam a evoluir as civilizações. Que um acidente geográfico ou climático destrua essa ordem, que o homem não consiga mais o pão cotidiano, ele imediatamente volta à estrada. Êxodos ou migrações vêm do mesmo combate, do mesmo motivo, o da eterna sobrevivência da espécie. Mas os conhecimentos dos sumérios já se mostravam desenvolvidos demais para que fossem simples fazendeiros que de repente escolheram um lugar para ficar. Propus a teoria de que essa civilização notavelmente evoluída nasceu da reunião de vários grupos, cada um trazendo a sua própria cultura. Uns vinham do subcontinente indiano, outros chegaram pelo mar, costeando o litoral iraniano e, enfim, um terceiro grupo vindo da Ásia Menor. Azov, Negro, Egeu e Mediterrâneo, esses mares não eram tão afastados uns dos outros, antes de serem comunicantes. Todos esses nômades se uniram para fundar essa extraordinária civilização. Se algum povo conseguiu efetuar a viagem de que você falou, foram eles! E se for este o caso, fizeram uma narrativa disso. Encontrem as tabuinhas desses escritos e terão a prova da existência do que procuram.

— *Dissociei a tábua das memórias...* — murmurou Keira.

— O que disse? — perguntou Thornsten.

— Encontramos um texto que começa com essa frase: *Dissociei a tábua das memórias.*

— Que texto?

— É uma longa história e, de qualquer forma, foi redigido em língua ge'ez e não em sumério.

— Mas como é tola! — exclamou Thornsten, batendo com a mão na mesa. — Nem por isso ele foi obrigatoriamente transcrito na época do périplo a que se refere. Estudaram esse texto, sim ou não? As histórias passam de geração em geração, atravessam fronteiras. Por acaso ignora a quantidade de empréstimos que se interpolam tanto no Antigo quanto no Novo Testamento? Trechos de histórias roubadas de outras civilizações, bem mais antigas que a judaica e a cristã, que as assimilaram. O arcebispo anglicano James Ussher, primado da Irlanda, publicou entre 1625 e 1656 uma cronologia que situava o nascimento do universo no domingo 23 de outubro do ano 4004 antes de Jesus Cristo, que estupidez! Deus havia criado o tempo, o espaço, as galáxias, as estrelas, o Sol, a Terra e os animais, o homem e a mulher, o inferno e o paraíso. Com a mulher criada a partir da costela do homem!

Thornsten deu uma grande risada. Levantou-se e foi buscar uma garrafa de vinho que abriu, encheu três copos e colocou-os na mesa. Bebeu o seu de uma só vez e encheu-o de novo.

— Se soubessem a quantidade de cretinos que ainda imaginam os homens com uma costela a menos que as mulheres, ririam a noite inteira... no entanto, essa fábula se inspira num poema sumério e se origina num simples trocadilho. A Bíblia está cheia de coisas assim, entre as quais o famoso dilúvio e a arca de Noé, mais um conto escrito por sumérios. Por isso, esqueça esses povos dos hipogeus, está no caminho errado. No máximo foram pontos de passagem, pontos de transmissão de informações. Apenas os sumérios podiam conceber embarcações capazes da viagem de que falam. Foram eles que inventaram tudo! Os egípcios copiaram tudo deles, tanto a escrita, em que se inspiraram para os hieróglifos, a arte naval e também a da construção de cidades em tijolos cozidos de terra. Se de fato houve essa tal viagem, foi aqui que começou! — afirmou Thornsten, apontando para o Eufrates.

Levantou-se e foi à sala.

— Esperem um pouco, vou buscar uma coisa e já volto.

No curto espaço de tempo em que ficamos sozinhos na cozinha, Keira se debruçou sobre o mapa e seguiu com o dedo o percurso do rio. Sorriu e disse, em voz baixa:

— É onde nasce o shamal, nesse ponto exato que Thornsten apontou. É engraçado imaginar que me expulsou do Vale do Omo, para que eu afinal volte a ele.

— O bater das asas de uma borboleta... — respondi, ajeitando os ombros. — Sem o sopro do shamal, de fato não estaríamos aqui.

Thornsten voltou à cozinha com outro mapa, mais detalhado com relação ao hemisfério norte.

— Qual era a real posição do gelo naquela época? Quais caminhos tinham se fechado, quais se abriram? Só podemos fazer suposições. Mas a única coisa que, para mim, pode confirmar a sua teoria seria encontrar provas dessas passagens no ponto de chegada ou, pelo menos, no lugar em que esses mensageiros pararam. Nada garante que tenham chegado ao destino.

— Qual dessas duas vias escolheria, se quisesse tentar seguir a pista deles?

— Receio não restarem traços, a menos que...

— A menos...? — perguntei.

Era a primeira vez que eu tomava a liberdade de participar da conversa; Thornsten se virou para mim como se só então notasse minha presença.

— Vocês mencionaram uma primeira viagem feita à China. Quem chegou até lá pode ter seguido caminho para a Mongólia e, nesse caso, o traçado mais lógico seria subir o lago Baikal. A partir de lá, bastaria seguir o curso do rio Angara, até ele desembocar no Ienissei, cujo estuário se encontra no mar de Kara.

— Então era possível! — empolgou-se Keira.

— Aconselho irem a Moscou. Apresentem-se na Sociedade de Arqueologia e tentem conseguir o endereço de um tal Vladenko Egorov. É um velho alcoólatra que vive recluso numa casa, como eu, em algum lugar, acho que à beira do lago Baikal. Se você disser que vem de minha parte e der os cem dólares que devo a ele há trinta anos, acho que os receberá.

Thornsten procurou no bolso da calça e sacou uma nota de dez libras esterlinas, amassada em forma de bola.

— Vão precisar dar os cem dólares por mim... Egorov é um dos raros arqueólogos russos ainda vivo, pelo menos espero, que pôde levar adiante suas pesquisas com a ajuda do governo da época, quando tudo era proibido. Dirigiu durante uns anos a Sociedade de Arqueologia e sabe muito mais do que deixava transparecer. Na época de Kruschev não era bom negócio ser muito brilhante e menos ainda ter teorias próprias sobre as origens do povoamento da Pátria Mãe. Caso escavações tenham eventualmente revelado traços da passagem dos seus migrantes por perto do mar de Kara, no quarto ou quinto milênio, ele tem a informação. É o único que imagino poder ajudá-los a saber se estão ou não no bom caminho. Bom, agora que anoiteceu — exclamou Thornsten, batendo de novo com o punho na mesa —, empresto algo para que não congelem e vamos lá fora. O céu hoje está claro; há tanto tempo olho essas malditas estrelas, bem que gostaria de saber o nome delas.

Pegou dois casacos pendurados no cabide e jogou para nós.

— Vistam isso; assim que tivermos terminado, abro uns potes de arenque em conserva que nunca provaram igual!

Não se descumpre um acordo, sobretudo num fim de mundo daqueles e no qual a única alma viva nos 10 quilômetros ao redor está a seu lado, com uma espingarda carregada.

— Não fiquem olhando como se eu fosse fazê-los correr a tiros no traseiro. Essa terra é selvagem e nunca se sabe que tipo de bicho se pode encontrar à noite. Aliás, mantenham-se perto de mim. Pronto, olhe aquela ali cintilando lá no alto e diga como se chama!

Passeamos por um bom tempo no escuro. De vez em quando, Thornsten apontava uma estrela, uma constelação ou uma nebulosa. Eu dizia o nome, inclusive o de algumas invisíveis para nós. Ele realmente parecia feliz com aquilo, estava longe do sujeito que havíamos encontrado naquele fim de tarde.

Os arenques não eram tão ruins e as batatas cozidas na cinza disfarçavam o sal. Durante o jantar, Thornsten não tirava os olhos de Keira, certamente há muito tempo não entrava uma mulher tão bonita na sua casa, se é que algum dia alguma havia entrado naquele lugar distante de tudo. Um pouco mais tarde, à frente da lareira, bebericando uma aguardente que nos queimava a boca e a garganta, Thornsten se debruçou de novo sobre o mapa aberto em cima do tapete e fez sinal para que Keira fosse se sentar no chão, ao seu lado.

— Diga-me o que realmente procura!

Keira não respondeu. Thornsten pegou as mãos dela e olhou as palmas.

— A terra foi bem rude com elas.

Mostrou as suas próprias mãos.

— Também escavaram, há muito tempo.

— Em que lugar do mundo? — perguntou Keira.

— Não tem a menor importância, foi realmente há muito tempo.

Já tarde da noite, nos levou até a granja ao lado da casa e nos fez subir numa picape. Deixou-nos a 200 metros da fazenda em que estávamos hospedados. Chegamos ao nosso quarto pé ante pé, à luz de um isqueiro que ele nos vendeu por cem dólares... redondos. Um Zippo antigo que valia pelo menos o dobro disso, segundo ele, então nos desejou boa viagem.

Eu tinha acabado de apagar a vela e tentava me esquentar nos lençóis gelados e úmidos, quando Keira se virou para mim e fez uma estranha pergunta.

— Você se lembra de ter me ouvido falar dos povos dos hipogeus?

— Não sei, pode ser... por quê?

— Antes de nos pedir para ir pagar as dívidas dele com o velho amigo russo, ele disse: "Esqueça esses povos dos hipogeus, está no caminho errado." Por mais que reveja nossa conversa, tenho quase certeza de não ter falado disso.

— Deve ter falado sem se dar conta. Vocês dois conversaram muito.

— Achou tudo isso chato?

— Não, de jeito nenhum, é um sujeito estranho, na verdade interessante. Gostaria de saber por que um holandês vem se exilar numa ilha tão isolada, no norte da Escócia.

— Eu também. Devíamos ter perguntado.

— Ele provavelmente não teria respondido.

Keira reclamou do frio e veio se agarrar em mim. Fiquei pensando na pergunta que fizera. Relembrei a conversa com Thornsten e, de fato, não via em qual momento ela poderia ter falado dos povos dos hipogeus. Mas a questão não parecia mais perturbá-la, sua respiração tinha um ritmo regular e ela dormia.

*

Paris

Ivory passeava pela beira do Sena. Viu um banco ao lado de um salgueiro e foi se sentar. Uma brisa gelada soprava ao longo do rio. O velho professor ergueu a gola do casacão e esfregou os braços. O celular vibrou em seu bolso, era o telefonema que esperava desde o fim da tarde.

— Pronto, coisa feita!

— Eles o encontraram facilmente?

— Sua amiga pode até ser a brilhante arqueóloga de quem você tanto enaltece os méritos, mas até que os dois chegassem à minha casa, já estaríamos no fim do inverno. Precisei arranjar um jeito de esbarrar neles...

— Como foram as coisas?

— Exatamente como você pediu.

— E acha...

— Que se convenceram? Creio que sim.

— Agradeço muito, Thornsten.

— Não há de que, considero então que estamos quites?

— Nunca disse que me devesse o que quer que fosse.

— Salvou minha vida, Ivory. E eu sonhava em pagar essa dívida há muito tempo. Minha existência nem sempre foi engraçada nesse exílio forçado, mas certamente menos entediante do que no cemitério.

— Deixe para lá, Thornsten, para que falar de tudo isso?

— Tenho bons motivos e você vai ouvir até o fim. Me livrou das garras daqueles sujeitos que queriam a minha pele depois que encontrei aquela maldita pedra na Amazônia. Salvou-me de um atentado em Genebra, se não me tivesse prevenido e se não tivesse me dado os meios para desaparecer...

— Tudo isso é passado — interrompeu Ivory, com a voz triste.

— Nem tão passado assim; ou não teria enviado suas duas ovelhas extraviadas para que eu as pusesse na trilha certa; mas já avaliou os riscos a que estão expostos? Estão indo para o abatedouro e você sabe disso. Quem teve tanto trabalho tentando me matar fará o mesmo com eles, caso se aproximem mais do objetivo. Acabei sendo seu cúmplice e, desde que se foram, tenho o coração apertado.

— Nada de mau vai acontecer, garanto; os tempos mudaram.

— Sei. Então por que continuo mofando aqui? E quando conseguir o que quer, ajudará também para que mudem de identidade? Vão precisar também se enterrar em algum buraco perdido para que nunca os encontrem? É o seu plano? Apesar de tudo que fez por mim no passado, estamos quites, é o que eu queria dizer. Não lhe devo mais nada.

Ivory ouviu o ruído do corte da ligação de Thornsten. Deu um suspiro e jogou o telefone no Sena.

*

Londres

De volta a Londres, tivemos que esperar alguns dias até conseguir nossos vistos para a Rússia. O cheque que os administradores tinham tão generosamente outorgado a meu favor, encerrando meus vínculos empregatícios, tinha a vantagem de me permitir dar continuidade àquela viagem e financiá-la. Keira passava a maior parte do tempo na grande biblioteca da Academia, à qual, graças a Walter, eu ainda tinha acesso. Minhas funções se limitavam basicamente a ir buscar nas prateleiras os livros que ela pedia e devolvê-los a seu lugar, quando não eram mais necessários. Eu começava a seriamente me cansar daquilo. Pedi uma tarde livre e me sentei diante do computador para retomar contato com dois amigos queridos, aos quais não dava notícia havia bastante tempo. Enviei uma mensagem em forma de enigma a Erwan. Sabia que, assim que decifrasse, o meu endereço já o faria soltar um monte de palavrões. Nem ia querer ler, mas antes do fim do dia a curiosidade seria mais forte. Voltaria a ligar o computador, obrigado a pensar na questão colocada — era a sua natureza.

Assim que apertei a tecla "enviar", peguei o telefone e liguei para Martyn, no Observatório de Jodrell.

Fiquei surpreso com a frieza com que atendeu, num estilo que de forma alguma combinava com ele. Com um tom no limite da formalidade, disse estar com muito trabalho e praticamente desligou o telefone na minha cara. A conversa que não aconteceu me deixou com uma sensação péssima. Martyn e eu sempre guardamos relações cordiais, até de cumplicidade, e eu não conseguia entender sua atitude. Talvez estivesse com problemas pessoais que não queria compartilhar.

Por volta das 17 horas, já tinha posto em dia meus e-mails, pagado contas atrasadas, deixado uma caixa de bombons para a minha vizinha pelos favores que prestava ao longo do ano, e resolvi dar um pulo à mercearia da esquina para encher a geladeira.

Percorrendo as prateleiras, o gerente se aproximou, a pretexto de reabastecer a seção de conservas.

— Não olhe agora, mas tem um sujeito na calçada da frente o vigiando.

— Como?

— Não só hoje, já havia notado da última vez que veio. Não sei em que tipo de problema se encontra, mas tenho experiência e esse fulano não é boa coisa.

— Como assim?

— Parece ser da polícia, se comporta como polícia, mas não é. Acredite, é o pior tipo de gente.

— Como sabe?

— Tenho uns primos na prisão, nada tão grave, tráfico de mercadoria de origem duvidosa.

— Acho que está enganado — disse eu, olhando por cima do ombro dele.

— Como preferir, mas, se quiser, o depósito nos fundos da loja está aberto e tem uma porta dando para o pátio. De lá, pode passar pelo prédio ao lado e sair na rua de trás.

— Obrigado.

— Já faz compras aqui há tanto tempo... não quero perder um cliente tão fiel.

O homem voltou para o lugar dele. Fingindo pegar um jornal ao lado da vitrine, perto da saída, aproveitei e dei uma olhada na rua. O comerciante não se enganara: ao volante de um carro parado junto à calçada em frente, alguém parecia mesmo me vigiar. Resolvi tirar as coisas a limpo. Saí e fui direto a ele. Atravessando a rua, ouvi o motor acelerar e o carro partir a toda a velocidade.

Do outro lado, o dono da mercearia olhava, cheio de dúvidas. Voltei para pagar minhas compras.

— Tudo isso é bem anormal — disse eu, entregando meu cartão de crédito.

— Não cometeu nada de ilegal nos últimos tempos?

A pergunta me pareceu bem estranha e pessoal, mas foi feita de forma tão natural que não me senti ofendido.

— Não que eu saiba — respondi.

— Deveria deixar as compras aqui e correr para casa.

— Por quê?

— Esse mal-encarado parecia estar de vigia, talvez passando uma informação.

— Qual informação?

— Enquanto estivesse aqui, ele tinha certeza de não estar em outro lugar, se percebe o que quero dizer.

— Onde, por exemplo?

— Em casa!

— Acha que...?

— Que se continuar de conversa vai chegar tarde? Sem dúvida!

Peguei minha sacola de compras e fui para casa às pressas. Tudo parecia como eu havia deixado, sem traço algum de violência na porta nem no interior que confirmasse as suposições do sujeito do armazém. Deixei as compras na cozinha e resolvi ir buscar Keira na Academia.

Keira se espreguiçou bocejando e esfregou os olhos, sinal de que já havia trabalhado demais naquele dia. Fechou o livro que lia e levou-o a seu devido lugar na prateleira. Deixou a biblioteca, passou para se despedir de Walter na sua sala e se enfiou no metrô.

Céu cinzento, garoa, calçadas escorregadias, verdadeira noite de inverno em Londres. O trânsito estava horrível. Quarenta e cinco minutos de engarrafamento até chegar ao destino e mais dez para encontrar onde estacionar. Eu estava fechando a porta do carro, quando vi Walter deixando a Academia. Ao me ver, atravessou a rua para vir falar comigo.

— Tem tempo para ir beber alguma coisa? — perguntou.

— Vou buscar Keira na biblioteca e o encontramos no pub.

— Ela já foi embora há meia hora, acho que até um pouco mais.

— Tem certeza?

— Passou para se despedir, conversamos um pouco na minha sala. Uma cerveja?

Olhei meu relógio, era a pior hora para atravessar Londres; ligaria para Keira assim que estivéssemos em algum lugar, avisando que chegaria um pouco mais tarde.

O pub estava lotado, Walter foi empurrando as pessoas para chegarmos ao balcão. Pediu duas canecas e abriu caminho até o fundo da sala, onde uma mesa estava ficando livre. Sentamos, no meio de uma barulheira dificilmente suportável.

— E aí, essa viagem à Escócia? — gritou Walter.

— Formidável... para quem gosta de arenque. Achei que fazia frio em Atacama, mas o clima em Yell é ainda mais gelado e terrivelmente úmido!

— Mas encontraram o que queriam?

— Keira parecia entusiasmada, já é alguma coisa, mas acho que já estamos de partida de novo.

— Essa história vai acabar te arruinando — berrou Walter.

— Já é o caso!

Meu celular vibrou no fundo do bolso, peguei-o e colei-o ao ouvido.

— Você mexeu nas minhas coisas? — Keira perguntou, com uma voz que eu mal podia ouvir.

— Claro que não, por que faria isso?

— Não abriu minha bolsa, tem certeza?

— Já fez a pergunta, a resposta é a mesma.

— Deixou a luz do quarto acesa?

— Também não, posso saber por que tudo isso?

— Acho que não estou sozinha em casa...

Meu sangue gelou nas veias.

— Saia daí, Keira! — gritei. — Fuja imediatamente, corra até a mercearia da esquina de Old Brompton sem olhar para trás e me espere lá, está ouvindo? Keira, está ouvindo?

A ligação tinha sido cortada. Antes que Walter entendesse qualquer coisa, atravessei o salão do pub às cotoveladas e corri para fora. Um táxi estava preso no engarrafamento, uma moto passava por ele e praticamente me joguei à frente, obrigando-a a parar. Expliquei se tratar de questão de vida ou morte e prometi pagar, se me levasse imediatamente à esquina de Old Brompton com Cresswell Garden. Fez sinal para que eu subisse atrás, engrenou uma marcha e acelerou.

As ruas passavam em velocidade: Old Marylebone, Edgware Road, Marble Arch; o cruzamento circular estava repleto de gente, ônibus e táxis pareciam enrolados numa emaranhada partida de dominó. Meu piloto subiu pela calçada; eu não estava muito acostumado a andar de moto, mas tentava acompanhar da melhor maneira, toda vez que nos inclinávamos numa curva. Foram dez minutos que pareceram intermináveis. A travessia de Hyde Park se fez debaixo de chuva forte, subimos Carriage Drive entre duas fileiras de carros, com os joelhos às vezes raspando as carrocerias. Serpentine, Exhibition Road, o largo da estação de metrô de South Kensington e finalmente chegamos a Old Brompton, ainda mais cheia que as avenidas anteriores. No cruzamento com Queens Gate Mews, o motoqueiro acelerou ainda mais e atravessou com o sinal passando do amarelo para o vermelho. Uma caminhonete se adiantara ao sinal verde e o choque seria inevitável. A moto tombou de lado, o piloto se manteve agarrado ao guidão e eu saí girando de costas como um pião. Numa rápida impressão, achei que os pedestres assistiam horrorizados à cena, com rostos imóveis. Por sorte fui parar sem grandes trombadas no pneu de um caminhão estacionado. Tonto, mas inteiro, me pus de pé, o motorista também já se recuperara e tentava erguer a moto. Só tive tempo de fazer um gesto para agradecer, faltando ainda uma boa centena de metros até a minha rua. Saí gritando para que as pessoas dessem passagem, esbarrei num casal que ficou reclamando e enfim vi a mercearia, torcendo para que Keira estivesse lá.

O gerente deu um pulo, me vendo aparecer daquela maneira na loja, ensopado de suor e sem fôlego. Precisei duas vezes parar para recuperar a respiração, até que ele compreendesse o que eu perguntava. Inútil esperar resposta, havia só uma cliente na mercearia, bem no fundo. Corri ao longo das prateleiras e tomei-a carinhosamente nos braços. A moça gritou e me deu duas bofetadas, ou até três, não tive tempo de contar. O gerente pegou o telefone e, já saindo, pedi que ligasse para a polícia, solicitando que fossem ao número 24 da Cresswell Place.

Encontrei Keira sentada na mureta, diante da porta.

— O que houve? Está todo vermelho, levou um tombo? — perguntou.

— Trombei em alguém que se parecia com você... de costas — respondi.

— Seu casaco está completamente rasgado, o que aconteceu?

— É o que eu ia perguntar.

— Aparentemente alguém entrou em casa enquanto não estávamos. Minha bolsa estava aberta na sala e ainda ouvi passos no andar de cima, provavelmente do ladrão.

— Você o viu ir embora?

Um carro de polícia parou à nossa frente e dois policiais saíram. Expliquei ter bons motivos para achar que havia um ladrão em casa. Disseram que ficássemos afastados e entraram para averiguar.

Os dois voltaram sem nada, minutos depois. Se um ladrão havia entrado, fugira pelo quintal. O primeiro andar não chega a ser tão alto nessas casinhas antigas, tem pouco mais de 2 metros, e a grama alta no térreo amorteceria a queda. Lembrei-me da fechadura que nunca mandei consertar. O ladrão provavelmente tinha entrado por trás.

Eu precisava fazer o inventário do que havia sido roubado e ir à delegacia para assinar a queixa.

Os policiais prometeram que dariam uma volta pelas redondezas e avisariam, caso prendessem alguém.

Keira e eu inspecionamos cada cômodo. Minha coleção de máquinas fotográficas estava intacta, nada faltava num vaso perto da entrada, em que sempre deixo dinheiro. Quando eu estava no alto, olhando o quarto, Keira me chamou lá debaixo.

— A porta dos fundos está trancada — disse. — Eu a havia trancado ontem. Como esse cara pode ter entrado?

— Tem certeza de que havia alguém?

— A menos que a casa seja mal-assombrada, absoluta certeza.

— Nesse caso, por onde esse ladrão misterioso entrou?

— Não faço a menor ideia, Adrian!

Prometi a Keira que nada mais perturbaria o jantar romântico que não tivemos. O mais importante era que nada houvesse acontecido a ela, mas eu continuava preocupado. Reminiscência das lembranças ruins da China. Liguei para Walter querendo falar disso, mas deu sinal de ocupado.

*

Amsterdã

Toda vez que Vackeers passava pelo salão principal do Palácio de Dam, se encantava com a beleza dos planisférios gravados no piso de mármore, apesar de preferir o terceiro desenho, que representava um gigantesco mapa das estrelas. Saiu à rua e atravessou a praça. Já estava escuro, as luzes acabavam de ser acesas e as águas calmas dos canais refletiam o seu brilho. Subiu a Hoogstraat na direção de casa. Estacionada à calçada, à altura do número 22, havia uma motocicleta de grande cilindrada. Uma senhora empurrava um carrinho de bebê e sorriu para Vackeers, que retribuiu e continuou seu caminho.

O motociclista abaixou a viseira, seu passageiro também. O motor rugiu e o veículo partiu pela pista lateral.

Dois namorados se abraçavam, encostados a uma árvore. Uma caminhonete em fila dupla impedia o trânsito. Somente as bicicletas conseguiam passar.

O passageiro da moto empunhou o cassetete que tinha escondido na manga do casaco.

A jovem mãe que empurrava o carrinho se voltou, o casal parou de se beijar.

Vackeers atravessava uma ponte quando sentiu a terrível pancada nas costas. Ficou sem respiração, sem que o ar conseguisse chegar aos pulmões. Caiu de joelhos, tentou se apoiar num poste, em vão. Caiu de frente no chão. Sentiu o gosto de sangue na boca e achou ter mordido a língua quando tropeçou. Nunca se sentira tão mal. A cada inspiração, o ar queimava os pulmões. Os rins esmagados com a pancada sangravam, e a hemorragia interna comprimia o coração, um pouco mais a cada segundo.

Havia um estranho silêncio ao redor. Conseguiu reunir as poucas forças que restavam e ergueu a cabeça. Quem passava correu para ajudar e ele ouviu o som distante de uma sirene.

A mulher do carrinho não estava mais ali. O casal de namorados desaparecera, o carona na moto fez um sinal obsceno para ele e o veículo virou a esquina.

Vackeers pegou o telefone no fundo do bolso. Apertou uma tecla, aproximou com dificuldade o aparelho do ouvido e deixou uma mensagem na caixa postal de Ivory.

"Sou eu, acho que nosso amigo inglês não apreciou o que preparamos para ele."

Um acesso de tosse impediu que continuasse e o sangue escorria da sua boca. Sentiu essa temperatura e achou agradável; estava com frio e a dor ficava cada vez mais forte. Vackeers fez uma careta.

"É pena, não vamos mais poder jogar. Vou sentir falta, amigo, espero que você também."

Outro acesso de tosse, nova ardência insuportável e o telefone escorregou. Conseguiu pegá-lo antes que caísse.

"Fico feliz com o presente que te dei da última vez que nos vimos, faça bom uso. Sentirei sua falta, amigo, mais ainda do que das nossas partidas. Seja extremamente prudente e cuide-se..."

Vackeers sentiu que perdia as forças e apagou o número para o qual acabara de ligar. Sua mão relaxou pouco a pouco, ele não viu nem ouviu mais nada, sua cabeça voltou a cair no chão.

*

Paris

Ivory entrava no apartamento parisiense, voltando de uma peça de teatro que o havia entediado enormemente. Pendurou o casacão à entrada e foi procurar na geladeira algo para comer. Tirou um prato com frutas, encheu um copo de vinho e foi para a sala. Sentado no sofá, desamarrou o cadarço dos sapatos e esticou as pernas que o estavam incomodando. Pegou o controle remoto da televisão e notou que a luzinha da secretária eletrônica piscava. Estranhando, apertou uma tecla. Imediatamente reconheceu a voz do velho amigo.

No final da mensagem, Ivory sentiu as pernas bambearem. Apoiou-se na estante, fazendo alguns livros antigos caírem no piso encerado. Recuperou o equilíbrio e cerrou os dentes, o mais forte que pôde. Não adiantou e as lágrimas rolaram pelo rosto. Tentou afastá-las com as costas da mão, mas logo não conseguia mais controlar o choro que o sacudiu, ainda apoiado à estante.

Pegou um antigo tratado de astronomia, abriu a capa para olhar a folha de rosto, em que se reproduzia em filigrana um mapa das estrelas datando do século XVII. Releu a dedicatória.

Sei que o livro lhe agradará, nada falta nele, pois tudo está aí, inclusive o testemunho da nossa amizade.

Do seu fiel parceiro de xadrez,
Vackeers

* * *

De madrugada, Ivory acabava de fechar a mala. Trancou a porta do apartamento e se dirigiu à estação para pegar o primeiro trem que partisse para Amsterdã.

*

Londres

A agência telefonara de manhã cedo, nossos vistos enfim tinham sido liberados e eu podia buscar nossos passaportes. Keira dormia profundamente e decidi ir sozinho, aproveitando para comprar leite e pães frescos no caminho de volta. Estava frio e a calçada de Cresswell Place escorregadia. Chegando à esquina, cumprimentei o dono da mercearia, que me cumprimentou de volta com uma piscada de olho, e meu telefone tocou. Keira não devia ter visto o bilhete que deixei na cozinha. Para meu espanto, ouvi a voz de Martyn.

— Desculpe pelo outro dia — disse.

— Não foi nada, mas me preocupei com o que podia ter acontecido para que estivesse tão mal-humorado.

— Adrian, por sua causa eu quase fui despedido, quer dizer, pela visita ao observatório e as pesquisas que fiz para você, com os meios de que dispomos em Jodrell.

— Que história é essa, Martyn?

— Com a desculpa de ter deixado entrar alguém que não faz parte do pessoal. O seu amigo Walter, mais precisamente. Ameaçaram me demitir por má conduta profissional.

— Quem?

— Quem financia o observatório, ou seja, nosso governo.

— Ora, Martyn, foi uma visita totalmente sem importância. Além do mais, Walter e eu somos membros da Academia, isso não faz o menor sentido!

— Sei disso, Adrian, por isso levei tanto tempo para telefonar e estou ligando de um orelhão. Me proibiram claramente de prosseguir com qualquer pedido seu, assim como seu acesso ao observatório foi estritamente proibido. Somente ontem eu soube do seu licenciamento. Não sei o que andou aprontando, mas, que diabos, Adrian, ninguém despede alguém como você, não dessa maneira, ou minha carreira mesma se sustenta por um fio, pois você é dez vezes mais competente do que eu!

— É muita gentileza da sua parte, Martyn, e muito elogioso, mas fique tranquilo, é o único que pensa assim. Não sei o que está acontecendo, não me disseram que fui despedido, apenas que perdi a titularização.

— Abra os olhos, Adrian, eles simplesmente o puseram na rua. Recebi duas chamadas a seu respeito, nem tenho mais permissão para falar com você por telefone, nossos superiores perderam a cabeça.

— De tanto comer assados no domingo e *fish and chips* o ano todo, é inevitável. — Não pude controlar o tom debochado.

— Não brinque com isso, Adrian, o que vai ser de você?

— Não se preocupe, Martyn, não tenho proposta alguma em vista e estou com minha conta quase zerada, mas de uns tempos para cá acordo toda manhã ao lado da mulher que amo e que me surpreende, faz rir, me sacode e empolga. O entusiasmo dela me fascina durante o dia e à noite, quando se despe, me... como diria...? Me comove tremendamente! Está vendo, não tenho do que me lamentar e, sem querer bancar o fanfarrão, posso dizer com toda a sinceridade, nunca fui tão feliz na vida.

— Fico muito feliz por você, Adrian. Sou seu amigo e me sinto culpado por ter cedido às pressões, cortando contato com você. Entenda que não posso me dar ao luxo de perder meu lugar, não tenho ninguém na minha cama à noite e, provavelmente, só a paixão por esse trabalho vai me acompanhar vida afora. Se por acaso precisar falar comigo, deixe um recado no escritório, com o nome de Gilligan, e telefono de volta assim que puder.

— E quem é Gilligan?

— Meu cachorro, um lindo bassê artesiano; infelizmente tive que sacrificá-lo no ano passado. Até a próxima, Adrian.

Eu tinha acabado de desligar, depois dessa conversa que me deixou pensativo, quando uma voz às minhas costas me fez dar um pulo, em plena rua.

— Pensa mesmo tudo isso que disse de mim?

Me virei e vi Keira, que mais uma vez tinha pegado um pulôver meu e jogado meu casacão por cima dos ombros.

— Vi seu bilhete na cozinha e fiquei com vontade de encontrá-lo na agência, para que me convide a tomar o café da manhã. Na geladeira tem somente legumes, e abobrinha de manhã... Você estava tão concentrado na conversa que me aproximei devagarzinho para pegá-lo de conversa fiada com alguma amante.

Levei-a até um bar em que serviam ótimos croissants, os passaportes podiam esperar.

— Quer dizer então que à noite, quando tiro a roupa, fica interessado?

— Não tem o que vestir ou minhas roupas representam algo de especial para você?

— Com quem estava no telefone para falar de mim de forma tão detalhada?

— Um amigo antigo. Sei que vai achar isso estranho, mas na verdade ele estava preocupado comigo por ter perdido o emprego.

Entramos no bar e, enquanto Keira devorava um segundo croissant com amêndoas, eu me perguntava se seria boa ideia falar a respeito das minhas preocupações, que nada tinham a ver com a minha situação profissional.

Dentro de dois dias, estaríamos num avião para Moscou, e a ideia de me afastar de Londres não me desagradava.

*

Amsterdã

No cemitério, naquela manhã, não havia, por assim dizer, quase ninguém seguindo o carro funerário que transportava um comprido caixão envernizado. Um homem e uma mulher andavam a passos lentos atrás do veículo. Nenhum padre rezou à beira do túmulo, e quatro funcionários municipais desceram o caixão com cordas compridas. Ao chegar ao fundo, a mulher lançou uma rosa branca e um punhado de terra; o homem que a acompanhava fez o mesmo. Cumprimentaram-se e cada um partiu numa direção.

*

Londres

Sir Ashton enfileirou uma série de fotografias em cima da sua mesa. Enfiou-as numa pasta e arquivou tudo isso.

— Está muito bonita nas fotos, Isabel. Fica muito bem de luto.

— Ivory não é bobo.

— Assim espero, pois se tratava de passar uma mensagem a ele.

— Não sei se não foi...

— Disse que escolhesse entre Vackeers e os dois jovens cientistas, e você escolheu o velho! Não me venha agora com censuras.

— Acha mesmo que foi necessário?

— Não entendo por que ainda pergunta! Eu sou o único a realmente me dar conta de como ele agiu? Não vê o que aconteceria se os seus dois protegidos chegassem ao que querem? Acha que o que está em jogo não justifica o sacrifício dos últimos anos da vida de um velho?

— Sei disso, Ashton, já me disse.

— Isabel, não sou nenhum maluco sanguinário, mas quando a razão de Estado exige não hesito. Nenhum de nós, inclusive você, hesita. A decisão que tomamos provavelmente salva uma quantidade de vidas, a começar pelos dois exploradores, caso Ivory finalmente aceite desistir. Não olhe para mim dessa maneira, Isabel, só agi no interesse da maioria. Pode ser que minha carreira não me garanta as portas do Paraíso abertas, mas...

— Por favor, Ashton, sem sarcasmo, pelo menos hoje. Eu realmente gostava muito de Vackeers.

— Também gostava dele, mesmo que às vezes tenhamos trocado algumas farpas. Eu o respeitava e espero que esse sacrifício, que me custou tanto quanto a você, surta os efeitos esperados.

— Ivory parecia arrasado ontem de manhã. Nunca o tinha visto em tal estado, envelheceu dez anos numa noite.

— Se ele puder envelhecer mais dez e passar dessa para melhor, será coisa boa.

— Então por que ele não foi escolhido, em vez de Vackeers?

— Tenho meus motivos!

— Não me diga que ele conseguiu se proteger contra você? Sempre o achei intocável...

— Se por acaso Ivory morresse, isso duplicaria as motivações dessa arqueóloga. Ela é impetuosa e esperta demais para acreditar em acidente. Tenho certeza de que fez a melhor escolha e que eliminamos o peão certo. Porém, é evidente que, se a sequência dos acontecimentos não confirmar isso, não preciso dizer quem são os dois próximos a estar em nossa linha de tiro.

— Tenho certeza de que Ivory entendeu a mensagem — suspirou Isabel.

— Caso contrário, será a primeira a saber; é a única em quem ele ainda confia minimamente.

— Nossa pequena encenação em Madri foi bem-feita.

— Fiz com que chegasse ao topo do Conselho, você me devia esse favor.

— Não estou agindo dessa maneira em retribuição, Ashton, mas simplesmente por concordar com sua opinião. É cedo demais para que o mundo saiba, cedo demais. Não estamos preparados.

Isabel pegou sua sacola e se dirigiu à porta.

— Devemos buscar o fragmento que nos pertence? — ainda perguntou, antes de sair.

— Não, está perfeitamente seguro onde se encontra e provavelmente ainda mais agora que Vackeers morreu. Além disso, ninguém sabe como ter acesso a ele, e é melhor assim. O segredo foi com ele para o túmulo, o que acho ótimo.

Isabel assentiu com a cabeça e deixou Sir Ashton. Enquanto o mordomo a acompanhava à porta principal da residência, o secretário de Sir Ashton entrou no escritório, trazendo um envelope. Ashton o abriu e ergueu a cabeça.

— Quando foram concedidos os vistos?

— Anteontem; nesse momento devem estar no avião. Na verdade, não — corrigiu o secretário, consultando o relógio —, já aterrissaram em Sheremetyevo.

— E por que não fomos avisados antes?

— Não sei dizer, posso procurar saber, se quiser assim. Quer que chame sua convidada, ela ainda está na casa?

— Não, não se preocupe, mas previna nossos agentes locais. Esses dois não devem em hipótese alguma ir além. Cheguei a meu limite. Acabem com a moça; sem ela o astrofísico é inofensivo.

— Depois da má experiência na China, tem certeza de que quer isso?

— Se pudesse me livrar de Ivory, não hesitaria um segundo, mas é impossível e não tenho certeza se isso resolveria o problema definitivamente. Siga as instruções e diga aos agentes que sejam firmes, dessa vez a eficiência importa mais do que a discrição.

— Nesse caso, devemos prevenir os amigos russos?

— Farei isso eu mesmo.

O secretário se retirou.

Isabel agradeceu ao mordomo, que abria a porta do táxi. Virou-se para olhar a majestosa fachada da residência londrina de Sir Ashton. Pediu ao motorista que a levasse ao aeroporto da City.

Sentado no banco do pequeno parque bem à frente da casa vitoriana, Ivory viu o veículo se afastar. Começara a cair uma chuva fina; ele se apoiou no guarda-chuva para se pôr de pé e também foi embora.

*

Moscou

O quarto do Hotel Intercontinental cheirava a tabaco de hóspedes anteriores. Mal chegamos, e apesar da temperatura próxima de zero grau, Keira abriu completamente a janela.

— Sinto muito, só tinha esse quarto.

— Esse cheiro de charuto é infernal.

— E charuto vagabundo — acrescentei. — Quer mudar de hotel? Ou posso pedir mais cobertores, quem sabe casacos?

— Nada de perder tempo, vamos logo à Sociedade de Arqueologia. Quanto antes colocarmos a mão nesse tal Egorov, mais cedo vamos poder ir embora daqui. Como os perfumes do Vale do Omo me fazem falta.

— Prometi que voltaremos para lá, assim que tudo isso terminar.

— Pergunto-me se tudo isso, como você diz, vai terminar um dia — lamentou Keira, fechando a porta.

— Tem o endereço da Sociedade de Arqueologia? — perguntei, já no elevador.

— Não sei por que Thornsten continuou a chamá-la assim, a Sociedade passou a se chamar Academia de Ciências no final dos anos 1950.

— Academia de Ciências? Ótimo nome; quem sabe consigo um emprego por lá?

— Em Moscou? Não vejo como!

— Em Atacama eu poderia perfeitamente trabalhar na delegação russa, as estrelas não ligam a mínima para isso.

— Claro, e seria bem prático para os relatórios. Precisa me ensinar a usar o teclado em cirílico.

— Ter sempre razão é uma necessidade sua ou chega a ser uma obsessão?

— As duas coisas não são incompatíveis! Podemos ir, enfim?

O vento era glacial e nos enfiamos num táxi. Keira se entendeu como pôde com o motorista, mas, como não estava dando muito certo, abriu um mapa da cidade e apontou para o lugar. Quem acusa os taxistas parisienses de serem pouco amáveis nunca esteve em Moscou. O gelo invernal já se formara nas ruas. Isso não parecia incomodar nosso motorista: o velho Lada derrapava o tempo todo, mas com uma ligeira guinada ele o endireitava.

Keira se apresentou na recepção da Academia, mostrando sua identidade e função de arqueóloga. O funcionário a encaminhou ao secretariado administrativo. Uma jovem assistente de pesquisas, falando inglês muito corretamente, nos recebeu com toda a gentileza. Keira explicou que tentávamos entrar em contato com o professor Egorov, que tinha dirigido a Sociedade de Arqueologia nos anos 1950.

A jovem se surpreendeu, pois nunca tinha ouvido falar da Sociedade e os fichários da Academia não iam além da data de criação, em 1958. Pediu que aguardássemos e voltou, meia hora depois, na companhia de um superior, que devia ter pelo menos uns 60 anos. Ele se apresentou e pediu que o acompanhássemos até a sua sala. A jovem, que se chamava Svetlana — e era bem bonita, aliás —, nos cumprimentou, antes de se afastar. Keira me acertou um pontapé na perna, perguntando se precisava de ajuda para conseguir as coordenadas da moça.

— Não sei do que está falando — suspirei, esfregando a panturrilha.

— Acha mesmo que sou idiota!

O escritório em que entramos deixaria Walter morto de inveja, com um janelão que fazia entrar bastante luz, apesar dos flocos graúdos de neve caindo por trás do vidro.

— Não é a melhor época para nos visitar — declarou o homem, indicando que nos sentássemos. — Preveem uma boa nevasca para essa noite ou, no máximo, amanhã de manhã.

Abriu uma garrafa térmica e nos serviu um copo de chá.

— Acho que descobri rastros desse Egorov — disse. — Posso saber por quais motivos querem vê-lo?

— Faço pesquisas sobre as migrações humanas na Sibéria no quarto milênio e me deram a entender que ele conhece bem o assunto.

— É possível, apesar de eu ter algumas reservas quanto a isso.

— Por quê? — perguntou Keira.

— Sociedade de Arqueologia foi um nome de fachada para um ramo bem particular do serviço secreto. Na época dos soviéticos, os cientistas não eram menos vigiados do que outros cidadãos, pelo contrário. Por trás do respeitável nome, a instituição tinha como missão recensear os trabalhos feitos no campo da arqueologia e, mais particularmente, inventariar e confiscar tudo que porventura fosse encontrado no solo. Muita coisa desapareceu... Por corrupção e ganância — acrescentou o homem, diante da nossa surpresa. — A vida era difícil neste país. Ainda é, hoje em dia, mas entendam que, na época, uma moeda de ouro encontrada em escavações podia garantir meses de sobrevivência a seu proprietário. Mesma coisa em relação aos fósseis, que atravessavam as fronteiras mais facilmente do que as pessoas. Desde o reinado de Pedro, o Grande, que foi o verdadeiro precursor das buscas arqueológicas na Rússia, nosso patrimônio não parou de ser pilhado. A bela organização orquestrada por Kruschev para protegê-lo degenerou, infelizmente, num dos maiores tráficos de antiguidades jamais vistos. Mal vinham à tona, os tesouros tirados da nossa terra eram repartidos entre os *apparatchiks* e iam alimentar coleções dos ricos museus ocidentais, caso não fossem vendidos a simples milionários. Todos, ao longo dessa cadeia, lucravam: do arqueólogo de base ao chefe da missão, passando pelos agentes da Sociedade de Arqueologia, que deviam fazer a vigilância. Esse Vladenko Egorov provavelmente foi um peixe grande nessa rede sinistra em que se fazia de tudo para chegar à meta, inclusive matar, é claro. Se for da mesma pessoa que falamos, quem vocês pretendem encontrar é um ex-criminoso que só se manteve livre graças a personagens influentes ainda no poder, bons clientes que devem lamentar que tenha se aposentado. Se quiserem ganhar a inimizade de todos os arqueólogos honestos da minha geração, basta citar o seu nome. De modo que, antes de dar o endereço, gostaria de saber qual tipo de objeto esperam contrabandear da Rússia. Tenho certeza de que isso vai interessar muito a polícia, a menos que prefiram se explicar diretamente com as autoridades... — sugeriu o homem, tirando do gancho o telefone.

— Está enganado, não pode ser o mesmo Egorov, é alguém com o mesmo nome! — exclamou Keira, querendo impedir o telefonema.

Pessoalmente também não acreditei naquela história toda. Nosso interlocutor sorriu e voltou a discar o número.

— Pare com isso, que diabos; acha que se eu fosse traficante de antiguidades viria pedir o endereço do meu vendedor na Academia de Ciências? Pareço tão idiota assim?

— Confesso que achei um tanto grosseiro — disse o homem, desligando o aparelho. — Quem o indicou e para quê? — insistiu.

— Um velho arqueólogo e pelos motivos que expliquei com sinceridade.

— Nesse caso, quiseram rir de vocês. Mas talvez eu mesmo possa informá-los ou pô-los em contato com um dos nossos especialistas no assunto. Muitos colaboradores nossos se interessam pelas migrações humanas que povoaram a Sibéria. Inclusive preparamos um colóquio sobre esse tema, para o verão que vem.

— Preciso encontrar esse homem e não voltar à faculdade — respondeu Keira. — Procuro provas, e o seu pseudotraficante talvez já as teve em mãos.

— Posso ver seus passaportes? Se for ajudá-los a entrar em contato com um sujeito desse tipo, quero pelo menos deixar a alfândega de sobreaviso, não me queiram mal, mas é uma forma de me proteger. Apesar de ter vindo até nós, não quero de jeito nenhum estar associado a isso e menos ainda ser acusado de cumplicidade. Assim sendo, dou o endereço, mas quero uma cópia do passaporte de vocês.

— Teremos que voltar — disse Keira —; os passaportes estão na recepção do hotel e ainda não os pegamos de volta.

— É verdade — me intrometi na conversa —, no Metrópole, ligue para lá se quiser verificar. Talvez possam enviar por fax as primeiras páginas.

Bateram à porta e um rapaz trocou algumas palavras com o nosso interlocutor.

— Desculpem — disse ele —, volto daqui a pouco. Enquanto isso, usem o telefone da escrivaninha e peçam um fax dos documentos para esse número.

Rabiscou uma série de algarismos numa folha de papel e entregou-a antes de sair. Keira e eu ficamos a sós.

— Que cretino esse Thornsten!

— Ao mesmo tempo — tentei defendê-lo — não tinha por que nos contar o passado do amigo e nada garante que tenha participado desse tráfico.

— E os cem dólares, acha que era para comprar chocolates? Sabe o que representavam cem dólares nos anos 1970? Dê logo o telefonema e vamos embora daqui, esse escritório me dá arrepios.

Como não me mexi, Keira pegou o telefone, que tirei das mãos dela e pus de volta na mesa.

— Não estou gostando nada disso, nada mesmo.

Levantei e fui até a janela.

— Posso saber o que está fazendo?

— Pensando naquele patamar estreito no monte Hua Shan, a 2.500 metros, lembra? Sente-se capaz de fazer o mesmo a uma altura de apenas dois andares?

— Do que está falando?

— Acho que nosso amigo foi receber os policiais no saguão da Academia e creio que estarão aqui para nos prender em poucos minutos. O carro está parado ali na rua, bem embaixo, modelo Ford com boa quantidade de luzes piscantes no teto. Tranque a porta e venha atrás de mim!

Aproximei uma cadeira da parede, abri a janela e medi a distância que nos separava da escada de emergência na quina do prédio. A neve tornou escorregadia a superfície do beiral, mas teríamos mais onde nos agarrar entre as pedras salientes da fachada do que nos paredões lisos do monte Hua Shan. Ajudei Keira a subir no parapeito e fui atrás. Já do lado de fora, ouvi baterem à porta do escritório; em pouco tempo teriam descoberto nossa fuga.

Keira seguia pela saliência da parede com impressionante agilidade; o vento e a neve atrapalhavam o avanço, mas ela continuava firme e eu fazia o mesmo. Poucos minutos depois, ajudamos um ao outro a passar por cima da grade de proteção da escada de emergência. Tínhamos ainda uns cinquenta degraus de ferro cobertos de gelo a descer. Keira levou um tombo e caiu em cheio na plataforma do primeiro andar, agarrou-se na balaustrada e soltou um palavrão, se levantando. O empregado da limpeza que trabalhava no corredor principal da Academia ficou pasmo nos vendo passar pelo outro lado da vidraça. Dei um adeusinho tranquilizador e alcancei Keira. A última parte da escada era móvel, descendo até a calçada. Keira puxou o cabo que soltava os ganchos que retinham o mecanismo, mas estava emperrado. E nós, encurralados a 3 metros do chão. Alto demais para tentar saltar sem correr o risco de quebrar uma perna. Veio-me a imagem de um colega que, quando éramos crianças, pulou do primeiro andar para fugir da escola e se estatelou na rua, com as duas tíbias saindo em ângulo reto pela batata da perna. A lembrança, mesmo fugaz, me fez desistir da tentação de bancar o James Bond ou seu dublê. Com um monte de sacolejos, tentei quebrar o gelo que travava a escada, enquanto Keira pulava em cima dela aos gritos de "Trate de descer, sua cretina!"... ou talvez algo mais grosseiro. Mas acabou surtindo efeito, o gelo cedeu e vi Keira degringolar até a rua, agarrada às barras da escada, numa velocidade enlouquecedora.

Levantou-se na calçada praguejando. Nosso anfitrião acabava de surgir à janela do escritório, parecendo também furioso. Alcancei Keira e saímos correndo como dois ladrões, até uma estação de metrô, 100 metros adiante. Ela tomou o subterrâneo e subiu a escada que dava para o outro lado da avenida. Em Moscou, muitos motoristas particulares fazem serviço de táxi para ganhar um dinheiro extra nos dias difíceis. Basta levantar a mão para que um carro pare e, quando se consegue um acordo quanto ao preço, a coisa está feita. Por vinte dólares, o motorista de uma Zil nos pegou a bordo.

Testei o nível de compreensão do seu inglês dizendo, com amplo sorriso, que o carro tinha um cheiro fortíssimo de cabra, que ele se parecia incrivelmente com a minha bisavó e, para terminar, que, com mãos como as dele, enfiar o dedo no nariz não devia ser nada fácil. Como as três vezes a resposta foi "*Da*", concluí que podia falar à vontade com Keira.

— O que fazemos agora? — perguntei.

— Pegamos nossas coisas no hotel e tentamos embarcar num trem antes que a polícia nos ponha a mão em cima. Depois da prisão chinesa, prefiro matar alguém a voltar para trás das grades.

— Um trem para onde?

— Para o lago Baikal; Thornsten o mencionou.

O carro parou à frente do Metrópole-Intercontinental. Corremos até a recepção, onde uma funcionária encantadora nos devolveu os passaportes. Solicitei que preparasse nossa conta, pedindo desculpa por encurtar a estada, e aproveitei para perguntar se poderia reservar dois leitos a bordo do transiberiano. Ela se aproximou bem de mim e disse baixinho que dois policiais acabavam de fazê-la imprimir a lista dos hóspedes ingleses. Estavam sentados num banco do hall, consultando o papel. Acrescentou que seu namorado era britânico, que a levaria para viver em Londres, onde se casariam na primavera. Eu a parabenizei pela ótima notícia e ela cochichou "*God Save the Queen*", com uma piscada de olho cúmplice.

Puxei Keira até o elevador, tive que jurar duas vezes não ter paquerado a recepcionista e expliquei o motivo pelo qual tínhamos que sair dali o mais rápido possível.

Fechadas as malas, já íamos deixar o quarto quando o telefone tocou. A moça da recepção confirmou dois lugares no carro 7 do transiberiano que partia da Estação Central às 23h24. Passou-me a referência da reserva e tínhamos apenas que tirar nossas passagens na estação, pois já tinham sido faturadas e debitadas do meu cartão de crédito. Acrescentou que, atravessando o bar, podíamos sair do hotel sem passar pelo hall...

*

Londres

O telejornal da noite estava passando na tela, Ivory desligou a TV e foi à janela. A chuva tinha cessado, um casal saía do Dorchester, a mulher embarcou num táxi, o homem esperou que o carro se afastasse e voltou ao hotel. Uma velha senhora levava o cachorro para passear em Park Lane e cumprimentou o manobrista ao passar por ele.

Ivory deixou o posto de observação, abriu o minibar, pegou uma caixinha de chocolates, abriu e deixou-a na mesinha de centro. Foi ao banheiro, revirou a bolsa com seus objetos de toalete, pegou um vidro de remédios para dormir, virou um comprimido na palma da mão e se olhou no espelho.

"Velho idiota, provavelmente ignorava qual tipo de jogo seria?"

Engoliu a pílula, bebeu um copo d'água da torneira e voltou para a sala, sentando diante de um tabuleiro.

Deu nome a cada um dos peões adversários: Atenas, Istambul, Cairo, Moscou, Pequim, Rio, Tel-Aviv, Berlim, Boston, Paris, Roma. Batizou o rei "Londres" e a rainha "Madri", jogando no chão todas as peças do seu próprio campo, exceto aquela que denominou "Amsterdã". Enrolou-a no lenço e com toda a delicadeza colocou-a no bolso. O rei negro recuou uma casa, o cavaleiro e o peão não se mexeram, mas Ivory fez os dois bispos avançarem até a terceira linha. Contemplou o tabuleiro, tirou os sapatos, deitou-se no sofá e apagou a luz.

*

Madri

A reunião terminava, os convidados se reagruparam ao redor do bufê. A mão de Isabel encostava furtivamente na de Sir Ashton, que tinha sido particularmente brilhante naquela noite. No último conselho a maioria dos votos tinha sido favorável ao prosseguimento das buscas, mas o lorde inglês dessa vez havia conseguido levar um maior número de participantes para o seu campo, com o apoio do mais importante aliado daquele momento, que aceitara cooperar plenamente: Moscou poria todos os meios de que dispunha para localizar e interpelar os dois cientistas. Estariam de volta a Londres no primeiro avião e não seria concedido visto algum para eles. Ashton tentara a aprovação de medidas mais radicais, mas os colegas ainda não se dispunham à votação de decisões desse tipo. Para tranquilizar a consciência de todos, Isabel apresentou uma ideia que obteve unanimidade. Se pela força ainda não haviam conseguido convencer os dois pesquisadores, por que não fazer a cada um, separadamente, uma proposta a que não pudessem dizer não e que os afastasse realmente um do outro? A coerção nem sempre é o método mais eficiente. A presidente da sessão acompanhou os convidados até o térreo do arranha-céu. Um comboio de limusines deixou a praça da Europa e tomou a direção do aeroporto de Barajas. Moscou ofereceu a Sir Ashton uma carona em seu avião particular, mas o lorde tinha ainda alguns negócios a concluir na Espanha.

*

Moscou

A meu ver, havia policiais demais na estação Iaroslav para que a situação parecesse normal. Quer nos dirigíssemos às plataformas, às fileiras de ambulantes do pequeno comércio ou ao serviço de guarda-volumes, eles estavam lá, em grupos de quatro, olhando a multidão. Sentindo minha preocupação, Keira procurou me tranquilizar.

— Não assaltamos nenhum banco! — disse. — Que a polícia vá até o hotel para investigar é uma coisa, daí a imaginar que fecharam estações e aeroportos como se fôssemos dois grandes criminosos, droga, não vamos exagerar! Além disso, como poderiam saber que estamos aqui?

Eu me arrependia de ter feito a reserva por intermédio do Intercontinental. Se o agente de tocaia no hotel tivesse se apoderado do nosso fechamento de conta — e eu tinha boas razões para pensar que esse era o caso —, não precisaria de mais do que dez minutos para fazer a recepcionista falar. Por isso não me sentia tão otimista quanto Keira e temia que a polícia estivesse ali por nós. A fileira de máquinas para a retirada das passagens estava a poucos metros. Dei uma olhada rápida nos guichês. Se eu estivesse certo, os funcionários já teriam sido alertados e apontariam os primeiros estrangeiros que se apresentassem.

Um engraxate vagava por perto, com sua caixa dependurada a tiracolo, em busca de um desapressado a quem lustrar os sapatos. Várias vezes já passara por mim, olhando minhas botas. Acenei para ele e propus outro tipo de negócio.

— O que está fazendo? — indagou Keira.

— Verificando uma coisa.

O engraxate enfiou no bolso os dólares que ofereci como primeira parte do pagamento. Assim que retirasse nossas passagens e nos entregasse, eu pagaria o restante.

— Não tem vergonha de enviar o sujeito como cobaia no seu lugar?

— Não corre risco algum, já que não somos criminosos perigosos!

No momento em que nosso engraxate digitou a referência da nossa reserva na máquina, ouvi a agitação sonora dos walkies-talkies de vários policiais, com uma voz vociferando instruções das quais eu infelizmente imaginava o sentido. Keira entendeu o que acontecia e não pôde deixar de gritar ao engraxate que fugisse. Mal tive tempo de pegá-la pelo braço, e nos escondemos num canto. Quatro homens de uniforme passaram por nós, correndo para as máquinas distribuidoras. Keira estava paralisada, não podíamos fazer grande coisa pelo engraxate, que já estava algemado. Tranquilizei-a, dizendo que a polícia o prenderia por no máximo algumas horas, mas que em poucos minutos ele daria nossa descrição.

— Tire o casaco! — ordenei, já tirando o meu.

Enfiei os dois agasalhos na sacola, entreguei a ela um pulôver grosso e vesti outro. Abraçando-a, tomei a direção do guarda-volumes. Com um beijo, pedi que me esperasse atrás de uma pilastra. Ela arregalou os olhos, vendo que fui direto justamente às máquinas de distribuição de passagens. Era o lugar em que os policiais menos nos procurariam. Passei por eles, educadamente pedi licença e me dirigi a uma máquina que, felizmente, oferecia aos turistas informações em inglês. Reservei duas passagens a bordo de um trem, paguei em dinheiro vivo e voltei para onde havia deixado Keira.

Na central de segurança da estação, a compra que eu acabava de fazer não chamaria a atenção dos funcionários que porventura vigiassem ainda as transações nos diferentes terminais.

— Que diabos vamos fazer na Mongólia? — assustou-se Keira, vendo a passagem que lhe entreguei.

— Vamos pegar o transiberiano como previsto e, já a bordo, explicarei ao controle das passagens que nos enganamos e pagarei a diferença, se for o caso.

Nem por isso a partida estava ganha, pois faltava chegar aos vagões. Os policiais deviam ter apenas uma descrição nossa, no máximo uma cópia das fotos dos passaportes, mas a pressão não tardaria a aumentar, assim que nos aproximássemos do trem. Para não chamar a atenção e como os policiais procuravam um casal, Keira seguia 50 metros à minha frente. O transiberiano número 10, de partida para Irkutsk, deixava a estação às 23h24 e não tínhamos mais muito tempo. A agitação deixava a plataforma de embarque com ares de dia de feira em vilarejo do campo. Caixas com aves, outras de queijos e de carne-seca, comidas de todo tipo se misturavam às malas e pacotes que atravancavam o caminho. Os passageiros do velho trem que cortaria o continente asiático em seis dias tentavam atravessar a confusão de camelôs que agitavam a estação. Ouviam-se gritos e xingamentos em todo tipo de língua: chinês, russo, manchu, mongol. Meninos vendiam, indo de pessoa em pessoa, artigos de primeira necessidade. Toucas, echarpes, aparelhos de barba, escovas e pasta de dente. Um policial viu Keira e se aproximou dela. Acelerei o passo e esbarrei nele, me desculpando como pude. O homem não gostou, mas, quando se voltou para a multidão, Keira já havia desaparecido do seu campo de visão e, aliás, do meu também.

Uma voz no alto-falante anunciou a partida imediata do trem. Os passageiros que se encontravam na plataforma se agitaram ainda mais. Os fiscais já não davam mais conta do controle. Sem o menor sinal de Keira, acabei entrando numa fila diante do vagão número 7 e percebia pela janela o corredor lotado, com cada viajante procurando seu lugar, mas continuava sem ver Keira. Chegou a minha vez de embarcar, dei uma última olhada para fora e não tive outra escolha senão me deixar levar pelo fluxo humano em direção ao interior do vagão. Se não a encontrasse a bordo, desceria na primeira parada e arranjaria um meio de voltar a Moscou. Lamentei não termos marcado um ponto de encontro, caso nos perdêssemos, e já tentava adivinhar o que ela faria naquela situação. Tomei o corredor, um policial vinha no sentido contrário. Entrei num compartimento e ele não deu muita atenção. As pessoas se organizavam no interior do trem, os dois funcionários responsáveis pele meu vagão tinham mais o que fazer naquele momento do que controlar as passagens. Sentei-me ao lado de um casal de italianos, a cabine ao lado estava ocupada por franceses e mais tarde passei por uma quantidade de compatriotas meus, durante a viagem. O trem transportava, ao longo do ano, muitos turistas estrangeiros e isso nos favorecia. O comboio lentamente se movimentou, alguns policiais percorriam ainda a plataforma, mas rapidamente a estação de Moscou desapareceu, cedendo vez a uma paisagem de subúrbio, cinzenta e sinistra.

Meus vizinhos ficaram de tomar conta da minha sacola e saí para procurar Keira. Não estava no vagão seguinte nem no outro. Uma planície já havia substituído o subúrbio. O trem corria em boa velocidade. Terceiro vagão e nada de Keira. Atravessar corredores lotados exigia certa paciência. Na segunda classe a animação já estava no auge, com russos que haviam aberto cervejas e garrafas de vodca e bebiam entre cantorias e clamores. O vagão-restaurante estava igualmente animado.

Um grupo de seis ucranianos fortões erguia os copos aos gritos de "Viva a França!". Aproximei-me e vi Keira, animadíssima e um tanto embriagada.

— Para de me olhar assim — disse. — São supersimpáticos!

Abriu espaço para que eu me sentasse à mesa e explicou que os novos companheiros de viagem a haviam ajudado no embarque, fazendo um muro com o corpo para escondê-la de um policial que parecia se interessar mais do que o normal por ela. Sem os ucranianos, teria sido parada. Difícil então não agradecer, pagando uma bebida. Eu nunca tinha visto Keira naquele estado. Agradeci aos novos amigos e tentei convencê-la a ir embora dali comigo.

— Estou com fome e estamos no vagão-restaurante. Além do mais, estou cheia de correr de um lado para outro. Senta aí e come!

Pediu um prato de batatas e peixe defumado, engoliu mais dois copos de vodca e desmaiou, 15 minutos depois, no meu ombro.

Com a ajuda de um dos seis camaradas, levei-a até a minha cabine. Os vizinhos italianos acharam engraçada a situação. Deitada no beliche, resmungou algumas palavras inaudíveis e imediatamente voltou a dormir.

Passei parte dessa primeira noite no transiberiano olhando o céu pelo vidro da janela. A cada extremidade do vagão havia um local com uma *provonitsas*. A funcionária encarregada do vagão se mantinha o dia inteiro junto de um samovar, oferecendo água quente e chá. Fui me servir e aproveitei para perguntar sobre a duração da viagem até Irkutsk. Três dias e quatro noites, incluindo aquela, para percorrer os 4.500 quilômetros que nos separavam.

*

Madri

Sir Ashton deixou o telefone celular na mesa da sala. Soltou o cinto do robe de chambre e voltou para a cama.

— Quais as últimas notícias? — perguntou Isabel, largando o jornal.

— Foram localizados em Moscou.

— Em quais circunstâncias?

— Foram à Academia de Ciências, pedindo informações sobre um ex-traficante de antiguidades. O diretor achou suspeito e informou a polícia.

Isabel se endireitou na cama e acendeu um cigarro.

— Foram presos?

— Não. A polícia seguiu a pista deles até o hotel em que se hospedavam, mas chegou tarde demais.

— Fugiram?

— Não sei muita coisa, na verdade, apenas que tentaram embarcar no transiberiano.

— Tentaram?

— Os russos prenderam um sujeito que retirava as passagens em nome deles.

— Será que estão no trem?

— A estação fervilhava de policiais, mas ninguém os viu subir a bordo.

— Se acharem que estão sendo seguidos, podem ter tentado criar uma pista falsa. Se a polícia russa se meter nos nossos negócios, isso vai complicar ainda mais as coisas.

— Duvido muito que os dois cientistas sejam tão espertos quanto você imagina, acho que estão a bordo desse trem, pois a pessoa que procuram vive à beira do lago Baikal.

— Por que estariam atrás desse traficante de antiguidades? Que ideia mais, estranha, acha que ele...

— ... tem um dos fragmentos? Não, já saberíamos disso há muito tempo, mas, com todo esse esforço que fazem para chegar até lá, o sujeito provavelmente tem informações valiosas para eles.

— Nesse caso, tem apenas que calar esse traficante antes que eles cheguem.

— Não é tão simples assim; o indivíduo em questão é um antigo membro do Partido e, tendo em vista o histórico e a boa aposentadoria que tem, isolado numa datcha* à beira de um lago, ele certamente está bem protegido. Só mesmo enviando um homem nosso, se quisermos fazer qualquer tipo de coisa, pois não há como contratar alguém da região sem correr sério risco.

Isabel apagou o resto do cigarro no cinzeiro da mesinha de cabeceira, pegou o maço e acendeu outro.

— E tem algum outro plano para impedir esse encontro?

— Você fuma demais, minha cara — respondeu Sir Ashton, abrindo a janela. — Conhece meus projetos melhor do que ninguém, Isabel, mas propôs ao Conselho uma alternativa que nos faz perder muito tempo.

— Podemos interceptá-los, sim ou não?

— Moscou prometeu, mas concordamos ser melhor fazer com que se sintam menos pressionados. Uma ação a bordo de um trem não é tão fácil quanto parece. Quarenta e oito horas de tranquilidade devem dar a eles a impressão de que escaparam da rede. Moscou enviará uma equipe a Irkutsk, mas, tendo em vista as decisões do Conselho, seus agentes se limitarão a colocar os dois num avião, de volta para Londres.

— O que propus ao Conselho teve o mérito de fazer a votação ser favorável ao fim das buscas e, além disso, eximi-lo de qualquer suspeita com relação a Vackeers. Feito isso, nada impede que as coisas se passem de forma não prevista...

— Devo entender que não é contra a possibilidade de medidas mais radicais?

— Entenda o que quiser, mas pare de andar de um lado para outro, está me deixando tonta.

---

* Tradicionais casas ou mansões de campo na Rússia, usadas durante o verão e a primavera. (N. do T.)

Ashton foi fechar a janela, tirou o robe e se enfiou na cama.

— Não vai acionar seus agentes?

— Não é preciso, o principal já foi feito, tudo está pronto.

— Como assim, "tudo"?

— Agir antes dos amigos russos. A coisa vai acontecer amanhã, quando o trem sair de Ekaterinburg. Aviso Moscou em seguida, por delicadeza, para que ele não envie seus homens desnecessariamente.

— O Conselho ficará furioso, descobrindo que ignorou o que foi decidido por votação hoje.

— Conto com seu talento para alguma encenação nesse sentido. Pode censurar meu senso de iniciativa ou incapacidade de aceitar as regras, prolongando-se numa lição de moral. Vou pedir desculpas, jurando que meus homens agiram por conta própria e, acredite, em 15 dias ninguém mais vai se lembrar disso. Sua autoridade não vai ficar abalada e nossos problemas estarão resolvidos. O que mais podemos querer?

Ashton apagou a luz...

*

Transiberiano

Keira tinha passado o dia deitada no beliche, com uma enxaqueca tremenda. Evitei comentar os excessos da véspera e inclusive mencionar as repetidas súplicas para que acabasse com ela de vez, pois seria a única maneira de terminar aquele mal-estar. A cada meia hora eu ia até a ponta do vagão, onde a responsável pelo samovar me dava, com toda a boa vontade do mundo, compressas mornas que eu colocava na testa de Keira. Assim que ela voltava a dormir, eu colava o rosto na janela e via correr a paisagem. De vez em quando o trem passava por vilarejos de casas construídas com pequenas toras redondas de bétula. Quando parava em estações menores, camponeses da região se dirigiam à plataforma para vender aos passageiros produtos locais, saladas de batatas, panquecas de *tvarok*, geleias, pasteizinhos de repolho ou carne. Essas paradas nunca eram demoradas e o trem voltava a atravessar as planícies desérticas do Ural. No final da tarde, Keira começou a se sentir um pouco melhor. Tomou um chá e comeu umas frutas secas. Estávamos chegando a Ekaterinburg, onde nossos vizinhos italianos nos deixaram para tomar outro trem, na direção de Ulan Bator.

— Gostaria tanto de ir visitar essa cidade — suspirou Keira —, dizem que a igreja do Sangue Derramado é magnífica.

Estranho nome para uma igreja, mas tinha sido construída nas ruínas da residência Ipatiev, onde o imperador Nicolau II, a esposa Alexandra Fedorova e os cinco filhos foram executados, em julho de 1918.

Infelizmente não teríamos tempo para turismo, pois o trem só parava por meia hora, com troca de locomotiva, foi o que me disse a responsável pelo nosso vagão. O suficiente, em todo caso, para esticar um pouco as pernas e comprar alguma comida, o que faria bem a Keira.

— Estou sem a menor fome — ela gemeu.

O subúrbio começou a aparecer, igual ao de todas as cidades grandes e industriais, com o trem parando finalmente na estação.

Keira concordou em sair do beliche e andar um pouco. Já escurecera; na plataforma, as babuchkas vendiam suas mercadorias aos gritos. Rostos novos surgiam a bordo, dois policiais faziam a ronda e a aparência tranquila deles me despreocupou. Achei que nossos problemas tinham ficado em Moscou, de onde já nos afastáramos mais de 1.500 quilômetros.

Nenhum apito anunciava a partida, somente a movimentação das pessoas dava a entender que era hora de voltar ao vagão. Eu tinha comprado uma caixa de água mineral e alguns *pirojkis* que fui o único a comer. Keira voltou a se deitar no beliche e dormir. Terminada a refeição, também me deitei, e o balanço do trem, o barulho regular das rodas em seus *bogies* me mergulharam num sono profundo.

Às duas horas da manhã, pelo horário de Moscou, ouvi um barulho estranho à porta. Alguém tentava entrar em nossa cabine. Levantei e puxei a cortina, pondo a cabeça para o lado de fora, mas não havia ninguém. O corredor estava deserto, estranhamente deserto, e inclusive a *provonitsas* tinha abandonado seu samovar.

Voltei a passar o trinco e achei melhor acordar Keira, alguma coisa não estava certa. Ela deu um pulo; tapei sua boca e fiz sinal para que se levantasse.

— O que houve? — perguntou baixinho.

— Não tenho certeza, mas vista-se rápido.

— Para ir aonde?

A pergunta não deixava de fazer sentido. Estávamos numa cabine de 6 metros quadrados, o restaurante ficava a seis vagões do nosso e a ideia de ir até lá não parecia muito atraente. Esvaziei minha mala, enchi nossos dois beliches com as roupas e passei as cobertas por cima. Depois ajudei Keira a subir no bagageiro, apaguei a luz e me enfiei ao lado dela.

— Pode me dizer qual é a brincadeira?

— Não faça barulho, é só o que peço.

Dez minutos se passaram e ouvi de novo o ruído do trinco. A porta da nossa cabine correu, quatro tiros secos foram dados e a porta voltou a se fechar. Continuamos agarrados um ao outro por um tempo bastante longo, até Keira avisar que uma dormência na perna em pouco tempo a faria gritar de dor. Saímos do esconderijo, ela fez menção de acender a luz do teto, mas não permiti e entreabri a cortina para que entrasse a claridade da lua. Um frio nos passou pela espinha ao vermos nossas roupas de cama com dois furos, no lugar em que nossos corpos deveriam estar dormindo. Alguém entrara em nossa cabine para nos matar. Keira se ajoelhou diante da cama e passou o dedo pelo furo no lençol.

— É assustador... — murmurou.

— Concordo, essa roupa de cama não serve mais!

— Que horror! Pode me explicar por que estão nos perseguindo desse jeito? Nem sabemos exatamente o que procuramos e menos ainda se um dia vamos encontrar, então...

— Provavelmente quem faz isso sabe mais do que nós. Temos que nos manter calmos para escapar dessa armadilha. E é melhor inventarmos logo alguma coisa.

Nosso assassino estava no trem, pelo menos até a próxima parada, isso se não resolvesse esperar que descobrissem nossos corpos, para confirmar o sucesso da missão. No primeiro caso, o melhor era que permanecêssemos quietos na cabine; no segundo, era mais razoável descermos antes dele. O trem diminuía a velocidade, devíamos estar nos aproximando de Omsk, a escala seguinte seria ao amanhecer, quando o trem pararia na estação de Novossibirsk.

Meu primeiro reflexo foi de arranjar um meio de impedir a abertura da porta e consegui isso, passando o cinto das minhas calças em volta da maçaneta e prendendo-o à escada que dava acesso ao bagageiro. O couro era forte o bastante para não deixar que o trinco corresse. Em seguida eu disse a Keira que se abaixasse para podermos vigiar a plataforma sem sermos vistos.

O trem parou. De onde estávamos, era difícil acompanhar quem descia e nada nos confirmou o desembarque do assassino.

Nas horas seguintes, refizemos nossas malas, atentos ao menor barulho. Às seis horas da manhã, ouvimos gritos. Os passageiros das cabines em volta saíram para o corredor, Keira se ergueu assustada.

— Não posso mais ficar trancada aqui! — disse, desprendendo a maçaneta.

Abriu a porta e me jogou de volta o cinto.

— Vamos sair! Tem muita gente lá fora e não corremos muito risco.

Um passageiro havia descoberto a responsável pelo nosso vagão, inanimada ao lado do samovar com uma ferida bem feia na cabeça. A colega que se encarregava do serviço durante o dia ordenou que voltássemos aos nossos lugares, a polícia subiria a bordo em Novossibirsk. Até então, todos deviam se manter fechados em seus beliches.

— De volta ao ponto de partida! — fulminou Keira.

— É melhor escondermos os lençóis; caso a polícia inspecione as cabines — disse eu, colocando de volta meu cinto —, não é um bom momento para chamar a atenção.

— Acha que o sujeito ainda está por perto?

— Não sei, em todo caso, porém, nós não podemos fazer nada imediatamente.

Na estação de Novossibirsk, os passageiros foram interrogados um a um por dois investigadores; ninguém havia visto o que quer que fosse. A jovem *provonitsas* foi levada de ambulância e substituída por outra funcionária da companhia. A quantidade de estrangeiros a bordo era suficiente para que nossa presença passasse despercebida, sem chamar atenção das autoridades. Só no nosso vagão havia holandeses, italianos, alemães e até mesmo um casal de japoneses; éramos apenas dois ingleses no meio de toda aquela diversidade. Anotaram nossas identidades, os investigadores desembarcaram e o trem se pôs em movimento.

Atravessamos uma zona de pântanos gelados, o relevo se impôs com montanhas cobertas de neve, a que se sucederam novas planícies da Sibéria. No meio do dia, o trem tomou uma comprida ponte metálica por cima do majestoso rio Ienissei. A parada em Novossibirsk durou meia hora. Pessoalmente preferi que não deixássemos a cabine, mas Keira não aguentava mais ficar parada. A temperatura do lado de fora devia beirar os dez graus negativos. Aproveitamos a pequena escapada para fazer um lanche.

— Não estou vendo nada que pareça esquisito — disse Keira, devorando com apetite uma fritura de legumes.

— Ótimo, espero que isso dure até amanhã de manhã.

Os passageiros voltavam aos vagões. Dei uma última olhada em torno e ajudei Keira a subir o degrau. A nova *provonitsas* gritou que nos apressássemos e o portão se fechou atrás de mim.

Propus a Keira passarmos nossa última noite a bordo do transiberiano no vagão-restaurante. Russos e turistas bebiam, em brindes que durariam a noite inteira. Quanto mais gente houvesse, em maior segurança estaríamos. Keira aceitou a sugestão de bom grado. Conseguimos uma mesa que dividimos com quatro holandeses.

— Em Irkutsk, como vamos localizar nosso homem? O lago Baikal se estende por mais de 600 quilômetros.

— Chegando lá, tentamos achar um cybercafé e fazemos uma busca. Com alguma sorte, encontramos uma pista.

— Imagino que você saiba fazer buscas em cirílico.

Olhei para Keira e aquele sorriso irônico me fazia sempre lembrar de quanto a achava encantadora. É verdade, antes de tudo precisaríamos de um intérprete.

— Em Irkutsk — continuou, debochando de mim — procuramos um xamã e vamos descobrir mais sobre a região e seus moradores do que pode nos dizer qualquer site de busca dessa sua internet dos infernos!

Enquanto jantávamos, Keira explicou como o lago Baikal tinha se tornado um lugar privilegiado para a paleontologia. A descoberta, no início do século XXI, de acampamentos do paleolítico tinha permitido que se estabelecesse a presença dos homens da Transbaikalia que haviam povoado a Sibéria 25 mil anos antes da nossa era. Dominavam a utilização de um calendário e já executavam rituais religiosos.

— A Ásia é o berço do xamanismo. Nessas regiões — continuou Keira — o xamanismo é considerado a religião original do homem. Em algumas mitologias, acha-se inclusive que nasceu com a criação do universo e o primeiro xamã foi o filho do céu. Como pode ver, nossas duas profissões estão interligadas desde o início dos tempos. São muitos os mitos cosmogônicos siberianos. Foi encontrada na necrópole da ilha das Renas, no rio Onega, uma escultura de osso, datando do quinto milênio antes da nossa era. Representa um gorro xamânico em forma de focinho de alce. Era usado por quem comandava o ritual, lançando-se ao mundo celeste na companhia de duas mulheres.

— Por que está me contando isso?

— Porque nessa região, como em todas as localidades buriates, se quiser descobrir alguma coisa, precisa pedir audiência a um xamã. E agora pode me dizer por que está me cutucando por baixo da mesa?

— Não estou cutucando!

— O que está fazendo, então?

— Procurando o guia turístico que você deve ter escondido em algum lugar. Não vai dizer que já sabia tanta coisa sobre os xamãs, não acredito.

— Não seja idiota. — Keira riu, enquanto eu passava minha mão em seus quadris. — E não tem livro nenhum aí! Tenho bons motivos para saber minha lição de cor e também não tenho nada guardado nos seios, pare com isso, Adrian!

— Quais motivos?

— Tive uma fase mística, quando estava ainda na faculdade, era muito... xamanista. Incenso, pedras magnéticas, danças, êxtases, transes, ou seja, um período da vida bem New Age, não sei se entende o que quero dizer, e está proibido de debochar. Pare com isso, está fazendo cócegas, ninguém esconderia um livro aí.

— E como vamos encontrar um xamã? — perguntei, me endireitando.

— Qualquer moleque de rua pode dizer onde mora o xamã da região, pode ter certeza. Eu teria adorado fazer essa viagem quando tinha 20 anos. Para alguns o paraíso estava em Katmandu; no meu caso, era aqui que eu sonhava vir.

— Verdade?

— Verdade! Sendo assim, não sou contra a que continue essas suas buscas, mas, nesse caso, vamos para a cabine.

Não foi preciso dizer duas vezes. Ao amanhecer, eu tinha muito minuciosamente inspecionado o corpo de Keira... sem encontrar o menor vestígio de "cola" com ela!

*

Londres

Sir Ashton estava à mesa da sala de jantar e lia o jornal, tomando chá. Seu secretário particular entrou na sala, trazendo o telefone celular numa bandeja de prata. Ashton pegou, ouviu o que diziam e colocou de volta o aparelho na bandeja. O secretário normalmente deveria se retirar de imediato, mas parecia querer acrescentar alguma coisa e aguardava que Sir Ashton se dirigisse a ele.

— O que mais? Não posso tomar meu café da manhã sem ser perturbado?

— O chefe da segurança gostaria de falar com o senhor o quanto antes, Sir.

— Pois que venha à tarde.

— Ele está no corredor, parece ser muito urgente.

— O chefe da segurança na minha casa, às nove horas da manhã, que história é essa?

— Imagino, senhor, que ele prefira contar pessoalmente. Não quis me adiantar o assunto e insiste em vê-lo o mais rápido possível.

— Então faça-o entrar, em vez de ficar aí parado. Que coisa irritante! E mande que nos sirvam chá numa temperatura adequada e não essa coisa morna que me deram. Vamos, rápido, já que é urgente!

O secretário se retirou, fazendo entrar o chefe da segurança.

— O que tem a dizer?

O homem entregou um envelope lacrado a Sir Ashton, que o abriu e tirou uma série de fotografias. Reconheceu Ivory, sentado num banco, num pequeno parque à frente da sua casa.

— O que esse imbecil está fazendo aí? — perguntou Ashton, indo até a janela.

— Foram tiradas no final da tarde de ontem, senhor.

Ashton deixou que a cortina voltasse a seu lugar e se virou para o chefe da segurança.

— Se esse velho maluco quer alimentar os pombos aqui em frente, isso é problema dele, espero que não tenha vindo me incomodar a essa hora da manhã por coisa tão idiota.

— Em princípio a operação na Rússia foi concluída com êxito.

— Bom, e por que não começou com essa excelente notícia? Aceita uma xícara de chá?

— Agradeço, senhor, mas devo me retirar, tenho muito o que fazer.

— Só uma coisa, por que disse "em princípio"?

— Nosso agente precisou deixar o trem antes do previsto, mas garante que acertou mortalmente os dois alvos.

— Nesse caso, pode ir.

*

Irkutsk

Não ficamos descontentes em deixar o transiberiano. Com exceção da última noite a bordo, não guardamos boas lembranças dele. Atravessando a estação, eu olhava ao redor atentamente, mas não via algo que parecesse suspeito. Keira se interessou por um menino que vendia cigarros aos pedestres. Propôs dez dólares em troca de um pequeno favor: levar-nos até um xamã. O garoto não compreendeu uma palavra do que ela pedia, mas nos levou até a casa dele. O pai tinha um pequeno curtume, numa ruela da cidade velha.

Surpreendeu-me a diversidade étnica do lugar. Uma série de comunidades convivia na mais perfeita harmonia. Irkutsk, cidade com um passado singular e antigas casas de madeira que se inclinam e se enfiam terra adentro, até morrerem por falta de manutenção; Irkutsk e seu velho bonde sem estação e que para no meio da rua; Irkutsk e suas velhas buriates com o eterno xale de lã em volta do pescoço e um cesto preso ao braço... Cada vale e cada montanha daqui têm seu espírito próprio, venera-se o céu e antes de se beber uma aguardente derramam-se algumas gotas na mesa, para um brinde com os deuses. O curtidor de couros nos recebeu em sua modesta moradia. Num inglês rudimentar, explicou que a família vivia ali havia três séculos. O avô era peleiro à época em que os buriates ainda negociavam peles nos mercados da cidade, mas tudo isso era coisa do passado, um passado extinto. Zibelinas, arminhos, lontras e raposas haviam desaparecido, o pequeno curtume a poucos passos da capela de São Paraskeva só produzia agora pastas de couro que se vendiam com dificuldade num comércio ali perto. Keira perguntou se sabia como conseguir uma consulta com um xamã. O melhor, segundo ele, se encontrava em Listvianka, uma pequena cidade à margem do lago Baikal. Uma van nos levaria até lá, a baixo preço. Os táxis eram caríssimos, disse, e nem por isso mais confortáveis. Ofereceu a refeição; a única lei segura, naquelas terras frequentemente sacudidas por implacáveis tiranias, é a da hospitalidade. Uma carne magra cozida, algumas batatas, um chá de manteiga e uma fatia de pão. Aquele almoço de inverno, num curtume em Irkutsk, até hoje está em minha memória.

Keira havia cativado o menino e juntos brincavam de reconhecer palavras desconhecidas, em inglês e em russo, rindo sob o olhar carinhoso do artesão. No início da tarde, o menino nos levou ao ponto de parada do nosso transporte. Quis dar a ele os dólares prometidos, mas não foram aceitos. Então ela desamarrou a echarpe que usava e ofereceu. Ele a amarrou no próprio pescoço e foi embora correndo. No final da rua, virou-se e balançou a echarpe, se despedindo. Eu sabia o quanto o coração de Keira pesava naquele momento, pela falta que sentia de Harry, podendo adivinhar que via os seus olhos em cada menino por que passávamos no caminho. Tomei-a nos braços de forma desajeitada, mas ela encostou a cabeça em meu ombro. Senti toda a sua tristeza e lembrei-lhe baixinho a promessa que eu havia feito. Voltaríamos ao Vale do Omo e ela encontraria Harry, não importava quanto tempo levássemos para encontrá-lo.

A van acompanhava o rio, percorrendo as paisagens da estepe. Mulheres andavam à beira da estrada, levando nos braços os filhos que dormiam. Durante a viagem, Keira contou um pouco mais sobre os xamãs e sobre a visita que faríamos.

— O xamã é curandeiro, bruxo, sacerdote, mágico, adivinho, podendo até se mostrar possuído. Encarrega-se de curar certas doenças, tornar propícia a caça ou fazer chover. Às vezes, pode encontrar objetos perdidos.

— Diga, esse seu xamã não pode nos dirigir diretamente ao fragmento que procuramos? Com isso não precisaríamos ir ver o tal Egorov e ganharíamos tempo.

— Irei sozinha!

O assunto era delicado e a brincadeira não foi bem-vinda. Ouvi então com atenção o que explicava.

— Para entrar em contato com os espíritos, o xamã se põe em transe. As convulsões mostram que algum espírito entrou em seu corpo. No final do transe, ele desaba e entra em catalepsia. É um momento intenso para quem assiste, há sempre a possibilidade de que ele não volte mais entre os vivos. Quando desperta, conta a viagem. Dentre os diferentes tipos de viagem, tem uma de que você vai gostar, pois o xamã vai na direção do cosmo. É chamada voo mágico. O xamã passa ao lado do "poste do céu" e atravessa a Estrela Polar.

— Lembre que precisamos apenas de um endereço; podemos, quem sabe, nos limitar a algo mais simples.

Keira se virou para a janela do ônibus e não falou mais comigo.

*

Listvianka...

... é uma cidade totalmente de madeira, como muitas outras na Sibéria. Até mesmo a igreja ortodoxa foi construída em bétula. A casa do xamã não fugia à regra. Éramos os únicos visitantes, naquele dia. Achei que só trocaríamos poucas palavras, mais ou menos como se vai à prefeitura de uma cidade pequena perguntar sobre alguma família da região que se queira localizar, mas antes tivemos de assistir ao ofício, que acabava de começar.

Nos sentamos entre outras cinquenta pessoas que formavam um círculo em cima de tapetes. O xamã entrou, num traje de cerimônia. O público se mantinha em silêncio. Uma jovem, que mal devia ter 20 anos, estava deitada numa esteira. Visivelmente sofria de algo que lhe causava intensa febre. O suor escorria pela testa e ela gemia. O xamã pegou um tambor. Ainda chateada comigo, Keira explicou — sem que eu tivesse perguntado — que o instrumento era indispensável ao ritual e o tambor tinha uma dupla identidade sexual, sendo a pele masculina e o enquadramento feminino. Fiz a besteira de rir e recebi um safanão na cabeça.

O xamã começou a cuidadosamente aquecer a pele do tambor na chama de uma tocha.

— Há de convir que é mais complicado do que ligar para o serviço de informações — cochichei ao ouvido de Keira.

O xamã ergueu as mãos, seu corpo começou a ondular ao ritmo das batidas do tambor. O canto era avassalador e perdi toda a vontade de ser irônico.

Keira estava completamente absorvida pela cena que se desenvolvia diante de nós. O xamã entrou em transe, com o corpo sacudido por violentos espasmos. Durante a cerimônia, o rosto da moça se metamorfoseou, com as cores voltando às faces e a febre parecendo ir embora. Keira estava fascinada e eu também. O rufar do tambor cessou e o xamã caiu no chão. Ninguém falava, não havia ruído algum perturbando o silêncio. Todos os olhos estavam presos ao corpo inerte e isso durou um bom tempo. Quando o homem voltou a si, se endireitou, aproximou-se da jovem e pediu que se levantasse. De pé, mesmo que hesitante, ela parecia curada do mal que havia pouco ainda a dominava. O público aclamou o xamã, a magia tinha se realizado.

Nunca soube exatamente de quais poderes dispunha aquele homem, e o que pude ver naquele dia na moradia do xamã de Listvianka vai ser um mistério para mim para sempre.

Terminada a cerimônia, as pessoas se foram. Keira se dirigiu ao xamã e pediu uma consulta. Foi convidada a se sentar e fazer as perguntas que a levaram até lá.

Soubemos que a pessoa que procurávamos era alguém importante na região. Um benfeitor que distribuía muito dinheiro aos pobres e para a construção de escolas. Havia, inclusive, financiado a reforma de um posto de saúde beneficente que, desde então, mais parecia um pequeno hospital. O xamã, porém, hesitava a nos confiar o endereço, sem saber quais eram nossas intenções. Keira garantiu que apenas queríamos algumas informações. Falou da sua profissão e em que Egorov podia nos ser útil. A intenção era estritamente científica.

O xamã olhou atentamente o pingente de Keira e perguntou de onde vinha.

— É um objeto muito antigo — disse ela, da forma mais confiante —, um fragmento de um mapa das estrelas e procuramos as partes que faltam.

— Qual é a idade desse objeto? — perguntou o xamã, pedindo para vê-lo mais de perto.

— Milhões de anos — respondeu Keira, entregando-o.

O xamã alisou delicadamente o pingente e, de imediato, seu rosto se encobriu.

— Não continuem a viagem — disse com uma voz grave.

Keira se virou para mim. O que havia preocupado o homem tão de repente?

— Não carregue isso com você, não sabe o que está fazendo — voltou a falar.

— Já viu um objeto assim? — perguntou Keira.

— Não imagina tudo que isso provoca! — continuou o xamã.

Seu olhar se tornara ainda mais pesado.

— Não entendo de que está falando — atalhou Keira, voltando a pegar o pingente —, somos cientistas...

— ... ignorantes! Nem sequer sabem como o mundo gira. Querem assumir o risco de pôr em xeque seus equilíbrios?

— Está se referindo a quê? — rebateu Keira, já se irritando.

— Saiam daqui! A pessoa que procuram mora a 2 quilômetros, numa datcha rosada com três pequenas torres, não têm como não vê-la.

Jovens patinavam no lago Baikal, longe da margem, onde ondas congeladas pelo inverno formavam esculturas assustadoras. Prisioneiro do gelo, um velho cargueiro jazia, caído de lado; com o casco enferrujado. Keira tinha as mãos enfiadas nos bolsos.

— O que aquele homem estava tentando dizer? — perguntou.

— Não tenho a menor ideia, você é que sabe tudo sobre xamanismo. Acho que a ciência o deixa tenso, só isso.

— Era um medo que não parecia irracional, ele dava a impressão de saber do que falava... como se quisesse nos prevenir de um perigo.

— Keira, não somos aprendizes de feiticeiro. Não há espaço para a magia nem para o esoterismo em nossas disciplinas. Nós dois seguimos uma trilha puramente científica. Temos dois fragmentos de um mapa que procuramos completar, só isso.

— Um mapa que, segundo você mesmo, foi traçado há 400 milhões de anos e que ignoramos o que pode revelar assim que estiver completo...

— Uma vez completo, vamos poder acreditar, de forma científica, que uma civilização dispôs de um saber astronômico, numa época em que achávamos ser impossível poder existir algo assim na Terra. Uma descoberta semelhante vai realinhar muitas coisas na história da humanidade. Não é o que a apaixona desde sempre?

— E você, o que espera?

— Se esse mapa me revelar uma estrela que ainda não conheço, já vou achar maravilhoso. Por que está com essa cara?

— É medo, Adrian, nunca minhas buscas me deixaram de cara com a violência humana e continuo sem compreender as motivações de quem nos persegue tanto. Aquele xamã nada sabia a nosso respeito, e a maneira como reagiu ao pegar meu pingente foi... assustadora.

— Não percebe o que revelou e tudo que isso implica para ele? Aquele sujeito é um oráculo, seu poder e aura dependem do conhecimento que tem e da ignorância de quem o venera. Nós dois fomos até lá, pusemos debaixo do seu nariz a prova de um conhecimento que o ultrapassa de longe. Sentiu-se em perigo. Não espero reação melhor dos membros da Academia, se fizermos uma revelação igual. Se um médico for a algum vilarejo isolado do mundo, em que a modernidade nunca entrou, e tratar um doente com remédios, todos vão vê-lo como um feiticeiro com poderes infinitos. O homem venera o saber que o ultrapassa.

— Agradeço a aula, Adrian, mas é a nossa ignorância que me assusta e não a dos nativos.

Chegávamos à frente da datcha rosada que, de fato, era como o xamã havia descrito, impossível de ser confundida com qualquer outra casa, de tanto que a arquitetura era ostensiva. Quem morava ali não havia procurado esconder a riqueza e, pelo contrário, a exibia como prova de poder e sucesso.

Dois homens, com fuzis Kalachnikov a tiracolo, guardavam a entrada da propriedade. Apresentei-me e pedi que me levassem ao dono da casa. Vínhamos da parte de Thornsten, um antigo amigo, que nos enviara para pagar uma dívida passada. O vigia mandou que esperássemos diante da porta. Keira dava pulinhos para se aquecer, o que parecia divertir o outro guarda, mas não a mim, pelo modo como a olhava, cheio de segundas intenções. Abracei-a e esfreguei-lhe as costas. O outro voltou poucos instantes depois, fomos completamente revistados e finalmente nos deixaram entrar na faustuosa moradia de Egorov.

O piso era de mármore de Carrara, as paredes cobertas de madeiramentos importados da Inglaterra, explicou o anfitrião, que nos recebeu na sala de estar. Já os tapetes vinham do Irã e eram peças de alto valor.

— Imaginava que aquele cretino do Thornsten tinha morrido há muito tempo — exclamou Egorov, servindo-nos vodca. — Bebam, vai aquecê-los!

— Sinto decepcioná-lo — devolveu Keira —, mas ele se mantém em plena forma.

— Melhor para ele — respondeu Egorov. — Vieram então trazer o dinheiro que ele me deve?

Saquei minha carteira e peguei os cem dólares do nosso anfitrião.

— Aqui está — disse, colocando uma nota única em cima da mesa —, pode contar, está tudo aí.

Egorov olhou a cédula verde cheio de desprezo.

— Espero que estejam brincando!

— É a soma exata que ele nos pediu que entregássemos.

— É o que ele me devia há trinta anos! Só pela correção monetária, sem contar os juros, seria preciso multiplicar por cem para chegarmos a um acordo. Dou dois minutos para que desapareçam antes que lamentem ter vindo rir de mim.

— Thornsten disse que poderia nos ajudar, sou arqueóloga e preciso do senhor.

— Sinto muito, não me interesso mais por antiguidades há muito tempo; as matérias-primas são bem mais lucrativas. Se fizeram a viagem na esperança de comprar alguma coisa, vieram à toa. Thornsten está zombando de vocês e de mim. Peguem esse dinheiro e sumam.

— Não entendo tanta animosidade, ele se referiu ao senhor em termos muito respeitosos, parecendo inclusive ter grande admiração.

— É mesmo? — interessou-se Egorov, mais ameno.

— Por que ele devia esse dinheiro? Cem dólares representavam uma boa quantia nessa região, há trinta anos — continuou Keira.

— Thornsten era um intermediário, trabalhava por conta de um cliente de Paris. Alguém que queria adquirir um manuscrito antigo.

— Que tipo de manuscrito?

— Uma pedra gravada, encontrada numa tumba gelada da Sibéria. Deve saber, tanto quanto eu, que muitas sepulturas desse tipo foram descobertas nos anos 1950, cheias de tesouros perfeitamente conservados pelo gelo.

— E foram minuciosamente pilhadas.

— Infelizmente é verdade — suspirou Egorov. — A cobiça humana é tremenda, não é? Quando se trata de dinheiro, deixa-se de lado o respeito pelas belezas do passado.

— Evidentemente, o senhor passava seu tempo perseguindo esses assaltantes de túmulos, não é? — insistiu Keira.

— A senhorita tem um belo traseiro e indiscutível charme, mas não deve abusar de minha hospitalidade.

— Vendeu essa pedra a Thornsten?

— Dei uma cópia! Quem havia encomendado ficou a ver navios. Como sabia que não me pagariam, me limitei a passar uma reprodução, mas de muito boa qualidade. Peguem esse dinheiro, façam um bom jantar e digam a Thornsten que estamos quites.

— E ainda tem o original? — perguntou Keira, com um sorriso.

Egorov olhou-a da cabeça aos pés, demorando-se nas curvas de seu corpo. Também sorriu e se levantou.

— Já que vieram até aqui, venham comigo, vou mostrar do que se trata.

Dirigiu-se à biblioteca que ocupava as paredes da sala. Pegou uma caixa coberta de couro fino, abriu e colocou-a de volta no lugar.

— Não está nesta aqui, onde posso tê-la enfiado?

Examinou três outras caixinhas do mesmo tipo, uma quarta e uma quinta, da qual finalmente tirou um objeto enrolado num tecido de algodão. Desamarrou-o e mostrou uma pedra de 20x20 centímetros, colocou-a delicadamente em cima de uma escrivaninha e disse que nos aproximássemos. A pátina da superfície apresentava uma escrita incrustada, parecendo hieróglifos.

— É sumério, essa pedra tem mais de 6 mil anos. O cliente de Thornsten deveria ter comprado naquela época, o preço seria ainda bem razoável. Há trinta anos, eu teria vendido o ataúde de Sargon por poucas centenas de dólares; essa pedra hoje em dia tem valor inestimável e é, em contrapartida, invendável, exceto a alguém especial que a guarde secretamente. Esse tipo de objeto não pode mais circular livremente, os tempos mudaram, o tráfico de antiguidades se tornou perigoso demais. Como disse, o comércio de matérias-primas é bem mais interessante e implica menores riscos.

— Qual é o significado dessas gravuras? — perguntou Keira, fascinada pela beleza da pedra.

— Nada de extraordinário, provavelmente se trata de um poema ou de alguma lenda antiga, mas quem pretendia comprar, na época, parecia dar grande valor a isso. Devo ter uma tradução. Pronto, aqui está! — exclamou, procurando na caixa.

Entregou a Keira uma folha de papel, que ela leu em voz alta.

Certa lenda diz que a criança, na barriga da mãe, conhece todo o mistério da Criação, da origem do mundo até o fim dos tempos. Ao nascer, um mensageiro passa pelo seu berço e encosta o dedo nos seus lábios, para que ela nunca revele o segredo que lhe foi confiado, o segredo da vida...

Como esconder meu choque, ouvindo aquelas palavras que ressoavam em minha cabeça e traziam as últimas lembranças de uma viagem abortada. Eu as havia lido a bordo de um avião que partia para a China, antes de perder os sentidos e forçá-lo a dar meia-volta. Keira havia interrompido a leitura, preocupada com o meu estado de perturbação. Peguei minha carteira no bolso e tirei uma folha de papel que desdobrei ali mesmo. Li então em voz alta o final desse estranho texto.

... Esse dedo que apaga para sempre a memória da criança deixa uma marca. Essa marca, todos temos acima do lábio superior, exceto eu.

No dia em que nasci, o mensageiro esqueceu de vir me ver e eu me lembro de tudo.

Keira e Egorov olhavam para mim, tão espantados quanto eu mesmo. Expliquei em quais circunstâncias o documento havia chegado às minhas mãos.

— Foi seu amigo, o professor Ivory, que fez o documento chegar às minhas mãos, um pouco antes que eu partisse para procurá-la na China.

— Ivory? O que ele tem a ver com essa história? — perguntou Keira.

— É o nome do cretino que nunca me pagou! — exclamou Egorov. — Também achava que estava morto há muito tempo.

— Mas que mania essa de querer enterrar todo mundo! — respondeu Keira. — E duvido muito que ele tenha algo a ver com esse seu lamentável comércio de pilhagem de túmulos.

— Pois estou dizendo que esse seu professor, aparentemente acima de qualquer suspeita, foi precisamente quem comprou, e não me contradiga, pois não estou acostumado a isso e menos ainda por uma doidivanas, na minha casa. Aguardo suas desculpas!

Keira cruzou os braços e se virou de costas. Peguei-a pelo ombro e pedi que se desculpasse imediatamente! Olhou-me furiosa e resmungou um "Sinto muito" que, felizmente, pareceu satisfazer nosso anfitrião, que, com isso, voltou a falar.

— Essa pedra foi encontrada no noroeste da Sibéria, durante uma escavação de tumbas geladas. A região está cheia delas. Protegidas pelo frio há milênios, as tumbas estavam formidavelmente bem-conservadas. É preciso colocar as coisas no devido contexto: na época, todos os programas de pesquisa dependiam da autoridade do comitê central do Partido. Os arqueólogos recebiam salários de miséria para trabalhar debaixo de condições extremamente difíceis.

— Somos mais bem-tratados no Ocidente e nem por isso saqueamos os sítios de escavação!

Seria preferível que Keira guardasse para si observações desse tipo.

— Todo mundo fazia algum tráfico para suprir necessidades. Por ocupar um cargo um pouco mais alto na hierarquia do Partido, relatórios, autorizações e direcionamento de verbas passavam por mim, que estava encarregado de fazer a triagem, dentro do que se descobria, do que representava suficiente interesse para ser transferido a Moscou e o que podia permanecer na região. O Partido era o primeiro a pilhar as repúblicas da Federação dos tesouros que, por direito, eram delas. Tudo que fazíamos era desviar uma pequena comissão no percurso. Alguns objetos não chegavam a Moscou e acabavam enriquecendo coleções de compradores ocidentais. Foi como, um dia, travei conhecimento com o seu amigo Thornsten. Trabalhava por conta desse professor Ivory, interessado por tudo que se relacionasse com as civilizações citas e sumérias. Eu sabia que nunca seria pago, mas tinha em nossa equipe um epigrafista de talento e pedi que fizesse uma reprodução da pedra num bloco de granito. Dito isso, que tal me falar do que os trouxe aqui? Imagino que não atravessaram o Ural para me dar cem dólares.

— Sigo os traços de nômades que teriam feito uma longa viagem, 4 mil anos antes da nossa era.

— De onde para onde?

— Saindo da África, chegaram à China; tenho prova disso. Depois, vêm apenas hipóteses. Suponho que bifurcaram na direção da Mongólia e atravessaram a Sibéria, subindo o rio Ienissei até o mar de Kara.

— Tremenda viagem. E com qual finalidade esses seus nômades atravessaram tantos quilômetros?

— Para cruzar o caminho dos polos e chegar ao continente americano.

— Isso não responde muito à minha pergunta.

— Para levar uma mensagem.

— E acham que posso ajudar a demonstrar a veracidade dessa aventura? Quem enfiou essa ideia na cabeça de vocês?

— Thornsten disse que é um especialista em civilizações sumérias e acho que a pedra que nos mostrou confirma o que ele disse.

— Como chegaram até Thornsten? — perguntou Egorov com uma expressão maliciosa.

— Por indicação de um amigo que recomendou que o procurássemos.

— É bem engraçado.

— Não vejo o que pode haver de engraçado nisso.

— Esse amigo conhece Ivory?

— Não que eu saiba!

— E pode jurar que nunca se encontraram?

Egorov estendeu o telefone a Keira, desafiando-a com o olhar.

— Não sei se é idiota ou se os dois têm uma ingenuidade desconcertante. Ligue para ele e pergunte!

Keira e eu olhamos para Egorov, sem entender aonde queria chegar. Keira pegou o telefone, discou o número de Max e se afastou. Confesso que isso me irritou profundamente. Voltou minutos depois, com a expressão transtornada.

— Sabe de cor o número... — disse eu.

— Não é hora para isso.

— Ele pediu notícias minhas?

— Ele mentiu. Perguntei diretamente e jurou não conhecer Ivory, mas sinto que mentiu.

Egorov foi às estantes, percorreu as prateleiras e tirou um livro de grande formato.

— Pelo que vejo — disse —, aquele velho professor os envia às mãos de um amigo, que os dirige a Thornsten que, por sua vez, os envia a mim. Como que por acaso, esse mesmo Ivory, há trinta anos, quis comprar uma pedra que tenho, na qual se inscreve um texto sumério, do qual já lhes dei uma transcrição. Tudo isso, é claro, não passa de coincidência...

— O que está querendo dizer? — perguntei.

— Que são marionetes que Ivory manipula como bem entende. Faz vocês irem de norte a sul, de leste a oeste, à vontade. Se ainda não entenderam isso, são ainda mais burros do que imaginei.

— Posso perceber perfeitamente que acha que nós somos dois imbecis — rosnou Keira. — Foi muito claro nesse sentido, mas por que tudo isso? Qual seria a vantagem dele?

— Não sei o que estão procurando exatamente, mas imagino que o resultado o interesse muito. Estão dando continuidade a algo que ele deixou inacabado. O que quero dizer é que não precisa de tanta inteligência para entender que estão trabalhando para ele, sem perceber.

Egorov abriu o livro grande e desdobrou um mapa antigo da Ásia.

— Essa prova que esperam localizar se encontra debaixo dos seus olhos, é a pedra em que está inscrito o texto sumério. O tal Ivory acredita que eu ainda a tenha e arranjou um meio de mandar vocês até aqui.

Egorov se sentou à escrivaninha e fez sinal para que também nos sentássemos em outras poltronas, uma de frente para a outra.

— As buscas arqueológicas na Sibéria começaram no século XVIII, por iniciativa de Pedro, o Grande. Até então, os russos não tinham o menor interesse pelo próprio passado. No tempo em que dirigi o braço siberiano da Academia, eu arrancava os cabelos tentando convencer as autoridades a protegerem tesouros inestimáveis; não sou o reles traficante que imaginam. É verdade, tinha meus contatos, mas graças a isso salvei milhares de peças e empreendi a restauração de outras em igual número e que, sem mim, estariam fadadas à destruição. Acham, por exemplo, que essa pedra suméria ainda existiria se eu não estivesse ali? Provavelmente teria servido, junto a cem outras, para levantar algum muro de um quartel ou pavimentar um caminho. Não estou dizendo que não tirei vantagens desse comércio, mas sempre agi sabendo o que fazia. Não vendia os vestígios da nossa Sibéria a qualquer um. Bom, em todo caso esse professor não os fez perder tempo. Mais do que qualquer outra pessoa na Rússia, estudei as civilizações sumérias e sempre acreditei que viajaram até regiões muito mais distantes do que se imagina. Ninguém deu o menor crédito às minhas teorias, fui tratado como um incapaz. O artefato que procuram, provando que os seus nômades alcançaram o extremo Norte, está diante dos seus olhos. E sabem de quando é esse texto gravado? De 4004 a.C. Constatem por si mesmos — disse, apontando para uma linha mais miúda, no alto da pedra. — É uma datação formal. E agora, poderiam compartilhar comigo os motivos pelos quais eles teriam, segundo vocês, tentado atingir o continente americano? Pois imagino que, se vieram até aqui, têm conhecimento disso.

— Como disse — repetiu Keira —, para levar uma mensagem.

— Obrigado, não sou surdo, mas qual mensagem?

— Não sei, era destinada aos magistérios das civilizações antigas.

— E acham que essas mensagens chegaram a seus destinos?

Keira se debruçou sobre o mapa, mostrou com o dedo a passagem do estreito de Bering e, em seguida, sua mão percorreu a costa siberiana.

— Não sei — disse em voz baixa. — E é por isso que preciso tanto seguir os seus passos.

Egorov pegou a sua mão e deslocou-a lentamente em cima do mapa.

— Man-Pupu-Nyor — disse ele, levando-a até o lado oriental da Cadeia do Ural, num ponto situado ao norte da República de Komi. — O sítio dos Sete Gigantes do Ural, foi onde os seus mensageiros fizeram a última pausa.

— Como sabe? — perguntou Keira.

— É o lugar preciso da Sibéria Ocidental em que a pedra foi encontrada. Os seus nômades não desceram o rio Ienissei, mas sim o Ob, e não foi a direção do mar de Kara que eles tomaram e sim a do mar Branco. Para alcançar o destino que tinham em mente, o caminho da Noruega era o mais curto e acessível.

— Por que disse "última pausa"?

— Por ter bons motivos para achar que a viagem deles terminou ali. O que vou dizer a vocês nunca foi revelado. Há trinta anos, empreendíamos uma campanha de escavações nessa região. Em Man-Pupu-Nyor, num vasto planalto situado no alto de uma montanha batida por ventos fortes, erguem-se sete pilares de pedra, cada um com altura variando de 30 a 42 metros. Têm a aparência de imensos menires. Seis deles formam um semicírculo e o sétimo parece olhar para esses seis. Os Sete Gigantes do Ural representam um mistério que ainda não revelou seu segredo. Ninguém sabe por que estão ali, e a erosão não pode ser a única responsável por tal arquitetura. Esse sítio é o equivalente russo do Stonehenge de vocês, mas com rochedos de tamanho desmedido.

— E por que isso nunca foi revelado?

— Por mais estranho que possa parecer, tudo foi recoberto e pusemos o sítio no estado em que o havíamos encontrado. Procuramos apagar todos os traços da nossa passagem. Naquela época, o Partido não dava a menor importância para aquele tipo de empreendimento. O que havíamos trazido à luz seria ignorado pelos funcionários desinteressados de Moscou. Na melhor das hipóteses, aquelas extraordinárias descobertas seriam arquivadas sem análise alguma, sem cuidado nenhum de preservação. Acabariam apodrecendo dentro de simples caixotes abandonados no subsolo de algum prédio público.

— E o que encontraram? — perguntou Keira.

— Uma quantidade de restos humanos datando do quarto milênio, cerca de cinquenta corpos perfeitamente conservados pelo gelo. Entre eles estava a pedra suméria, enfiada numa tumba. Os homens de quem seguem as pegadas caíram na armadilha do inverno e da neve, todos morreram de fome.

Keira se voltou para mim, no auge do entusiasmo.

— É uma descoberta imensa! Nunca se provou que os sumérios houvessem viajado até tão longe; se tivesse publicado seus trabalhos, apoiado nessas descobertas, a comunidade científica internacional o teria aclamado.

— Agradeço seu entusiasmo, mas é jovem demais para saber do que está falando. Se por acaso o alcance dessa descoberta repercutisse minimamente entre nossos superiores, seríamos imediatamente deportados para um gulag e todo o nosso trabalho seria atribuído aos apparatchiks do Partido. A palavra "internacional" não existia na União Soviética.

— Por isso enterraram tudo de volta?

— O que teria feito no nosso lugar?

— Quase tudo enterrado... por assim dizer — meti-me na conversa. — Imagino que essa pedra não seja o único objeto que veio na sua bagagem...

Egorov me lançou um olhar carrancudo.

— Alguns mais, de uso pessoal e que pertenceram a esses viajantes, mas conservamos pouquíssimas coisas; era essencial para cada um de nós sermos o mais discretos possível.

— Adrian — disse Keira —, se a viagem dos sumérios terminou desse modo, é provável que o fragmento se encontre em algum lugar no planalto de Ma-Pupu-Nyor.

— Man-Pupu-Nyor — corrigiu Egorov —, mas podem também dizer Manpupuner, como os ocidentais pronunciam. A quais fragmentos se refere?

Keira olhou para mim e em seguida, sem esperar resposta para a pergunta que não fez, tirou o colar e mostrou o pingente a Egorov, contando também quase tudo das buscas que fazíamos.

Interessadíssimo por tudo que íamos revelando, Egorov nos convidou para jantar e, com a noite avançando, também colocou um quarto à nossa disposição, o que aceitamos de bom grado, pois havíamos esquecido completamente de planejar onde dormir.

Durante a refeição, servida num local de dimensões que mais pareciam as de um terreno de badminton do que as de uma sala de jantar, Egorov fez mil perguntas. Como acabei falando do que acontecia quando os objetos eram reunidos, ele implorou que o deixássemos assistir ao fenômeno. Era difícil dizer não a ele. Keira e eu aproximamos os dois fragmentos, que imediatamente assumiram a coloração azulada, mas ainda mais tênue do que da última vez. Egorov arregalou os olhos, seu rosto pareceu rejuvenescer e ele, tão calmo até então, estava alvoroçado como um menino na véspera do Natal.

— O que acham que pode acontecer se todos os fragmentos forem reunidos?

— Não faço a menor ideia — respondi antes de Keira.

— E consideram que essas pedras têm 400 milhões de anos?

— Não são pedras — respondeu Keira —, mas, em todo caso, sim, temos certeza quanto à datação.

— A superfície é porosa e incrustada de milhões de microperfurações. Quando os fragmentos são submetidos a uma fonte de luz muito forte, projetam um mapa estelar reproduzindo exatamente o céu daquele período — expliquei. — Se tivéssemos um laser suficientemente forte à disposição, poderia fazer uma demonstração.

— Gostaria muito de ver isso, mas, infelizmente, não tenho algo assim em casa.

— Se tivesse, seria preocupante — brinquei.

Terminada a sobremesa, um doce maçudo e com muito álcool, Egorov se levantou da mesa e se pôs a andar de um lado para outro.

— E acham — prosseguiu quase imediatamente — que um dos fragmentos pode se encontrar no sítio dos Sete Gigantes do Ural? É claro que acham, que pergunta!

— Gostaria tanto de poder responder! — insistiu Keira.

— Ingênua e otimista! É realmente encantadora.

— E o senhor...

Dei-lhe uma rápida pancada com o joelho por debaixo da mesa, antes que terminasse a frase.

— Estamos no inverno — retomou Egorov —, o planalto de Man-Pupu-Nyor é varrido por ventos tão frios e secos que a neve mal consegue permanecer no chão. A terra é congelada; pensa fazer as escavações com duas pazinhas e um detector de metais?

— Pare com esse tom condescendente, é irritante. Além disso, para o seu governo, os fragmentos não são metálicos — ela retrucou.

— O que proponho não é um detector de metais para quem gosta de procurar coisas perdidas na areia da praia — devolveu Egorov —, e sim um projeto bem mais ambicioso...

Egorov nos encaminhou à sala de estar, que em nada ficava atrás da de jantar. O piso de mármore havia cedido vez a tábuas corridas de carvalho, com mobiliário francês e italiano. Acomodamo-nos em confortáveis sofás, diante de uma lareira monumental, em que crepitavam chamas bem-alimentadas, que lambiam no fundo, subindo a uma boa altura.

Egorov propôs colocar à nossa disposição cerca de vinte homens e tudo que Keira precisasse para as buscas. Prometeu apoio material como ela jamais havia visto antes. A única contrapartida para essa ajuda inesperada era a de se associar a todas as descobertas que fizesse.

Keira deixou claro não termos uma perspectiva de lucros. O que sonhávamos encontrar não tinha valor de venda, limitando-se ao interesse científico. Egorov se ofendeu.

— Quem está falando de dinheiro? — disse com raiva. — Por acaso falei de dinheiro?

— Não — respondeu Keira, sem graça, de uma forma que me pareceu sincera —, mas ambos sabemos que o material que oferece representa um investimento enorme e, até o momento, conheci poucos filantropos na minha carreira — disse, quase se desculpando.

Egorov abriu uma caixa de charutos e ofereceu. Quase aceitei, mas o olhar cheio de censura de Keira me fez desistir.

— Dediquei a maior parte da minha vida a trabalhos de arqueologia — voltou a falar Egorov — e sob condições que a senhorita jamais conheceu nem conhecerá. Arrisquei minha pele tanto física quanto politicamente, salvei muitos tesouros, já expliquei como, e o único agradecimento que recebo daqueles cretinos da Academia de Ciências é o de ser considerado um simples traficante. Como se as coisas houvessem mudado tanto assim, desde então! Uns hipócritas! Há quase três décadas me insultam. Se o projeto for bem-sucedido, ganharei bem mais do que dinheiro. O tempo em que se enterravam os mortos com os seus bens já passou, não levarei ao túmulo esses tapetes persas nem as pinturas do século XIX que decoram as paredes da casa. Estava me referindo a certa respeitabilidade. Há trinta anos, se não tivéssemos tanto medo dos nossos superiores, a publicação dos trabalhos, como disse com muita precisão, teria feito de mim um cientista reconhecido e respeitado. Não vou desperdiçar mais uma vez a oportunidade que tenho. Por isso, se concordarem, levamos adiante essa campanha juntos, e se encontrarmos com o que corroborar sua teoria, se a sorte nos sorrir, nós vamos apresentar o produto das nossas descobertas à comunidade científica. Esse pequeno acordo lhes convém, sim ou não?

Keira hesitou. Era difícil, na situação em que nos encontrávamos, virar as costas a um aliado daquele tipo. Dei o devido valor à proteção que nos proporcionava tal aliança. Se Egorov quisesse também levar com ele os dois gorilas armados que nos tinham recepcionado, teríamos como responder, da próxima vez que atentassem contra as nossas vidas. Keira me olhava insistentemente. A decisão cabia aos dois, mas, como um cavalheiro, quis que fosse a primeira a falar.

Egorov abriu um amplo sorriso, dirigido a Keira.

— Devolva-me aqueles cem dólares — disse, em tom sério.

Keira pegou a nota, Egorov colocou-a imediatamente no bolso.

— Pronto, é a contribuição de vocês para o financiamento da viagem, somos sócios. Acertadas as questões de dinheiro que tanto a preocupavam, será que podemos, enquanto colegas cientistas, nos concentrar em detalhes de organização, visando ao sucesso dessa maravilhosa empreitada de escavações?

Os dois se puseram ao redor de uma mesinha baixa. Por uma hora, listaram todos os equipamentos de que iriam precisar. Digo "os dois" pois me senti excluído da conversa. Aproveitei ter sido deixado de lado para estudar mais de perto as prateleiras da biblioteca. Encontrei muitos livros de arqueologia, um antigo manual de alquimia do século XVII, outro de anatomia da mesma idade, assim como a obra completa de Alexandre Dumas e uma edição original de *O vermelho e o negro*. A coleção de livros que eu percorria com o olhar devia valer uma verdadeira fortuna. Passei meu tempo com um incrível tratado de astronomia do século XIV, enquanto Keira e Egorov continuavam suas tarefas.

Quando enfim ela percebeu minha ausência, já era de qualquer forma uma hora da manhã, Keira veio me procurar. Teve a cara de pau de me perguntar o que fazia. Entendi que a pergunta tinha uma conotação crítica e fui encontrá-la diante da lareira.

— É incrível, Adrian, vamos ter todo o material necessário e poderemos dar início a escavações de grande importância. Não sei quanto tempo isso vai levar, mas com um equipamento desses, se o fragmento realmente estiver em algum lugar entre os menires, temos grandes chances de encontrá-lo.

Dei uma olhada na lista que havia feito com Egorov: trolhas, espátulas, fio de prumo, pincéis, GPS, metros, estacas de demarcação, balizas topográficas, tabelas para anotações, peneiras, balanças, instrumentos para medições antropométricas, compressores, aspiradores, geradores e luzes para trabalhar à noite, tendas, marcadores, máquinas fotográficas, nada parecia faltar no faustuoso inventário, digno de uma loja especializada. Egorov pegou o telefone que estava numa mesinha estreita. Pouco tempo depois, dois homens entraram na sala, receberam a lista e saíram imediatamente.

— Tudo estará pronto antes do meio-dia de amanhã — disse Egorov, se espreguiçando.

— Como vai encaminhar tudo isso? — atrevi-me a perguntar.

Keira se virou para Egorov, que olhou para mim, triunfante.

— É uma surpresa. Por enquanto, já é tarde e precisamos dormir. Volto a vê-los no café da manhã. Estejam prontos, partimos no final da manhã.

Um segurança nos levou aos nossos cômodos. O quarto de hóspedes tinha ares de palácio. Não que eu já tivesse frequentado algum, mas duvidava que houvesse algum quarto maior que aquele em que dormiríamos. A cama era tão grande que podíamos nos estender tanto no comprimento quanto na largura. Keira pulou em cima da espessa coberta de penas de ganso e me chamou. Não a via tão feliz desde... pensando bem, nunca a tinha visto tão feliz. Minha vida correra perigo várias vezes, percorri milhares de quilômetros para encontrá-la; se soubesse que bastava ter oferecido a ela uma pá e uma peneira... Afinal de contas, dependia apenas de mim apreciar a oportunidade que tinha, precisava de quase nada para encher de alegria a mulher que amava. Ela se espreguiçou de cima a baixo, tirou o pulôver, o sutiã e fez sinal, com um sorriso de provocação, para que eu não demorasse. E não era mesmo minha intenção.

*

Kent

O Jaguar seguia em alta velocidade pela estradinha que levava à residência de campo. Sentado no banco de trás, com a luz interna do teto acesa, Sir Ashton lia um relatório. Fechou-o com um bocejo. O telefone de bordo tocou, o chofer avisou ser uma chamada vinda de Moscou e passou o aparelho.

— Não conseguimos interceptar seus amigos na estação de Irkutsk, não sei o que fizeram, mas escaparam da vigilância de nossos agentes — explicou Moscou.

— Desagradável! — irritou-se Ashton.

— Estão no lago Baikal, na residência de um traficante de antiguidades — continuou Moscou.

— Nesse caso, o que espera para intervir?

— Que saiam de lá. Egorov tem costas largas na região, sua datcha é protegida por um pequeno exército, não quero que uma simples prisão vire um banho de sangue.

— Já o vi menos cheio de precauções.

— Sei que tem certa dificuldade para aceitar isso, mas temos leis em nosso país, apesar de tudo. Se meus homens agirem e os de Egorov responderem, será difícil explicar às autoridades federais a motivação de uma apreensão desse tipo em plena madrugada, ainda mais sem ter pedido um mandado prévio. Afinal de contas, do ponto de vista legal, nada temos contra os dois cientistas.

— Estarem na casa de um traficante de antiguidades não é razão suficiente?

— Não, não representa um delito. Tenha paciência. Assim que saírem da toca, vamos pegá-los sem fazer tanto barulho. Prometo enviá-los de avião amanhã à noite.

O Jaguar derrapou violentamente. Ashton escorregou no assento e quase deixou cair o telefone. Agarrou-se no apoio de braço, aprumou-se e bateu no vidro que o separava do motorista, manifestando seu desagrado.

— Uma pergunta — continuou Moscou —, não teria por acaso tentado algo sem me dizer?

— A que se refere?

— A um pequeno incidente ocorrido no transiberiano. Uma funcionária da companhia recebeu uma pancada violenta na cabeça. Ainda está no hospital, com grave traumatismo craniano.

— Lamento saber, meu caro. Agredir uma mulher é um ato indigno.

— Se a sua arqueóloga e o amigo não se encontrassem a bordo, eu não colocaria em dúvida sua sinceridade, mas acontece que essa agressão inqualificável ocorreu no vagão em que estavam. Imagino que devo ver nisso uma coincidência e nada mais. Jamais teria tomado a liberdade de agir às minhas costas, ainda mais no meu território, não é?

— É claro que não — respondeu Ashton —, essa simples ideia já me ofende.

O carro foi sacudido de forma violenta mais uma vez. Ashton ajustou o nó da gravata-borboleta e bateu novamente no vidro à sua frente. Quando voltou ao telefone, Moscou havia desligado.

Ashton acionou um botão, o vidro atrás do assento do chofer desceu.

— Vai parar de me sacudir desse jeito? Além do mais, por que está indo tão rápido? Não estamos num circuito de corrida, que eu saiba!

— Não, senhor, mas descemos uma encosta bastante íngreme e o freio não está funcionando! Estou fazendo o possível, mas peço que coloque o cinto de segurança, creio ser preciso sair da estrada assim que possível, se quisermos interromper essa descida infernal.

Ashton ergueu os olhos ao céu e fez o que aconselhava o motorista. Este último conseguiu fazer corretamente a curva seguinte, mas não teve outra escolha a não ser sair da estrada e entrar num descampado, evitando o caminhão que vinha no sentido contrário.

Com o veículo já imóvel, o chofer foi abrir a porta de Sir Ashton, desculpando-se pelo inconveniente. Não compreendia o que podia ter acontecido, o carro voltava da revisão, ele o tinha pegado na oficina precisamente antes de tomarem a estrada. Ashton perguntou se havia uma lanterna a bordo, e o motorista logo buscou uma na maleta de primeiros socorros, apresentando-a.

— Pois olhe debaixo do carro para ver o que aconteceu, diabos! — ordenou Sir Ashton.

O homem tirou o paletó do uniforme e obedeceu. Não foi tão simples se enfiar sob o veículo, mas ele conseguiu, indo por trás. Voltou minutos depois, enlameado da cabeça aos pés, dizendo com extremo constrangimento que o cárter do circuito de freio tinha sido perfurado.

Ashton teve um momento de dúvida, era impensável que alguém o atacasse de maneira tão deliberada e grosseira. Depois se lembrou da fotografia que seu chefe de segurança havia mostrado. Sentado no banco, Ivory parecia olhar para a máquina e, ainda por cima, sorria.

*

Paris

Ivory consultava pela enésima vez o livro que ganhara do seu falecido parceiro de xadrez. Voltou à folha de rosto e leu de novo a dedicatória:

Sei que o livro lhe agradará, nada falta nele, pois tudo está aí, inclusive o testemunho da nossa amizade.

Do seu fiel parceiro de xadrez,

Vackeers

Não conseguia compreender. Olhou as horas no relógio de pulso e sorriu. Enfiou o sobretudo, enrolou um cachecol no pescoço e desceu para o passeio noturno à beira do Sena.

Chegando à ponte Marie, ligou para Walter.

— Tentou falar comigo?

— Tentei várias vezes, mas não consegui, precisava muito falar. Adrian me telefonou de Irkutsk, parece que tiveram problemas no caminho.

— Que tipo de problema?

— Dos mais desagradáveis, pois tentaram assassiná-los.

Ivory olhou para o rio, tentando da melhor maneira manter-se calmo.

— É preciso que voltem — insistiu Walter. — Vai acabar acontecendo alguma coisa e nunca vou me perdoar.

— Nem eu, Walter, também não me perdoaria. Sabe se encontraram Egorov?

— Acho que sim, estavam indo à procura dele quando nos despedimos. Adrian parecia extremamente preocupado. Se Keira não fosse tão determinada, acho que ele teria desistido.

— Ele chegou a dizer que tinha essa intenção?

— Sim, repetiu várias vezes e foi muito difícil não incentivá-lo nesse sentido.

— Walter, agora é apenas questão de dias, de semanas no máximo, não podemos voltar atrás, não mais.

— Não tem como protegê-los?

— Entrarei em contato com Madri amanhã mesmo, é a única a ter alguma influência sobre Ashton. Não tenho a menor dúvida de ser ele quem está por trás desse novo ato de barbárie. Enviei uma espécie de mensagem essa noite, mas não acredito ser suficiente.

— Então deixe que eu diga a Adrian que volte para a Inglaterra, não vamos esperar que seja tarde demais.

— Já é tarde demais, Walter; como eu disse, não podemos mais recuar.

Ivory desligou. Imerso em pensamentos, colocou o telefone no bolso do casacão e voltou para casa.

*

Rússia

Um mordomo entrou em nosso quarto e abriu as cortinas. Estava um dia bonito e a claridade forte nos ofuscou.

Keira enfiou a cabeça debaixo das cobertas. O mordomo colocou uma bandeja com o café da manhã junto da cama, indicando serem quase 11 horas. Éramos esperados no hall ao meio-dia, com as bagagens prontas. Em seguida, se retirou.

Vi ressurgir a testa de Keira e seus olhos foram direto ao cesto com pãezinhos. Esticou o braço, alcançou um croissant e o fez desaparecer em três mordidas.

— Bem que podíamos ficar aqui um dia ou dois — gemeu, engolindo o chá que eu acabava de servir.

— Vamos voltar a Londres, convido você para uma semana num palácio... sem sair do quarto.

— Não quer mais continuar, não é? Estamos seguros com Egorov — disse, atacando um brioche.

— Acho que está confiando demais nesse sujeito. Ontem nem o conhecíamos e hoje somos sócios. Não sei aonde vamos nem o que nos espera.

— Também não, mas sinto que nos aproximamos do objetivo.

— Qual objetivo, Keira? As tumbas sumérias ou as nossas?

— O.k. — respondeu, arrancando as cobertas e saltando da cama. — Vamos para casa! Explicarei a Egorov que desistimos e, caso seus seguranças nos deixem sair, pegamos um táxi para o aeroporto e tomamos o primeiro avião para Londres. Dou também um pulo em Paris para bater o ponto no seguro-desemprego. E por falar nisso... vocês na Inglaterra têm alguma ajuda desse tipo?

— Não precisa apelar para o cinismo! Tudo bem, a gente continua, mas prometa uma coisa: caso o menor perigo se apresente de novo, paramos tudo.

— Vamos antes definir o que você entende por perigo — disse, voltando a se sentar na cama.

Peguei seu rosto entre as mãos e respondi:

— Quando alguém tenta nos assassinar, estamos em perigo. Sei que seu apetite por descobertas é mais forte do que qualquer coisa, mas precisa ter consciência dos riscos que corremos, antes que seja tarde demais.

Egorov nos esperava no hall da casa. Trajava uma pelerine comprida de pele branca e tinha uma *chapka* na cabeça. Se eu sonhasse encontrar Miguel Strogoff, meu desejo estaria realizado. Ele nos deu gorros, luvas e chapéus, assim como duas parcas forradas, sem comparação com os nossos casacos.

— Faz realmente frio aonde vamos, tratem de se vestir adequadamente. Partimos dentro de dez minutos, meus homens se ocuparão das bagagens. Venham comigo ao estacionamento.

O elevador parou no segundo andar, onde uma coleção de carros indo do cupê esportivo à limusine presidencial se alinhava, bem-organizados.

— Vejo que não é só ao comércio de velharias que se dedica — disse eu.

— Na verdade, não — respondeu, abrindo a porta.

Dois outros carros iam à nossa frente e mais dois atrás. Saímos em alta velocidade pela rua e tomamos a estrada margeando o lago.

— Se não me engano — acrescentei pouco tempo depois —, a Sibéria ocidental fica a 3 mil quilômetros daqui; alguma parada para xixi foi prevista ou vamos de uma só vez?

Egorov fez sinal ao motorista e o carro freou bruscamente. Virou-se para mim.

— Vai me encher o saco por muito tempo? Se essa viagem o deixa entediado, ainda está em tempo de descer.

Keira lançou-me um olhar mais sombrio que as águas do lago e apresentei minhas desculpas a Egorov, que me estendeu a mão. Como recusar um aperto de mão, estando na companhia de um gentleman? O carro voltou a andar e ninguém disse uma palavra por meia hora. A estrada penetrou numa floresta enevoada. Chegamos um pouco depois a Koty, um vilarejo bem bonitinho. O comboio diminuiu a velocidade e tomou um caminho menor, no final do qual descobrimos dois hangares que não eram vistos da estrada. Com os carros estacionados, Egorov nos propôs que o acompanhássemos. No interior dos galpões havia dois helicópteros, desses modelos enormes que o Exército russo usa para o transporte de tropas e de material. Eu já tinha visto iguais em reportagens sobre a guerra que a URSS travara no Afeganistão, mas nunca assim tão de perto.

— Mais uma vez não vão acreditar em mim, mas os ganhei no jogo.

Keira olhou para mim, contente, e tomou a escada que levava à cabine.

— Que tipo de sujeito você realmente é, Egorov? — perguntei.

— Um aliado — respondeu, batendo nas minhas costas — e tenho esperanças de que acabe se convencendo disso. Vai subir ou prefere ficar no hangar?

O interior fazia pensar no de um avião comercial, de tão amplo. Elevadores mecânicos partiam da traseira da aeronave, depositando caixotes grandes no compartimento de carga, com os homens de Egorov os fixando firmemente. A parte equipada com poltronas podia receber 25 passageiros. O Mil Mi-26 tem um motor de 11.240 cavalos, e isso deixava seu proprietário orgulhoso como se nos mostrasse uma criação de alazões. Faríamos quatro escalas para reabastecimento de combustível. Com a carga que levávamos, o helicóptero tinha um raio de ação de 600 quilômetros e 3 mil nos separavam de Man-Pupu-Nyor, que atingiríamos em 11 horas. Os elevadores foram recolhidos, o pessoal de Egorov verificou uma última vez as cintas que prendiam as caixas com o material e depois a porta traseira foi erguida, e a aeronave rebocada para fora do hangar.

A turbina zumbiu e, no interior, o barulho se tornou ensurdecedor quando as oito pás do rotor começaram a girar.

— A gente acaba se habituando — gritou Egorov —; aproveitem o espetáculo, verão a Rússia como poucas pessoas tiveram oportunidade de ver.

O piloto se virou para nós, fez um sinal com a mão, e a pesada aeronave se ergueu do chão. A 50 metros do chão, a frente se inclinou e Keira colou a testa na janela.

Após uma hora de voo, Egorov nos mostrou a cidade de Ilanski, longe, à esquerda. Em seguida foi a vez de Kansk e Krasnoiarsk, da qual nos manteríamos afastados para evitar a cobertura dos radares de controle aéreo. O piloto parecia conhecer bem a profissão e apenas sobrevoamos extensões brancas que pareciam infinitas. De vez em quando, um rio congelado cortava a terra com um risco prateado, como um traço de carvão numa folha de papel.

Primeiro reabastecimento, ao longo do rio Uda. A cidade de Atagay se encontrava a poucos quilômetros e era de onde tinham vindo os dois caminhões-cisterna que enchiam nossos tanques.

— Tudo é questão de organização — disse Egorov, olhando seus homens trabalharem em torno do helicóptero. — Nada pode ser de improviso numa temperatura de menos 20. Se o reabastecimento não estivesse no local e fôssemos obrigados a ficar parados, morreríamos em poucas horas.

Aproveitamos a escala para esticar um pouco as pernas, e Egorov tinha razão: o frio era tremendo.

Fizeram-nos voltar a bordo, com os caminhões já se afastando na pista que se dirigia à floresta. A turbina voltou a zumbir e ganhamos altitude, deixando lá embaixo as marcas da nossa parada, que o vento logo dissiparia.

Turbulências atmosféricas em aviões não eram uma novidade para mim, mas pela primeira vez atravessei uma de helicóptero. E nem que fosse meu batismo de ar nesse tipo de aparelho, pois várias vezes, em Atacama, serviram para chegar a algum vale mais afastado, mas nunca em condições semelhantes. Uma tempestade de neve se aproximou. Fomos sacudidos durante um bom momento, com o helicóptero sendo balançado para todos os lados, mas não se via o menor sinal de preocupação no rosto de Egorov, e por isso concluí não haver riscos. Em seguida, um pouco mais tarde, com o avião sendo sacudido de maneira ainda mais forte, comecei a me perguntar se, mesmo diante da morte, Egorov aceitaria demonstrar algum medo. Voltando a calma, e depois de um segundo reabastecimento, Keira cochilou um pouco, encostada em meu ombro.

Peguei-a nos braços para que ficasse numa posição mais confortável e surpreendi no olhar de Egorov uma espécie de ternura com relação a nós, um carinho que me surpreendeu. Sorri, mas ele desviou o rosto para a janelinha, fingindo não ter me visto.

Terceira aterrissagem. Dessa vez, nada de descer, a tempestade havia ganhado força e pouco se enxergava. Seria muito arriscado se afastar do helicóptero, mesmo que poucos metros. Egorov se inquietava, levantou-se e foi à cabine de pilotagem. Debruçou-se no vidro da carlinga e falou com o piloto em russo. Houve uma troca de palavras cujo sentido não entendi. Ele voltou pouco depois e se sentou à nossa frente.

— Algum problema? — preocupou-se Keira.

— Se os caminhões não conseguirem nos encontrar nesse mingau branco, vamos acabar tendo um problema sério.

Debrucei-me também sobre a vigia, a visibilidade era mínima. O vento soprava por rajadas, cada nova ventania levantava pacotes de neve.

— O helicóptero não corre o risco de congelar? — perguntei.

— Não — respondeu Egorov. — As entradas de ar dos motores são equipadas com aquecedores que impedem a geada por ocasião de missões em baixíssimas temperaturas.

Um raio amarelo varreu a cabine. Egorov se levantou e constatou aliviado tratar-se dos faróis poderosos dos caminhões-tanque. A alimentação do aparelho exigiu a mobilização de todos os homens. Assim que os reservatórios se encheram, o piloto pôs o motor para funcionar e foi preciso esperar que a temperatura se elevasse para poder decolar. A tempestade ainda durou duas horas. Keira não se sentia bem, tentei ser o mais tranquilizador possível, mas éramos prisioneiros daquela lata de sardinhas e mais sacolejados do que se estivéssemos a bordo de um barco pesqueiro em dia de mar tumultuado. Mas, finalmente, o céu clareou.

— Muitas vezes é assim, quando se sobrevoa a Sibéria nessa estação do ano — disse Egorov. — O pior já ficou para trás. Tratem de descansar, ainda faltam quatro horas de voo e, chegando, vamos precisar da ajuda de todos para armar o acampamento.

Uma refeição foi oferecida, mas nossos estômagos tinham sido maltratados demais para que pudessem aceitar o que fosse. Keira encostou a cabeça nas minhas pernas e voltou a dormir. Era o que se podia fazer de melhor para passar o tempo. Voltei a me debruçar na janela.

— Estamos a apenas 600 quilômetros do mar de Kara — disse Egorov, apontando o norte. — Mas nossos sumérios levaram muito mais tempo do que nós para chegar até lá!

Keira se endireitou e também tentou avistar alguma coisa. Egorov se ofereceu para levá-la até a cabine de pilotagem. O copiloto cedeu lugar e ela se instalou no seu assento. Fui também até lá e fiquei atrás de Keira, que estava fascinada, deslumbrada, feliz. Vê-la assim afastava todas as minhas reticências quanto ao prosseguimento da viagem. A aventura que vivíamos juntos nos deixaria lembranças fabulosas e me convenci de que, afinal, nesse sentido, os riscos que corríamos até que valiam a pena.

— Se um dia contar isso a seus filhos, eles não vão acreditar! — gritei no ouvido de Keira.

Ela não se virou, mas respondeu com um tom de voz que eu conhecia bem.

— É uma forma de dizer que quer ter filhos?

*

Hotel Baltschug Kempinski

Do outro lado da ponte que cruzava o Moscovo e dava na praça Vermelha, Moscou tomava um chá na companhia de uma mulher jovem, que não era a sua esposa. O hall do palacete estava muito cheio. Os funcionários de uniforme ziguezagueavam entre as poltronas, transportando chás e docinhos para os turistas ou homens de negócios que transitavam naquele local elegante e cobiçado da cidade.

Um homem se sentou ao bar, olhando fixamente para Moscou, esperando que seus olhares se cruzassem. Ao vê-lo, Moscou se desculpou com sua acompanhante e foi até o bar.

— O que faz aqui? — perguntou, sentando-se no banco alto ao lado.

— Sinto muito incomodar, mas foi impossível intervir essa manhã.

— São uns incompetentes, prometi a Londres que as coisas estariam resolvidas hoje à noite, achei que viesse dizer que já estavam a bordo de um avião, a caminho da Inglaterra.

— Não pudemos agir, pois saíram da propriedade de Egorov protegidos por boa escolta e em seguida partiram todos de helicóptero.

Moscou ficou furioso por se sentir incapaz de agir àquele ponto. Enquanto Egorov e seus homens nos protegessem, era impossível para ele qualquer intervenção que não provocasse uma efusão de sangue.

— E para onde estão indo de helicóptero?

— Egorov entrou com um plano de voo hoje de manhã, devendo ir a Lesosibirsk, mas o aparelho desviou da rota e pouco depois desapareceu das telas de radar.

— Se pelo menos tiverem se espatifado!

— Não é impossível, houve uma fortíssima tempestade de neve.

— Podem ter pousado, esperando que essa tempestade se afastasse.

— Afastou-se e eles não voltaram a aparecer nas telas.

— Isso quer dizer que o piloto conseguiu despistar os radares e nós os perdemos.

— Não exatamente, senhor. Pensei nessa possibilidade e soube que dois caminhões-pipa com 12 mil litros de combustível deixaram Pyt-Lakh no início da tarde, e só voltaram à base quatro horas depois. Caso tenham reabastecido o helicóptero de Egorov, isso se fez a meio caminho para Khanty-Mansiisk, precisamente a duas horas de estrada de Pyt-Lakh.

— Isso não nos diz em qual direção voava esse helicóptero.

— Não, mas continuei calculando: o Mil Mi-26 tem um raio de ação de 600 quilômetros e isso é o limite máximo, tendo em vista os ventos contrários que atravessaram. A partir do ponto de partida, devem ter seguido em linha reta para chegar ao lugar em que pousaram dentro desse prazo. Se continuaram na mesma radial, e levando em consideração a autonomia que têm, chegarão pouco antes da noite à República de Komi, em algum lugar em torno de Vouktyl.

— Tem alguma ideia sobre o que pode atraí-los lá?

— Ainda não, mas para percorrer quase 3 mil quilômetros, fazendo 11 horas de voo, devem ter sérios motivos. Se fizermos decolar um Sikorsky de Ekaterinburg amanhã de manhã, poderemos dar início às buscas a partir de meio-dia, para localizá-los.

— Não, vamos fazer outra coisa, é importante que não se deem conta, ou vão ainda escapar. Procure onde podem ter pousado. Interrogue pessoas da região pelos serviços locais de polícia, para saber se alguém viu ou ouviu esse helicóptero. Assim que descobrir alguma coisa, ligue para o meu celular, mesmo que seja de madrugada. Deixe também de sobreaviso uma equipe de intervenção, para o caso de esses imbecis terem se escondido em algum local suficientemente isolado, em que possamos agir sem nos preocuparmos.

*

Sítio de Man-Pupu-Nyor

O piloto anunciou que nos aproximávamos. Voltamos aos nossos lugares e o copiloto reassumiu seu posto, mas Egorov propôs que assistíssemos da cabine do piloto ao que surgia distante.

Ao norte do Ural, num elevado planalto que se confunde com a linha do horizonte, erguem-se sete colossos de pedra. Têm a aparência de gigantes paralisados durante uma caminhada. A natureza, ao que dizem, os esculpiu por 200 milhões de anos, oferecendo uma das mais impressionantes heranças geológicas do planeta. Os sete colossos não impressionam somente pelo tamanho, mas também pelo posicionamento. Seis totens se voltam em semicírculo para o sétimo, postado à frente deles. No inverno, vestem um espesso manto branco que parece protegê-los do frio.

Virei-me para Egorov, que estava visivelmente emocionado.

— Nunca pensei que voltaria aqui um dia — murmurou. — Tenho muitas lembranças deste lugar.

O helicóptero perdia altitude. Grandes chumaços de neve se erguiam à medida que nos aproximávamos do chão.

— Em língua mansi, Man-Pupu-Nyor significa "a pequena montanha dos deuses" — voltou Egorov. — No passado, o acesso a este lugar era reservado exclusivamente aos xamãs do povo mansi. Há muitas lendas a respeito dos Sete Gigantes do Ural. A mais conhecida conta que uma briga teria estourado entre um xamã e seis colossos surgidos do inferno para atravessar a cadeia de montanhas. O xamã os transformou nesses monstros de pedra, mas seu destino também foi afetado e ele está preso no sétimo bloco de pedra, em frente aos outros. No inverno, o planalto é inacessível a quem não tem treinamento de alto nível, a menos que se venha pelos ares.

O helicóptero alcançou o chão, o piloto desligou as turbinas e ouvíamos apenas o assobio do vento batendo na carlinga.

— Vamos lá, não temos tempo a perder.

Seus homens desataram as cintas em torno dos caixotes grandes bem presos no compartimento de carga e começaram a desaparafusá-los. Os dois primeiros continham seis motoneves, cada uma podendo transportar três passageiros. Outras caixas continham atrelamentos cobertos por fortes telas impermeáveis. Quando a tampa traseira do helicóptero desceu, um vento glacial penetrou no interior. Egorov fez sinal para que nos apressássemos, cada um devia estar em seu devido lugar, se quiséssemos armar o acampamento antes de a noite cair.

— Saberia dirigir um desses negócios? — ele me perguntou.

Eu tinha atravessado Londres de moto, é verdade... na garupa. Com esqui e corrente, a estabilidade só podia ser maior. Respondi que sim com a cabeça. Egorov parecia não acreditar muito em minhas aptidões e ergueu os olhos ao céu, me vendo procurar na lateral o pedal de quique para ligar o motor. Mostrou onde se encontrava o botão da partida elétrica.

— Não existe ponto morto nessas máquinas nem embreagem, acelera-se apertando essa mola debaixo do freio e não girando o punho. Tem certeza de que sabe dirigir?

Fiz que sim com a cabeça e chamei Keira para que subisse junto. Enquanto eu derrapava na neve, tentando me familiarizar com a nova engenhoca, as equipes de Egorov já instalavam os dispositivos de iluminação, delimitando o perímetro do acampamento. Ao ligarem os dois geradores, boa parte do planalto se iluminou como se fosse um dia claro. Três homens carregavam bujões às costas, alimentando um tubo que projetava grandes línguas de fogo. Em tempo de guerra, diria serem lança-chamas, mas Egorov preferia chamar de "máquinas de calor". Varria-se o chão com esses poderosos maçaricos e, em cima do gelo amolecido, uma dezena de barracas de lona foram erguidas, em perfeito alinhamento. O revestimento era em material isotérmico acinzentado, e o conjunto rapidamente ganhou ares de base lunar. Num ambiente que, no entanto, era totalmente estranho a ela, Keira havia recuperado seus reflexos de arqueóloga. Um daqueles abrigos serviria de laboratório. Ela começou a organizar suas ferramentas, enquanto os dois homens que foram designados para ajudá-la esvaziavam caixas contendo material em quantidade maior do que ela jamais havia visto. Fui designado para a triagem e me virava como podia com os caracteres em cirílico, sem levar em consideração as reclamações que vinham quando guardava uma trolha na gaveta reservada às espátulas.

Às 21 horas, Egorov veio à barraca nos chamar para a cantina. Meu amor-próprio levou um golpe quando constatei que, enquanto eu arrumava o conteúdo de no máximo uma dezena de caixas, o cozinheiro havia montado uma cozinha de campanha digna de uma operação militar.

Uma refeição quente foi servida. Os homens de Egorov conversavam entre si, sem prestar a menor atenção em nós. Jantamos à mesa do patrão, a única em que a cerveja tinha sido substituída por um vinho tinto de grande qualidade. Às 22 horas, voltamos ao trabalho. Seguindo as instruções de Keira, cerca de dez homens estabeleceram a delimitação do terreno de escavações. À meia-noite, um sino bateu; fim das primeiras operações, o acampamento já podia se considerar operacional, e todos foram se deitar.

Keira e eu gozávamos de duas camas de campanha afastadas no fundo de um acantonamento que abrigava dez outras. Apenas Egorov tinha direito a uma tenda individual.

Fez-se silêncio, só interrompido pelo ronco dos homens que adormeceram imediatamente. Vi Keira se levantar e vir em minha direção.

— Abre um espaço aí — disse baixinho, se enfiando no meu saco de dormir —, vamos nos manter quentinhos.

E dormiu, exausta com a noite que acabávamos de passar.

O vento soprava cada vez mais forte e a lona da tenda alternadamente se inflava.

*

Hotel Baltschug Kempinski

Uma luzinha azulada piscava na mesinha de cabeceira. Moscou pegou o telefone celular e o abriu.

— Foram localizados.

A mulher que dormia a seu lado se revirou na cama, sua mão cobriu o rosto de Moscou, que a empurrou, se levantou e foi à saleta da suíte que ocupava na companhia da amante.

— Como vai querer proceder? — retornou o interlocutor.

Moscou alcançou um maço de cigarros largado em cima do sofá, acendeu um e se aproximou da janela. As águas do rio deviam estar congeladas, mas o inverno ainda não havia aprisionado o Moscovo.

— Organize uma operação de salvamento — respondeu Moscou. — Diga aos homens que os dois ocidentais que devem libertar são cientistas de grande valor e que a missão é recuperá-los sãos e salvos. Que não tenham piedade dos sequestradores.

— Bom plano. E Egorov?

— Se sobreviver ao assalto, melhor para ele; caso contrário, que seja enterrado com seus comparsas. Não deixem traço algum atrás de vocês. Assim que as presas estiverem em segurança, junto-me a vocês. Tratem-nos com consideração, mas ninguém deve conversar com eles antes da minha chegada; repito, ninguém.

— O território em que vamos agir é particularmente hostil. Preciso de algum tempo para organizar uma operação de tamanha importância.

— Divida pela metade esse tempo de que precisa e ligue quando tudo estiver terminado.

*

Man-Pupu-Nyor

Primeiro alvorecer, a tempestade havia cessado no meio da noite. O chão estava coberto de neve, Keira e eu saímos da tenda, vestidos como dois esquimós perdidos. Poucos metros nos separavam da cantina, mas, ao chegar, tive a impressão de já ter queimado todas as calorias acumuladas na noite. Fazia uma temperatura polar. Egorov nos tranquilizou dizendo que em poucas horas o ar ficaria mais seco e se sentiria menos a queimadura do frio. Tomada a refeição matinal, Keira se pôs ao trabalho, comigo junto. Precisava se adaptar àquelas condições. Um dos homens de Egorov fazia as vezes de chefe de acampamento e tradutor. Falava um inglês relativamente correto. O terreno de escavações havia sido demarcado. Keira deu uma olhada geral e se fixou atenta nos colossos de pedra. É verdade que os gigantes eram impressionantes. Eu me perguntava se a natureza era a única responsável pelas formas que haviam adquirido. Duzentos milhões de anos em que chuvas e ventos não cessaram de esculpi-los.

— Acredita mesmo que um xamã esteja aprisionado lá dentro? — perguntou Keira, se aproximando do totem solitário.

— Quem sabe...? — respondi. — Há sempre uma parcela de verdade nas lendas.

— Tenho a impressão de que nos observam.

— Os gigantes?

— Não, os homens de Egorov! Parecem não prestar muita atenção em nós, mas percebo que se revezam a nos espionar. É meio imbecil, aonde podemos ir?

— É o que me preocupa, estamos em liberdade condicional, no meio de uma paisagem hostil e completamente dependentes desse seu mais novo amigo. Se encontrarmos o fragmento, o que garante que ele não se apodere dele e nos abandone aqui?

— Ele não teria interesse algum nisso, pois precisa do nosso aval científico.

— Isso se suas motivações forem realmente as que nos disse.

Mudamos de assunto, Egorov vinha em nossa direção.

— Reli minhas anotações da época, devemos encontrar as primeiras tumbas nessa área — disse ele, apontando o espaço entre os dois últimos gigantes de pedra. — Vamos começar a escavar, o tempo é curto.

A memória de Egorov era extremamente viva ou suas antigas anotações incrivelmente precisas. Ao meio-dia, as escavações chegaram a uma primeira descoberta que deixou Keira sem palavras.

Tínhamos passado a manhã revirando e limpando o terreno numa profundidade de mais ou menos 80 centímetros quando surgiram à luz os vestígios de uma sepultura. Keira raspou o chão, revelando um pedaço de tecido escuro. Tirou algumas fibras com uma pequena pinça e colocou-as em três tubos de vidro que foram imediatamente lacrados. Em seguida continuou o trabalho, afastando o gelo com minúcia. Um pouco mais adiante, os homens de Egorov repetiam os mesmos gestos que ela.

— Se forem mesmo sumérios, é simplesmente fabuloso! — exclamou, se endireitando. — Um grupo inteiro de sumérios a noroeste do Ural, você se dá conta, Adrian, do alcance dessa descoberta? E o estado de conservação é excepcional. Vamos poder estudar a maneira como se vestiam, o que comiam.

— Soube que morreram de fome!

— Os órgãos secos revelam traços das bactérias ligadas à alimentação, aos ossos, às marcas das doenças de que sofriam.

Escapei dessas explicações pouco apetecíveis indo buscar uma garrafa térmica de café. Keira aqueceu os dedos na xícara, depois de duas horas trabalhando no gelo. As costas doíam, mas ela se pôs novamente de joelhos e voltou ao que fazia.

No fim do dia, 11 tumbas tinham sido localizadas. Os corpos encontrados estavam mumificados pelo frio e a sua preservação foi a questão que imediatamente se colocou. Keira conversou com Egorov na refeição da noite.

— O que pensa fazer para protegê-los?

— Nessa temperatura, ainda não correm risco algum. Vamos colocá-los numa tenda não aquecida. Dentro de dois dias, farei vir de helicóptero contêineres a vácuo e enviaremos dois corpos a Pechora. Creio ser importante que permaneçam na República de Komi. Não tem por que deixar que o pessoal da Academia de Moscou se apodere deles. Se quiserem ver, vão ter que fazer a viagem.

— E o que faremos com os outros? Você havia falado de cinquenta tumbas, mas nada garante que o planalto não tenha ainda um maior número delas.

— Vamos filmar as que abrirmos e voltar a fechá-las até que tenhamos anunciado à comunidade científica, com o apoio de provas, os resultados espetaculares das descobertas. A partir daí, regularizamos as escavações com as autoridades competentes e tomamos em conjunto as iniciativas necessárias. Não quero que achem que vim pilhar coisa alguma. Mas lembro que não é a única coisa que procuramos aqui. Não é o número de sepulturas de gelo que nos interessa e sim a que contém o seu fragmento. Temos que perder menos tempo com os corpos, pois o que pode estar em volta deles é que deve mobilizar sua atenção.

Vi Keira ficar pensativa. Empurrou o prato, com o olhar perdido no vazio.

— O que houve? — perguntei.

— Esses homens morreram de fome e de frio, a natureza os sepultou. Certamente não tinham mais força para enterrar os que foram morrendo. Além disso, as crianças e os idosos devem ter morrido rápido, e todos em seguida, mais ou menos a um pequeno intervalo de tempo.

— Aonde quer chegar? — perguntou Egorov.

— Pense um pouco... Você percorreu milhares de quilômetros para levar uma mensagem. Uma viagem que se realizou através de várias gerações. Imagine agora que é um dos últimos sobreviventes dessa incrível aventura... Tem consciência de estar preso numa armadilha e não vai chegar ao fim da viagem. O que faria?

Egorov olhou para mim como se eu tivesse a resposta... Pela primeira vez eu o interessava! Voltei a me servir de um bocado do guisado, bem ruim, aliás, só para ganhar um pouco de tempo.

— Pois bem — eu disse, de boca cheia e ainda pensando –, nesse caso...

— Se tivessem percorrido milhares de quilômetros para levar uma mensagem — interrompeu Keira —, se tivessem se sacrificado para isso, não fariam tudo para que a mensagem chegasse aos destinatários?

— Nesse caso, a ideia de enterrá-la não seria das mais judiciosas — completei, olhando triunfantemente para Egorov.

— Isso mesmo! — exclamou Keira. — Ou seja, usariam as últimas forças de que dispunham para expô-la num lugar em que pudesse ser descoberta.

Egorov e Keira se puseram de pé ao mesmo tempo, vestiram suas parcas e correram para fora. Sem saber o que fazer, fui atrás.

As equipes já tinham voltado ao trabalho.

— Onde pode ser? — perguntou Egorov, percorrendo a paisagem com o olhar.

— Não sou um especialista em arqueologia como vocês — interferi com toda a humildade —, mas se estivesse morrendo de frio, o que, aliás, é o caso, e quisesse impedir que o objeto se enterrasse... O único lugar possível se impõe diante de nós, de maneira um tanto evidente.

— Os gigantes de pedra — disse Keira. — O fragmento deve estar incrustado num dos totens!

— Sem querer bancar o desmancha-prazeres, lembro que a altura média desses blocos de pedra é de mais ou menos 50 metros, com um diâmetro de 10, ou seja, π x 10 x 50, o que representa uma superfície de 1.571 metros quadrados por totem a se explorar, sem contar as depressões no terreno, e isso à condição de se conseguir, antes, derreter a neve que os envolve e encontrar um meio para trabalhar no alto e pôr em execução esse projeto gigantesco.

Keira olhou de maneira estranha para mim.

— O quê? O que foi que eu disse?

— É mesmo um desmancha-prazeres!

— Mas não está errado — disse Egorov. — Não temos como libertar os gigantes do manto de gelo, seria preciso levantar andaimes imensos e precisaríamos de um número dez vezes maior de gente trabalhando. É impossível.

— Espere aí — cortou Keira. — Vamos pensar um pouco mais.

Passou a andar ao longo da linha de demarcação.

— Sou a pessoa que carrega o fragmento — disse em voz alta. — Meus companheiros e eu estamos bloqueados neste planalto no qual subimos de modo imprudente, para ver qual direção tomar. As paredes da montanha congelaram e não podemos mais descer. Não há caça nem vegetação, alimentação alguma, e sei que vamos morrer de fome. Os que já morreram estão cobertos de neve. Tenho consciência de que em breve será a minha vez e então resolvo gastar o pouco de força que me resta para escalar um desses colossos e incrustar na pedra o fragmento sob minha responsabilidade. Tenho a esperança de que um dia alguém vai achá-lo e continuar a viagem.

— É uma descrição bem intensa — eu disse a Keira —, já me identifico com esse herói que sacrificou a própria vida, mas isso nada esclarece quanto ao gigante escolhido nem quanto ao lado que ele escalou.

— Vamos parar as escavações no meio do planalto e concentrar todos os esforços em torno da base dos colossos. Se encontrarmos um corpo, encontramos o que queremos.

— O que a faz pensar isso? — perguntou Egorov.

— A empatia com esse personagem — respondeu Keira — e, também, se tivesse levado minha missão até os limites da resistência física, depois de incrustar o fragmento na pedra, vendo meus amigos mortos, me jogaria lá do alto para acabar com o sofrimento.

Egorov seguiu o instinto de Keira e ordenou aos homens que parassem as buscas e se reagrupassem para novas instruções a serem dadas.

— Onde quer que a gente comece? — perguntou Egorov a Keira.

— Conhece o mito dos Sete Sábios? — foi a resposta.

— Os Abgal? São seres metade homens metade peixes que se encontram em várias tradições antigas como deuses civilizadores. Os sete guardiões do Céu e da Terra que trazem saber aos seres humanos. Sua intenção é testar meus conhecimentos sumérios?

— Não, mas não acha que se nossos sumérios tivessem visto nesses colossos os sete Abgals...

— Nesse caso — ele interrompeu —, eles escolheriam o primeiro obrigatoriamente, o que guia a marcha.

— É o que está em frente aos seis? — perguntei.

— Exatamente, era chamado Adapa — respondeu Egorov.

Ordenou aos homens que se agrupassem ao pé do totem gigante e começassem a cavar. Vi-me esperançoso de que o heroico sumério que havia escalado o colosso tivesse, sem querer, despencado, ainda com o fragmento. A hipótese não chegava a ser científica, mas, caso se confirmasse, ganharíamos muito tempo e, na verdade, sempre se pode ter uma sorte assim, inesperada! Achei que Keira estava pensando o mesmo, pois insistia com os homens de Egorov que não tivessem pressa e explorassem o chão com todo o cuidado.

Seria necessária ainda alguma paciência, caía mais neve do que conseguíamos retirar e as condições meteorológicas se degradavam a cada hora. Uma nova tempestade se abateu, pior que a anterior, e nos fez abandonar as buscas. Sentia-me esgotado, exausto, e só pensava num banho quente e um colchão macio. Egorov permitiu que todos fossem repousar. Assim que o tempo se acalmasse ele faria a chamada, mesmo que em plena madrugada. Keira estava num estado extremo de excitação e praguejava contra a tempestade que a impedia de continuar o trabalho. Ela quis deixar a tenda para ir ao laboratório e começar a estudar as primeiras amostras. Precisei apelar para toda a minha psicologia e consegui fazê-la desistir da ideia. Nada se enxergava a 5 metros do nariz, e se aventurar lá fora nessas condições seria absurdo. Ela acabou aceitando e se deitou a meu lado.

— Acho que sou amaldiçoada — disse.

— É apenas uma tempestade de neve, em pleno inverno e em plena Sibéria, acho meio exagerado falar em maldição. O tempo com certeza vai estar melhor amanhã.

— Egorov deu a entender que isso pode durar vários dias — reclamou ainda.

— Está com uma cara horrível, trate de descansar e, mesmo que dure 48 horas, não chega a ser o fim do mundo. As descobertas que fez pela manhã são inestimáveis.

— Por que sempre se exclui? Sem você, nunca estaríamos aqui e nada do que vivemos teria acontecido.

Pensei nos acontecimentos das últimas semanas, e essa observação, feita com a melhor das intenções, me deixou perplexo. Keira se enroscou em mim. Permaneci acordado por muito tempo, ouvindo-a respirar. Lá fora, a força do vento aumentava e eu agradecia secretamente aquele tempo ruim pelo descanso que concedia e por aqueles instantes de intimidade.

O dia seguinte foi quase tão escuro quanto a noite. A tempestade dobrara de intensidade. Não se podia mais sair da tenda sem estar preso a uma corda. Para chegar à cantina, devia-se iluminar o caminho com uma lanterna forte, lutando contra a ventania surpreendentemente violenta. No final da tarde, Egorov nos informou que o pior havia passado. A depressão climática não ia além da região em que nos encontrávamos e os ventos do norte não demorariam a levá-la adiante. Esperava poder retomar os trabalhos já no dia seguinte. Keira e eu tentávamos avaliar a quantidade de neve que seria preciso retirar para poder avançar novamente. Nada mais havia para fazer o tempo passar senão jogar cartas. Keira várias vezes abandonou a partida para ver como evoluía a tempestade e sempre voltava intranquila.

Às seis horas da manhã, acordei com o barulho de passos bem junto da nossa tenda. Levantei-me com cuidado, abri o duplo fecho ecler da lona e olhei para fora. A tempestade cedera lugar a uma neve fina que caía do céu cinzento. Meus olhos procuraram os colossos de pedra que, enfim, ressurgiam no amanhecer. Mas outra coisa chamou minha atenção, algo que eu teria preferido nunca ter visto. Junto ao gigante de pedra solitário, que diziam aprisionar o corpo de um antigo xamã, jazia um dos nossos companheiros, numa poça de sangue que manchava a neve.

Surgindo da parede montanhosa com uma agilidade desconcertante, cerca de trinta indivíduos em uniforme branco vinham em nossa direção, cercando o acampamento. Um dos nossos seguranças saiu e eu o vi se imobilizar, paralisado por uma bala que o atingiu em cheio no peito. Apenas teve tempo de dar um tiro, antes de desabar.

O alerta fora dado. Os homens de Egorov que saíram das suas tendas foram derrubados por tiros de precisão quase militar. Foi uma carnificina. Os que tinham se mantido abrigados tomaram posição e responderam com fuzis de pressão, que pareciam ter um alcance pouco eficaz. O combate prosseguiu, os invasores ganhavam terreno, se arrastando no chão e se aproximando. Dois deles foram atingidos.

Os tiros acordaram Keira, que se levantou às pressas e viu meu rosto assustado. Mandei que se vestisse rápido. Enquanto calçava os sapatos, avaliei nossa situação: não havia a menor expectativa de fuga e era impossível sair pelos fundos, pois a lona da tenda era fixada solidamente. Tomado de pânico, peguei uma pá e comecei a cavar. Keira se aproximou da abertura que eu tinha deixado escancarada e fui até ela, puxando-a violentamente para dentro.

— Estão abrindo fogo contra tudo que se move, mantenha-se afastada da lona e me ajude!

— Adrian, o gelo é duro como madeira, está perdendo seu tempo. Quem são esses homens?

— Não faço ideia, não fizeram a gentileza de apresentar a identidade antes de nos metralhar!

Mais uma série de tiros, dessa vez em rajadas. Não conseguia mais me manter parado e fiz justamente o que acabava de proibir. Pondo a cabeça de fora, assisti à verdadeira carnificina. Os homens de branco tinham se aproximado de uma tenda, passaram rente ao chão um cabo que lhes permitia ver o interior e, segundos depois, descarregavam suas armas através da lona, passando à barraca seguinte.

Fechei o zíper, fui para junto de Keira e me coloquei em cima dela, tentando protegê-la da melhor maneira possível.

Ela levantou a cabeça, sorriu com tristeza e me beijou os lábios.

— É um gesto muito cavalheiro da sua parte, amor, mas acho que não vai adiantar muito. Amo-o e tudo isso foi ótimo — disse, beijando-me de novo.

Nada se podia fazer senão esperar nossa vez. Apertei-a forte nos braços e murmurei que também me sentia feliz com tudo que havíamos feito. Essas confidências amorosas foram interrompidas pela intrusão brutal de dois homens armados com fuzis de assalto. Abracei mais forte Keira e fechei os olhos.

*

Ponte de Luzhkov

O canal Vodootvodny estava congelado. Uma dezena de patinadores vinha por ele, em boa velocidade sobre a cobertura de gelo. Moscou ia a pé a seu escritório. Um Mercedes preto o seguia a distância. Ele pegou o telefone celular e ligou para Londres.

— A operação foi concluída — disse.

— Está com uma voz estranha, as coisas aconteceram como nós esperávamos?

— Não exatamente, as condições eram difíceis.

Ashton ficou com a respiração suspensa, aguardando ouvir a continuação do ocorrido.

— Terei que prestar contas antes do previsto — continuou Moscou. — A equipe de Egorov se defendeu corajosamente e perdemos alguns homens.

— Não dou a mínima para os seus homens — cortou Ashton —, diga logo o que aconteceu com nossos dois cientistas!

Moscou desligou e fez sinal ao motorista. O automóvel chegou rápido, o agente de segurança desceu para lhe abrir a porta. Moscou se sentou no banco de trás do carro, que partiu em alta velocidade. O telefone de bordo tocou várias vezes, mas ele não aceitou a chamada.

Depois de uma rápida passagem pelo escritório, Moscou mandou que o levassem ao aeroporto de Sheremetyevo, onde um jatinho particular o esperava, diante do terminal aéreo para executivos. O automóvel cruzou a cidade com a sirene ligada, atravessando os engarrafamentos. Ele suspirou e consultou o relógio. Só chegaria a Ekaterinburg dentro de três horas.

*

Man-Pupu-Nyor

Os homens que haviam invadido nossa tenda nos empurraram às pressas para fora. O planalto dos Sete Gigantes do Ural estava salpicado de corpos ensanguentados. Apenas Egorov parecia ter sobrevivido ao ataque e estava no chão, com punhos e tornozelos amarrados. Seis homens com fuzis a tiracolo faziam a guarda. Ele ergueu a cabeça para nos dar um último olhar, mas recebeu um violento pontapé na nuca. Ouvimos o barulho surdo de um rotor, a neve se ergueu à nossa frente e vimos aparecer no flanco da montanha a carenagem de um poderoso helicóptero, na vertical da muralha. Aterrissou a poucos metros de nós. Os dois invasores que nos escoltavam nos bateram cordialmente nas costas e nos guiaram até a aeronave com passadas rápidas. Quando estávamos sendo içados a bordo, um deles nos fez um sinal com o polegar erguido para o alto, como se se congratulasse conosco. A porta foi fechada e o helicóptero imediatamente levantou voo. O piloto deu um giro por cima do acampamento e Keira se debruçou à janela para dar uma última olhada.

— Estão destruindo tudo — disse, voltando a se sentar, com a expressão desfigurada.

Olhei e constatei o terrível espetáculo. Uma dezena de homens de macacão branco fechava as tumbas sumérias, lançando para dentro os corpos dos homens de Egorov, enquanto outros desmontavam as tendas. Nada que eu dissesse poderia consolar Keira.

Havia seis membros da tripulação no aparelho e nenhum deles nos dirigiu a palavra. Ofereceram bebida quente e sanduíches, mas não tínhamos fome nem sede. Peguei a mão de Keira e segurei-a com força.

— Não sei para onde estão nos levando, mas acho que, dessa vez, é o fim das nossas investigações — disse ela.

Abracei-a, lembrando que ainda estávamos vivos.

Após duas horas de voo, o homem sentado à nossa frente pediu que puséssemos o cinto de segurança. O aparelho começou a descer. Assim que as rodas tocaram o chão, a porta se abriu. Estávamos diante de um hangar afastado, num aeroporto de tamanho médio, onde se via estacionado um birreator com a bandeira russa no leme e nenhuma matrícula aparente. Ao nos aproximarmos, uma escadinha desceu. No interior da cabine, dois homens de terno azul-marinho nos aguardavam. O menos corpulento se levantou e nos recebeu com um grande sorriso.

— Feliz por vê-los sãos e salvos — disse, num inglês perfeito. — Devem estar muito cansados, vamos decolar imediatamente.

Os reatores se puseram a funcionar. Poucos instantes depois, o avião se posicionou na pista e decolou.

— Ekaterinburg é uma cidade bem bonita — disse o homem, enquanto o avião ganhava altitude. — Em uma hora e meia estaremos em Moscou e os colocaremos num avião comercial para Londres. Têm dois lugares reservados na classe executiva. Não precisam agradecer; depois de tudo por que passaram nos últimos dias, é o mínimo que se podia fazer. Dois cientistas desse nível merecem toda consideração. Enquanto isso, peço que deixem comigo seus passaportes.

O homem colocou-os no bolso do paletó e abriu um compartimento que disfarçava um minibar. Serviu-nos vodca. Keira bebeu seu copo de um só trago e estendeu-o para ser novamente servida. Engoliu o segundo copo da mesma maneira, sem dizer uma palavra.

— Poderia nos dar algumas explicações? — perguntei a nosso anfitrião.

Ele encheu nossos copos e ergueu o seu, num brinde.

— Ficamos felizes por tê-los salvado dos seus sequestradores.

Keira cuspiu de volta a vodca que se preparava para beber.

— Sequestradores? Que sequestradores?

— Tiveram muita sorte — continuou ele —; eram bandidos com fama de serem extremamente perigosos. Chegamos bem a tempo, devem se mostrar muito gratos às nossas equipes, que assumiram muitos riscos por vocês. Lamentamos grandes perdas em nossas fileiras. Dois dos nossos melhores agentes perderam a vida para salvar as suas.

— Não estávamos presos! — agitou-se Keira. — Chegamos ali por vontade própria e fazíamos um trabalho prodigioso que os seus homens destruíram. Assistimos a um verdadeiro massacre, uma selvageria revoltante, como se atreve...?

— Sabemos que participavam de escavações ilegais, empreendidas por malfeitores com a exclusiva finalidade de descaradamente pilhar os tesouros da Sibéria. Egorov pertence à máfia russa, senhorita, ignorava isso? Dois cientistas, usufruindo de reputação tão imaculada, só se associariam a atos criminosos desse tipo à força, e apenas sob a ameaça de execução sumária à primeira tentativa de rebelião. Seus vistos, aliás, comprovam que entraram na Rússia como turistas e nos orgulhamos muito que tenham escolhido nosso país para passear. Tenho certeza de que se tivessem a menor intenção de trabalhar em nosso solo teriam, sem dúvida, agido no âmbito legal, é claro, não é? Conhecem melhor do que ninguém os riscos a que se expõem os saqueadores do patrimônio nacional. As penas variam de dez a vinte anos de prisão, segundo a gravidade dos atos. Estamos de acordo quanto ao que eu disse?

Sem esperar, confirmei que nada tínhamos contra. Keira se manteve em silêncio, mas por pouco tempo, pois não pôde deixar de se preocupar com Egorov, o que fez nosso interlocutor sorrir.

— Isso, senhorita, vai depender inteiramente da vontade dele de colaborar ou não com a investigação que será feita. Mas não tenha remorsos quanto a ele, posso garantir que se trata de alguém pouco recomendável.

O homem se desculpou por não poder conversar mais conosco, pois tinha um trabalho a continuar. Tirou uns documentos de uma pasta e ficou absorvido neles até nossa chegada.

O avião começou a descida em direção à capital. Uma vez no solo, o homem nos levou a bordo de um carro até uma passarela que levava a um avião da British Airways.

— Duas coisas antes que partam. Nunca voltem à Rússia, não poderíamos mais garantir a segurança de vocês. E agora, ouçam bem o que tenho a dizer, pois estou burlando uma regra ao fazer isso, mas os acho simpáticos, bem mais, em todo caso, que a pessoa a quem estou traindo. Estão sendo esperados em Londres e receio que o tipo de passeio que terão pela frente será bem menos agradável que este que fizemos juntos. De forma que, se eu fosse vocês, evitaria perder tempo em Heathrow e, passada a alfândega, me afastaria o mais rápido possível. Havendo algum meio de não passar pela alfândega, melhor ainda.

Devolveu-nos os passaportes e nos indicou a passarela. Uma aeromoça nos levou aos nossos lugares. Seu perfeito sotaque inglês era divino e agradeci a gentileza da acolhida.

— Quer o número do telefone dela? — perguntou Keira, fechando o cinto de segurança.

— Não, mas se puder convencer o sujeito sentado do outro lado a emprestar o celular, seria formidável.

Keira me olhou espantada e se virou para o passageiro que digitava uma mensagem no teclado do telefone. Fez um número de sedução totalmente indecente e dois minutos depois me passou o aparelho.

*

Londres

O Boeing 767 aterrissou em Heathrow quatro horas depois de deixarmos Moscou. Eram 22h30 pelo fuso horário local e talvez a noite pudesse nos ajudar. O avião parou numa área afastada do terminal. Vi pela janela que dois ônibus esperavam junto à escada que descia e disse a Keira que não se apressasse, sendo melhor partir com o segundo grupo de passageiros.

Subimos a bordo do ônibus, pedi a Keira que ficasse perto da porta, pois tinha deixado meu sapato no fole da porta para impedir a tranca de segurança. O ônibus percorreu a área de estacionamento dos aviões e entrou num túnel sob as pistas, com o motorista precisando dar uma parada para que passasse um trator rebocando carros com bagagens. Seria naquele momento ou nunca. Empurrei bruscamente a porta sanfonada e puxei Keira pela mão. Lá fora, corremos na penumbra do túnel até o trator que se afastava e saltamos num dos contêineres. Keira se viu enfiada entre duas malas grandes e eu deitado em cima de sacolas. A bordo do ônibus, os passageiros que haviam visto nossa fuga estavam boquiabertos. Imagino que tenham tentado avisar o motorista, mas nosso trenzinho já se afastava na direção oposta e entrou, pouco depois, no subsolo do terminal. Naquela hora da noite, já não havia muita gente na área de desembarque, somente duas equipes trabalhavam, mas estavam longe de nós e não podiam nos ver. O trator ziguezagueava entre as rampas que descarregavam bagagens.

Vi um monta-cargas a poucos metros de nós e foi o momento que escolhi para abandonar nosso esconderijo. Infelizmente, chegando ao elevador, descobri que o botão de chamada ficava trancado por uma fechadura e, sem a chave, era impossível qualquer manobra.

— Tem alguma ideia sobre como cair fora daqui? — perguntou Keira.

Olhei em volta e vi apenas um entrelaçado de esteiras rolantes, com a maioria delas parada.

— Por ali! — exclamou Keira, apontando para uma porta. — É uma saída de emergência.

Tive medo de que estivesse condenada, mas a sorte estava conosco e chegamos à parte debaixo de uma escada.

— Não corra — eu disse a Keira. — Vamos sair como se tudo fosse supernormal.

Olhei meu relógio, o ônibus provavelmente já chegara ao terminal. Às 23 horas não haveria muita gente na alfândega, e o último passageiro do nosso voo não demoraria a se apresentar ao controle de imigração. Tínhamos pouco tempo até que as pessoas que nos esperavam percebessem que havíamos escapado.

No alto da escada, outra porta bloqueava nossa passagem; Keira ergueu a barra transversal e uma sirene disparou.

Saímos no terminal entre duas esteiras de bagagens, uma delas girando vazia. Um funcionário nos viu e parou, surpreendido. Antes que se recuperasse e desse o alarme, peguei Keira pela mão e corremos o quanto pudemos. Ouvimos um apito. O mais importante era não olhar e continuar a toda a velocidade. Precisávamos chegar às portas de correr que davam para a calçada. Ela tropeçou e deu um grito. Ajudei Keira a se levantar e continuamos em frente. Ainda mais rápido. Atrás de nós, um tropel de passos e apitos cada vez mais perto. O importante era não parar, não deixar que o medo nos dominasse; a liberdade estava a poucos metros. Keira não aguentava mais. Do lado de fora, vi um táxi estacionado, subimos nele e pedimos ao motorista que se mexesse.

— Aonde vão? — perguntou ele, se virando para nós.

— Rápido! Estamos muito atrasados — pediu Keira, sem fôlego.

O táxi partiu. Não me permiti olhar para trás, imaginando nossos perseguidores furiosos na calçada, vendo nosso *black cab* se afastar.

— Não chegamos ao fim dos obstáculos — cochichei a Keira e acrescentei ao motorista: — Para o terminal 2!

Keira olhou para mim, surpresa.

— Confie em mim, sei o que estou fazendo.

No segundo cruzamento, pedi ao táxi que parasse. Dei como pretexto que minha mulher estava grávida e se sentia muito enjoada. Ele imediatamente pisou no freio. Passei-lhe uma nota de vinte libras e disse que tomaríamos um pouco de ar fresco à beira da encosta. Não era necessário nos esperar, eu estava habituado com aquele tipo de mal-estar, que podia ser demorado, e acabaríamos o trajeto a pé.

— É perigoso caminhar por aqui — disse ele —, tomem cuidado com os caminhões que vêm de todo lugar.

E se afastou, fazendo sinal com a mão, satisfeito com a quantia que havia embolsado pela corrida.

— Bom, agora que já dei à luz — lançou Keira —, o que fazemos?

— Vamos esperar!

— Esperar o quê?

— Você vai ver!

*

Kent

— Como assim, escaparam? Seus homens não estavam na chegada do avião?

— Perfeitamente, Sir, os dois cientistas é que não estavam.

— Que história é essa? Meu contato garantiu tê-los colocado pessoalmente a bordo desse voo.

— Sem querer de modo algum colocar sua palavra em dúvida, mas essas duas pessoas que devíamos interpelar não se apresentaram ao controle da polícia alfandegária. Éramos seis os esperando, seria impossível passar por nosso pente-fino.

— Vai querer me convencer de que saltaram de paraquedas no Canal da Mancha? — berrou Sir Ashton ao telefone.

— Não, Sir. O avião devia estacionar junto de uma passarela do terminal, mas no último instante foi levado a taxiar em uma área distante. Não fomos avisados. Os dois indivíduos escaparam do ônibus que fazia a ligação com o terminal em que os esperávamos. Nada pudemos fazer, escaparam pelos subterrâneos.

— Pois pode desde já deixar claro aos chefes de segurança de Heathrow que cabeças vão rolar!

— Não tenho dúvida quanto a isso, Sir.

— Cretinos patéticos! Vá imediatamente à casa deles em vez de tagarelar, esquadrinhe a cidade, verifique todos os hotéis, faça o que quiser, mas prenda-os esta noite se tiver a mínima esperança de manter seu emprego. Tem até amanhã de manhã para prendê-los, está ouvindo?

O interlocutor de Sir Ashton se desfez em desculpas e prometeu remediar o retumbante fracasso da operação deixada a seu encargo, e isso o mais rapidamente possível.

*

Cruzamento do Concorde, Heathrow

O minúsculo Fiat 500 parou junto à calçada. O motorista se debruçou e abriu a porta.

— Há uma hora dou voltas — resmungou Walter, empurrando o assento da frente para que eu pudesse me sentar atrás.

— Não poderia ter um carro menor ainda?

— Era só o que faltava. Pede que venha a um cruzamento num fim de mundo, numa hora dessas, e ainda reclama?

— Queria apenas dizer que felizmente não temos bagagens.

— Imagino que se tivessem teria marcado encontro à frente do terminal, como todo mundo, em vez de me fazer dar dez voltas, esperando!

— Ainda vão brigar por muito tempo? — interrompeu Keira.

— Prazer em revê-la — respondeu Walter, estendendo a mão. — Como foi essa pequena viagem?

— Péssima! — ela respondeu. — Agora podemos ir?

— Com prazer, mas para onde?

Já me dispunha a pedir que Walter nos levasse para minha casa, mas dois carros da polícia passaram por nós com as sirenes ligadas e acabei achando a ideia inadequada. Mesmo sem saber quem eram nossos inimigos, eu tinha bons motivos para achar que conheciam meu endereço.

— E então, para onde? — indagou Walter.

— Não tenho a menor ideia.

Walter tomou a autoestrada.

— Posso perfeitamente dirigir a noite toda, mas temos que pensar em encher o tanque.

— É seu este carrinho? — perguntou Keira. — É uma graça.

— Fico muito feliz que você tenha gostado, acabo de comprar.

— A troco de quê? — perguntei. — Achei que estivesse sem dinheiro.

— Custou de fato uns trocados, mas foi uma oportunidade. Além disso, sua encantadora tia chega sexta-feira e então sacrifiquei minhas últimas economias para poder levá-la para passear dignamente pela cidade.

— Elena vem vê-lo nesse fim de semana?

— Vem, eu já havia dito, esqueceu?

— Tivemos uma semana um tanto sobrecarregada — respondi —, não fique chateado se ando meio distraído.

— Sei aonde podemos ir — disse Keira. — Walter, você tem razão, é melhor parar num posto de gasolina para encher o tanque.

— E pode me informar qual direção devo tomar? — perguntou ele. — Vou logo avisando, quero estar de volta no máximo amanhã, tenho hora marcada no cabeleireiro!

Keira olhou para a cabeça lisa de Walter.

— Tudo bem, eu sei — disse ele, erguendo os olhos ao céu. — Mas preciso me livrar dessa mecha ridícula. Além disso, li um artigo no *Times* hoje pela manhã dizendo que os carecas têm um poder sexual acima da média!

— Se tiver uma tesoura, posso fazer isso agora mesmo — sugeriu Keira.

— Nem pensar, só sacrifico meus últimos fios nas mãos de um profissional. Vai me dizer agora para onde devo levá-los?

— St. Mawes, na Cornualha — respondeu Keira. — Vamos estar em segurança.

— Com quem? — perguntou Walter.

Keira se manteve em silêncio. Como eu adivinhava a resposta, perguntei se não queria que eu dirigisse.

Aproveitando as seis horas de estrada que tínhamos pela frente, contei nossas aventuras na Rússia. Walter ficou horrorizado com o acontecido no transiberiano e no planalto de Man-Pupu-Nyor. Várias vezes perguntou quem eram as pessoas que queriam nos matar, mas eu próprio não sabia muita coisa. Minha única certeza era a de que tudo aquilo tinha a ver com o que buscávamos.

Keira não falou mais durante a viagem. Ao chegarmos a St. Mawes, já com o dia amanhecendo, ela nos fez parar numa ruela que subia para o cemitério, diante de um pequeno albergue.

— É aqui — disse.

Despediu-se de Walter, desceu do carro e se afastou.

— Quando nos veremos? — perguntou ele.

— Aproveite o fim de semana com Elena e não se preocupe conosco. Acho que alguns dias de descanso nos farão muito bem.

— É um lugar tranquilo — disse Walter, olhando a fachada do Victory. — Vão estar bem, tenho certeza.

— Assim espero.

— Ela está bem abalada... — disse Walter, indicando Keira, que subia a pé a ruela.

— É verdade, os últimos dias foram bem difíceis e, além disso, sentiu muito pela interrupção brutal das buscas. Estávamos realmente perto do que queríamos.

— Mas estão vivos, é o essencial. Que se danem esses fragmentos, precisam parar com tudo isso, já passaram por perigo demais. É um milagre terem escapado.

— Se fosse apenas uma caça ao tesouro, Walter, as coisas seriam bem mais fáceis, mas não se trata de um jogo de adolescentes. Reunindo todos os fragmentos, provavelmente faríamos uma descoberta sem precedentes.

— Refere-se à sua primeira estrela? Ela que permaneça lá no céu e você na Terra, com uma boa saúde, é só o que espero.

— É um verdadeiro amigo, Walter, mas acho que teríamos como assistir aos primeiríssimos momentos do universo, descobrindo finalmente de onde viemos e quem foram os primeiros homens a povoar o planeta. Keira alimentou essa esperança por toda a vida. Então, sua decepção é imensa.

— Vá, corra atrás dela em vez de ficar conversando comigo. Se as coisas estão dessa forma que descreveu, ela precisa de você. Cuide dela e esqueçam essas buscas doidas.

Walter me abraçou e ligou o motor do Fiat 500.

— Não está cansado demais para a estrada? — perguntei, debruçado na janela do carro.

— Cansado de quê? Dormi na vinda.

Fiquei olhando o carro se afastar pelo penhasco que margeava o mar. As luzes traseiras desapareceram por trás de uma casa, do outro lado do vilarejo.

Keira não estava mais por perto e subi a ladeira para procurá-la. No alto da ruela, o portão de um cemitério estava entreaberto. Entrei e percorri a alameda central. O lugar não chegava a ser grande, no máximo uma centena de almas descansava no cemitério de St. Mawes. Encontrei Keira ajoelhada no final de um corredor, perto de um muro pelo qual trepavam os ramos entrelaçados de uma glicínia.

— Na primavera, dá flores roxas muito bonitas — disse Keira, sem levantar a cabeça.

Olhei a sepultura, a pintura dourada estava quase apagada, mas o nome de William Perkins ainda aparecia.

— Jeanne vai ficar chateada se souber que o trouxe aqui sem falar com ela.

Passei meu braço pelo seu ombro e fiquei em silêncio.

— Corri o mundo para mostrar a ele do que eu era capaz, e tudo que consegui foi voltar aqui de mãos vazias e o coração pesado. Acho que é a ele que procuro desde sempre.

— Tenho certeza de que se orgulha de você.

— Ele nunca disse isso.

Keira limpou um pouco a laje do túmulo e pegou minha mão.

— Gostaria que o tivesse conhecido, era um homem tão discreto, tão solitário no final da vida. Quando eu era menina, bombardeava-o com perguntas que ele sempre tentava responder. Quando o problema era mais difícil, limitava-se a sorrir e me levar para um passeio pela praia. À noite, eu me levantava na ponta dos pés e o via sentado à mesa da cozinha, mergulhado numa enciclopédia. Na manhã seguinte, no café, ele dizia, como se só então se lembrasse: *Ontem você fez uma pergunta, na hora devemos ter mudado de assunto e não respondi, mas é o seguinte...*

Keira estremeceu. Tirei meu casacão e coloquei em seus ombros.

— Você nunca falou da sua infância, Adrian.

— Talvez eu seja tão discreto quanto seu pai e por isso não fale muito de mim mesmo.

— Precisa fazer um esforço. Estamos juntos e não quero que haja segredos entre nós.

Keira me levou até o albergue. A sala de jantar do Victory ainda estava vazia e o dono do local nos indicou uma mesa perto de uma área envidraçada, onde nos serviu um copioso desjejum. Achei haver certa cumplicidade entre Keira e ele. Em seguida fomos levados até um quarto no andar de cima, dando para o pequeno porto de St. Mawes. Éramos os únicos hóspedes, e mesmo no inverno o lugar tinha um charme enorme. Fui até a janela, era maré baixa, os barcos pesqueiros estavam deitados de lado. Um homem caminhava na praia, carregando o filho pequeno pela mão. Keira veio ao parapeito a meu lado.

— Também sinto falta do meu pai — disse a ela —, sempre senti, mesmo quando ainda estava vivo. Não conseguíamos nos comunicar muito, era alguém muito bom, mas trabalhava demais para que percebesse que tinha um filho. Só notou no dia em que saí de casa. Passamos muito perto um do outro, sem nunca realmente nos vermos. Mas não posso reclamar, minha mãe me deu todo o carinho e todo o amor do mundo.

Keira olhou demoradamente para mim e perguntou por que eu tinha querido ser astrofísico.

— Quando era criança, em Hydra, minha mãe e eu tínhamos um ritual antes da minha hora de dormir. Ficávamos um ao lado do outro na janela e olhávamos o céu. Ela inventava nomes para as estrelas. Uma vez, perguntei como o mundo tinha surgido, por que o sol voltava toda manhã e se a noite sempre viria. Mamãe olhou para mim e disse: *Há tantos mundos diferentes quanto vidas no universo; meu mundo começou no dia em que você nasceu, no momento em que o segurei nos braços.* Desde a infância sonho em saber onde começa a aurora.

Keira se virou para mim e colocou o braço em volta do meu pescoço.

— Você vai ser um ótimo pai.

*

Londres

— Vendo o carro na segunda-feira, devolvo seu dinheiro e compro um par de botas de borracha. Que se dane o telhado do meu escritório, não continuo. Não vou mais tentar convencê-los a continuar. Não conte comigo. Toda manhã, me olhando no espelho, me sinto mal por trair a confiança de Adrian. Não insista, nada que possa dizer me fará mudar de opinião. Devia tê-lo enviado às favas há muito tempo. E se fizer alguma coisa para que retomem as buscas, vou contar tudo, apesar de quase nada saber a seu respeito.

— Está falando sozinho, Walter? — perguntou tia Elena.

— Não, por quê?

— Juro, parecia murmurar alguma coisa, os lábios se moviam sozinhos.

O sinal fechou. Walter freou e se virou para ela.

— Tenho que dar um telefonema importante à noite e estava ensaiando o que dizer.

— Algo muito grave?

— Não, não, pelo contrário, não se preocupe.

— Não está escondendo alguma coisa? Se tiver outra pessoa em sua vida, quer dizer, alguém mais jovem, posso entender, mas prefiro saber logo, só isso.

Walter se aproximou de Elena.

— Realmente, nada tenho a esconder, jamais seria capaz de algo assim. Mulher alguma seria mais atraente para mim.

Ao confessar isso, as bochechas de Walter se avermelharam como um pimentão e ele começou a gaguejar.

— Gosto muito do seu novo penteado — mudou de assunto tia Elena. — O sinal abriu e estão buzinando atrás de nós, é melhor que ande. Estou adorando a ideia de visitar o Palácio de Buckingham. Acha que vamos ter a sorte de ver a rainha de longe?

— Pode ser — respondeu Walter —, se ela sair de casa, pode ser...

*

St. Mawes

Dormimos boa parte do dia. Quando voltei a abrir as cortinas, o céu já ganhava as cores do crepúsculo.

Estávamos mortos de fome. Keira conhecia um salão de chá a poucas ruas do albergue e aproveitou para me mostrar o vilarejo. Olhando as casinhas brancas presas à colina, comecei a sonhar em morar numa delas um dia. Eu, que tinha passado a vida correndo o mundo, será que acabaria pousando numa cidadezinha da Cornualha? Lamentava a distância que se estabelecera com relação a Martyn, ele certamente gostaria de vir me visitar de vez em quando. Iríamos tomar uma cerveja no porto, rememorando algumas boas lembranças.

— Em que está pensando? — perguntou Keira.

— Nada de especial — respondi.

— Parecia bem longe e tínhamos combinado "nada de silêncios entre nós".

— Se quer mesmo saber, eu me perguntava sobre o que faremos semana que vem e todas mais que virão.

— Você tem alguma ideia do que faremos semana que vem?

— Nenhuma.

— Pois eu sim.

Keira olhou para mim. Sua cabeça se inclinou para o lado e, quando ela faz isso, é por ter algo importante a dizer. Certas pessoas assumem um tom solene para anunciar grandes notícias; Keira inclina a cabeça de lado.

— Vou exigir uma explicação de Ivory. Mas preciso que você seja meu cúmplice em uma pequena mentira...

— De que tipo?

— Quero que ele pense que conseguimos deixar a Rússia com o terceiro fragmento.

— Para quê? Qual utilidade?

— Fazê-lo dizer onde se encontra o que foi descoberto na Amazônia.

— Ele disse não saber.

— Aquele velhote estranho disse muita coisa e, sobretudo, escondeu muitas outras. Egorov não estava tão errado assim, acusando Ivory de nos manipular como duas marionetes. Se o fizermos achar que temos três fragmentos conosco, não vai resistir à vontade de completar o quebra-cabeça. Com certeza ele sabe mais do que diz.

— Começo a me perguntar se não é ainda mais manipuladora que ele.

— Reconheço que ele é bem mais talentoso, mas bem que eu gostaria de uma pequena revanche.

— Tudo bem, vamos imaginar que conseguimos convencê-lo e descobrimos onde se encontra o quarto pedaço, vai continuar faltando o que está em algum lugar do planalto de Man-Pupu-Nyor, e o mapa das estrelas estará incompleto. Sendo assim, para que todo esse trabalho?

— Não é por faltar uma peça num quebra-cabeça que não se pode imaginar a imagem inteira. Quando descobrimos restos fossilizados, eles raramente estão completos, para não dizer nunca. Porém, a partir de um número suficiente de ossos, adivinhamos quais elementos faltam e conseguimos reconstituir o esqueleto ou mesmo o conjunto do corpo. Nesse caso, acrescente o fragmento de Ivory aos dois que temos e talvez consiga compreender o que esse mapa pode revelar. De qualquer maneira, a menos que diga ter vontade de ficar pelo resto da sua vida neste vilarejo e passar os dias na pesca, não vejo outras soluções.

— Que ideia estranha!

De volta ao hotel, Keira começou ligando para a irmã. Passaram muito tempo ao telefone. Keira não falou sobre nossa aventura russa, se limitou a dizer que nós dois estávamos em St. Mawes e que ela talvez fosse em breve a Paris. Preferi deixá-las conversar. Desci ao bar do albergue e pedi uma cerveja, enquanto esperava. Ela desceu uma hora depois. Larguei meu jornal e perguntei se havia ligado para Ivory.

— Ele nega veementemente ter influenciado nossas buscas de qualquer modo, ficou quase ofendido por eu sugerir que se aproveitava de mim desde o primeiro dia, quando o conheci no museu. Até pareceu sincero, mas nem por isso me convenceu.

— Você disse que tínhamos um terceiro fragmento, trazido da Rússia?

Keira pegou meu copo e concordou com a cabeça, bebendo o que restava de uma só vez.

— Ele acreditou?

— Imediatamente parou de se queixar de mim e ficou impaciente para nos ver.

— O que vai fazer para sustentar a mentira quando o encontrarmos?

— Eu disse que deixamos o objeto num lugar seguro e que só o mostraríamos depois de saber mais sobre o fragmento descoberto na Amazônia.

— E o que ele respondeu?

— Disse ter uma ideia do lugar em que se encontra, mas sem saber como ter acesso. Propôs que o ajudemos a resolver um enigma.

— Que tipo de enigma?

— Não quis dizer por telefone.

— Vai vir aqui?

— Não, marcou encontro dentro de 48 horas em Amsterdã.

— E como vamos chegar a Amsterdã? Não tenho a menor pressa de voltar a Heathrow. Na fronteira, são fortes as probabilidades de sermos presos.

— Sei disso, contei o que aconteceu e ele nos aconselha a tomarmos o ferry para a Holanda. Diz que por barco, vindo da Inglaterra, corremos menos riscos de controle.

— E onde temos um ferry para Amsterdã?

— Em Plymouth, a uma hora e meia de carro, saindo daqui.

— Não temos carro.

— Há um ônibus. Por que está tão reticente?

— Quanto tempo dura a travessia?

— Doze horas.

— Era o que eu temia.

Keira pareceu pesarosa e me alisou a mão com ternura.

— O que é? — perguntei.

— Na verdade, não se trata propriamente de um ferry e sim de cargueiros. A maioria deles aceita passageiros a bordo, mas cargueiro ou ferry não importa, não é?

— A partir do momento em que haja um convés à proa onde eu possa morrer de enjoo durante as 12 horas de travessia, é verdade, pouco importa!

O ônibus partia às sete horas da manhã. O proprietário do albergue nos preparou sanduíches para a estrada. Antes de nos deixar, prometeu a Keira limpar a tumba do seu pai assim que começasse a primavera. Esperava voltar a nos ver e guardaria o mesmo quarto para nós, se avisássemos com certa antecedência.

No porto de Plymouth, fomos até a capitania. O encarregado nos informou que um navio graneleiro de bandeira inglesa partia em uma hora, rumo a Amsterdã. O carregamento estava prestes a se concluir. Ele nos guiou ao cais nº 5.

O comandante cobrou cem libras esterlinas por cabeça, em dinheiro vivo. Uma vez pago, conduziu-nos por uma passagem externa até a torre. Tínhamos uma cabine na área reservada à tripulação. Expliquei que preferiria ficar no convés, de proa ou de popa, onde incomodasse menos.

— Como queira, mas vai fazer muito frio quando estivermos em alto-mar e a travessia dura vinte horas.

Virei-me para Keira.

— Não havia falado de 12 horas, no máximo?

— Num navio ultrarrápido, quem sabe? — explodiu de rir o comandante. — Não nesta lata velha. É raro passarmos dos 20 nós e isso com vento a favor. Se enjoar, vá lá para fora! Nada de emporcalhar meu navio! E agasalhe-se.

— Juro que não sabia — disse Keira, cruzando os dedos atrás das costas.

O graneleiro aparelhou. Poucas ondas fortes na Mancha, mas a chuva nos acompanhou. Keira me fez companhia por mais de uma hora e acabou voltando para dentro; estava realmente frio. O imediato teve pena de mim e mandou o contramestre de convés me trazer um sobretudo impermeável grosso e luvas. O sujeito aproveitou para fumar um cigarro e, querendo me distrair, puxou conversa.

Trinta homens trabalhavam a bordo, entre oficiais, maquinistas, mestre, cozinheiro, marujos. Explicou que o carregamento dos graneleiros era uma operação das mais complexas, da qual dependia a segurança da viagem. Só nos anos 1980, cem navios como o nosso haviam naufragado e de forma tão rápida que nenhum marinheiro sobreviveu. Seiscentos e cinquenta homens tinham então morrido no mar. O maior perigo era a carga escorregar. O navio, nesse caso, inclina, se deita sobre o bordo e vira. Os guindastes que víamos deslocando grãos no tanque manobravam para impedir que algo assim acontecesse. Mas não era o único perigo à espreita, acrescentou, puxando uma baforada. Se entrasse água de uma onda alta demais pelas escotilhas maiores, esse peso a mais no calado podia partir o casco ao meio. Mesma história, o navio naufragaria em pouquíssimo tempo. Naquela noite, o mar na Mancha estava calmo e, a menos que algum vento repentino se abatesse sobre nós, não havia risco de nada assim. O oficial jogou o resto do cigarro nas águas e voltou ao trabalho, deixando-me sozinho e pensativo.

Keira veio várias vezes me visitar, suplicando que eu fosse para a cabine. Trouxe sanduíches que eu não quis e uma garrafa térmica com chá. Por volta da meia-noite, foi se deitar, depois de repetir que eu estava sendo ridículo e ia acabar morrendo ali. Enfiado no meu impermeável, agachado junto ao mastro em que piscava a luz de segurança, acabei dormindo, embalado pelo barulho da proa cortando o mar.

Keira me acordou no início da manhã. Estava deitado ao comprido, de braços abertos em cruz, no convés de proa. Dei-me conta afinal de estar com fome, mas o apetite se foi assim que entrei no refeitório. Um cheiro de peixe e de fritura rançosa se misturava ao do café. O estômago se embrulhou e corri para fora.

— É o litoral holandês que vemos adiante — disse Keira, vindo aonde eu estava. — Seu calvário está quase no fim.

A apreciação era bem relativa, pois foram necessárias ainda quatro horas de paciência para que ouvíssemos o apito de bordo e sentíssemos que as máquinas diminuíam o ritmo. O cargueiro tomou o rumo da terra e pouco tempo depois entrou no canal que ia dar no porto de Amsterdã.

Assim que o navio encostou no cais, desembarcamos. Um guarda da alfândega nos esperava à descida da escada. Examinou rapidamente nossos passaportes e nossas sacolas, que só continham coisas compradas numa loja de St. Mawes, e nos autorizou a sair.

— E agora, aonde vamos? — perguntei a Keira.

— Tomar um banho!

— E depois?

Olhou o relógio de pulso.

— Temos encontro com Ivory às 18 horas, num café...

Tirou um papel do bolso.

— ... na praça em frente ao Palácio de Dam.

*

Amsterdã

Pegamos um quarto no Grande Hotel Krasnapolsky. Não estava entre os mais baratos da cidade, mas tinha a vantagem de se situar a 50 metros do local em que tínhamos encontro marcado. No final da tarde, Keira me levou à grande praça, onde nos misturamos à multidão. Uma longa fila se estendia diante do Museu de Madame Tussaud, e alguns turistas estavam sentados na varanda do Europub, sob aquecedores a gás, mas nem sinal de Ivory. Fui o primeiro a vê-lo e ele veio se sentar à nossa mesa, colada à vidraça que dava para a praça.

— Que bom encontrá-los — disse, puxando uma cadeira. — Que viagem!

Keira foi bastante fria e o velho professor percebeu de imediato que não entrava em terreno dos mais favoráveis.

— Está chateada comigo? — perguntou, meio irônico.

— Por que estaria? Quase caímos de um penhasco, quase me afoguei num rio, passei algumas semanas de férias forçadas numa prisão chinesa, atiraram em nós num trem e fomos arrancados da Rússia por um grupo de extermínio que matou uns vinte sujeitos diante dos nossos olhos. Poupo-o dos detalhes sobre as condições extremas em que viajamos nos últimos meses, em aviões que caíam aos pedaços, carros que despencavam, ônibus estropiados, sem esquecer o trator rebocando bagagens em que viajei apertada entre duas malas Samsonite. Enquanto isso, eu o imagino esperando tranquilamente, naquele confortável apartamento, que fizéssemos todo o trabalho sujo. Começou a abusar da minha boa vontade no dia em que fui à sua sala no museu ou foi só um pouco mais tarde?

— Keira — disse Ivory com um tom sentencioso —, já tivemos essa conversa por telefone anteontem. Engana-se. Ainda não pude explicar tudo a vocês, mas nunca procurei manipulá-los. Pelo contrário, não parei de protegê-los. Vocês resolveram fazer essas buscas. Não precisei convencê-los, limitei-me a indicar certos fatos. Quanto aos riscos a que foram expostos... Saiba que, para repatriar Adrian da China e para tirá-la da prisão, eu mesmo corri vários. E perdi um amigo muito querido, que pagou com a vida a liberdade de vocês.

— Que amigo? — perguntou Keira.

— Seu escritório ficava nesse palácio logo ali — respondeu Ivory com uma voz triste. — Por isso pedi que nos encontrássemos aqui... Realmente trouxeram da Rússia um terceiro fragmento?

— Toma lá, dá cá — disse Keira. — Eu falei que o mostraria depois que você contasse tudo que sabe sobre o que foi encontrado na Amazônia. Sei que sabe onde ele se encontra e não tente me convencer do contrário!

— Está à frente de vocês — suspirou Ivory.

— Vamos parar com as adivinhações, professor. Fiz a minha parte no jogo e o senhor fez quase nada. Não estou vendo fragmento nenhum em cima da mesa.

— Não seja tonta, levante os olhos, em frente.

Nossos olhares se dirigiram ao palácio que se erguia do outro lado da praça.

— Nesse edifício? — perguntou Keira.

— Tenho bons motivos para achar que sim, mas não sei onde exatamente. Esse amigo que morreu tinha a guarda do objeto, mas levou com ele ao túmulo as chaves do enigma que nos permitiria encontrá-lo.

— Por que tem tanta certeza? — perguntei, por minha vez.

Ivory alcançou a sacola que tinha aos pés, abriu a aba que a fechava e tirou um livro grande, que colocou em cima da mesa. A capa imediatamente atraiu minha atenção, pois se tratava de um antiquíssimo manual de astronomia. Peguei-o e folheei.

— É magnífico.

— Bem sei — concordou Ivory —, e é uma edição original. Foi presente desse amigo, se tornou um objeto querido, mas olhem especialmente a dedicatória que foi escrita.

Voltei ao início do livro e li em voz alta a mensagem escrita a caneta-tinteiro na folha de rosto.

Sei que o livro lhe agradará, nada falta nele, pois tudo está aí, inclusive o testemunho da nossa amizade.

Do seu fiel parceiro de xadrez,

Vackeers

— A chave do enigma está nessas palavras. Sei que Vackeers tentava me dizer alguma coisa. De jeito nenhum se trata de uma frase para me acalmar. Mas qual o seu sentido, ignoro.

— Como poderíamos ajudar, nunca encontramos Vackeers.

— E lamento, acreditem, pois teriam gostado dele, era um homem de rara inteligência. Sendo o livro um tratado de astronomia, achei que você, Adrian, pudesse ver alguma coisa que não vemos.

— Tem quase seiscentas páginas — lembrei. — Para encontrar alguma coisa, algumas horas não bastariam. Uma primeira análise mais profunda já vai exigir vários dias. Não tem nenhum outro indício, algo que possa nos guiar? Nem sequer sabemos o que procurar no livro.

— Venham comigo — disse Ivory se levantando —, vou levá-los a um lugar a que ninguém tem acesso; quer dizer, quase ninguém. Apenas Vackeers, seu secretário particular e eu tínhamos conhecimento. Vackeers sabia que eu havia descoberto seu esconderijo, mas fingia não saber. Essa delicadeza é uma prova de amizade, imagino.

— Não é exatamente o que ele diz na dedicatória? — perguntou Keira.

— É verdade — suspirou Ivory —, e é por isso que estamos aqui.

Ele pagou a conta e tomamos a direção da grande praça. Keira estava completamente distraída com relação ao trânsito e quase foi atropelada por um bonde que, no entanto, batera várias vezes o sino. Puxei-a na última hora.

Ivory nos fez entrar na igreja pela porta lateral, atravessamos a suntuosa nave até o transepto. Eu admirava a tumba do almirante De Ruyter quando um homem de terno escuro se juntou a nós na abside.

— Obrigado por ter vindo — disse em voz baixa Ivory, para não incomodar as pessoas que ali se recolhiam.

— Era o único amigo dele, sei que o senhor Vackeers gostaria que eu o atendesse. Conto com sua discrição, estou correndo sérios riscos, caso seja descoberto.

— Não tenha medo — respondeu Ivory, batendo-lhe amigavelmente no ombro. — Vackeers o considerava muito, podia-se sentir na voz dele... como dizer? Amizade; isso mesmo, Vackeers lhe dedicava uma amizade verdadeira.

— Acha mesmo? — perguntou o homem num tom de tocante sinceridade.

Tirou em seguida uma chave do bolso, acionou a tranca de uma portinhola situada no fundo da capela e descemos uma escada que havia logo adiante. Cinquenta degraus abaixo, tomamos um comprido corredor.

— Esse subterrâneo passa sob a praça e leva diretamente ao Palácio de Dam — disse o homem. — O lugar é bem escuro e isso piora à medida que avançamos, não se afastem de mim.

Ouvia-se apenas o eco dos nossos passos e quanto mais avançávamos, mais a claridade rareava; logo nos vimos em completa escuridão.

— Mais cinquenta passos e voltamos a ter alguma luz — disse o nosso guia —; sigam a calha central para não tropeçar. Sei que o lugar não é agradável, detesto passar por aqui.

Outra escada surgiu à nossa frente.

— Cuidado, os degraus são escorregadios, apoiem-se na corda que acompanha a parede.

No alto, nos vimos diante de uma porta de madeira, dotada de pesadas barras de ferro. O assistente de Vackeers acionou duas maçanetas grandes, e um mecanismo liberou a tranca. Chegamos a uma antecâmara no andar térreo do palácio. Três imensos mapas apareciam gravados no mármore branco do salão. Um representava o hemisfério ocidental, outro o hemisfério oriental e o terceiro um mapa das estrelas de impressionante precisão. Fui até ele para olhar mais de perto. Nunca tinha pensado na possibilidade de ir de Cassiopeia a Andrômeda com um só passo e que saltar de galáxia em galáxia era divertido. Keira limpou a garganta propositalmente, para me trazer de volta. Ivory e o guia me olhavam desolados.

— É por aqui — disse o homem de terno escuro.

Abriu outra porta e descemos uma escada que levava ao subsolo do palácio. Precisamos de alguns segundos para nos acostumarmos novamente com a penumbra. À nossa frente, uma rede de passarelas cruzava a água de um canal subterrâneo.

— Estamos verticalmente sob o salão principal — indicou o homem —, tomem cuidado ao andar, a água do canal é gelada e ignoro a profundidade.

Aproximou-se de uma forte viga de madeira e acionou uma chave de apoio de ferro fundido. Duas tábuas se moveram, abrindo um caminho que permitia chegar à parede de fundo. Só bem de perto se podia perceber uma porta disfarçada na pedra e invisível na obscuridade. O homem nos fez entrar num cômodo. Acendeu a luz. Uma mesa metálica e uma poltrona constituíam o mobiliário. Uma tela plana estava presa à parede e havia um teclado de computador em cima da mesa.

— É tudo que posso fazer por vocês — disse o secretário de Vackeers. — Como veem, não tem muita coisa aqui.

Keira ligou o computador, a tela se iluminou.

— É necessária uma senha — disse Keira.

Ivory tirou um papel do bolso e entregou a ela.

— Tente esta. Aproveitei uma partida de xadrez na casa dele para descobri-la.

Keira digitou no teclado, bateu na tecla de entrada e tivemos acesso ao computador de Vackeers.

— E agora?

— Agora, não sei — respondeu Ivory. — Dê uma olhada no disco rígido para ver o que contém, quem sabe encontramos algo que nos leve ao fragmento.

— O disco está vazio, vejo apenas um programa de comunicação. Esse computador devia servir exclusivamente para videoconferência. Tem uma webcam acima da tela.

— Não pode ser — disse Ivory —, procure mais, tenho certeza de que a chave do enigma está aí.

— Sinto muito ser do contra, mas, não, não há dado algum!

— Volte ao início e digite a dedicatória: *Sei que o livro lhe agradará, nada falta nele, pois tudo está aí, inclusive o testemunho da nossa amizade. Do seu fiel parceiro de xadrez, Vackeers.*

Na tela se pôde ler "comando desconhecido".

— Tem alguma coisa que não bate — disse Keira —, vejam, o disco está vazio e, no entanto, apenas metade da capacidade do disco está livre. Há um programa oculto. Não tem ideia de outra senha?

— Não, nada que eu me lembre — respondeu Ivory.

Keira olhou para o velho professor e digitou "Ivory". Uma nova janela se abriu na tela.

— Acho que descobri o testemunho da amizade a que ele se referiu, mas ainda falta uma senha.

— Não sei qual — suspirou Ivory.

— Pense um pouco, tente se lembrar de algo que os unia.

— Não vejo, tínhamos tanta coisa em comum, como escolher entre tantas lembranças? Não sei, tente "xadrez".

A linha "comando desconhecido" voltou à tela.

— Tente mais — disse Keira —, algo mais sofisticado, algo que somente os dois poderiam imaginar.

Ivory começou a andar pelo cômodo, com as mãos nas costas, falando baixinho.

— Havia uma partida que jogamos cem vezes...

— Qual partida? — perguntei.

— Uma disputa célebre que opôs dois grandes jogadores do século XVIII, François André Danican Philidor e o capitão Smith. Philidor foi um grande mestre do xadrez, provavelmente o maior da sua época. Publicou um livro, *Analyse du jeu d'échecs*, que por muito tempo foi considerado uma referência na matéria. Tente o nome dele.

O acesso ao computador de Vackeers continuou fechado.

— Fale um pouco desse Danican Philidor — pediu Keira.

— Antes de se estabelecer na Inglaterra — começou Ivory — ele jogava na França, no Café de la Régence, onde encontrava os mais importantes jogadores de xadrez.

Keira digitou "régence" e "café de la régence"... Nada aconteceu.

— Foi aluno do senhor de Kermeur — continuou Ivory.

Keira digitou "Kermeur", sem resultado.

Uma vez mais, a tela negou acesso. De repente, Ivory ergueu a cabeça.

— Philidor ficou famoso derrotando o sírio Philippe Stamma; não, espere, a notoriedade se estabeleceu definitivamente ao vencer um torneio em que jogou de olhos vendados em três tabuleiros ao mesmo tempo e contra três adversários diferentes. Realizou a façanha no clube de xadrez de St. James Street, em Londres.

Keira bateu "St. James Street" e caiu em xeque... desculpem o trocadilho.

— Talvez não seja a pista certa, quem sabe o tal capitão Smith? Quer dizer, não sei... Quais são as datas de nascimento e morte de Philidor?

— Não sei mais, só a carreira dele no xadrez nos interessava.

— Quando exatamente houve a partida entre o capitão Smith e o companheiro Philidor? — perguntei.

— Foi em 13 de março de 1790.

Keira digitou a sequência de algarismos "13031790".

Estarrecidos, vimos um mapa celeste antigo aparecer na tela. A julgar pelo grau de precisão e de erros que eu podia notar, devia datar do século XVII ou XVIII.

— É absolutamente incrível — exclamou Ivory.

— A gravura é linda — acrescentou Keira —, mas não indica onde encontrar o que procuramos.

O homem de terno escuro ergueu a cabeça.

— É o mapa incrustado no hall do palácio, no térreo — disse, aproximando-se da tela. — Quero dizer, exceto por alguns detalhes, se parecem muito.

— Tem certeza? — perguntei.

— Devo ter passado por cima pelo menos mil vezes, pois há dez anos trabalhava para o senhor Vackeers, que sempre marcou encontro em sua sala do primeiro andar.

— E qual é a diferença entre os dois mapas? — perguntou Keira.

— Os desenhos não são exatamente os mesmos, as linhas que ligam as estrelas entre si não se posicionam de maneira idêntica.

— Quando foi construído o palácio? — perguntei.

— A obra terminou em 1655 — respondeu o homem de terno escuro.

Keira digitou os quatro algarismos. O mapa estampado na tela começou a girar e ouvimos um barulho surdo que parecia vir do teto.

— O que há acima de nós? — perguntou Keira.

— A Burgezaal, o salão em que se encontram os mapas incrustados na laje de mármore — respondeu o homem.

Nós quatro corremos em direção à porta.

O homem de terno escuro nos alertou a sermos prudentes ao correr pelo labirinto de vigas deitadas a poucos centímetros do canal subterrâneo. Cinco minutos depois, chegamos ao hall do Palácio de Dam. Keira se precipitou até o mapa gravado no chão que representava a abóbada celeste. Ele efetuava uma lenta rotação no sentido contrário ao dos ponteiros de um relógio. Imobilizou-se depois de completar um semicírculo. De repente, a parte central se ergueu poucos centímetros acima da laje. Keira enfiou a mão no interstício que surgiu e tirou o terceiro fragmento de maneira triunfante, semelhante aos dois que possuíamos.

— Por favor — disse o homem de terno escuro —, devem colocar tudo como estava antes. Se amanhã, ao abrirem o palácio, o hall estiver nesse estado, será uma tragédia para mim!

Mas nosso guia não precisou se preocupar por muito tempo. Mal acabou de falar, a tampa da cavidade secreta voltou a descer, o mapa girou no sentido contrário e voltou à posição original.

— E agora — disse Ivory —, onde se encontra o quarto fragmento, que trouxeram da Rússia?

Keira e eu trocamos um olhar, ambos igualmente constrangidos.

— Não quero ser desagradável — insistiu o homem de terno escuro —, mas se pudessem conversar sobre isso fora do recinto do palácio, seria muito bom. Ainda preciso fechar o escritório do senhor Vackeers. Daqui a pouco começa a ronda da vigilância, precisam realmente ir embora.

Ivory tomou Keira pelo braço.

— Ele está certo — disse —, vamos sair, temos a noite toda pela frente para conversar.

De volta ao hotel Krasnapolsky, Ivory pediu que o acompanhássemos até o seu quarto.

— Mentiu para mim, não é? — ele disse, fechando a porta. — Por favor, não me tome por imbecil, vi muito bem a cara que fizeram há pouco. Não conseguiram trazer o quarto fragmento da Rússia.

— Não trouxemos, é verdade — disse eu com raiva —, sabemos, no entanto, onde se encontra, estávamos inclusive a poucos metros dele, mas como ninguém nos preveniu quanto ao que nos esperava, como não nos falaram do ódio que isso despertava em quem nos persegue desde que nos lançou na pista desses fragmentos, quase fomos mortos. Não vai querer agora que peçamos desculpas!

— São dois irresponsáveis! Vindo aqui, me fizeram mover um peão que só devia avançar em último caso. Acham que nossa visita vai passar despercebida? O computador em que penetramos está ligado a uma rede das mais sofisticadas. Neste momento, dezenas de técnicos em informática devem ter avisado a seus responsáveis de setor que o terminal de Vackeers se ligou sozinho em plena madrugada, e ninguém vai acreditar que foi o fantasma dele!

— Mas quem são essas pessoas, afinal? — gritei quase no nariz de Ivory.

— Vamos manter a calma, vocês dois, não é hora para acertar contas — interveio Keira. — Berrar um com o outro não vai nos adiantar muito. Não falamos uma completa mentira, eu é que convenci Adrian a fazer esse jogo. Achei que três fragmentos nos revelariam coisas suficientes para avançarmos no que buscamos. Então, em vez de brigarem, que tal reuni-los?

Keira tirou o seu pingente, peguei o fragmento que continuava no meu bolso, desfiz o embrulho em que o protegia com um lenço e os juntamos ao que acabávamos de descobrir sob a laje do Palácio de Dam.

Foi uma imensa decepção para nós três: nada aconteceu. A luz azulada que esperávamos ver não apareceu. Pior ainda, a atração magnética que até então aproximava os dois primeiros elementos parecia ter se esgotado. Nem sequer ficaram unidos. Os objetos se mantinham inertes.

— Grande avanço! — reclamou Ivory.

— Como é possível? — perguntou Keira.

— Imagino que, de tanto manipulá-los, acabamos esgotando a energia que tinham — sugeri.

Ivory se retirou no quarto, batendo a porta e nos deixando sozinhos na saleta. Keira pegou os três fragmentos e me levou para fora da suíte.

— Estou com fome — disse, no corredor. — Restaurante ou serviço de quarto?

— Serviço de quarto — respondi sem hesitação.

Keira relaxava na banheira. Dispus os fragmentos em cima da escrivaninha do nosso quarto e os observei, com dez perguntas me atravessando o raciocínio a cada segundo. Deveria expô-los a uma fonte forte de luz para recarregá-los? Qual energia poderia recriar a força que os fazia reciprocamente se atrair? Sentia que algo me escapava. Estudei mais de perto o fragmento que acabávamos de descobrir. Era semelhante aos outros dois em sua forma triangular, com espessura estritamente idêntica. Girei o objeto na mão, e um detalhe na lateral chamou minha atenção. Havia uma risca periférica, como um sulco traçado, um entalhe horizontal e circular. Tal regularidade não podia ser acidental. Aproximei os três fragmentos em cima da mesa e analisei mais de perto o pedaço; a risca prosseguia de maneira perfeita. Uma ideia me passou pela cabeça, abri a gaveta da escrivaninha e achei o que queria, um lápis preto e um bloco de papel. Arranquei uma folha, coloquei em cima meus fragmentos e os reuni. Comecei a percorrer o contorno externo com a ponta do lápis. Quando tirei os fragmentos e olhei o desenho traçado na folha, descobri três quartos de um círculo perfeito.

Corri até o banheiro.

— Vista o roupão e venha comigo.

— O que há? — perguntou Keira.

— Rápido!

Ela chegou logo em seguida, com uma toalha enrolada no corpo e outra nos cabelos.

— Veja só! — disse eu, mostrando o desenho.

— Já é quase capaz de desenhar um círculo, incrível; e foi por isso que me fez sair do banho?

Peguei os fragmentos e coloquei-os em seus devidos lugares, em cima do papel.

— Vê alguma coisa?

— Vejo, continua faltando um!

— O que já se configura como informação extremamente importante! Até aqui, nunca soubemos quantos fragmentos compõem o mapa, mas olhando essa folha, você mesmo disse, a coisa se torna evidente, falta apenas um e não dois, como pensamos antes.

— Falta um de qualquer forma, Adrian, e os que estão conosco não têm mais poder algum. Posso voltar à banheira antes que a água fique gelada?

— Não vê mais nada?

— Vai continuar com as adivinhações por muito tempo? Não, vejo apenas um risco a lápis; diga então o que escapa à minha inteligência, visivelmente inferior à sua!

— O que é interessante numa esfera armilar não é tanto o que ela mostra e sim o que não mostra e que adivinhamos!

— E o que isso significa, em linguagem compreensível?

— Que esses objetos não reagem mais por faltar a eles um condutor, a quinta peça ausente do quebra-cabeça! Esses fragmentos tinham em volta um anel, um fio que devia veicular uma corrente.

— Por que então os dois primeiros se iluminavam antes?

— Por terem acumulado energia, graças ao raio. O funcionamento é elementar, responde ao princípio que se aplica a toda forma de corrente, com uma troca de íons positivos e íons negativos que têm que circular.

— Vai precisar ser um pouco mais claro — disse Keira, sentando-se ao lado —, nem sei como se troca uma lâmpada.

— Uma corrente elétrica é um deslocamento de elétrons através de um material condutor. Da mais potente à corrente mais ínfima, como a que percorre o sistema nervoso, tudo não passa de transferência de elétrons. Esses objetos não reagem mais por falta desse famoso condutor que, precisamente, é a quinta peça de que falei, o anel que provavelmente circundava o objeto quando tinha sua forma inteira. Quem dissociou os fragmentos deve tê-lo arrebentado. Precisamos descobrir como fabricar outro, de maneira que se ajuste perfeitamente à periferia das peças, e tenho certeza de que voltarão a ter o poder luminescente.

— E onde fabricar esse anel?

— Num restaurador de esferas armilares! Em Antuérpia fabricavam as mais belas e conheço alguém em Paris que pode nos informar.

— Falamos sobre isso com Ivory? — perguntou Keira.

— Sem dúvida. E além disso não podemos perder de vista o sujeito que nos acompanhou ao Palácio de Dam e que pode ser muito útil, não falo uma palavra de holandês!

Precisei convencer Keira a dar os primeiros passos. Ligou para Ivory e disse que tínhamos uma revelação importante a fazer. O velho professor já estava deitado, mas concordou em se levantar e pediu que fôssemos à sua suíte.

Expliquei a ele meu raciocínio, o que pelo menos serviu para afastar seu mau humor. Preferiu evitar que contatássemos o antiquário do Marais em quem eu havia pensado. O tempo corria e Ivory achava que logo teríamos novos problemas. Recebeu mais positivamente a ideia de ir a Antuérpia, pois quanto mais nos movêssemos, mais seguros estaríamos. Ligou para o secretário de Vackeers de madrugada e pediu que encontrasse para nós um artesão capaz de restaurar um instrumento de astronomia muito antigo. O secretário de Vackeers prometeu fazer as pesquisas necessárias e ficou de nos telefonar no dia seguinte.

— Não quero ser indiscreta — argumentou Keira —, mas esse cara tem um nome ou algo assim? Se formos encontrá-lo amanhã, gostaria de saber com quem falo.

— Por enquanto, limite-se a Wim. Dentro de alguns dias ele provavelmente vai se chamar "Amsterdã", e não vamos mais poder contar com sua ajuda.

No dia seguinte, encontramos aquele a quem devíamos então chamar Wim. Usava o mesmo terno e a mesma gravata da véspera. Enquanto tomávamos o café no hotel, ele informou que não precisaríamos ir a Antuérpia. Em Amsterdã havia um antiquíssimo ateliê de relojoaria cujo proprietário tinha a reputação de ser um descendente direto de Erasmus Habermel.

— E quem é Erasmus Habermel? — perguntou Keira.

— O mais célebre fabricante de instrumentos científicos do século XVI — respondeu Ivory.

— Como sabe disso? — perguntei curioso.

— Sou professor, caso tenha esquecido esse detalhe. Desculpe então minha cultura geral.

— Ótimo que tenha tocado no assunto — emendou Keira —, era professor de que, exatamente? Adrian e eu já nos perguntamos isso.

— Alegra-me saber que minha carreira os interessa, mas digam, estamos procurando um restaurador de antigos instrumentos astronômicos ou preferem passar o dia estudando meu currículo? Bom... O que falávamos sobre Erasmus Habermel? E já que Adrian parece se espantar com minha cultura, que fale ele, vamos ver se conhece a lição!

— Os instrumentos que saíam dos ateliês de Habermel são inigualáveis pela qualidade da execução e também pela beleza — comecei, lançando um olhar de descaso a Ivory. — A única esfera armilar a ele atribuída hoje em dia se encontra em Paris, na coleção da Assembleia Nacional, se não me engano. Habermel provavelmente esteve em contato com os maiores astrônomos da época, como Tycho Brahé e seu assistente Johannes Kepler, assim como com o grande relojoeiro suíço Jost Bürgi. Teria também trabalhado com Gualterus Arsenius, cujo ateliê se encontrava em Louvain. Os dois abandonaram a cidade ao mesmo tempo, por ocasião da grande epidemia de peste negra de 1580. As semelhanças estilísticas entre os instrumentos fabricados por Habermel e Arsenius são tão evidentes que...

— Bom, o aluno Adrian tirou nota dez — disse Ivory com um tom seco —, mas não estamos aqui para escutar você expor seus conhecimentos. O que interessa é justamente essa estreita conexão entre Habermel e Arsenius. Soube por Wim que um dos seus descendentes diretos vive, por coincidência, justamente em Amsterdã. Se estiverem de acordo, proponho então interromper as aulas para uma visita a ele, o mais rapidamente possível. Peguem seus casacos e nos encontramos no hall em dez minutos!

Keira e eu saímos para ir ao nosso quarto.

— Como sabia tudo isso a respeito de Habermel? — perguntou Keira no elevador.

— Um livro que comprei num antiquário do Marais.

— Quando?

— No dia em que você me abandonou para passar a noite com seu amigo Max e que dormi num hotel, não se lembra? Tive a madrugada inteira para ler!

Um táxi nos deixou numa ruela na parte antiga da cidade. No fundo de um beco havia uma relojoaria... Via-se o ateliê por uma grande vidraça e, do pátio, podia-se distinguir um velho debruçado numa bancada, ocupado na reparação de um relógio grande. O mecanismo em que trabalhava com extrema minúcia era composto por uma quantidade impressionante de peças minúsculas, perfeitamente organizadas à sua frente. Quando empurramos a porta, um sininho tilintou. O homem ergueu a cabeça. Usava óculos fora do comum que lhe aumentavam os olhos, fazendo-o parecer algum animal estranho. O lugar cheirava a madeira antiga e poeira.

— O que posso fazer pelos senhores? — perguntou.

Wim explicou que procurávamos fabricar uma peça para completar um aparelho muito antigo.

— Que tipo de peça? — perguntou o homem, tirando do rosto os óculos esquisitos.

— Um círculo de latão ou cobre — respondi.

O homem se virou e se dirigiu a mim num inglês que não disfarçava o sotaque germânico.

— De qual diâmetro?

— Não sei dizer com precisão.

— Poderiam mostrar esse aparelho antigo que querem consertar?

Keira se adiantou na direção da bancada, o homem levou os braços ao céu, exclamando:

— Não por aí, infeliz, vai desorganizar tudo. Venha passando por perto dessa mesa, por aqui — disse, apontando para o centro do ateliê.

Eu nunca tinha visto tantos instrumentos de astronomia. Meu antiquário do Marais teria morrido de inveja. Astrolábios, esferas, teodolitos e sextantes descansavam nas prateleiras, esperando recuperar a sua antiga juventude.

Keira colocou os três fragmentos em cima da mesa designada pelo velho artesão, juntou-os e recuou um passo.

— É um aparelho estranho — disse o velho. — Para que serve?

— É uma espécie de astrolábio — disse eu, me adiantando.

— Dessa cor e nesse material? Nunca vi nada assim. Parece ônix, mas com certeza não é. Quem será que o fez?

— Não sabemos.

— São clientes bem fora do comum. Não sabem quem o fabricou, não sabem de que é feito, ignoram inclusive para que serve, mas querem repará-lo... como reparar algo que não se sabe como funciona?

— Queremos completá-lo — disse Keira. — Se olhar de perto, vai perceber uma risca na borda de cada um dos pedaços, temos certeza de que um aro se inseria nessa risca, provavelmente uma liga condutora em que se ligava o conjunto.

— Pode ser — disse o homem, que parecia cada vez mais curioso. — Vamos ver, vamos ver — acrescentou, levantando a cabeça.

Uma série de ferramentas balançava à ponta de longos fios presos ao teto.

— Não sei mais onde guardar as coisas por aqui, então precisei inovar. Pronto, temos exatamente o que procurava!

O artesão pegou um longo compasso com pernas telescópicas ligadas por um arco graduado. Voltou a colocar os óculos e a se debruçar sobre os nossos fragmentos.

— Que engraçado — disse.

— O quê? — quis saber Keira.

— O diâmetro é de 31,415 centímetros.

— E o que isso tem de engraçado? — insistiu ela.

— É exatamente o valor do número π, multiplicado por dez. Pi é um número transcendente, não sabe? — perguntou o velho relojoeiro. — É a relação constante entre a área de um disco e o quadrado do seu raio. Ou, se preferir, entre a circunferência de um círculo e o seu raio.

— Devo ter matado aula no dia que ensinaram isso — confessou Keira.

— Não chega a ser grave — disse o relojoeiro —, mas nunca tinha visto um instrumento que tivesse precisamente esse tamanho. É muito engenhoso. Não tem a menor ideia da sua utilidade?

— Não! — respondi rápido para refrear os ímpetos de sinceridade habituais em Keira.

— Fabricar um aro não é tão complicado, posso fazer isso por, digamos, duzentos florins, o que representa...

O homem abriu uma gaveta e pegou uma maquininha de calcular.

— ... noventa euros, desculpem, mas não consigo me habituar à moeda nova.

— E quando estará pronto? — perguntei.

— Preciso terminar de montar o relógio em que trabalhava quando chegaram. Deve voltar ao frontispício de uma igreja e o padre telefona quase todos os dias para saber em que ponto estou. Tenho também três relógios antigos para consertar, posso me dedicar ao objeto de vocês no final do mês, estaria bom para vocês?

— Mil florins se o fizer de imediato! — disse Ivory.

— Têm tanta pressa assim? — perguntou o artesão.

— Mais do que isso — respondeu Ivory —; dobro a soma se esse aro estiver pronto hoje à noite!

— Não — disse o relojoeiro —, mil florins são plenamente suficientes. Na verdade, estou tão atrasado com tudo que um dia a mais ou a menos... Venham por volta das 18 horas.

— Preferimos esperar aqui, é possível?

— Bom, se não me atrapalharem no trabalho, não tem problema. Ter alguma companhia não será nada mau.

O velho artesão começou imediatamente a trabalhar. Abriu algumas gavetas sucessivas e escolheu uma haste de latão que lhe pareceu boa. Estudou-a atentamente, comparou a largura com a espessura lateral dos fragmentos e disse que se prestava bem para aquela finalidade. Colocou a haste em cima da bancada e começou a moldá-la. Com uma broca, abriu um sulco numa das faces e nos mostrou o friso que se formou do outro lado. Estávamos fascinados por tanta habilidade. O artesão verificou que o friso se ajustava bem à ranhura dos fragmentos, voltou a passar a broca, indo e vindo para aprofundar o traçado, e puxou um gabarito dependurado à ponta de uma corrente. Com um martelinho, começou a encurvar a haste de latão ao longo do molde.

— O senhor é mesmo descendente de Habermel? — perguntou Keira.

O homem ergueu a cabeça e sorriu para ela.

— Faz alguma diferença? — indagou.

— Não, mas todos esses aparelhos antigos no ateliê...

— Deveria me deixar trabalhar, se querem mesmo que eu termine esse aro. Podemos falar à vontade dos meus ancestrais mais tarde.

Ficamos num canto, sem dar uma palavra, nos limitando a observar o artesão cujos gestos nos maravilhavam. Permaneceu por duas horas debruçado sobre a bancada, e as ferramentas passavam por suas mãos com a precisão de instrumentos cirúrgicos. De repente, o artesão girou o banco em que estava sentado e se virou para nós.

— Acho que chegamos ao fim — disse. — Querem se aproximar?

Fomos até a bancada. O círculo era perfeito. Ele o poliu com uma escova metálica movida por torno acionado a um pequeno motor e enxugou-o em seguida com um pano macio.

— Vamos ver se os objetos se completam bem — disse, pegando o primeiro fragmento.

Posicionou o segundo e o terceiro.

— Evidentemente falta um, mas dei tensão suficiente ao aro para que os três pedaços permaneçam solidários, à condição de não serem sacudidos, é claro.

— É, falta um — concordei, sem conseguir disfarçar a decepção que isso causava.

Contrariando o que eu esperava nenhum fenômeno elétrico se produziu.

— Que pena — voltou o artesão —, realmente gostaria de vê-lo completo, trata-se de uma espécie de astrolábio, não é?

— Exatamente — respondeu Ivory, mentindo sem pudor.

O velho professor colocou quinhentos euros em cima da bancada e agradeceu.

— Quem o fabricou, segundo os senhores? — perguntou o artesão. — Não me lembro de já ter visto algo assim.

— Executou um trabalho prodigioso — respondeu Ivory —, tem mãos de ouro, não deixarei de recomendá-lo a amigos que desejem restaurar algum objeto precioso.

— Se não forem tão impacientes quanto os senhores, serão bem-vindos — respondeu o artesão, nos acompanhando à porta do ateliê.

— E agora — lançou Ivory assim que chegamos à rua —, têm outra ideia para gastar meu dinheiro? Nada vi de tão especial, até aqui!

— Precisamos de laser — anunciei. — Um laser bem forte pode trazer uma energia suficiente que recarregue o conjunto e teremos nova projeção do mapa. Quem sabe se o que veremos a partir do terceiro elemento não vai nos revelar algo importante.

— Um laser de alta potência... só isso. E onde quer que encontremos um? — perguntou Ivory com irritação.

Wim, que não havia dito uma palavra durante a tarde, deu um passo à frente.

— Há um na Universidade de Vrije, no LCVU, os departamentos de física, astronomia e química compartilham o seu uso.

— LCVU? — perguntou Ivory.

— Laser Center of Vrije University — respondeu Wim. — O professor Hogervorst o criou. Estudei nessa faculdade e conheci muito bem Hogervorst. Ele se aposentou, mas posso entrar em contato e pedir que os ajude a ter acesso às dependências do campus.

— Muito bem, o que estamos esperando? — perguntou Ivory.

Wim pegou um caderninho no bolso e o folheou nervosamente.

— Não tenho o número, mas vou ligar para a universidade, com certeza vão me dizer como contatá-lo.

Wim ficou meia hora no telefone, fazendo inúmeras ligações à procura do professor Hogervorst. Voltou com a expressão desanimada.

— Consegui o número de casa, o que não foi fácil. Só que seu assistente não pôde chamá-lo, Hogervorst se encontra na Argentina para um congresso e só volta no início da semana que vem.

Algo que funcionou uma vez tem fortes chances de ainda dar certo. Lembrei-me da esperteza de Walter quando quisemos ter acesso à aparelhagem desse mesmo tipo em Creta e ele inventou recomendações da Academia. Peguei o celular de Ivory e liguei sem pensar duas vezes para o meu amigo, que me cumprimentou com uma voz lúgubre.

— O que aconteceu? — perguntei.

— Nada!

— Estou vendo que não está bem, Walter, o que há?

— Nada, estou dizendo!

— Insisto, não parece nada bem.

— Telefonou para uma demonstração de clarividência?

— Walter, não seja infantil, não está em seu estado normal. Estava bebendo?

— E daí? Tenho o direito de fazer o que bem entender, não tenho?

— São sete horas da noite, onde você está?

— No escritório!

— Encheu a cara no escritório?

— Não enchi a cara, só um pouquinho... Ei! Não vai começar com lição de moral, não estou em condições para isso.

— A intenção não era de dar lição de moral, mas não desligo até me dizer o que não vai bem.

Fez-se um silêncio e eu podia ouvir a respiração de Walter do outro lado, percebendo também um repentino choro que ele tentava controlar.

— Walter, está chorando?

— Que diferença faz? Preferia nunca tê-lo encontrado.

Ignorava o que punha Walter naquele estado, mas a observação me afetou profundamente. Novo silêncio, novo choro. Walter dessa vez assoou o nariz ruidosamente.

— Sinto muito, não é o que eu queria dizer.

— Mas disse. O que fiz para tanta raiva?

— Você, você, tudo é sempre para você! É Walter isso, Walter aquilo, tenho certeza de que o telefonema é para pedir alguma coisa. Não diga que queria apenas ter notícia minha?

— Foi tudo que fiz até agora, desde o início dessa conversa.

Terceiro silêncio, Walter pensava.

— É verdade — suspirou.

— Vai finalmente dizer o que o perturba assim?

Ivory estava ficando impaciente, fazendo gestos claros. Afastei-me, deixando-o na companhia de Keira e Wim.

— Sua tia voltou para Hydra e nunca me senti tão sozinho na vida — confidenciou Walter, num novo soluço.

— O fim de semana foi bom? — perguntei, torcendo para que fosse o caso.

— Melhor até do que isso, cada momento foi um sonho, uma sintonia perfeita.

— Deveria então estar louco de alegria, não entendo.

— Sinto muita falta dela, Adrian, não imagina quanta. Nunca havia passado por coisa assim. Até encontrar Elena, minha vida sentimental era um deserto, salpicado de raros oásis que se revelaram miragens; com ela, porém, é de verdade, tudo existe.

— Juro que não vou contar a Elena que a comparou a uma palmeira, isso fica entre nós.

A brincadeira deve tê-lo feito sorrir, senti que seu humor melhorou.

— Quando voltam a se ver?

— Não sabemos ainda, sua tia estava terrivelmente perturbada no caminho do aeroporto. Acho que chorou na autoestrada. Você sabe como é tímida, ficou olhando a paisagem durante todo o trajeto. De qualquer forma, dava para ver que tinha o coração pesado.

— E não marcaram uma data para voltar a se ver?

— Não, antes de tomar o avião ela disse que nossa história não era suficiente. Que a vida dela é com a sua mãe, em Hydra — acrescentou —, onde tem o seu comércio, e a minha em Londres, nesse escritório sinistro da Academia. Dois mil e quinhentos quilômetros nos separam.

— Ora, Walter, não vê o que essas palavras querem dizer? E ainda diz que sou eu o desajeitado!

— Querem dizer que ela prefere dar um fim à nossa história e nunca mais me ver — disse Walter em prantos.

Deixei passar a tempestade e esperei que se acalmasse para falar.

— Nada disso! — precisei quase gritar no telefone para que ouvisse.

— Como assim, nada disso?

— É exatamente o contrário. Essas palavras querem dizer "trate de vir à minha ilha, estarei olhando todas as manhãs a chegada do primeiro barco no porto".

Quarto silêncio, se não me perdia nos cálculos.

— Tem certeza?

— Absoluta.

— Como assim?

— Pelo que sei, a tia é minha, não sua!

— Ainda bem! Mesmo louco de amor, nunca poderia nem mesmo dar em cima da minha própria tia, seria algo muito indecente.

— Isso é óbvio!

— Adrian, o que devo fazer?

— Vender seu carro e comprar uma passagem de avião para Hydra.

— É genial, que ideia genial! — exclamou Walter, já com a voz que me era familiar.

— Obrigado, Walter.

— Desligo, vou para casa, ponho o despertador para as sete horas, durmo, vou à agência de automóveis amanhã de manhã e à de viagens logo em seguida.

— Antes disso, gostaria de pedir um pequeno favor, Walter.

— Tudo que quiser.

— Lembra-se daquela nossa ida a Creta?

— Até parece que não lembro, que correria maravilhosa, rio toda vez que lembro; se tivesse visto a sua cara quando soquei o guarda...

— Estou em Amsterdã e preciso ter acesso ao mesmo tipo de aparelhagem que havia em Creta. A que me interessa agora se encontra no campus da Universidade de Vrije. Acha que pode ajudar?

Último silêncio... Walter pensava mais uma vez.

— Ligue em meia hora, vou ver o que posso fazer.

Voltei para junto de Keira. Ivory propôs que fôssemos jantar no hotel. Agradeceu a Wim pela ajuda e liberou-o por aquela noite. Keira pediu notícias de Walter e respondi que estava bem, muito bem. Durante o jantar, deixei-os para subir ao quarto. A linha de Walter estava ocupada, voltei a ligar várias vezes e ele afinal atendeu.

— Amanhã às 9h30, têm hora marcada em De Boelelaan, nº 1.081, em Amsterdã. Sejam pontuais. Vão poder utilizar o laser por uma hora, nem um minuto mais.

— Como conseguiu esse milagre?

— Não vai acreditar!

— Diga, mesmo assim.

— Liguei para a Universidade de Vrije, pedi para falar com o responsável em plantão e me apresentei como presidente da nossa Academia. Disse que precisava falar urgentemente com o diretor-geral, que o encontrasse em casa e que ele me telefonasse o mais rápido possível. Dei o número da Academia, para que pudesse verificar não se tratar de nenhuma brincadeira, e o meu particular, para que ligasse diretamente. E foi tranquilo. O diretor da Faculdade de Amsterdã, um certo professor Ubach, ligou 15 minutos depois. Calorosamente agradeci por se incomodar àquela hora avançada e disse que dois dos nossos mais importantes cientistas se encontram na Holanda, prestes a empreender trabalhos passíveis de um prêmio Nobel e precisariam utilizar um laser para a verificação de alguns parâmetros.

— E ele aceitou?

— Aceitou; acrescentei que, em troca desse pequeno favor, a Academia dobraria a cota de admissão para estudantes holandeses e ele gostou muito.

Não se esqueça de que ele falava com o presidente da Academia Real de Ciências! Foi muito divertido.

— Como posso agradecer, Walter?

— Agradeça à garrafa de Bourbon que entornei hoje; sem ela, eu não teria sido capaz de representar tão bem o papel! Adrian, tome todo o cuidado e volte logo, também faz muita falta.

— A recíproca é verdadeira, Walter. De qualquer modo, jogo amanhã a última cartada; se minha ideia não der certo, não teremos como não abandonar tudo.

— Não é o que desejo, mas não escondo que às vezes é o que preferiria.

Depois de desligar, desci para dar a boa notícia a Keira e Ivory.

*

Londres

Ashton deixou a mesa para atender o telefonema que o mordomo viera lhe anunciar. Desculpou-se com os convidados e se retirou no escritório.

— Como estão as coisas? — perguntou.

— Passaram a noite juntos no hotel. Coloquei um homem num automóvel, caso ainda saiam hoje à noite, mas acho que não. Volto a estar com eles amanhã de manhã e ligo assim que souber mais um pouco.

— Não os perca de vista.

— Pode contar comigo.

— Não lamento ter apoiado sua candidatura, fez excelente trabalho no primeiro dia das suas novas atribuições.

— Obrigado, Sir Ashton.

— Não há de que, Amsterdã, tenha uma boa noite.

Ashton devolveu o fone à base, fechou a porta do escritório e voltou a seus convivas.

*

Universidade de Vrije, Amsterdã

Wim foi nos encontrar à frente do LCVU às 9h25. Mesmo que todos ali falassem fluentemente inglês, serviria de intérprete, caso necessário. O diretor da universidade de pesquisas nos recebeu pessoalmente. Surpreendeu-me a pouca idade do professor Ubach, com cerca de 40 anos. O aperto de mão franco e a simplicidade com que nos cumprimentou me deixaram imediatamente mais confiante. Desde o início daquela aventura, eu poucas vezes tivera oportunidade de encontrar alguém tão simpático e resolvi contar a experiência que esperávamos realizar com o seu material. Sem ficar dando voltas, expliquei o que pretendia e o resultado que esperava.

— Está falando sério? — perguntou estupefato. — Se não tivesse uma recomendação pessoal do presidente da sua Academia, confesso que o tomaria por algum iluminado. Se o que diz se confirmar, posso entender que ele tenha mencionado o prêmio Nobel! Venham comigo, nosso laser se encontra nos fundos do prédio.

Keira olhou para mim intrigada e fiz sinal para que nada dissesse. Tomamos um comprido corredor, o diretor se movimentava pela universidade sem chamar muita atenção dos pesquisadores e dos estudantes por quem passávamos.

— É aqui — disse ele, digitando um código de acesso num teclado perto da porta dupla. — Considerando o que acaba de contar, prefiro que trabalhemos com uma equipe restrita, e eu mesmo vou acionar o laser.

O laboratório era de uma modernidade de causar inveja a qualquer centro de pesquisa europeu, e o aparelho colocado à nossa disposição era gigantesco. Imaginei sua potência, impaciente de vê-lo em ação.

Um trilho se estendia no eixo do canhão de laser. Keira me ajudou a ajustar numa base o círculo que cercava os fragmentos.

— Precisa de um raio de qual espessura? — perguntou Ubach.

— Dez vezes π — respondi.

O professor se debruçou sobre o aparelho e registrou o valor que eu acabava de comunicar. Ivory se mantinha ao lado dele. O laser começou a girar lentamente.

— Qual intensidade?

— A mais forte possível!

— Seu objeto vai derreter em pouco tempo, não conheço material algum capaz de resistir à carga máxima.

— Não tenha medo!

— Sabe o que está fazendo? — cochichou Keira.

— Espero que sim.

— Peço que se mantenham atrás do vidro de proteção — ordenou Ubach.

O laser começou a crepitar, a energia fornecida pelos elétrons estimulava os átomos de gás contidos no tubo de vidro. Os fótons entraram em ressonância entre os dois espelhos situados a cada extremidade do tubo. O processo se ampliou, era uma questão de segundos até que o feixe fosse forte o suficiente para atravessar a parede semitransparente do espelho e eu soubesse enfim se estava certo ou errado.

— Estão prontos? — perguntou Ubach, tão impaciente quanto nós.

— Estamos — respondeu Ivory —, mais do que nunca; não imagina quanto tempo esperamos para ver este momento.

— Espere! — gritei. — Teria uma máquina fotográfica?

— Melhor do que isso — respondeu Ubach —, seis câmeras registram em 180º o que acontece diante do laser, assim que ele entra em ação. Podemos ir?

Ubach empurrou uma alavanca, e um feixe de excepcional intensidade escapou do aparelho, atingindo em cheio os três fragmentos. O círculo entrou em fusão, os fragmentos ganharam uma coloração azul, ainda mais vivo do que o azul que Keira e eu havíamos visto até então. A superfície começou a cintilar, de segundo em segundo a luminescência aumentava e, de repente, milhares de pontos se imprimiram na parede à frente do laser. Todos no laboratório reconheceram a imensidão da abóboda celeste que nos deslumbrava.

Diferentemente da primeira projeção a que havíamos assistido, o universo que se estampava começou a girar em espiral, dobrando-se lentamente sobre si mesmo. Na base que lhes servia de apoio, os fragmentos rodopiavam a toda a velocidade no interior do anel.

— É maravilhoso! — desabafou Ubach.

— Muito mais do que isso — respondeu Ivory, com lágrimas nos olhos.

— O que é? — perguntou o diretor da universidade.

— Os primeiros instantes do universo — respondi.

Não havíamos chegado ao fim das surpresas. A intensidade luminosa dos fragmentos dobrou, a velocidade de rotação não parou de aumentar. A abóboda celeste continuava a se desdobrar em si mesma e se imobilizou por um instante. Eu esperava que fosse ao fim da progressão, proporcionando-nos a imagem do brilho da primeira estrela, do tempo zero que eu tanto quis descobrir, mas o que vi foi completamente diferente. A imagem projetada visivelmente aumentava. Certas estrelas desapareciam, como expulsas para as pontas da parede à medida que avançávamos. O efeito visual era tremendo, tínhamos a impressão de viajar através das galáxias e nos aproximamos de uma delas, que reconheci.

— Entramos na Via Láctea — disse a meus vizinhos —, e a viagem continua.

— Para onde? — perguntou Keira, boquiaberta.

— Ainda não sei.

Em sua base, os fragmentos continuavam a girar, cada vez mais rápido, emitindo um assobio estridente. A estrela em direção à qual a projeção se concentrava continuava a crescer. Nosso Sol surgiu no centro, Mercúrio veio em seguida.

A rapidez com que agora os fragmentos evoluíam era impressionante, o círculo que os continha havia derretido há muito tempo, mas nada mais parecia poder dissociá-los. A cor mudou, passando do azul ao índigo. Voltei a olhar a parede. Decididamente avançávamos para a Terra e já se podiam reconhecer os oceanos e três continentes. A projeção se concentrou na África, que crescia diante de nossos olhos. A descida para o leste do continente africano era vertiginosa. O barulho estridente emitido pelo rodopio dos fragmentos se tornava quase insuportável. Ivory tapou os próprios ouvidos. Ubach mantinha as mãos em cima do console, pronto para interromper tudo. Quênia, Uganda, Sudão, Eritreia e Somália desapareceram do campo de visão à medida que progredíamos em direção à Etiópia. A rotação dos fragmentos diminuiu e a imagem ganhou clareza.

— Não posso deixar o laser funcionar por tanto tempo com essa potência — avisou Ubach —, preciso pará-lo!

— Não — gritou Keira. — Veja!

Um ínfimo ponto vermelho surgiu no centro da imagem. Quanto mais nos aproximávamos, maior intensidade ele ganhava.

— Tudo que vemos está sendo filmado? — perguntei.

— Tudo — respondeu Ubach. — Posso cortar agora?

— Só mais um pouco — suplicou Keira.

O assobio parou, os fragmentos se imobilizaram; na parede, o ponto brilhante vermelho se tornara fixo. O enquadramento da imagem se estabilizara. Ubach não pediu mais nossa opinião e desceu a alavanca, desligando o feixe do laser. A projeção continuou na parede por alguns segundos e desapareceu.

Estávamos pasmos, especialmente Ubach, e Ivory não pronunciou mais uma palavra. Olhando-o, tive a impressão de que envelhecera bruscamente, não que o rosto a que estava habituado fosse especialmente jovem, mas os traços haviam mudado.

— Há trinta anos sonhava com este momento — ele me disse —, pode se dar conta? Se soubesse quantos sacrifícios fiz por esse objeto, sacrifiquei inclusive meu melhor amigo. É estranho, deveria estar aliviado, liberto de um peso enorme. No entanto, não é o caso. Queria tanto ter alguns anos a menos, viver ainda o bastante para ir até o fim dessa aventura, saber o que representa esse ponto vermelho que vimos, o que ele revela. Pela primeira vez na vida tenho medo de morrer, entende?

Foi se sentar e suspirou, sem esperar minha resposta. Eu me virei para Keira, que estava de pé diante da parede, fitando a superfície que voltara ao branco.

— O que está fazendo?

— Tentando me lembrar — disse —, tentando rememorar esses instantes que acabamos de viver. Foi mesmo a Etiópia que apareceu. Não identifiquei os relevos dessa região que conheço tão bem, mas não sonhei, era a Etiópia. Viu a mesma coisa que eu ou não?

— Vi, a última imagem se concentrou no Chifre da África. Conseguiu identificar o lugar que esse ponto mostrava?

— Não de maneira precisa, tenho uma ideia em mente, mas não sei se são meus desejos que se revelam ou a realidade.

— Em pouco tempo vamos poder esclarecer isso — disse eu, me voltando para Ubach.

— Onde está Wim? — perguntei a Keira.

— Acho que a emoção foi forte demais para ele, não se sentia bem e saiu para tomar um pouco de ar.

— Poderia projetar as últimas imagens, gravadas pelas câmeras? — perguntei a Ubach.

— Sim, claro — ele respondeu se levantando —; preciso apenas ligar o projetor, e essa bendita aparelhagem funciona quando bem entende.

*

Londres

— Como estão as coisas?

— O que acabo de assistir aqui é simplesmente incrível — respondeu Wim.

Amsterdã descreveu exaustivamente a Sir Ashton o ocorrido na sala de laser da Universidade de Vrije. Contou em detalhes toda a cena.

— Enviarei um reforço de pessoal — voltou Sir Ashton —; é urgente pôr um ponto final nisso, antes que seja tarde demais.

— Sinto muito, mas, enquanto estiverem em território holandês, estão sob minha responsabilidade. Intervirei quando chegar a hora.

— Ainda é um tanto novo em suas funções para se dirigir a mim com esse tom, Amsterdã!

— Por favor, Sir Ashton, pretendo assumir plenamente meu papel e isso sem ingerência alguma por parte dos países aliados ou de um dos seus representantes. A regra é: unidos, mas independentes! Cada um conduz os negócios em seu território como bem entender.

— Assim que saírem das suas fronteiras, tomarei as medidas em meu poder para que parem de vez.

— Imagino que não pretende avisar o Conselho. Devo muito ao senhor e não o denunciarei, mas nem por isso vou encobri-lo. Como me fez notar, sou recente demais nessa atividade para correr o risco de me comprometer.

— Não foi o que pedi — respondeu secamente Ashton. — Não banque o aprendiz de feiticeiro com esses cientistas, Amsterdã, não percebe ainda as consequências ligadas à eventual conclusão desse projeto, e eles já foram longe demais. O que pretende fazer, já que os tem sob controle?

— Confiscarei o material e depois vou expulsá-los para seus respectivos países.

— E Ivory também, não é?

— Como eu disse, e o que quer que eu faça? Nada temos contra ele, que pode circular como bem entender.

— Tenho um pequeno favor a pedir, considere isso como uma maneira de me agradecer por esse posto que parece tanto apreciar.

*

Universidade de Vrije

Ubach havia ligado o projetor preso ao teto. As imagens filmadas em alta definição pelas câmeras tinham sido armazenadas com o provedor da universidade e seria preciso esperar várias horas até que o programa de descompactação acabasse de tratá-las. Keira e eu pedimos que os cálculos se concentrassem na última sequência a que havíamos assistido. Ubach acionou comandos do teclado, enviando uma série de instruções ao computador central. Os processadores gráficos efetuavam seus algoritmos, e tudo que podíamos fazer era esperar.

— Vão precisar de um pouco de paciência — disse Ubach —, não deve demorar muito mais. O sistema fica meio lento pela manhã, pois não somos os únicos a solicitá-lo.

A lente do projetor finalmente começou a dar sinais e enviou à parede os sete últimos segundos da sequência que os fragmentos haviam nos mostrado.

— Pare nesse ponto, por favor — pediu Keira a Ubach.

A projeção se congelou na parede, achei que perderia nitidez, como toda vez que se paralisa a imagem, mas não foi o que aconteceu. Entendi melhor por que precisamos esperar tanto para visionar os sete últimos segundos. A resolução era de tal qualidade que as informações a serem tratadas para cada imagem deviam ser em quantidade colossal. Longe de compartilhar dos mesmos interesses técnicos, Keira se aproximou da projeção e observou atentamente.

— Reconheço essas sinuosidades — disse —; esse traço que serpenteia, essa forma que parece uma cabeça, essa linha reta seguida de quatro meandros em zigue-zague, é uma parte do rio Omo, tenho quase certeza, mas há algo estranho aqui — disse, apontado para onde brilhava o ponto vermelho.

— Qual é o problema? — indagou Ubach.

— Se for mesmo o trecho do rio Omo que estou pensando, deveríamos ver um lago à direita dessa imagem.

— Reconhece o lugar? — perguntei a Keira.

— É claro que sim, passei três anos da minha vida ali! O lugar que esse ponto mostra corresponde a uma planície minúscula, cercada por um bosque, à beira do rio Omo. Inclusive quase começamos escavações ali, mas a posição estava muito ao norte, já afastada do triângulo de Ilemi. O que estou dizendo não faz o menor sentido; se fosse mesmo esse lugar, o lago Dipa devia aparecer.

— Keira, os fragmentos que encontramos não compõem apenas um mapa. Juntos, formam um disco que contém provavelmente bilhões de informações, mesmo que, infelizmente para nós, o pedaço que falta contenha a sequência que mais me interessa. Mas isso, agora, nem importa. Esse disco-memória projetou uma representação da evolução do cosmo desde seus primeiros instantes até a época em que foi gravado. Naqueles tempos distantes, é possível que o lago Dipa nem sequer existisse.

Ivory veio até nós, se aproximando da parede e examinando atentamente a imagem.

— Adrian tem razão, precisamos é obter as coordenadas exatas. Teria no seu servidor um mapa detalhado da Etiópia? — perguntou a Ubach.

— Provavelmente posso encontrar isso na internet e baixar.

— Tente, por favor, vendo se é possível sobrepô-lo a essa imagem.

Ubach voltou para trás da mesa com os comandos. Descarregou o arquivo com o mapa do Chifre da África e fez o que Ivory havia pedido.

— Exceto por um leve desvio do leito do rio, a correspondência é quase perfeita! — disse ele. — Quais são as coordenadas desse ponto?

— Temos 5º 10' 2" 67 de latitude norte e 36º 10' 1" 74 de longitude leste.

Ivory se voltou para nós.

— Sabem o que têm a fazer... — ele disse.

— Preciso liberar o laboratório — disse Ubach. — Já empurrei o trabalho de dois pesquisadores por vocês. Valeu a pena, mas não posso monopolizar a sala por mais tempo.

Wim entrou no instante exato em que Ubach desligava tudo.

— Perdi alguma coisa?

— Não — respondeu Ivory —, já nos preparávamos para ir embora.

No momento em que Ubach nos levava a seu escritório, Ivory teve um mal-estar. Uma espécie de vertigem, disse ele. Ubach quis chamar um médico, mas Ivory pediu encarecidamente que não fizesse isso, pois não era nada grave, apenas cansaço acumulado. Perguntou se não podíamos acompanhá-lo ao hotel; com algum repouso tudo iria melhorar. Wim imediatamente propôs nos levar.

De volta ao Krasnapolsky, Ivory agradeceu e o convidou a nos encontrar para o chá, no final da tarde. Ele aceitou o convite e nos deixou. Ajudamos Ivory a chegar a seu quarto, Keira afastou a colcha da cama e dei apoio para que se deitasse. Ele cruzou as mãos no peito e suspirou.

— Obrigado — disse.

— Deixe-me chamar um médico, é ridículo.

— Não, mas podem me fazer outro favor — pediu.

— Claro — respondeu Keira.

— Dê uma olhada na janela, afaste discretamente a cortina e veja se esse imbecil do Wim foi mesmo embora.

Keira olhou para mim, intrigada, e fez o que era pedido.

— Foi, quer dizer, não o vejo.

— E o Mercedes preto com dois idiotas dentro, estacionado em frente, continua ali?

— Realmente tem um carro preto, mas daqui não sei dizer se tem pessoas dentro.

— Tem, pode acreditar que sim! — respondeu Ivory, levantando-se rápido.

— Deveria ficar deitado...

— Não acreditei no mal-estar de Wim ainda há pouco nem ele provavelmente acreditou no meu, por isso, temos pouco tempo.

— Achei que Wim fosse nosso aliado... — surpreendi-me.

— De fato, até ser promovido. Hoje pela manhã não falávamos mais com o ex-assistente de Vackeers, mas com quem o substituiu. Wim é o novo Amsterdã. Não tenho tempo agora de explicar tudo isso. Corram ao quarto e preparem suas bagagens, enquanto reservo as passagens de vocês. Voltem assim que estiverem prontos, mas corram; precisam sair da cidade antes que a armadilha esteja montada, se é que não está.

— E para onde vamos? — perguntei.

— Para onde querem ir? Para a Etiópia, é claro!

— Nem pensar! É perigoso demais. Se esses homens, que você continua sem nos dizer quem são, estão atrás de nós, não vou colocar a vida de Keira em perigo. E não tente me convencer do contrário!

— A que horas parte esse avião? — perguntou Keira, dirigindo-se a Ivory.

— Não vamos para lá! — insisti.

— Promessa é dívida; se acha que esqueci, está enganado. Vamos, temos que correr!

Meia hora depois, Ivory nos fez sair pela cozinha do hotel.

— Não perambulem no aeroporto; assim que passarem pelo controle de passaportes, andem pelas lojas, separados. Não creio que Wim seja inteligente o bastante para adivinhar o que estamos fazendo, mas nunca se sabe. E prometam que darão notícia assim que possível.

Ivory me entregou um envelope e me fez jurar que não o abriria antes de o avião decolar. Deu-nos um adeusinho carinhoso enquanto o táxi se afastava.

O embarque no aeroporto de Schiphol aconteceu sem problemas. Não seguimos os conselhos de Ivory e nos sentamos à mesa de uma lanchonete, pois mal tínhamos conseguido conversar a sós. Aproveitei a ocasião para contar a rápida conversa que tivera com o professor Ubach. No momento em que íamos embora, eu havia pedido um último favor: em troca da promessa de informá-lo dos avanços das nossas pesquisas, ele aceitara manter silêncio até a publicação de um artigo sobre tudo aquilo. Ele guardaria a gravação feita no laboratório e enviaria uma cópia em disco para Walter. Antes de decolarmos, pedi que este último fechasse à chave o embrulho que receberia de Amsterdã, sem abrir até que voltássemos da Etiópia. Eu dera carta branca a ele, caso nos acontecesse alguma coisa, para então dispor da gravação como bem entendesse. Ele se negara a ouvir minhas últimas recomendações, estando fora de cogitação que alguma coisa ruim pudesse nos acontecer, disse, antes de desligar o telefone na minha cara.

Durante o voo, Keira foi tomada por remorsos, pois não tinha ligado para a irmã; prometi que telefonaríamos assim que aterrissássemos.

*

Adis-Abeba

O aeroporto de Adis-Abeba fervilhava de gente. Passadas as formalidades alfandegárias, procurei o guichê da pequena companhia particular que eu já conhecia. Um piloto aceitou nos levar a Jinka por seiscentos dólares. Keira olhou para mim, assustada.

— É uma loucura, vamos pela estrada, seu dinheiro está acabando, Adrian.

— Dando seu último suspiro num quarto de hotel parisiense, Oscar Wilde disse: "Morro acima dos meios de que disponho." Já que partimos para enfrentar grandes problemas, deixe-me também manter a dignidade!

Tirei do bolso um envelope com um pequeno maço de notas verdes.

— De onde vem esse dinheiro? — ela perguntou.

— Presente de Ivory, que me entregou o envelope pouco antes de nos despedirmos.

— E você aceitou?

— Ele me fez prometer que só abriria depois de decolarmos; a 10 mil metros de altitude, não podia jogá-lo pela janela...

Deixamos Adis-Abeba a bordo de um Piper. O aparelho não voava a grandes altitudes. O piloto nos apontou uma manada de elefantes migrando para o norte. Um pouco adiante, girafas corriam no meio de uma vasta pradaria. Uma hora depois, o avião iniciou a descida. A curta pista do campo de pouso de Jinka apareceu à nossa frente. O mecanismo das rodas foi acionado e elas bateram no chão. O avião parou e deu meia-volta no final da pista. Pela janelinha, vi um bando de crianças correrem em nossa direção. Sentado num tonel abandonado, um menino mais velho que os outros olhava a aeronave se dirigir ao barraco de palha que servia de terminal aéreo.

— Acho que conheço aquele garoto — disse, mostrando-o a Keira. — Ele me ajudou a encontrá-la no dia em que cheguei aqui.

Keira se debruçou também junto à janela. Na mesma hora, seus olhos se encheram de lágrimas.

— Pois eu tenho certeza de que o conheço — disse.

O piloto fez as hélices pararem. Keira foi a primeira a descer. Abriu caminho pelo bando de crianças que gritavam e saltavam ao redor, impedindo que andasse. O menino desceu do tonel e se foi.

— Harry! — gritou Keira. — Harry, sou eu.

Harry se virou e parou. Keira correu em sua direção, passou a mão em seus cabelos desarrumados e o apertou no peito.

— Está vendo — disse, chorando —, mantive a promessa.

Harry ergueu a cabeça.

— Levou muito tempo!

— Fiz o que pude — respondeu —, mas estou aqui.

— Seus amigos reconstruíram tudo, está ainda maior do que antes da tempestade, vai ficar dessa vez?

— Não sei, Harry, não sei.

— Quando vai embora então?

— Acabo de chegar e já quer que eu vá embora?

O menino se soltou do abraço de Keira e se afastou. Hesitei por um momento e acabei indo atrás dele.

— Ouça aqui, rapazinho, não houve um dia em que ela não falasse de você, noite alguma em que dormisse sem pensar em você, não acha que devia recebê-la de forma mais gentil?

— Ela agora está com você, por que voltou? Por mim ou pelas escavações? Sigam o caminho de vocês, tenho mais o que fazer.

— Harry, pode querer não acreditar, mas Keira gosta de você, independentemente de qualquer coisa. Gosta muito e se você pudesse saber o quanto sentiu sua falta. Não vire as costas. Peço de homem para homem, não lhe diga não.

— Deixe-o em paz — murmurou Keira, vindo até nós —; faça como quiser, Harry, eu entendo. Tenha raiva de mim ou não, isso não muda o carinho que tenho por você.

Keira pegou sua sacola e se dirigiu ao barraco de palha, sem se virar para trás. Harry hesitou um instante e correu atrás dela.

— Aonde você vai?

— Não sei, meu amigo, preciso tentar chegar ao acampamento onde estão Eric e os outros, preciso da ajuda deles.

O menino enfiou as mãos nos bolsos e chutou uma pedra.

— É, estou vendo — disse.

— Vendo o quê?

— Que precisa de mim.

— Disso eu sei desde o dia em que o encontrei.

— Quer que a ajude a chegar até lá, é isso?

Keira se ajoelhou e o olhou de frente.

— Quero, antes de tudo, que estejamos bem — disse, abrindo os braços.

Harry hesitou um instante e estendeu a mão, mas Keira escondeu a sua às costas.

— Não, quero que me abrace.

— Já sou grande demais para isso — disse, com um tom muito sério.

— Pode ser, mas eu não. Vai me dar um abraço ou ficar aí parado?

— Vou pensar. Enquanto isso, venha comigo, precisam dormir em algum lugar. Amanhã dou minha resposta.

— Está bem — disse Keira.

Harry me lançou um olhar de desafio e partiu à frente. Pegamos nossas sacolas e o seguimos no caminho que levava à cidadezinha.

Um homem de camiseta esfarrapada estava à frente do seu casebre. Lembrou-se de mim e fez gestos efusivos.

— Não sabia que era tão popular na área — disse Keira, debochando.

— Provavelmente porque, quando vim pela primeira vez, me apresentei como amigo seu...

O homem que nos recebeu em sua casa ofereceu duas esteiras nas quais dormir e um pouco de comida. Enquanto comíamos, Harry se manteve à nossa frente, sem despregar os olhos de Keira. De repente, porém, se levantou e se dirigiu à porta.

— Volto amanhã — disse, saindo da casa.

Keira se precipitou lá fora e fui atrás, mas o garoto já estava longe no caminho.

— Dê a ele um pouco de tempo — eu disse a ela.

— Não temos muito — respondeu, voltando para a casa, com o coração pesado.

Acordei ao amanhecer com o barulho de um motor que parecia se aproximar. Saí e uma nuvem de poeira acompanhava um grande jipe 4x4. Ele freou perto de mim e imediatamente reconheci os dois italianos que me haviam ajudado anteriormente.

— Que surpresa, o que o traz aqui? — perguntou o mais forte deles, descendo do veículo.

O tom falsamente cordial despertou certa desconfiança.

— Como vocês — respondi —, o amor por esta região. Quem vem uma vez não resiste à vontade de voltar.

Keira se juntou a mim na entrada da casa e passou o braço pela minha cintura.

— Vejo que encontrou sua amiga — disse o segundo italiano, vindo em nossa direção. — Bonita como é, entendo que tenha se dado ao trabalho.

— Quem são esses caras? — cochichou Keira. — Conhece?

— Não diria tanto, encontrei quando procurava o seu acampamento e eles me ajudaram.

— Será que alguém na região não o ajudou a me encontrar?

— Não seja agressiva com eles, é só o que peço.

Os dois italianos se aproximaram.

— Não vai nos convidar a entrar? — perguntou o mais forte. — Ainda é cedo, mas já está bem quente.

— A casa não é nossa e vocês não se apresentaram — respondeu Keira.

— Ele se chama Giovanni e eu Marco, podemos entrar agora?

— Já disse, a casa não é nossa — insistiu Keira com um tom pouco afável.

— Vamos, o que é isso? — recomeçou o que se fizera apresentar como Giovanni. — E a hospitalidade africana, como fica? Poderiam oferecer alguma sombra e algo para beber, estou morrendo de sede.

O homem que nos hospedava saiu da casa e se mostrou à porta, nos convidando a entrar. Colocou quatro copos em cima de uma caixa, serviu um café e se retirou, porque tinha que ir ao campo.

O homem chamado Marco olhava para Keira de uma maneira que me desagradava muito.

— É arqueóloga, se me lembro bem? — perguntou.

— Está bem-informado — ela respondeu —, aliás, temos muito o que fazer, precisamos ir.

— Realmente, não é nada acolhedora. Poderia ser mais amável, afinal, nós é que ajudamos o seu amigo a encontrá-la, meses atrás, ele não contou?

— Todo mundo na região ajudou e, no entanto, eu não estava perdida. Agora, me desculpem ser tão direta, mas realmente precisamos ir — disse secamente, levantando-se.

Giovanni se levantou num pulo e barrou o caminho. Imediatamente também me levantei.

— O que estão querendo, afinal?

— Nada, somente conversar, não é tão comum para nós encontrar europeus por aqui.

— Agora que já trocamos algumas palavras, deixe-me passar — insistiu Keira.

— Sente-se! — ordenou Marco.

— Não estou acostumada a receber ordens — respondeu Keira.

— Vai ter que mudar seus hábitos. Volte a se sentar e cale-se.

A grosseria do sujeito ultrapassava os limites e me preparei para tomar uma atitude, quando o vi tirar uma pistola do bolso e apontar para Keira.

— Não pense em bancar o herói — ele disse, engatilhando a arma. — Fiquem calmos e tudo vai ficar bem. Dentro de três horas, teremos um avião. Então vamos sair os quatro deste barracão e vocês nos acompanharão até a pista sem fazer besteira. Vão embarcar de forma bem-comportada, Giovanni vai escoltá-los. Como vocês podem ver, nada muito complicado.

— E para onde vai esse avião? — perguntei.

— Na hora certa vocês verão. Agora, já que temos algum tempo pra passar, que tal dizer pra gente o que vieram fazer aqui?

— Encontrar dois idiotas que nos ameaçam com um revólver! — riu Keira.

— Ela tem personalidade — debochou Giovanni.

— "Ela" se chama Keira — respondi —, não precisa ser grosseiro.

Passamos duas horas a nos olhar. Giovanni palitava os dentes com um fósforo e Marco, impassível, olhava para Keira. Ouvimos um barulho de motor, ainda distante. Marco se levantou e foi até a porta, olhar.

— Dois 4x4 estão vindo — disse ao voltar. — Vamos ficar bem tranquilos aqui dentro, esperamos que a caravana passe e os cães não ladrem, está claro?

A tentação de agir era grande, mas Marco mantinha Keira sob mira. Os carros se aproximaram, ouvimos o barulho dos freios a poucos metros de nós.

Os motores foram desligados, vindo em seguida uma série de batidas de portas. Giovanni se aproximou da janela.

— Droga, uns dez caras estão vindo para cá.

Marco se levantou e se juntou a Giovanni, sem deixar de apontar a arma para Keira. A porta da casa foi bruscamente aberta.

— Eric? — espantou-se Keira. — Nunca fiquei tão contente de vê-lo!

— Algum problema? — perguntou seu colega.

Na minha lembrança, Eric não era tão musculoso, mas fiquei feliz com o engano. Aproveitei que Marco tinha se virado e apliquei-lhe um forte pontapé entre as pernas. Não sou violento, mas, quando perco a calma, não faço as coisas pela metade. Sem quase conseguir respirar, Marco largou a pistola, Keira chutou-a para a outra extremidade da sala. Giovanni não teve tempo de reagir e acertei-lhe um soco que deixou minha mão doendo tanto quanto o queixo dele. Marco já estava se levantando, mas Eric pegou-o pela garganta e o encostou contra a parede.

— O que andam fazendo aqui? E que história é essa com esse revólver? — gritou Eric.

Enquanto Eric não largasse seu pescoço, Marco teria dificuldade para responder. Foi ficando cada vez mais pálido, e pedi que Eric parasse de sacudi-lo com tanta força e o deixasse respirar um pouco para recuperar alguma coloração.

— Pare, vou explicar — suplicou Giovanni. — Trabalhamos para o governo italiano, temos como missão levar esses dois idiotas à fronteira. Não iríamos fazer mal a eles.

— E o que temos a ver com o governo italiano? — perguntou Keira estupefata.

— Não faço a menor ideia, senhorita, e isso não é da minha conta. Recebemos instruções ontem à noite e não sei mais nada além do que acabo de dizer.

— Fizeram alguma besteira na Itália? — perguntou Eric se virando para nós.

— Nem pusemos os pés na Itália, esses sujeitos estão dizendo qualquer coisa! Que prova têm de ser o que dizem?

— Por acaso os tratamos mal? Acham mesmo que teríamos ficado aqui esperando se quiséssemos matá-los? — retomou Marco, entre dois acessos de tosse.

— Como fizeram com o chefe da aldeia, no lago Turkana? — perguntei.

Eric nos olhou um de cada vez, Giovanni, Marco, Keira e a mim. Pediu a um dos membros do grupo que pegasse cordas no carro. O rapaz fez isso e voltou com correias de couro.

— Amarre esses dois sujeitos e vamos embora daqui — ordenou.

— Veja bem, Eric — opôs-se um dos colegas —, somos arqueólogos e não policiais. Se eles forem realmente do governo italiano, para que procurar confusão?

— Não se preocupem — disse eu —, deixem comigo.

Marco quis se opor ao que o esperava, mas Keira pegou a arma e apontou para a sua barriga.

— Não tenho o menor jeito com esse tipo de coisa — disse. — Como bem observou meu colega, somos arqueólogos e armas de fogo não são o nosso forte.

Enquanto Keira os mantinha sob mira, Eric e eu amarramos os dois agressores. Ficaram um de costas para o outro, de pés e mãos atados. Keira enfiou o revólver na cintura, se ajoelhou e se aproximou de Marco.

— Sei que não é legal, tem até o direito de me achar covarde e nem posso criticá-lo por isso, mas "ela" tem uma última coisa a dizer...

E aplicou uma bofetada que fez Marco rolar no chão.

— Pronto, podemos ir.

Deixando a sala, pensei no pobre homem que nos havia recebido. Voltando para casa, encontraria dois dos seus convidados de péssimo humor...

Subimos a bordo de um dos veículos 4x4. Harry nos esperava no banco de trás.

— Está vendo que precisa de mim — disse ele a Keira.

— Pode agradecer a ele, foi quem veio nos avisar de que tinham problemas.

— Mas como soube? — perguntou Keira a Harry.

— Reconheci o carro, ninguém gosta daqueles homens no vilarejo. Fui até a janela e vi o que estava acontecendo, então fui procurar seus amigos.

— E como conseguiu chegar ao terreno de escavações em tão pouco tempo?

— O acampamento não fica mais tão longe daqui — respondeu Eric. — Depois que foi embora, deslocamos o perímetro das escavações. Deixamos de ser bem-vindos no Vale do Omo após a morte do chefe da aldeia, se entende o que quero dizer. Além disso, de qualquer maneira, não encontramos nada no local que você escolheu. Entre a insegurança local e o tédio geral, partimos mais ao norte.

— Ah! — disse Keira. — Vejo que realmente assumiu o controle das operações.

— Sabe quanto tempo ficou sem dar notícia? Não venha me dar lições.

— Por favor, Eric, não sou idiota; deslocando as escavações apagou todos os traços do meu trabalho, podendo atribuir para si a paternidade das descobertas que eventualmente fizessem.

— Isso nem me passou pela cabeça, acho que você é que tem algum problema de ego, Keira, não eu. E agora, vai explicar por que aqueles italianos estavam atrás de vocês?

Na estrada, Keira contou a Eric nossas aventuras desde que saímos da Etiópia. Falou da jornada na China, do que descobrimos na ilha de Narcodam, evitou falar do período na prisão de Garther, explicou as escavações que começamos no planalto de Man-Pupu-Nyor e as conclusões a que havia chegado quanto à epopeia dos sumérios. Não insistiu no episódio doloroso da nossa partida da Rússia nem nos transtornos da última noite no transiberiano, mas descreveu nos mínimos detalhes o surpreendente espetáculo a que assistimos na sala do laser da Universidade de Vrije.

Eric parou o carro e se virou para Keira.

— Que diabos está contando? Uma gravação dos primeiros instantes do universo com idade de 400 milhões de anos? E mais o quê? Como alguém com o seu grau de instrução pode dizer uma asneira dessas? Os quadrúpedes do Devoniano gravaram esse seu disco? É grotesco.

Keira não tentou argumentar com Eric. Com o olhar, me fez desistir de dizer qualquer coisa. Estávamos chegando ao acampamento.

Eu esperava que a equipe se alegrasse com a sua volta, mas não foi o que aconteceu, como se ainda se ressentissem do que havia ocorrido por ocasião da nossa viagem ao lago Turkana. Mas Keira tinha no sangue a vocação para o comando. Esperou com toda a paciência que o dia chegasse ao fim. Quando os arqueólogos pararam o trabalho, ela se levantou e pediu à sua antiga equipe que se reunisse, pois desejava anunciar algo importante. Eric ficou furioso com a iniciativa e discretamente lembrei que a verba permitindo a todos aquelas escavações no Vale do Omo tinha sido atribuída a Keira e não a ele. Caso a Fundação Walsh soubesse que tinha sido afastada das pesquisas, provavelmente os generosos benfeitores do Comitê reconsiderariam o pagamento dos salários no final do mês. Eric aceitou então que ela se manifestasse.

Keira havia esperado que o sol desaparecesse por trás da linha do horizonte. Assim que ficou escuro o bastante, ela pegou os três fragmentos que estavam conosco e os aproximou. Assim que foram reunidos, assumiram a cor azulada que tanto nos encantava. O efeito produzido sobre os arqueólogos ultrapassava de longe qualquer explicação que ela pudesse dar. Inclusive Eric se mostrou impressionado. Enquanto um murmúrio percorria o grupo, ele foi o primeiro a aplaudir.

— É um objeto muito bonito, parabéns pelo truque de mágica, e nossa colega ainda não contou tudo, pois vai querer convencê-los de que esses brinquedos luminosos têm 400 milhões de anos, só isso!

Alguns riram, outros não. Keira subiu num caixote.

— Por acaso alguém já percebeu em mim, anteriormente, algum sinal de um comportamento fantasioso? Quando aceitaram essa missão no coração do Vale do Omo, deixando famílias e amigos, verificaram antes com quem estavam se engajando? Um só de vocês pôs em dúvida minha credibilidade, antes de tomar o avião? Acham que voltei para fazê-los perder tempo e me ridicularizar? Quem, além de mim, os escolheu e convidou?

— O que espera exatamente de nós? — perguntou Wolfmayer, um dos arqueólogos.

— Este objeto com características espantosas é também um mapa — retomou Keira. — Sei que é difícil acreditar, mas se tivessem podido ver o que vimos estariam ainda mais surpresos. Nesses últimos meses, aprendi a pôr em dúvida todas as minhas certezas e foi uma enorme lição de humildade! E esse mapa nos indica um ponto a 5º 10' 2" 67 de latitude norte e 36º 10' 1" 74 de longitude leste. Peço que acreditem nisso por uma semana, no máximo. Proponho carregar todos os equipamentos necessários a bordo das duas viaturas 4x4 e que amanhã mesmo me acompanhem nessas escavações.

— E para encontrar o quê? — indignou-se Eric.

— Não sei ainda o quê — confessou Keira.

— É o que temos! Não contente de provocar nossa expulsão do Vale do Omo, nossa grande arqueóloga pede que joguemos fora oito dias de trabalho, e Deus sabe o quanto o nosso tempo é contado, para ir não sei aonde e procurar não se sabe o quê! Chega a ser engraçado!

— Espere um pouco, Eric — voltou Wolfmayer. — O que perdemos com isso? Há meses escavamos e nada que valesse a pena foi encontrado, até aqui. Além do mais, Keira está certa numa coisa, foi com ela que nos comprometemos e imagino que ela não se exporia ao risco de se ridicularizar nessa aventura sem ter bons motivos.

— Tudo bem, mas esses motivos você os conhece? — rebateu Eric. — Ela nem sabe dizer o que espera encontrar. Sabe quanto custa uma semana de trabalho para a nossa equipe?

— Caso esteja se referindo a nossos salários — emendou Karvelis, outro colega —, isso não deve arruinar ninguém. Além disso, que eu saiba, ela é que tem a responsabilidade por esse dinheiro. Desde que se foi, agimos como se tudo estivesse normal, mas Keira foi quem começou essa campanha de escavação. Não vejo por que não concordar com essa experiência de alguns dias.

Normand, um dos franceses da equipe, pediu a palavra.

— As coordenadas comunicadas por Keira são bem precisas. Mesmo que se demarque uma área de 50 metros quadrados, nem precisamos desmontar o acampamento aqui. Pouco material deve bastar, o que limita consideravelmente o impacto de uma só semana de ausência no que fazemos.

Eric se inclinou para se aproximar de Keira e pediu para conversar em particular com ela. Afastaram-se então um pouco.

— Parabéns, estou vendo que não perdeu o senso de oportunidade, praticamente os convenceu a segui-la. Afinal de contas, por que não? Mas ainda posso ter uma carta na manga e colocar minha demissão em jogo, obrigando-os a escolher entre nós dois ou, pelo contrário, apoiá-la.

— Diga logo o que pretende, Eric, andei muito até aqui e estou cansada.

— O que quer que a gente encontre, caso isso aconteça, quero que a descoberta também seja atribuída a mim. Suei muito durante todos esses meses em que levou boa vida viajando e não fiz tudo isso para cair na posição de simples assistente. Assumi seu lugar quando nos abandonou; desde então, fui eu que fiz tudo por aqui. Encontra uma equipe solidária e operacional graças a mim. Não vou deixar que chegue a um terreno do qual passei a ter a responsabilidade para que me jogue de volta à posição de subalterno.

— Não foi você que falou de ego ainda há pouco? É surpreendente, Eric, mas se fizermos uma descoberta maior, a equipe inteira terá o mérito e você participa dela, é só o que prometo. E Adrian também, pois, pode ter certeza, ele contribuiu bem mais do qualquer um aqui. Posso contar com seu apoio, agora que foi esclarecido?

— Oito dias, Keira, dou oito dias e, se isso der em nada, você pega a sua mochila e o seu amigo e vai embora daqui.

— Deixo que repita isso a Adrian, tenho certeza de que ele vai adorar...

Keira voltou até nós e subiu de novo no caixote.

— O local de que falo se situa 3 quilômetros a oeste do lago Dipa. Pegando a estrada amanhã de manhã, podemos estar lá antes do meio-dia e começar logo a trabalhar. Os que quiserem vir são bem-vindos.

Um novo burburinho percorreu o grupo. Karvelis foi o primeiro a se adiantar e se pôs à frente de Keira. Alvaro, Normand e Wolfmayer se juntaram a ele. Keira havia ganhado a aposta, em pouco tempo toda a equipe se agrupou em torno dela e de Eric, que se mantinha colado a ela.

* * *

Carregamos o material pouco antes do nascer do sol e às primeiras horas da manhã os dois 4x4 deixaram o acampamento. Keira dirigia um, Eric o outro. Depois de três horas de estrada, largamos os veículos à beira de um bosque que tivemos que atravessar carregando os equipamentos nos ombros. Harry ia à frente, cortando a golpes de machado ramos e folhagem que atrapalhavam o avanço. Quis ajudar, mas ele disse ser melhor fazer aquilo sozinho, pois eu poderia me machucar.

Um pouco adiante se abria a clareira a que se referira Keira. Uma circunferência de terra com 800 metros de diâmetro, situada na parte interna de um grande meandro do rio Omo e que estranhamente tinha a forma de um crânio humano.

Karvelis manipulava o GPS e nos guiou até o centro da clareira.

— 5º 10' 2" 67 de latitude norte, 36º 10' 1" 74 de longitude leste, é aqui — disse.

Keira se ajoelhou e alisou a terra.

— Que viagem incrível para finalmente voltar aqui! — ela me disse. — Se soubesse como estou com medo.

— Eu também — respondi.

Alvaro e Normand começaram a traçar o perímetro da escavação, enquanto os demais montavam as tendas à sombra de gigantescas roseiras. Keira disse a Alvaro:

— Não precisa estender muito a demarcação, concentre-se numa zona de no máximo 20 metros quadrados, é em profundidade que vamos cavar.

Alvaro rebobinou o fio e seguiu as instruções. No final da tarde, 30 metros cúbicos de terra tinham sido retirados. À medida que o trabalho avançava, uma fossa era nitidamente aberta. Até o sol se pôr, nada havíamos encontrado. As buscas foram suspensas por falta de claridade. Recomeçaram no dia seguinte.

Às 11 horas, Keira começou a demonstrar sinais de nervosismo. Aproximei-me dela.

— Temos ainda uma semana pela frente.

— Não acho que seja uma questão de dias, Adrian, temos coordenadas muito precisas, que são exatas ou equivocadas, não há meio-termo. Além disso, não estamos equipados para cavar a mais de 10 metros.

— A quantos estamos?

— Na metade disso.

— Nesse caso, nada está perdido e tenho certeza de que quanto mais escavarmos, maiores as chances.

— Se eu tiver me enganado, perdemos tudo.

— Foi no dia que o nosso carro mergulhou nas águas do rio Amarelo que achei ter perdido tudo — respondi, me afastando.

A tarde se passou sem maiores resultados. Keira foi descansar um pouco à sombra das flores. Às 16 horas, Alvaro, que há muito tempo havia desaparecido nas profundezas do buraco incessantemente cavado, deu um berro que ressoou pelo acampamento inteiro. Minutos depois, foi a vez de Karvelis gritar. Keira se levantou e ficou parada, como se tivesse sido transformada em estátua.

Eu a vi atravessar lentamente a clareira, a cabeça de Alvaro surgiu, ele sorria como eu nunca tinha visto um homem sorrir. Keira apressou o passo e começou a correr, até que uma vozinha lhe chamasse a atenção:

— Quantas vezes já não se disse para não correr na área de escavação? — disse Harry, alcançando-a.

Pegou-a pela mão e foram até a beira da fossa em que a equipe toda já se encontrava. No fundo do buraco, Alvaro e Karvelis haviam encontrado ossos fossilizados, de forma humana. Descobria-se um esqueleto quase intacto.

Keira se juntou aos dois colegas e se ajoelhou. Os ossos apareciam à flor da terra. Seriam necessárias muitas horas para libertar da ganga que aprisionava quem ali jazia.

— Deu muito trabalho, mas acabei encontrando você — disse Keira, alisando carinhosamente o crânio que emergia. — Vamos precisar batizá-lo mais tarde, depois que tiver falado um pouco de si mesmo, de quem era e, acima de tudo, que idade tem.

— Algo aqui parece estranho — disse Alvaro —, nunca vi ossos humanos tão fossilizados. Sem querer fazer jogo de palavras, esse esqueleto é evoluído demais para a sua idade...

Aproximei-me de Keira e afastei-a um pouco do grupo.

— Acha que a promessa que fiz pode ter se realizado e que esses ossos são tão antigos quanto acreditamos?

— Ainda não sei dizer, parece tão improvável, mas... Somente análises de ponta vão confirmar se tal sonho se tornou realidade. Posso no entanto garantir que, se for o caso, será a maior descoberta já feita na história da humanidade.

Keira voltou ao fosso e se aproximou dos colegas. As escavações pararam quando o sol se pôs e recomeçaram na manhã seguinte, mas ninguém mais pensava em contar os dias.

* * *

Não tínhamos chegado ao fim das nossas descobertas. O terceiro dia trouxe uma surpresa ainda maior. Desde a manhã, vi Keira trabalhar com uma minúcia que ultrapassava minha compreensão. Milímetro a milímetro, manejando o pincel como se fosse uma artista do pontilhismo, ia tirando os ossos do invólucro de terra. De repente, seus gestos pararam. Era familiar aquela resistência à ponta da ferramenta que manejava e ela não podia forçar, me explicou, tendo que contornar o objeto que aparecia, para entender suas formas. Naquele caso, ela não conseguia identificar o que ia se revelando sob a escova fina.

— É estranho — disse —, parece algo esférico, talvez uma rótula? Mas no meio do tórax, seria no mínimo espantoso...

O calor era insuportável, de vez em quando uma gota de suor lhe escorria pela testa e molhava a poeira, fazendo-a praguejar.

Alvaro terminara a pausa que havia feito e propôs assumir seu lugar. Keira estava exausta e aceitou, implorando que trabalhasse com o máximo de precaução.

— Vem — ela me disse —, o rio fica perto, vamos atravessar o bosque, preciso de um banho.

A margem do Omo era de areia, Keira se despiu e mergulhou sem me esperar. Foi só o tempo de tirar minha camisa e calça e nadei até ela, tomando-a nos braços.

— A paisagem é uma das mais românticas e combina muito com manifestações amorosas — disse ela —, e não pense que me falte vontade, mas se continuar a se agitar dessa maneira, logo logo teremos visitas.

— Que tipo de visita?

— Do tipo crocodilos esfomeados. Venha, não se deve ficar muito tempo nessas águas, queria só me refrescar um pouco. Vamos nos secar em terra firme e voltar às escavações.

Nunca soube se a história dos crocodilos era verdadeira ou se não passava de um pretexto delicado para voltar ao trabalho que a deixava mais obcecada do que qualquer outra coisa. Quando voltamos para junto da fossa, Alvaro nos esperava, ou melhor, esperava Keira.

— O que estamos desenterrando? — perguntou em voz baixa, para que os outros não ouvissem. — Tem alguma ideia?

— Por que está com essa cara? Parece preocupado.

— Por causa disso — respondeu Alvaro, mostrando algo que parecia um gorro ou uma bola grande de ágata.

— É a peça em que eu trabalhava antes de ir tomar banho? — perguntou Keira.

— Encontrei-a a 10 centímetros das primeiras vértebras dorsais.

Keira pegou o objeto na ponta dos dedos e tirou a poeira.

— Jogue um pouco d'água — pediu, intrigada.

Alvaro destampou o cantil.

— Espere, aqui não, vamos sair desse buraco.

— Todo mundo vai ver... — cochichou Alvaro.

Keira saltou para fora da fossa, escondendo a esfera entre as mãos. Alvaro seguiu-a.

— Derrame bem devagar — disse ela.

Ninguém prestava atenção ao que faziam. De longe pareciam apenas dois colegas lavando as mãos.

Keira esfregou delicadamente a esfera, descolando os sedimentos que a cobriam.

— Um pouco mais — pediu.

— O que pode ser essa coisa? — perguntou Alvaro, tão perplexo quanto ela.

— Vamos voltar lá embaixo.

Ao abrigo dos olhares curiosos, Keira limpou a superfície da esfera. Observou-a mais de perto.

— É translúcida — disse — e tem algo no interior.

— Mostre! — suplicou ele.

Pegou o objeto e colocou-o contra o sol.

— Agora vemos melhor, parece algum tipo de resina. Acha que podia ser uma espécie de pingente? Estou totalmente confuso, nunca vi nada assim. Que coisa, Keira, que idade tem nosso esqueleto?

Keira pegou de volta o objeto e fez o mesmo gesto que Alvaro.

— Acho que esse objeto vai dar uma resposta à sua pergunta — disse, sorrindo para o colega —; se lembra do santuário de San Gennaro?

— Refresque minha memória, por favor — brincou Alvaro.

— São Januário era bispo do Benevento e morreu como mártir no ano 300 e alguma coisa, perto de Pozzuoli, durante a grande perseguição de Diocleciano. Vou poupar você dos detalhes que sustentam a lenda desse santo. Ele foi condenado à morte por Timóteo, procônsul da Campânia. Depois de sair sem ferimentos da fogueira e ter resistido aos leões que se negaram a devorá-lo, Januário foi decapitado. O carrasco arrancou-lhe fora a cabeça e um dedo. Como exigiam os costumes da época, uma parente recolheu seu sangue e encheu dois pequenos frascos de que ele se servira na última missa celebrada. O corpo foi transferido de lugar santo várias vezes. No início do século IV, quando a relíquia do bispo passou para Antignano, a parente que havia conservado os tais recipientes aproximou-os dos restos do mártir. O sangue seco que estava lá dentro se liquefez. O fenômeno se repetiu em 1492, quando o corpo foi levado para o Duomo San Gennaro, uma capela dedicada a ele. Desde então, a liquefação do sangue de Gennaro é objeto, todo ano, de uma cerimônia na presença do arcebispo de Nápoles. Os napolitanos do mundo inteiro celebram o aniversário da sua execução. O sangue seco preservado em dois frascos hermeticamente fechados é apresentado a milhares de fiéis, se liquefaz e às vezes inclusive entra em ebulição.

— Como sabe tudo isso? — perguntei a Keira.

— Enquanto você lia Shakespeare, li Alexandre Dumas.

— E, como no caso de San Gennaro, essa esfera translúcida que encontraram na fossa contém o sangue do cadáver que está aí?

— É possível que a matéria vermelha solidificada que vemos no interior seja sangue e, se for o caso, seria também um milagre. Poderíamos descobrir quase tudo sobre a vida desse homem: sua idade, particularidades biológicas. Se pudermos fazer seu DNA falar, ele não terá mais segredos para nós. Temos que levar esse objeto a um lugar seguro, para que um laboratório especializado analise o conteúdo.

— A quem vai encarregar essa missão? — perguntei.

Keira olhou fixamente para mim, com uma intensidade no olhar que deixava clara sua intenção.

— Não sem você! — respondi antes mesmo que ela falasse. — Nem pensar.

— Adrian, não posso confiar isso a Eric, e se eu deixar a equipe outra vez, nunca vão me perdoar.

— Não me importam os seus colegas, suas pesquisas, esse esqueleto e nem mesmo essa esfera. Se acontecesse alguma coisa com você, eu também não a perdoaria! Mesmo que seja para a mais importante descoberta científica, não saio daqui sem você.

— Adrian, por favor!

— Ouça bem, Keira, o que vou dizer exige de mim um grande esforço e não vou repetir depois. Dediquei a maior parte da minha vida a estudar as galáxias, a procurar traços mínimos dos primeiros instantes do universo. Achei ser o melhor na minha área, o mais vanguardista, o mais ousado, eu achava que era imbatível e me orgulhava disso. Quando pensei que a havia perdido, passei minhas noites com o rosto virado para o céu, incapaz de me lembrar do nome de qualquer estrela. Não estou nem aí para a idade desse esqueleto ou para o que ele vai revelar sobre a espécie humana. Que tenha cem anos ou 400 milhões não tem a menor importância se você não estiver comigo.

Eu tinha me esquecido totalmente da presença de Alvaro, que fingiu uma tosse, meio sem graça.

— Sem querer me meter nisso — disse ele —, mas com a descoberta que acaba de nos oferecer, pode voltar dentro de seis meses e nos pedir para fazer uma corrida dentro de sacos de batatas em volta de Machu Picchu e aposto que todo mundo aceitaria, e eu seria o primeiro.

Senti Keira hesitar. Olhou os ossos no chão.

— *Madre de Dios!* — exclamou Alvaro. — Depois do que esse cara disse, prefere passar suas noites ao lado de um esqueleto? Trate de ir e voltar logo para me contar o que tem nessa bola de resina!

Keira me estendeu a mão para que a ajudasse a sair daquele buraco. Agradeceu a Alvaro.

— Vai logo, estou dizendo! Peça a Normand que os leve a Jinka, pode confiar nele, que é discreto. Explicarei aos outros depois que tiver ido embora.

Enquanto fui pegar nossas coisas, Keira conversou com Normand. Por sorte, o restante do grupo havia deixado o acampamento para se refrescar no rio. Nós três atravessamos novamente o bosque e, ao chegarmos aos veículos, Harry nos esperava, de braços cruzados.

— Ia mais uma vez embora sem se despedir de mim? — disse, encarando Keira.

— Não, dessa vez é coisa de poucas semanas. Logo estarei de volta.

— Dessa vez não vou mais esperá-la em Jinka, sei que não vai voltar — respondeu Harry.

— Prometo o contrário, Harry, nunca vou abandoná-lo; e da próxima vez, levo-o comigo.

— Não tenho o que fazer no seu país. Você, que passa a vida procurando mortos, devia saber que meu lugar é onde meus verdadeiros pais estão enterrados. Minha terra é aqui. Pode ir embora.

Keira se aproximou de Harry.

— Passou a me detestar?

— Não, estou triste e não quero que me veja triste, então, vá embora.

— Também estou triste, Harry, precisa acreditar. Voltei uma vez, voltarei de novo.

— Então eu talvez vá a Jinka, mas só de vez em quando.

— Me dá um beijo?

— Na boca?

— Não, na boca não, Harry — respondeu Keira rindo muito.

— Já sou grande agora, mas mesmo assim quero que me abrace.

Keira pegou Harry nos braços, deu-lhe um beijo na testa, e o menino correu na direção da floresta sem se virar para trás.

— Se tudo correr bem — disse Normand —, chegamos a Jinka antes do avião do correio. Podem pegar uma carona, conheço o piloto. Aterrissam em Adis-Abeba a tempo de pegar o avião que vai a Paris, ou tem ainda o de Frankfurt, que é o último a sair. Este, com certeza conseguem pegar.

Avançando pela trilha, me virei para Keira, pois uma questão não me saía da cabeça.

— O que teria feito se Alvaro não tivesse falado a meu favor?

— Por que está perguntando?

— Vendo seu olhar ir do esqueleto a mim, tive dúvidas quanto ao que prefere.

— Estou neste carro, isso deveria responder à sua pergunta.

— Pode ser — resmunguei, me virando para a estrada.

— Como assim "pode ser"? Não acredita?

— Não muito, não.

— Sem Alvaro, talvez tivesse bancado a orgulhosa e ficado, mas dez minutos depois teria implorado que alguém me levasse no outro 4x4, atrás de você. Satisfeito?

*

Paris

Foi uma corrida louca até conseguir pegar o avião para Paris. Ao nos apresentarmos no balcão da Air France, o embarque já havia quase terminado. Felizmente restavam uns dez lugares livres, e uma aeromoça de boa vontade nos levou para passar pelas barreiras de segurança furando a longa fila de passageiros que esperavam a vez. Antes que o avião deixasse o terminal, consegui dar dois curtos telefonemas, um para Walter, a quem acordei no meio da noite, e outro para Ivory, que não dormia. Anunciando nossa volta à Europa, fiz a mesma pergunta: como podíamos dispor do laboratório mais competente para realizar testes complexos de DNA?

Ivory pediu que fôssemos direto para a casa dele. Às seis horas da manhã um táxi nos levou do Aeroporto Charles De Gaulle à ilha Saint-Louis. Ivory abriu a porta trajando um robe de chambre.

— Não sabia a que horas exatamente chegariam — disse — e, já tarde, fui surpreendido pelo sono.

Retirou-se na cozinha para nos fazer um café e propôs que esperássemos na sala. Voltou com uma bandeja nas mãos e se sentou na poltrona à nossa frente.

— E então, o que encontraram na África? Por causa de vocês não dormi, foi impossível pregar o olho depois daquele telefonema.

Keira tirou a esfera do bolso e mostrou ao velho professor. Ivory colocou os óculos e examinou o objeto com toda a atenção.

— É âmbar?

— Não sei ainda, mas as manchas vermelhas no interior são provavelmente de sangue.

— Que maravilha! Onde encontraram?

— No lugar exato indicado pelos fragmentos — respondi.

— No tórax de um esqueleto que exumamos — completou Keira.

— É uma descoberta imensa! — exclamou Ivory.

Foi até a escrivaninha, abriu uma gaveta e tirou uma folha de papel.

— Vejam a última tradução que fiz do texto em ge'ez, leiam.

Peguei o manuscrito que Ivory colocou debaixo do meu nariz e li em voz alta:

Dissociei o disco das memórias, confiei aos mestres das colônias as partes que ele conjuga. Sob os trígonos estrelados, que restem mudas as sombras da infinidade. Que ninguém saiba onde o hipogeu se encontra, sua noite é guardiã da origem. Que ninguém a desperte, na reunião dos tempos imaginários se estampará o final da área.

— Acho que esse enigma se esclarece perfeitamente agora, não? — perguntou o velho professor. — Graças ao que Adrian conseguiu em Vrije, fizemos o disco falar e obtivemos a posição de uma tumba. O famoso hipogeu onde ele provavelmente foi descoberto no quarto milênio. Aqueles que compreenderam sua importância dissociaram os fragmentos e os levaram aos quatro cantos do mundo.

— Com qual finalidade? — perguntei. — Por que iniciar uma viagem dessas?

— Para que ninguém encontre o corpo que vocês desenterraram, aquele com o qual, justamente, encontraram o disco das memórias. *Sua noite é guardiã da origem* — murmurou Ivory com a expressão tensa.

O rosto do velho professor estava pálido, um suor fino escorreu da sua testa.

— Não se sente bem? — perguntou Keira.

— Dediquei toda a minha existência a isso e vocês finalmente encontraram. Ninguém quis acreditar. Estou muito bem, nunca me senti tão bem na vida — disse com um tremor dos lábios.

Mas o velho professor colocou a mão no peito e se sentou de novo na poltrona. Estava branco como uma folha de papel.

— Não é nada — disse —, um cansaço repentino. Digam, como ele é?

— Quem? — perguntei.

— Como assim "quem"? O esqueleto, ora!

— Completamente fossilizado e estranhamente intacto — respondeu Keira, que se preocupava com o estado de Ivory.

O professor gemeu e se dobrou ao meio.

— Vou chamar socorro — disse Keira.

— Não chame ninguém — ordenou o professor —, garanto que isso vai passar. Ouçam, temos pouco tempo pela frente. O laboratório de que vocês precisam se encontra em Londres. Rabisquei o endereço no bloco de notas junto à porta de entrada. Precisam redobrar a prudência; se souberem o que descobriram não os deixarão ir até o fim. Não recuam diante de nada. Sinto muito colocar vocês em perigo, mas agora é tarde demais.

— Quem são essas pessoas?

— Não tenho tempo para explicar, há coisas mais urgentes. Na gaveta menor da minha escrivaninha, peguem o outro texto, por favor.

Ivory caiu no tapete.

Keira correu para o telefone que estava na mesinha e discou para o serviço de emergência, mas Ivory puxou o fio e o arrancou.

— Saiam daqui, por favor!

Keira se ajoelhou ao lado dele e colocou uma almofada sob a sua cabeça.

— Está fora de questão deixar você aqui, entendeu?

— Adoro você, é mais teimosa do que eu. Basta que deixem a porta aberta e chamem o socorro depois de terem ido. Por Deus, como dói — disse, apertando o peito. — Por favor, continuem o que não posso mais fazer, estão quase no fim.

— Qual fim, Ivory?

— Querida, você fez a descoberta mais sensacional possível, aquela que todos os seus colegas gostariam de ter feito. Descobriu o homem-zero, o primeiro de nós, e essa esfera com sangue que encontrou vai comprovar isso. Porém, logo vai ver, se eu não estiver enganado, ainda não terminaram as surpresas. Adrian conhece o segundo texto, que está na escrivaninha. Vão acabar compreendendo.

Ivory perdeu os sentidos. Keira não deu ouvido às últimas recomendações e, enquanto eu vasculhava a escrivaninha, ligou do meu celular para o socorro médico.

Saindo do edifício, tivemos um remorso.

— Não devíamos tê-lo deixado sozinho lá em cima.

— Ele nos pôs para fora...

— Para nos proteger. Vamos voltar.

Uma sirene gritava ao longe e se aproximava a cada segundo.

— Vamos seguir o que ele disse — insisti —, é melhor não ficar por aqui.

Um táxi vinha pelo cais d'Orléans, fiz sinal e pedi que nos levasse à Gare Du Nord. Keira olhou surpresa para mim e mostrei a página que havia arrancado do bloco de anotações à entrada do apartamento de Ivory, antes de sairmos. O endereço escrito era em Londres, British Society for Genetic Research, 10 Hammersmith Grove.

*

Londres

Eu havia avisado Walter da nossa chegada e ele veio nos buscar na estação de St. Pancras. Esperava-nos na descida das escadas rolantes, com as mãos às costas do impermeável.

— Não parece de muito bom humor — disse eu, ao vê-lo.

— Imagine que dormi mal e pode imaginar por culpa de quem!

— Sinto muito ter acordado você.

— Os dois não estão com uma cara muito boa — disse, olhando-nos mais atentamente.

— Passamos a noite no avião e as últimas semanas não foram das mais tranquilas. Bom, que tal irmos embora? — propôs Keira.

— Achei o endereço que me deu — disse Walter, levando-nos à fila dos táxis. — Pelo menos não perdi o sono à toa, espero que tenha valido a pena.

— Não tem mais o seu carrinho? — perguntei, subindo no *black cab*.

— Ao contrário de certas pessoas cujo nome não direi, ouço o conselho que os amigos me dão. Vendi e tenho uma surpresa, que guardei para mais tarde. Número 10 de Hammersmith Grove — disse ao motorista. — Vamos à Sociedade Inglesa de Pesquisas Genéticas, é o lugar que procuram.

Resolvi deixar o papel de Ivory guardado no bolso para não decepcionar Walter...

— E então? — perguntou. — Posso saber o que vamos fazer lá? Um teste de paternidade?

Keira mostrou a esfera, Walter olhou com todo o cuidado.

— Bonita — disse —, e o que é isso vermelho lá dentro?

— Sangue — respondeu Keira.

— Argh!

Walter tinha conseguido marcar uma hora para nós com o doutor Poincarno, responsável pela unidade de paleo-DNA. A Academia Real podia abrir muitas portas, por que não usá-las, explicou ele mal-humorado.

— Tomei a liberdade de fornecer suas respectivas qualificações. Fiquem tranquilos, não entrei em detalhes sobre a natureza dos trabalhos que estão fazendo, mas para obter uma entrevista com tanta urgência, precisei revelar que vinham da Etiópia com coisas extraordinárias para analisar. Não pude dizer mais, pois de qualquer forma Adrian não me disse muito mais!

— As portas do avião estavam fechando, eu tinha pouquíssimo tempo. Além disso, tive a impressão de acordá-lo...

Walter me lançou um olhar dos mais carregados.

— Vão dizer o que descobriram na África ou vão me deixar morrer sem saber? Com todo o trabalho que me dão, tenho certo direito a alguma informação. Não sou apenas moço de recados, motorista, carteiro...

— Encontramos um incrível esqueleto — disse Keira, dando uns tapinhas carinhosos no joelho dele.

— E é o que coloca os dois desse jeito? Ossos? Devem ter sido cachorros, numa encarnação anterior. Aliás, você se parece um pouco com um cão de caça, Adrian. Não acha, Keira?

— E eu pareço um cocker spaniel, é o que acha? — perguntou ela, ameaçando-o com um jornal.

— Não coloque palavras na minha boca.

O táxi parou diante da Sociedade Inglesa de Pesquisas Genéticas. Era um edifício moderno e claramente luxuoso. Compridos corredores davam acesso a salas de exame superequipadas. Tubos de ensaio, centrífugas, microscópios eletrônicos, câmaras frias, uma lista que parecia sem fim. Em volta dessa aparelhagem moderna, um formigueiro de pesquisadores de avental vermelho trabalhava com impressionante calma. Poincarno nos levou a uma visita, explicando como funcionava o laboratório.

— Nossos trabalhos têm múltiplas funções científicas. Aristóteles dizia: "Vivo está tudo que se alimenta, cresce e declina por si mesmo", mas podemos dizer: "Vivo está tudo que tem em si programas, uma espécie de software." Um organismo deve poder se desenvolver, evitando a desordem e a anarquia. E, para construir algo que tenha coerência, é preciso um plano. Onde a vida esconde o seu? No DNA. Em qualquer núcleo de célula que se abra, encontram-se filamentos de DNA, com toda a informação genética da espécie, numa imensa mensagem codificada. O DNA é o suporte da hereditariedade. Lançando amplas campanhas de captação celular entre diversas populações do globo, estabelecemos laços insuspeitos de parentesco e retraçamos, ao longo das gerações, as grandes migrações da humanidade. O estudo do DNA de milhares de indivíduos nos ajudou a decifrar o processo da evolução durante essas migrações. O DNA transmite uma informação de geração em geração, o programa evolui e nos faz evoluir. Todos descendemos de um ser único, não é? Chegar a ele significaria descobrir a origem da vida. Encontram-se nos inuítes laços hereditários que os vinculam aos povos do norte da Sibéria. Com isso podemos mostrar de onde saíram os seus tetra-tetra-tetra-tetra-avós... Mas estudamos também o DNA de insetos e de vegetais. Recentemente tiramos informações de uma folha de magnólia com idade de 20 milhões de anos. Hoje sabemos extrair o DNA de onde nem se imaginava restar o menor picograma.

Keira tirou a esfera do bolso e mostrou a Poincarno.

— É âmbar? — ele perguntou.

— Acho que não, talvez uma resina artificial.

— Como assim, artificial?

— É uma longa história, poderia analisar o que há dentro?

— Contanto que consigamos penetrar na matéria que o envolve. Venham comigo! — disse Poincarno, que olhava a esfera cada vez mais intrigado.

O laboratório estava mergulhado numa penumbra avermelhada. Poincarno acendeu a luz fria, que piscou no teto até se firmar. Sentou-se num banquinho e colocou a esfera nas garras de um minúsculo torno. Com a lâmina de um bisturi, tentou cortar a superfície, sem resultado. Guardou o instrumento e pegou uma ponta de diamante que nem sequer foi capaz de riscar a esfera. Mudança de sala e de metodologia, pois dessa vez foi com o laser que o doutor atacou nossa esfera, com resultado igualmente nulo.

— Bom — disse ele —, para grandes males, remédios poderosos, venham comigo!

Entramos numa sala de esterilização, onde o doutor nos fez vestir macacões estranhos. Nos cobrimos da cabeça aos pés com óculos, luvas, gorro; nada ficou de fora.

— Vamos operar alguém? Perguntei por trás da máscara colada à boca.

— Não, mas devemos evitar contaminar o que extrairmos com qualquer DNA estranho; o seu, por exemplo. Vamos entrar numa sala estéril.

Poincarno se sentou num banquinho diante de uma bacia hermeticamente fechada. Colocou a esfera num primeiro compartimento e fechou-o. Depois enfiou as mãos por duas entradas de borracha e operou a partir do interior para passá-la à segunda câmara da bacia, depois que ela foi limpa. Colocou a esfera numa base e abriu uma pequena válvula. Um líquido transparente invadiu o compartimento.

— O que é? — perguntei.

— Azoto líquido — respondeu Keira.

— Menos 195,79º Celsius — acrescentou Poincarno. — A baixíssima temperatura do azoto líquido impede o funcionamento das enzimas capazes de degradar o DNA, o RNA e as proteínas que queremos extrair. As luvas que estou usando têm isolantes específicos para evitar queimaduras. O invólucro da esfera não deve demorar a fissurar.

Infelizmente, isso não aconteceu. Mas Poincarno, cada vez mais intrigado com a coisa, estava longe de querer desistir.

— Vou descer radicalmente a temperatura, utilizando hélio 3. Esse gás permite que nos aproximemos do zero absoluto. Se esse objeto de vocês resistir a tal choque térmico, não tenho mais o que fazer, nenhuma outra opção.

Poincarno girou uma pequena torneira; aparentemente, nada aconteceu.

— O gás é invisível — disse. — Vamos esperar alguns segundos.

Walter, Keira e eu estávamos com os olhos grudados no vidro da bacia, com a respiração em suspenso. Não podíamos aceitar a ideia de continuar ali sem poder fazer nada, depois de tanto esforço, diante da casca inviolável de um recipiente tão pequeno. Mas, de repente, um minúsculo impacto se formou na parede translúcida. Uma ínfima fratura riscou a esfera. Poincarno colou os olhos no visor do microscópio eletrônico e manipulou um ponteiro.

— Tenho a amostra! — exclamou, se virando para nós. — Vamos poder fazer as análises. Precisamos de algumas horas, eu chamo vocês assim que tivermos alguma coisa.

Deixamos o laboratório e saímos pela câmara estéril, depois de despir os macacões.

Propus a Keira irmos para minha casa. Ela lembrou o aviso de Ivory, achando isso pouco prudente. Walter se ofereceu para nos hospedar, mas eu queria um chuveiro e roupas limpas. Nos separamos na calçada, Walter pegou o metrô para ir à Academia, Keira e eu subimos num táxi para Cresswell Place.

A casa estava bem empoeirada, a geladeira tão vazia quanto possível e os lençóis do quarto tal como havíamos deixado. Estávamos exaustos e, depois de tentar colocar um pouco as coisas em ordem, acabamos dormindo, um nos braços do outro.

A campainha do telefone nos despertou, procurei o aparelho às cegas e atendi. Walter parecia superexcitado.

— Que diabos andam fazendo?

— Saiba que descansávamos e você nos acordou. Estamos quites.

— Não viu que horas são? Há 45 minutos estou esperando no laboratório e não foi por falta de ter telefonado.

— Não devo ter ouvido o celular, o que há de tão urgente?

— Justamente, o doutor Poincarno não quer dizer sem a presença de vocês, mas ligou para a Academia pedindo que eu viesse ao laboratório o mais rápido possível. Assim sendo, tratem de se vestir e venham para cá.

Walter desligou na minha cara. Acordei Keira e disse que estávamos sendo esperados com urgência no laboratório. Ela se enfiou num par de calças, vestiu um pulôver e já estava me esperando na rua, enquanto eu fechava as janelas da casa. Às 19 horas mais ou menos, chegamos a Hammersmith Grove. Poincarno andava de um lado para outro no hall deserto do laboratório.

— Como demoraram! — reclamou. — Venham comigo ao escritório, precisamos conversar.

Fez-nos sentar diante de uma parede branca, puxou as cortinas, apagou a luz e ligou um projetor.

O primeiro slide que apresentou parecia uma colônia de aranhas aglutinadas numa mesma teia.

— O que vi é um completo absurdo e preciso saber se tudo isso é uma gigantesca farsa ou uma brincadeira de mau gosto. Aceitei recebê-los hoje de manhã pelas qualificações científicas que têm e pelas recomendações da Academia Real, mas isso ultrapassa os limites e não vou colocar minha reputação em jogo para dar crédito a dois impostores que me fazem perder um tempo precioso.

Keira e eu não conseguíamos compreender a veemência de Poincarno.

— O que descobriu? — perguntou Keira.

— Antes de responder, digam onde encontraram essa esfera de resina e em quais circunstâncias.

— No fundo de uma sepultura situada ao norte do Vale do Omo. Repousava sobre o esterno de um esqueleto humano fossilizado.

— Impossível, está mentindo!

— Ouça, doutor, também não tenho tempo a perder com o senhor. Tem toda a liberdade para achar o que quiser, mas Adrian é um astrofísico de reputação renomada e pessoalmente tenho méritos profissionais que me garantem. Então, por favor, nos diga do que está nos acusando!

— Senhorita, podem encher as paredes da sala com seus diplomas, e isso não vai mudar grandes coisas. O que estão vendo nessa imagem? — disse ele, projetando um segundo slide.

— Mitocôndrias e filamentos de DNA.

— De fato, é exatamente do que se trata.

— E qual é o problema? — perguntei.

— Há vinte anos, conseguimos uma amostra para analisar o DNA de um gorgulho de trigo conservado em âmbar. O inseto vinha do Líbano, tinha sido descoberto entre Jezzine e Dar-el-Beida, onde tinha se enlameado na resina. A pasta se tornara pedra e preservou a integridade do inseto, que tinha 130 milhões de anos. Podem imaginar tudo que nos ensinou aquela descoberta que constitui, até os dias de hoje, o mais antigo testemunho de um órgão complexo vivo.

— Fico feliz pelo senhor — disse eu —, mas o que isso tem a ver com a gente?

— Adrian tem razão — concordou Walter dando apoio —, não vejo onde está o problema.

— O problema, senhores — retomou secamente Poincarno —, é que o DNA de que pediram análise é três vezes mais antigo, pelo menos é o que indica a espectroscopia. Teria 400 milhões de anos!

— É uma descoberta fantástica — eu disse entusiasmado.

— Também foi o que nós pensamos no início da tarde, mesmo que certos colegas que chamei continuassem incrédulos. As mitocôndrias que se veem nessa terceira imagem estão num estado tão perfeito que levantaram algumas questões. Mas passemos e admitamos que essa resina particular, que não conseguimos ainda identificar, as tenha protegido durante todo esse tempo, o que duvido muito. Agora, olhem bem esse slide, é uma ampliação da fotografia anterior, feita com microscópio eletrônico. Aproximem-se da parede, por favor; sob pretexto algum podem perder esse espetáculo.

Keira, Walter e eu nos aproximamos, como havia pedido Poincarno.

— O que estão vendo?

— É um cromossomo X, o primeiro homem era uma mulher! — anunciou Keira, visivelmente perplexa.

— Com toda a certeza, o esqueleto que encontraram é de uma mulher e não de um homem, mas não achem que minha raiva vem disso, não sou misógino.

— Continuo sem entender — cochichou Keira para mim. — É fantástico, pode imaginar? Eva nasceu antes de Adão — disse com um sorriso.

— O ego masculino vai sofrer um tremendo choque — acrescentei.

— Têm toda a razão para achar graça — retomou Poincarno –, mas tem algo mais engraçado! Olhem mais de perto e digam o que observam.

— Não me sinto nem um pouco disposta a adivinhações, doutor, essa descoberta para mim é uma revolução, é o resultado de dez anos de trabalho e de sacrifícios, diga então o que o incomoda, todos ganharemos tempo e o senhor disse que o seu é precioso.

— Senhorita, sua descoberta seria extraordinária se a evolução aceitasse o princípio de uma volta atrás, mas, como sabe, a natureza exige uma progressão... e não uma regressão. Esses cromossomos que vemos, no entanto, são bem mais elaborados que os seus ou os meus!

— Que os meus também? — quis saber Walter.

— Mais evoluídos do que o de todos os homens que vivem hoje.

— Ah! Mas o que o faz dizer isso? — insistiu Walter.

— Essa pequena parte aqui, que chamamos alelo, são genes localizados em cada membro de um par de cromossomos homólogos. Esses aqui foram geneticamente modificados e duvido que algo assim fosse imaginável há 400 milhões de anos. Que tal explicarem agora o que fizeram para conseguir essa farsa, a menos que prefiram que eu entre em contato diretamente com o Conselho Administrativo da Academia?

Assombrada com tudo aquilo, Keira se sentou numa cadeira.

— Com qual finalidade esses cromossomos foram modificados? — perguntei.

— A manipulação genética não é o assunto do momento, mas vou responder à sua pergunta. Experimentamos esse tipo de intervenção em cromossomos com a intenção de prevenir doenças hereditárias ou certos cânceres, provocar mutações e permitir que se enfrentem condições de vida evoluindo mais rapidamente do que nós. Intervir nos genes significa, de certa maneira, retificar o algoritmo da vida, reparar certas desordens provocadas por nós; quer dizer, os interesses médicos são infinitos, mas não é o que nos preocupa aqui. Essa mulher que descobriram nesse seu Vale do Omo não pode pertencer a um passado longínquo e ter em seu DNA traços do futuro. Agora, contem o motivo da farsa. Os dois estão sonhando com o Nobel e esperam meu aval me enganando de maneira tão grosseira?

— Não existe farsa — protestou Keira. — Compreendo suas suspeitas, mas não inventamos coisa alguma, juro. Essa esfera que analisou foi tirada da terra anteontem e, acredite, o estado de fossilização dos ossos que a acompanhavam não poderia ser criado de maneira mal-intencionada. Se soubesse quanto nos custou encontrar esse esqueleto, não duvidaria por um segundo da nossa sinceridade.

— Não percebe tudo que estaria implicado no simples fato de acreditar nisso? — perguntou o doutor.

Poincarno havia mudado de tom e parecia repentinamente disposto a nos ouvir. Sentou-se à escrivaninha e acendeu a luz.

— Significaria — respondeu Keira — que Eva nasceu antes de Adão e, sobretudo, que a mãe da humanidade é bem mais velha do que imaginávamos.

— Não, senhorita, não só isso. Se as mitocôndrias que estudei tiverem mesmo 400 milhões de anos, isso pressupõe muitas outras coisas que o seu cúmplice astrofísico certamente já lhe explicou, pois imagino que antes de vir aqui ensaiaram esse número até cansar.

— Não fizemos nada assim — disse eu, me levantando. — E a qual teoria se refere?

— Por favor, não ache que sou mais ignorante do que realmente sou. Os estudos que fazemos em nossas respectivas profissões às vezes se sobrepõem, como sabe. Muitos cientistas concordam quanto à origem da vida na Terra poder ser fruto de um bombardeio de meteoritos, não é verdade, senhor astrofísico? E essa teoria se fortaleceu desde que traços de glicínia foram descobertos na cauda de um cometa, como provavelmente não desconhece.

— Encontraram uma planta na cauda de um cometa? — perguntou Walter assustado.

— Não, Walter, não essa mesma glicínia; a glicínia é o mais simples dos ácidos aminados, uma molécula essencial para o surgimento da vida. A sonda Stardust retirou uma amostragem da cauda do cometa Wild 2, que passava a 390 milhões de quilômetros da Terra. As proteínas que formam a integralidade dos órgãos, células e enzimas dos organismos vivos são formadas por cadeias de ácidos aminados.

— E para a grande felicidade dos astrofísicos, essa descoberta reforçou a ideia de que a vida na Terra pode ter vindo do espaço, onde estaria mais presente do que se quer dizer, é um exagero meu dizer isso? — cortou-me a palavra Poincarno. — Mas daí a querer dizer que a Terra foi povoada por seres tão complexos quanto nós seria claramente entrar no campo da loucura.

— O que está sugerindo? — perguntou Keira.

— Como já disse, essa sua Eva não pode pertencer ao passado e ter em si células geneticamente modificadas, exceto se nos quiserem fazer engolir que o primeiro dos humanos, a primeira no caso, teria chegado ao Vale do Omo vindo de outro planeta!

— Não quero me meter onde não sou chamado — interveio Walter —, mas se tivesse dito a minha bisavó que viajaríamos de Londres a Singapura em poucas horas, voando a 10 mil metros de altitude numa lata de sardinhas que pesa 560 toneladas, ela chamaria imediatamente o médico do vilarejo e o senhor iria direto para o hospício mais rápido do que imagina! E não estou falando de voos supersônicos nem de pouso na Lua e menos ainda dessa sonda que pôde captar esses seus ácidos aminados na cauda de um cometa a 390 milhões de quilômetros da Terra! Por que seria preciso sempre faltar imaginação aos nossos grandes cientistas?

Walter estava furioso, ia e vinha pela sala, de um lado para outro, e ninguém, naquele momento, se atrevia a interrompê-lo. Bruscamente parou e apontou um dedo para Poincarno.

— Vocês, cientistas, se enganam o tempo todo. Permanentemente apontam os erros dos colegas, quando não coincidem com os seus próprios erros; não queira me dizer o contrário, pois perdi os cabelos tentando equilibrar orçamentos para que tenham o dinheiro necessário a tudo reinventar. No entanto, toda vez que uma ideia inovadora se apresenta, ouve-se a mesma ladainha: impossível, impossível e impossível! É de fato incrível! Era imaginável a modificação de cromossomos há cem anos? Teriam dado algum crédito às pesquisas que fazem, no início do século XX? Não os meus administradores, em todo caso... Muito simplesmente seriam vistos como iluminados e nada mais. Prezado doutor geneticista, conheço Adrian há meses e proíbo, está me ouvindo, qualquer suspeita de farsa por parte dele. Esse homem sentado à sua frente é de uma honestidade... que às vezes beira a estupidez!

Poincarno nos olhou, um de cada vez.

— Errou na escolha da carreira, senhor administrador da Academia de Ciências, daria um ótimo advogado! Muito bem, nada direi a seu Conselho de Administração, vamos avançar um pouco mais nas análises desse sangue. Confirmarei o que descobrimos e exclusivamente isso. Meu relatório mencionará as anomalias e incoerências que salientamos e evitará emitir qualquer hipótese ou apoiar qualquer teoria. Publiquem o que bem entenderem, mas vão assumir sozinhos a responsabilidade completa. Caso eu leia nos seus trabalhos uma só linha me envolvendo ou me tomando por testemunha, processo-os imediatamente, estou sendo claro?

— Nada pedi nesse sentido — respondeu Keira. — Caso certifique a idade dessas células, atestando cientificamente que têm 400 milhões de anos, isso já representa uma contribuição enorme. Fique tranquilo, ainda é cedo demais para que pensemos em publicar qualquer coisa, e tenha certeza de que estamos tão surpresos quanto o senhor e ainda incapazes de tirar conclusões.

Poincarno nos levou à porta do laboratório e prometeu entrar em contato em poucos dias.

Chovia em Londres naquela noite e nos vimos, Walter, Keira e eu, na calçada molhada de Hammersmith Grove. Estava escuro e frio e nos sentíamos exaustos após aquele dia. Walter propôs que fôssemos jantar num pub da vizinhança; era difícil deixá-lo sozinho.

Sentados a uma mesa perto do vidro que dava para a rua, fez mil perguntas sobre a viagem à Etiópia e Keira contou tudo, nos mínimos detalhes. Interessadíssimo, Walter quase tremia de emoção com a narrativa da descoberta do esqueleto. Com público tão atento, ela caprichou nos efeitos especiais e meu amigo se arrepiou, literalmente, várias vezes. Há um lado infantil em Walter, que agradava muito a ela. Só de vê-los rir daquela maneira eu esqueci todos os transtornos dos últimos meses.

Perguntei a Walter o que tinha querido dizer pouco antes a Poincarno. A frase exata, se bem me recordava, era: "Adrian é de uma honestidade que às vezes beira a estupidez..."

— Que você vai pagar mais uma vez a conta, esta noite! — respondeu, pedindo de sobremesa uma musse de chocolate. — E não se entusiasme tanto com o que disse, foi buscando um efeito de cena, pela boa causa.

Pedi a Keira que me desse o seu pingente, tirei os dois outros fragmentos do bolso e entreguei-os a Walter.

— Por que está me dando isso? É de vocês — disse constrangido.

— Por você ser de uma honestidade que às vezes beira a estupidez — respondi. — Se nossos trabalhos chegarem a uma publicação maior, ela será feita, pela parte que me toca, em nome da Academia a que pertenço, e faço questão de que esteja associado. Provavelmente terá como, enfim, consertar esse telhado em cima da sua sala. Até chegarmos lá, guarde isso em lugar seguro.

Walter colocou-os no bolso e vi pelo seu olhar o quanto estava emocionado.

Daquela incrível aventura haviam nascido um amor que eu não imaginava possível e uma verdadeira amizade. Depois de passar a maior parte da existência nos lugares mais isolados do mundo, escrutando o universo em busca de uma distante estrela, eu ouvia, num pub antigo de Hammersmith, a mulher que amo conversar e rir com meu melhor amigo. Naquela noite percebi que aqueles dois seres, tão perto de mim, haviam mudado a minha vida.

Cada um de nós tem em si um pouco de Robinson, com um mundo novo a descobrir e, finalmente, um Sexta-feira a encontrar.

O pub fechava, fomos os últimos a sair. Um táxi passou por perto e deixamos que Walter o pegasse, Keira tinha vontade de andar um pouco.

As luzes do pub se apagaram atrás de nós. Hammersmith Grove ficou em silêncio, sem nem mesmo um gato naquele beco escuro. A estação com o mesmo nome ficava a poucas ruas dali e certamente encontraríamos um táxi por perto.

O motor de uma caminhonete quebrou a tranquilidade da noite, o veículo deixou o estacionamento em que estava. Chegando ao nosso lado, a porta lateral se abriu e quatro homens encapuzados surgiram. Nem Keira nem eu tivemos tempo para compreender o que acontecia. Agarraram-nos com violência, Keira gritou, mas já era tarde demais, fomos jogados no interior da van, que partiu a toda a velocidade.

Por mais que nos defendêssemos — consegui derrubar um dos agressores e Keira quase furou o olho de outro que tentava mantê-la no chão —, fomos amarrados e amordaçados. Vendaram nossos olhos e nos fizeram inalar um gás soporífero. Foram nossas últimas lembranças naquela noite que, no entanto, havia começado tão bem.

*

Local desconhecido

Quando recuperei a consciência, Keira estava debruçada sobre mim. Tinha um sorriso pálido.

— Onde estamos? — perguntei.

— Nem imagino — respondeu.

Olhei em volta: quatro paredes de concreto, sem abertura alguma, afora uma porta blindada. A lâmpada fluorescente no teto nos dava uma iluminação fria.

— O que aconteceu? — perguntou Keira.

— Não demos ouvidos às recomendações de Ivory.

— Devemos ter dormido por muito tempo.

— Por que acha isso?

— Pela sua barba, Adrian. Estava ainda bem barbeado, quando jantamos com Walter.

— Tem razão, devemos estar aqui há algum tempo, estou com fome e sede.

— Eu também, morro de sede.

Levantou-se e foi bater à porta.

— Me deem alguma coisa para beber! — gritou.

Não ouvimos barulho algum.

— Não se canse à toa. Eles virão, uma hora ou outra.

— Ou não!

— Não seja tola, não podem nos deixar morrer de sede e fome nesse buraco.

— Sem querer ser chata, lembro que as balas no transiberiano não eram de mentirinha. Por que, diabos, tanta raiva de nós? — gemeu, se sentando no chão.

— Por causa do que encontrou, Keira.

— E como ossos, por mais velhos que sejam, podem justificar tudo isso?

— Não é um esqueleto qualquer. Acho que não entendeu o que incomodava tanto Poincarno.

— O imbecil que nos acusa de termos falsificado o DNA que deixamos para análise.

— Foi o que achei, você não percebe ainda o alcance da sua descoberta.

— Não é *minha* descoberta e sim nossa!

— Poincarno tentava explicar o dilema a que a análise o levou. Todos os organismos vivos contêm células, uma só para os mais simples, mas o homem possui 10 bilhões e todas essas células se constroem seguindo um mesmo modelo, a partir de dois materiais básicos, os ácidos nucleicos e as proteínas. Esses tijolos do ser vivo vêm também da combinação química nas águas de alguns elementos, como o carbono, o azoto, o hidrogênio e o oxigênio. São essas as certezas que temos sobre o porquê da vida, mas como tudo começou? Nesse ponto, os cientistas têm dois roteiros possíveis. A vida pode ter surgido na Terra após uma série de reações complexas ou por materiais vindos do espaço e que desencadearam o processo da vida na Terra. Todos os seres vivos evoluem, não regridem. Se o DNA da sua Eva etíope contém alelos geneticamente modificados, o corpo dela é, por assim dizer, mais evoluído do que o nosso, o que é impossível, a não ser...

— A não ser o quê?

— A não ser que a sua Eva tenha morrido na Terra sem ter nascido aqui...

— É impensável!

— Se Walter estivesse aqui, ficaria furioso.

— Adrian, não passei dez anos da minha vida buscando o elo perdido para acabar explicando a meus colegas que o primeiro ser humano veio de outro mundo.

— Nesse momento mesmo em que falamos, seis astronautas estão trancados numa caixa, em algum lugar nas proximidades de Moscou, se preparando para uma viagem a Marte. Não estou inventando nada. Não estou mencionando foguete algum, trata-se apenas de uma experiência organizada pela Agência Espacial Europeia e o Instituto Russo de Problemas Biomédicos, para testar a capacidade do homem de viajar por longas distâncias no espaço. O ponto final desse projeto, batizado Marte 500, foi previsto para uma duração de quarenta anos. O que são quarenta anos na história da humanidade? Seis astronautas vão partir para Marte em 2050, como fizeram, menos de cem anos antes, os que pisaram pela primeira vez na Lua. Imagine agora a seguinte possibilidade: se um deles morrer em Marte, o que acha que os outros farão?

— Comerão o lanche dele!

— Keira, por favor, um pouco de seriedade por dois segundos!

— Desculpe, fico meio nervosa presa numa célula.

— É um motivo a mais para deixar que a distraia um pouco.

— Não sei o que fariam os outros. Provavelmente o enterrariam.

— Exatamente! Não creio que fossem gostar de fazer a viagem de volta com um corpo em decomposição a bordo. Assim sendo, eles o inumam. Sob o pó de Marte, porém, encontram gelo, como no caso daquelas tumbas sumérias do planalto de Man-Pupu-Nyor.

— Não exatamente — corrigiu Keira —, eles foram enterrados, mas há muitas dessas tumbas de gelo na Sibéria.

— Nesse caso, como na Sibéria, na esperança da vinda de outra missão, nossos astronautas enterram, junto do corpo do companheiro, um balizamento e uma amostra do seu sangue.

— Por quê?

— Por dois motivos. Permitir a localização da sepultura, apesar das tempestades que podem revirar a paisagem, e poder identificar de maneira certa aquele ou aquela que ali descansa... como fizemos. A tripulação se vai, como nossos astronautas que deram os primeiros passos do homem na Lua. Nada que seja cientificamente extravagante nisso que acabo de dizer; afinal, em um século, apenas aprendemos a viajar ainda mais longe no espaço. Mas entre o primeiro voo de Ader, que percorreu alguns metros um pouco acima do chão, e o primeiro passo de Armstrong na Lua, se passaram apenas oitenta anos. Os progressos técnicos, o conhecimento que foi preciso adquirir para ir daquele pequeno voo à possibilidade de arrancar uma nave espacial de várias toneladas da força de gravidade terrestre são inimagináveis. Bom, continuando, nossa tripulação voltou à Terra e o companheiro ficou repousando no solo de Marte. O universo não está minimamente interessado nisso e sua expansão continua, com os planetas do nosso sistema solar girando em torno da sua estrela, que continua a aquecê-los. Dentro de alguns milhões de anos, o que não é muito na história do universo, Marte se reaquecerá, os gelos subterrâneos vão começar a derreter. E o corpo congelado do nosso astronauta pouco a pouco vai se decompor. Dizem que poucos grãos bastam para dar origem a uma floresta. Que fragmentos do DNA pertencendo ao corpo da sua Eva etíope se misturassem na água quando nosso planeta saía da era glacial, bastaria para que o processo de fertilização da vida começasse na Terra. O programa que cada uma daquelas células continha seria suficiente para fazer o resto e só seria preciso esperar algumas centenas de milhões de anos suplementares para que a evolução chegasse a seres vivos tão complexos quanto a Eva inicial... "Sua noite é guardiã da origem." Outras pessoas, antes de nós, compreenderam o que acabo de contar...

A luz fluorescente acima de nós se apagou.

Ficamos completamente no escuro.

Peguei a mão de Keira.

— Estou aqui, não tenha medo, estamos juntos.

— Acredita no que acaba de contar, Adrian?

— Não sei, Keira, se perguntar se tal enredo é possível, respondo que sim. Se perguntar se é algo provável, digo que, tendo em vista as provas que encontramos, a resposta é: por que não? Como em qualquer investigação ou qualquer projeto de pesquisa, é preciso começar com uma hipótese. Desde a Antiguidade, fizeram as maiores descobertas aqueles que tiveram a humildade de olhar as coisas de outra forma. No colégio, nosso professor de ciências dizia: *Para descobrir, é preciso sair do seu próprio sistema. De dentro, não se veem grandes coisas, nada, em todo caso, do que se passa do lado de fora.* Se estivéssemos livres e publicássemos tais conclusões, com base nas provas que temos, causaríamos diferentes reações, tanto de interesse quanto de incredulidade; sem falar da inveja, que faria muitos colegas nos acusarem de heresia. No entanto, tantas pessoas têm fé, Keira, tantos homens acreditam em Deus, sem a menor prova da sua existência. Entre o que nos ensinaram os fragmentos, os ossos descobertos em Dipa e as extraordinárias revelações dessas análises de DNA, temos todo o direito de colocar todo tipo de questão quanto à maneira como a vida surgiu na Terra.

— Estou com sede, Adrian.

— Eu também.

— Acha que vão nos deixar morrer assim?

— Não sei, já está demorando muito.

— Parece que é horrível morrer de sede; no final de certo tempo, a língua começa a inchar e nos asfixia.

— Não pense nisso.

— Você se arrepende?

— De estar trancado aqui, sim, mas de jeito nenhum dos instantes que passamos juntos.

— De qualquer forma, encontrei minha avó da humanidade — suspirou Keira.

— Pode até dizer que encontrou sua tetra-tetravó, ainda não tive a oportunidade de lhe dar os parabéns.

— Amo você, Adrian.

Estreitei Keira nos braços, procurei no escuro os seus lábios e beijei-a. A cada hora nossas forças decresciam.

— Walter deve estar preocupado.

— Está habituado a nos ver desaparecer.

— Nunca fomos embora sem avisar.

— Dessa vez, pode ser que se preocupe com a gente.

— Não será o único, nossas buscas não foram em vão, tenho certeza — suspirou Keira. — Poincarno dará continuidade às análises do DNA, minha equipe levará o esqueleto de Eva.

— Quer realmente chamá-la assim?

— Não, queria chamá-la Jeanne. Walter colocou os fragmentos em lugar seguro, a equipe de Vrije vai estudar a gravação. Ivory abriu uma via, nós a seguimos e outros continuarão sem nós. Mais cedo ou mais tarde, juntos, arrumarão todas as peças do quebra-cabeça.

Keira se calou.

— Não diz mais nada?

— Estou cansada, Adrian.

— Não durma, resista.

— Para quê?

Não estava errada, morrer dormindo seria melhor.

*

A lâmpada fluorescente voltou a se acender, eu não tinha a menor ideia do tempo passado desde que havíamos perdido a consciência. Meus olhos tiveram dificuldade para se acostumar com a luz.

Diante da porta havia duas garrafas d'água, barras de chocolate e biscoitos.

Sacudi Keira, molhei seus lábios e abracei-a, suplicando que abrisse os olhos.

— Preparou o café da manhã? — perguntou num murmúrio.

— Posso dizer que sim, mas não beba rápido demais.

Mais ou menos refeita, Keira se lançou no chocolate e dividimos os biscoitos. Voltaram-nos um pouco das forças e também algumas cores.

— Acha que mudaram de ideia? — ela perguntou.

— Sei tanto quanto você, vamos esperar.

A porta se abriu. Dois homens encapuzados entraram na frente e depois um terceiro, sem máscara, vestindo um terno de tweed de bom corte.

— Levantem-se e venham — disse.

Saímos de nossa cela e tomamos um comprido corredor.

— Aqui — indicou o homem — são os chuveiros do pessoal. Lavem-se, estão precisando. Meus homens os escoltarão até minha sala quando tiverem terminado.

— Posso saber com quem tenho a honra de falar? — perguntei.

— É arrogante, gosto disso — respondeu ele. — Chamo-me Edward Ashton. Até logo.

*

Voltamos a estar quase apresentáveis. Os homens de Ashton nos conduziram por uma suntuosa residência em plena campanha inglesa. O porão em que nos tinham trancafiado ficava no subsolo de uma edificação bem perto de uma grande estufa. Percorremos um jardim muito bem-cuidado, subimos os degraus de uma escadinha de entrada e nos fizeram entrar num imenso salão com paredes cobertas de lambris.

Sir Ashton nos esperava, sentado atrás de uma escrivaninha.

— Têm me dado muito trabalho.

— A recíproca é verdadeira — respondeu Keira.

— Vejo que também não deixa de ter humor.

— Não vejo nada de engraçado no que nos tem feito passar.

— Culpa exclusiva de vocês, não foi por falta de aviso, mas nada parecia poder fazê-los desistir das buscas.

— Mas por que deveríamos desistir? — perguntei.

— Se dependesse apenas de mim, não estariam mais podendo fazer a pergunta, mas não sou o único a decidir.

Sir Ashton se levantou e voltou para trás da escrivaninha. Acionou um controle, e os painéis de lambris enfeitando as paredes circulares do cômodo se abriram, deixando que se vissem umas 15 telas que se acenderam simultaneamente. Em cada uma apareceu o rosto de um indivíduo. Imediatamente reconheci nosso contato de Amsterdã. Homens e uma mulher se apresentaram por nomes de cidades. Atenas, Berlim, Boston, Istambul, Cairo, Madri, Moscou, Nova Déli, Paris, Pequim, Roma, Rio, Tel-Aviv, Tóquio.

— Quem são vocês? — perguntou Keira.

— Representantes oficiais dos nossos respectivos países, encarregados do dossiê que está sob nossa responsabilidade.

— Qual dossiê? — perguntei, por minha vez.

A única mulher do grupo foi a primeira a se dirigir a nós, apresentando-se como Isabel e fazendo uma estranha pergunta:

— Se tivessem a prova da não existência de Deus, acham mesmo que os homens gostariam de vê-la? Mediram as consequências de divulgar uma notícia dessas? Dois bilhões de seres humanos vivem neste planeta abaixo do limite da pobreza. A metade da população mundial subsiste em plena privação. Já se perguntaram o que mantém de pé este mundo tão capenga, tão desequilibrado? É a esperança! A esperança na existência de uma força superior e boa, a esperança de uma vida melhor depois da morte. Podem chamar essa esperança de Deus ou fé, como quiserem.

— Desculpe-me, senhora, mas os homens sempre se mataram uns aos outros em nome de Deus. Levar a eles a prova da sua inexistência os libertaria de uma vez por todas do ódio recíproco. Veja de quantos de nós as guerras de religião provocaram a morte, quantas vítimas causam ainda a cada ano, quantas ditaduras se apoiam em alicerces religiosos.

— O homem não precisou acreditar em Deus para se matar — devolveu Isabel —, mas sim para sobreviver, para fazer o que a natureza manda e garantir a continuidade da espécie.

— Os animais fazem isso sem acreditar em Deus — disse Keira.

— Mas o homem é o único ser vivo nesta Terra a ter consciência da própria morte, senhorita, é o único a temê-la. Sabe a quando remontam os primeiros sinais de religiosidade?

— Há 100 mil anos, perto de Nazaré — respondeu Keira —, alguns Homo sapiens sepultaram, provavelmente pela primeira vez na história da humanidade, os restos de uma mulher de cerca de 20 anos de idade. A seus pés, colocaram também o cadáver de uma criança de 6 anos. Os descobridores dessa sepultura encontraram igualmente em torno dos esqueletos uma quantidade de ocre vermelho e objetos rituais. Os dois corpos estavam em posição de oração. À dor que acompanha a perda de um ente querido se acrescentara a imperiosa necessidade de dar maior importância à morte... — concluiu, repetindo cada palavra da aula de Ivory.

— Cem mil anos — retomou Isabel —, mil séculos de crença... Se levarem ao mundo a prova científica de que Deus não criou a vida na Terra, esse mundo se destruiria. Um bilhão e meio de seres humanos vivem dentro de intolerável, inaceitável e insuportável miséria. Qual homem, qual mulher ou qual criança sofrendo aceitaria sua condição se o privássemos da esperança? Quem os impediria de matar o próximo, de tomar aquilo que lhes falta se sua consciência estivesse livre de todo tipo de ordem transcendente? A religião matou, mas a fé salvou tantas vidas, deu tanto alento aos mais desprovidos. Não podem extinguir uma luz desse tipo. Para vocês, cientistas, a morte é necessária, nossas células morrem para que outras vivam, morremos para ceder lugar aos que devem nos suceder. Nascer, se desenvolver e depois morrer está na ordem das coisas, mas, para a grande maioria, morrer é uma etapa para o além, para um mundo melhor em que tudo que não tiver sido será, em que todos que desapareceram os esperam. Vocês não passaram por fome nem sede, como também não sentiram carência, e seguiram seus sonhos. Quaisquer que sejam os seus méritos, tiveram essa oportunidade. Mas já pensaram em quem não teve essa sorte? Seriam cruéis a ponto de lhes dizer que seus sofrimentos na Terra não tinham outra finalidade além da evolução?

Aproximei-me das telas para encarar nossos juízes.

— Essa triste sessão — eu disse — me faz pensar naquela pela qual Galileu passou. A humanidade acabou sabendo o que os censores queriam esconder e, no entanto, o mundo não parou de girar! Pelo contrário. Quando o homem, liberto de seus medos, resolve avançar até a linha do horizonte, o horizonte recua. O que seríamos hoje se os que ontem tinham fé religiosa tivessem conseguido proibir a verdade? O conhecimento faz parte da evolução do homem.

— Se revelarem suas descobertas, no primeiro dia terão centenas de milhares de mortos no quarto mundo e, na primeira semana, milhões no terceiro mundo. A semana seguinte assistirá à maior migração da humanidade. Um bilhão de seres famintos atravessarão os continentes e tomarão o mar para conseguir tudo que não têm. Cada um vai tentar viver no presente o que o futuro lhe reservava. A quinta semana irá demarcar o início da primeira noite.

— Se o que podemos revelar é tão perigoso, por que vai nos soltar?

— Não era nossa intenção, mas a conversa que tiveram na célula revelou que muitas outras pessoas estão a par do assunto. O desaparecimento repentino de vocês levaria os cientistas com que estiveram em contato a terminar o trabalho que só vocês podem interromper agora. Estão livres para partir e decidir o que vão fazer. Desde a descoberta da fusão nuclear, nunca um homem e uma mulher tiveram tamanha responsabilidade sobre os ombros.

As telas sucessivamente se desligaram. Sir Ashton se levantou e veio em nossa direção.

— Meu automóvel está à sua disposição, meu motorista os levará a Londres.

*

Londres

Passamos alguns dias em casa. Nunca Keira e eu estivemos tão quietos. Quando um abria a boca para dizer alguma coisa, uma banalidade qualquer, rapidamente se calava. Walter havia deixado uma mensagem na minha secretária eletrônica, furioso por não termos dado notícia. Imaginava que estávamos em Amsterdã ou que tínhamos voltado para a Etiópia. Tentei falar com ele, mas estava incomunicável.

O clima em Cresswell Place se manteve pesado. Surpreendi uma ligação telefônica entre Jeanne e Keira; nem com a irmã ela conseguia conversar. Resolvi mudar de ares e levá-la a Hydra. Um pouco de sol nos faria muito bem.

*

Grécia

O barco que saía de Atenas nos deixou no porto às dez horas da manhã. Já no cais, eu podia ver tia Elena vestindo um avental e retocando o azul da frente da sua loja a grandes pinceladas. Deixei no chão nossa bagagem e fui até ela para fazer uma surpresa quando... Walter saiu lá de dentro, usando seu short quadriculado, um chapéu ridículo e óculos escuros duas vezes maiores do que deviam ser. Com uma pá de pedreiro à mão, estava raspando a madeira e cantando a plena e horrível voz desafinada a melodia de *Zorba o grego*. Ele nos viu e correu em nossa direção.

— Mas, afinal, onde se enfiaram?

— Estávamos trancados no porão! — respondeu Keira, abraçando-o. — Sentimos sua falta, Walter.

— Que diabos faz em Hydra num meio de semana? Não deveria estar na Academia? — perguntei.

— Quando nos vimos em Londres, falei da venda do carro e que tinha uma surpresa a contar. Mas nunca escutam o que digo!

— Lembro muito bem — protestei. — Mas não contou qual surpresa seria.

— Pois bem, resolvi mudar de trabalho. Entreguei o resto das minhas magras economias a Elena e, como podem ver, estamos reformando a loja. Vamos aumentar a área de mostruários e espero dobrar as vendas já na próxima estação. Vê algum inconveniente nisso?

— Fico felicíssimo que minha tia finalmente tenha encontrado um administrador fora de série para ajudá-la — disse eu, dando uns tapinhas no ombro do meu amigo.

— Deveriam subir para ver a sua mãe, que já deve estar sabendo que chegaram; vejo Elena no telefone...

Kalibanos emprestou dois burros, dos "rápidos", pelo que disse. Mamãe nos recebeu como é de praxe na ilha. À noite, sem perguntar nossa opinião, organizou uma grande festa em casa. Walter e Elena estavam sentados um ao lado do outro, o que na mesa da minha mãe tem significância bem maior do que uma simples vizinhança.

No final do jantar, Walter chamou Keira e a mim à varanda. Pegou um embrulho no bolso, um lenço amarrado com barbante, e nos entregou.

— Os fragmentos de vocês. Virei a página. A Academia de Ciências ficou no passado e meu futuro está à nossa frente — disse, abrindo os braços na direção do mar. — Façam o que bem entenderem com eles. Ah, mais uma coisa! — acrescentou, olhando para mim. — Deixei uma carta no seu quarto; é para você, Adrian, mas gostaria que esperasse um pouco para ler. Digamos uma ou duas semanas...

Em seguida girou nos calcanhares e voltou para perto de Elena.

Keira pegou o embrulho e foi guardar na sua mesinha de cabeceira.

Na manhã seguinte, pediu que fosse com ela à pequena enseada em que uma vez tínhamos nos banhado, na sua primeira visita à ilha. Sentamo-nos na ponta do comprido quebra-mar de pedras. Keira me entregou o pacote e olhou fixamente para mim. Tinha os olhos cheios de tristeza.

— São seus, sei o que representa para nós dois essa descoberta, ignoro se era verdade o que diziam aquelas pessoas, se os seus medos tinham fundamento, não tenho alcance para julgar. Só o que sei é que amo você. Se a decisão de revelar o que sabemos gerar a morte de uma única criança, eu não poderia mais nos olhar de frente nem viver a seu lado, mesmo que sentisse a sua falta a ponto de morrer. Você repetiu várias vezes, ao longo dessa incrível viagem, que as decisões cabem aos dois. Pegue então esses fragmentos e faça o que bem entender com eles. Seja qual for sua decisão, sempre respeitarei o homem que você é.

Entregou-me o pequeno embrulho e se retirou, me deixando sozinho.

Depois que se afastou, me aproximei de um barco que descansava na areia da enseada, empurrei-o ao mar e remei em direção ao largo.

A uma milha do litoral, desamarrei o barbante em volta do lenço de Walter e olhei por um longo tempo os fragmentos. Milhares de quilômetros desfilaram diante dos meus olhos. Revi o lago Turkana, a ilha no centro, o templo no alto do monte Hua Shan, o monastério de Xi'an; ouvi o ronco do avião sobrevoando a Birmânia, o arrozal em que pousamos para pôr combustível, a piscada de olho do piloto quando chegamos a Port Blair, a escapada de barco até a ilha de Narcodam; revisitei Pequim, a prisão de Garther, Paris, Londres e Amsterdã, a Rússia e a alta planície de Man-Pupu-Nyor, as cores maravilhosas do Vale do Omo, onde o rosto de Harry apareceu.

Desdobrei o lenço...

Voltando à praia, meu celular tocou. Reconheci a voz do homem que falou comigo.

— Tomou uma decisão sábia e agradecemos demais — declarou Sir Ashton.

— Mas, como sabe, acabo agora mesmo...

— Desde que se foram, nunca saíram da mira dos nossos fuzis. Um dia, talvez... mas, acredite, ainda é cedo, temos ainda tantos progressos a fazer.

Desliguei na cara de Ashton, lancei com raiva o telefone ao mar e voltei para casa no lombo do burro.

Keira me esperava na varanda. Entreguei o lenço vazio de Walter.

— Acho que ele vai gostar que você o devolva.

Keira dobrou o lenço e me levou para o quarto.

*

A primeira noite

A casa dormia, Keira e eu tomamos mil precauções para sair sem o menor ruído. Pé ante pé, íamos na direção dos jumentos para desamarrá-los, quando minha mãe saiu pela porta da frente e veio até nós.

— Se forem à praia, o que é uma verdadeira loucura nessa época do ano, pelo menos peguem essas toalhas. A areia fica úmida e vão se resfriar.

Também nos deu duas lanternas e se retirou.

Um pouco mais tarde, nos sentamos à beira d'água. Tínhamos lua cheia e Keira encostou a cabeça no meu ombro.

— Não se arrepende? — perguntou.

Eu estava olhando para o céu e pensando em Atacama.

— Cada ser humano é composto de bilhões de células, somos bilhões de seres humanos habitando este planeta, com população sempre crescente; o universo conta com bilhões e bilhões de estrelas. E se esse universo de que acredito conhecer os limites não passar de uma ínfima parte de um conjunto ainda maior? Se a nossa Terra não passar de uma célula na barriga de uma mãe? O nascimento do universo se assemelha ao de uma vida, o mesmo milagre se produz, do infinitamente grande ao infinitamente pequeno. Pode imaginar a incrível viagem que seria ir até o olho dessa mãe e ver, através da sua íris, o que é o seu mundo? A vida é um programa incrível.

— Mas quem elaborou esse programa tão perfeito, Adrian?

*

Epílogo

Íris nasceu nove meses depois. Não a batizamos, mas quando fez um ano e nós a levamos pela primeira vez ao Vale do Omo, onde encontrou Harry, sua mãe e eu demos a ela um pingente...

Não sei o que ela vai querer fazer da vida, mas quando for grande, se me perguntar o que representa aquele estranho objeto que usa em volta do pescoço, lerei para ela as linhas de um texto antigo que um velho professor me deu.

Certa lenda diz que a criança, na barriga da mãe, conhece todo o mistério da Criação, da origem do mundo até o fim dos tempos. Ao nascer, um mensageiro passa pelo seu berço e encosta o dedo nos seus lábios, para que ela nunca revele o segredo que lhe foi confiado, o segredo da vida. Esse dedo que apaga para sempre a memória da criança deixa uma marca. Essa marca, todos temos acima do lábio superior, exceto eu.

No dia em que nasci, o mensageiro esqueceu de vir me ver e eu me lembro de tudo...

Para Ivory, com todo o nosso reconhecimento,
Keira, Íris, Harry e Adrian.

Meus agradecimentos a

Pauline.
Louis.

Susanna Lea e Antoine Audouard.

Emmanuelle Hardouin.
Raymond, Danièle e Lorraine Levy.

Nicole Lattès, Leonello Brandolini, Antoine Caro, Élisabeth Villeneuve, Anne-Marie Lenfant, Arié Sberro, Sylvie Bardeau, Tine Gerber, Lydie Leroy, Joël Renaudat e todas as equipes das Edições Robert Laffont.

Pauline Normand, Marie-Ève Provost.

Léonard Anthony, Romain Ruetsch, Danielle Melconian, Katrin Hodapp, Marie Garnero, Mark Kessler, Laura Mamelok, Lauren Wendelken, Kerry Glencorse, Moïna Macé.

Brigitte e Sarah Forissier.

Kamel, Carmen Varela.

Igor Bogdanov.

Este livro foi impresso na
LIS GRÁFICA E EDITORA LTDA.
Rua Felício Antônio Alves, 370 – Bonsucesso
CEP 07175-450 – Guarulhos – SP
Fone: (11) 3382-0777 – Fax: (11) 3382-0778
lisgrafica@lisgrafica.com.br – www.lisgrafica.com.br